Tanja Brand
Yelena,
Wege des Lebens

Tanja Brand

Yelena, Wege des Lebens

Roman

Bibliografische Information der Deutschen Nationalbibliothek: Die Deutsche Nationalbibliothek verzeichnet diese Publikation in der Deutschen Nationalbibliografie; detaillierte bibliografische Daten sind im Internet über http://dnb.dnb.de abrufbar.

Umschlagsgestaltung: Tanja Brand mit der Unterstützung von openart.ai

Verlag: BoD · Books on Demand GmbH, In de Tarpen 42, 22848 Norderstedt

Druck: Libri Plureos GmbH, Friedensallee 273, 22763 Hamburg

ISBN: 978-3-7693-0545-6

Inhaltsverzeichnis

Über die Autorin: Tanja Brand

Ich begann bereits in der Oberstufe damit, die Schulaufsätze zu Hause zu erweitern. Mit 16 Jahren schrieb ich meinen ersten kurzen Jugendkrimi „Reachel, auf den Spuren des Mörders".

Das Schreiben und die Welt der Bücher haben mich seit der Kindheit immer begleitet und man sieht mich niemals ohne ein Buch in der Tasche reisen, selbst wenn es sich nur um eine fünfminütige Zugfahrt handelt.

Die Grundidee zu diesem Buch „Yelena, Wege des Lebens" hatte ich bereits mit 20 Jahren. Seitdem wurde die Geschichte immer wieder erweitert und angepasst, bis zu ihrer jetzigen, finalen Version.

Ich lebe mit meinem Mann und unserer sehr verwöhnten Katze in einem gemütlichen, kleinen Dorf in der Schweiz.

Yelena und die Lieder zu ihrer Geschichte

Ich schreibe oftmals, während im Hintergrund Musik läuft.
Und zu jedem meiner Geschichten, gibt es für mich meinen persönlichen Titelsong.
Da moderne Lieder nicht in die Zeit der Story passen, wird in der Geschichte selbst keines erwähnt.
Für mich persönlich ist jedoch „Rewrite the Stars" aus dem Film The Greatest Showman die Melodie, welche mich immer an Yelena denken lässt.
In letzter Zeit ist aber auch „If you are not the one" von Daniel Bedingfield hoch im Rennen.

Intro

Wohin führt einem der Lebensweg, wenn man in einem kleinen, unscheinbaren Dorf lebt?

Die meisten Menschen in meinem Land nicht einmal bis zur Nachbarssiedlung. Heranwachsen, arbeiten, selbst eine Familie gründen und damit ist alles erreicht.

Wie anders doch mein Weg verlaufen ist.

Schon als junges Mädchen war ich nicht damit zufrieden gewesen, nur zu stricken und kochen. Ich wollte etwas bewirken, anderen helfen. Heilen. Damit hätte ich gerne meine Tage im Dorf verbracht.

Doch in meine Leben verlief nichts, wie erwartet. In der Kindheit nicht und schon gar nicht, als ich die Schwelle zum Erwachsenenalter erreichte.

Allem Voran, die Begegnung mit dir.

Damals als ich dich traf, an einem ebenso verregneten Tag wie heute.

Nach unserer Begegnung traf ich auf Tod, Hinterhalt und Verwüstung, Leid und Gewalt.

Dennoch…

Dieses Leben hat mich hierhin geführt. Trotz all dem Leid werde ich es niemals bereuen, würde es nicht anders haben wollen.

Ich würde den gleichen Weg noch einmal gehen, auch wenn ich nicht weiss, ob du jemals wieder die Augen öffnen und mich anlächeln wirst.

Der Tag, an dem ich dich kennenlernte, war genauso verregnet und trostlos wie der heutige. Damals, an dem Tag, an dem sich mein Lebensweg verändern sollte, auch wenn mir dies erst sehr viel später bewusst wurde…

1. Teil: Die Pflicht,
die das Leben uns auferlegt

Tränen bedeuten nicht, dass man schwach ist, sondern nur,

dass das Herz mehr fühlt als es ertragen kann

1. Ein schicksalhafter Pfeil

„Tochter! Du wirst dir den Tod holen."

Ich lachte nur, tanzte im Regen. Wahrscheinlich war ich die einzige Seele im ganzen Dorf die sich an dem Unwetter erfreute.

„Regen bringt Leben Vater! Nach der Trockenheit der letzten Wochen müssten wir doch alle dankbar sein und feiern. Stell dir vor, es wäre weitere vier Wochen trocken geblieben, es wäre zur ernsthaften Bedrohung geworden."

Blitze durchzuckten den Himmel, wie um meinen Worten Ausdruck zu verleihen. Ich lachte die dunklen Wolken an. Seit einer Woche regnete es fast ununterbrochen. Meine Aussage entsprach der Wahrheit. Als ich ein kleines Kind war, hatten wir ein solches Dürrejahr erlebt. Das wertvolle Getreide und das Gemüse waren noch vor der Ernte vertrocknet. Die damalige Hungersnot hatte viele Leben gefordert.

„Dennoch! Einige Kinder und ältere Einwohner sind bereits mit Fieber im Bett. Komm bitte zurück in die Hütte."

Das Unwetter hatte mich nicht davon abgehalten, wertvolle Kräuter sammeln zu gehen. Solange das Gewitter nicht zu nah war, bestand absolut keine Gefahr. Zudem liebte ich das Spektakel, welches sich am Himmel abzeichnete. Wie mächtig doch die Natur war.

Die gesammelten Kräuter noch immer unter dem Arm tragend wandte ich mich seufzend der ärmlichen Holzhütte zu.

Unser Dorf war klein, knapp 600 Menschen lebten hier in Hütten, weit weg der Zivilisation. Wir ernährten uns von dem, was die Felder und der naheliegende Wald uns gaben, führten ein einfaches Leben im Einklang mit der Natur. Nur die fahrenden Händler ergänzten unseren Nahrungsalltag mit exotischen Seltenheiten. Ich liebte jeden ihrer Besuche.

Für alle im Dorf war meine Mutter die Heilerin gewesen, eine Kräuterfrau. Leider war sie gestorben, bevor sie mir all ihr Wissen hatte weitergeben können. So kümmerte ich mich mit meinen begrenzten Fähigkeiten um die Bedürftigen. Ich lernte fleissig, las fast täglich in Mutters umfassenden Büchern, welche zum Teil noch von meiner Urgrossmutter stammten.

Meine Kleider waren durchnässt vom Regen, die Tropfen vielen über meine Dunkeln Augenbrauen die schmalen Wangen und das dünne Kinn hinunter.

Wie fast alle Leute hier wirkte ich mager, wir hatten sehr wenig zum Leben. Doch im Gegensatz zu anderen jungen Mädchen war ich nicht knochig. Meine Mutter hatte mich gelehrt sich richtig zu ernähren und im Wald die richtigen Pflanzen und Pilze zu finden. Mein Vater wiederum zeigte mir wie man Fische fängt und Fallen für Vögel und andere kleine Tiere stellt. Da ich ihr einziges Kind geblieben bin, kam ich in das Privileg von beiden Elternteilen zu lernen. So ging es uns oft besser als dem durchschnittlichen Dorfbewohner. Wir versuchten so viel wie möglich mit dem Dorf zu teilen, trotzdem verstarben fast jedes Jahr ältere Menschen und kleine Kinder an Unterernährung. Wenn mich die jungen Mütter doch nur schneller aufsuchen würden, bestimmt hätte ich schon einige Kleinkinder retten können.

Durch mein zusätzliches Wissen konnte ich mich selten über Hunger beklagen und meine im Winter so helle Haut war im Sommer von der Sonne gebräunt, meine Wangen rosig von der frischen Luft. Die dichten, langen Haare waren von einem sehr dunklen braun und meine Augen schienen im Licht so dunkel, dass sie beinahe schwarz wirkten.

Noch bevor ich die Hütte erreiche, drang das unverkennbare Donnern von Hufen an meine Ohren. Reiter näherten sich im

Wilden Galopp. Mein Herz machte einen Satz. Hoffentlich handelte es sich nicht um die Steuereintreiber des Königs. Durch die spärliche Ernte wäre niemand von uns im Stande, den nötigen Sold zu zahlen. Sie wurden doch erst in ein paar Wochen erwartet?

In den dunkeln Augen meines Vaters zeigte sich die gleiche Besorgnis wie in den Meinen. Wir beide sahen uns sehr ähnlich. Ich hatte mehr von ihm als von meiner zierlichen Mutter. Erschrocken nahm ich die Hand meines Vaters.

Das Getrappel wurde lauter, drohender. Schemenhaft erkannte ich eine Gruppe Reiter auf das Dorf zu galoppieren. Soldaten.

Mein Vater wollte mich in die Hütte ziehen. Ich jedoch hatte gehört, dass Männer, die böses wollten, sich nicht von geschlossenen Türen aufhalten liessen. Im Gegenteil. Besser man trat ihnen entgegen, und zeigte, dass es nichts zu verbergen gab, damit sie sich nicht provoziert fühlten. Falls die Soldaten den Befehl hatten uns alle zu töten, gab es sowieso kein Entkommen mehr. Das war zumindest meine Theorie.

Ich schien die Einzige zu sein, die so dachte. Alle anderen Häuser löschten urplötzlich ihre Lichter, taten, als ob niemand da war. Nun gut, ich war es mich ja gewohnt, aus der Reihe zu tanzen.

Das Herz schlug mir dennoch bis zum Hals. Unser Haus befand sich am äusseren Rande des in einem Kreis aufgebauten und von Hügeln abgetrennten Dorfes, die Reiter ritten somit geradewegs auf uns zu und konnten mich bestimmt schon erkennen. Mein Vater packte mich entsetzt bei den Schultern.

„Bist du wahnsinnig geworden. Komm sofort zurück ins Haus!"

Ich gehorchte nicht. Meine Mama hatte immer alle Neuankömmlinge begrüsst. Meine einfachen Leinenkleider hingen schlaff vom Regen herab, meine Haare fiel in dicken Strähnen schwer auf meinen Rücken.

Vater begriff meine Absichten und blieb fluchend neben mir stehen. Er wusste, dass ich ebenso stur wie meine Mutter sein konnte.

„Weiber…"

Während sich die Reiter näherten, erkannte ich, dass einer der Männer beinahe am Hals des Pferdes hing. Er schien sich nur mit Mühe im Sattel halten zu können.

Ein Soldat löste sich von der Gruppe, ritt voraus und schwang sich vor uns aus dem Sattel, das Pferd hatte noch nicht einmal vollständig gestoppt.

„Bitte, wir brauchen dringend einen Arzt!"

Er vergeudete kein Wort der Höflichkeit. Seine Kleidung war vom Regen aufgeweicht. Die Haarfransen fielen ihm wirr ins Gesicht.

Er hatte meinen Vater angesprochen, doch ich war es, welche ihm antwortete.

„Ich kenne mich mit Heilkräutern aus. Ist eure Begleiter verletzt?"

Die nächste, kleinere Stadt war fünf Tagesritte zu Pferd entfernt, das nächste Dorf einige Stunden, doch selbst wenn sie es erreichten, würden sie dort keinen Arzt auffinden, nur Hebammen und möchte gerne Heiler. Bei uns gab es niemand anderen als mich.

Stirnrunzelnd betrachtete mich der Mann im schwachen Licht der Blitzschläge. Der Regen nahm uns fast die ganze Sicht.

„Es ist eine Pfeilverletzung in der rechten Schulter. Die Spitze ist abgebrochen und noch in seinem Körper. Könnt Ihr uns helfen? Bitte…"

„Bringt eure Kameraden in unser Haus, ich werde tun, was ich kann. Schnell, die Zeit drängt."

Ich war keineswegs so zuversichtlich wie meine Stimme klang. Pfeilwunden waren oft übel und tödlich. Meine Mutter hatte in

Ihrem Heilbuch von zwei Vorfällen berichtet, bei welchen leider jegliche Hilfe zu spät gekommen war. Zumindest wusste ich von den Büchern, was in der Theorie zu machen war, in der Praxis kannte ich mich mehr mit Schnittwunden von Messern und üblen Axtverletzungen aus. Ich schüttelte den Kopf. Zweifel halfen in dieser Situation niemandem.

Dem Verletzten war in der Zwischenzeit vom Pferd geholfen worden. Selbst im Halbdunkeln konnte ich die zerfetze Kleidung und das Blut erkennen, welches aus seiner Schulter floss. Der Fremde, der uns angesprochen hatte, packte den Kameraden und stützte ihn auf seiner unverletzten Seite.

Ich verlor keine Zeit mit weiteren Erklärungen, sondern steuerte direkt auf unser Häuschen zu. Dabei sah ich die neugierigen Blicke meiner Nachbarn aus den Fenstern. Man hatte mich schon immer für seltsam gehalten. Meine Mutter war lange Zeit eine Aussenseiterin gewesen. Mein Vater hatte sie in einem anderen Dorf kennengelernt und von dort mitgenommen, was hier äusserst ungewöhnlich war. Schnell war man jedoch mehr als froh um sie gewesen, die damalige, alte Kräuterfrau war nämlich ganz plötzlich kinderlos verstorben.

Manchmal kam ich mir so klein und verletzlich vor, doch in Momenten wie diesen, wo das Leben eines Menschen von mir abhing, wuchs ich über mich hinaus, empfand keine Furcht mehr, tat nur noch, was getan werden musste.

So war es auch dieses Mal.

Ich bettete den verletzten auf Vaters Bett mitten im Wohnzimmer. Es gab nur einen abgetrennten Raum in unserem Haus, mein Schlafzimmer. Dann hiess ich meinen Vater an, frisches Wasser aufzukochen und die Verbände zu holen.

Der Fremde war mir in die Hütte gefolgt, die anderen Reiter, es mussten um die zwanzig sein, warteten im Regen.

„Mein Vater wird sich gleich um die anderen Männer kümmern. Könnt Ihr mir assistieren? Könnt ihr Blut ertragen?"

Fast musste ich selbst ab dieser Frage lachen. Er war Soldat, er fügte blutende Wunden zu.

Der Fremde stellte sich auf die andere Bettseite.

„Was soll ich tun?"

„Für den Moment, haltet mir das Licht so, dass ich die Wunde besser sehen kann. Papa! Bitte hol meine Freundin Mai zu mir. Sie kann diese Aufgabe danach übernehmen, ich brauche einen Mann, der den Verletzten festhalten kann, wenn ich den Pfeil herausziehe."

„Lucien."

Der Fremde sah mich an.

„Der Verletzte heisst Lucien. Bitte rettet Ihn. Ich werde ewig in Eurer Schuld stehen."

Rasch band ich mir meine klitschnassen Haare zu einem dicken Zopf zusammen, wusch die Hände und kniete mich dann vor meinen Patienten nieder. Er war nur noch halb bei Bewusstsein. Aus den Augenwinkeln betrachtete ich das Wappen auf dem Umhang des jungen Mannes. Er gehörte zu den Soldaten des Königs unseres grossen Reiches, wie bereits vermutet. Unser Dorf war dem Herrscher nicht unbedingt freundlich gesinnt, dass musste er sicherlich wissen. Wir rebellierten nicht, wollten aber in Ruhe gelassen werden. Fernab der Hauptstadt verbrachten wir ein friedliches, wenn auch einfaches Leben und mischten uns kaum in die Politik und Intrigen des Landes ein.

„Ich werde mein Bestes geben. Aber die Wunde ist tief, ich kann…»

nichts versprechen, hatte ich sagen wollen, doch der Verletzte hörte womöglich zu. Ich wollte ihm lieber Mut schenken.

«Wir bringen ihn schon durch, tapfer sein Lucien.»

aufmunternd nickte ich dem verletzten zu, nicht sicher, ob er mich hören konnte.

Der fremde Assistent nickte verstehend, er hatte wohl erraten, was ich ursprünglich hatte sagen wollen.

Ich begann mit meiner Arbeit.

Irgendwann kam meine zwölfjährige Freundin Mai in die Hütte und nahm dem Fremden schweigend die Lampe aus der Hand. Ich blickte bestimmend zu dem assistierenden Fremden.

„Ich muss ihm die Pfeilspitze entfernen. Es wird sehr schmerzhaft werden. Bitte haltet ihn fest damit er nicht um sich schlägt."

Der Verletzte war unlängst in einen Dämmerzustand übergetreten, seine Stirn war glühend heiss von Fieber. Wie lang es wohl her war, dass er angeschossen worden war?

Der junge Mann stellte sich als hervorragender Assistent heraus, er stellte keine Fragen, sondern tat wie ihm geheissen. Er drückte seinen Kameraden wie von mir aufgetragen gegen das Bett.

„Es wird alles gut Lucien, du wirst schon sehen, mach dir keine Sorgen."

Ich nutzte die Gunst der Stunde und zog mit aller Kraft den Pfeil aus der blutenden Wunde. Der Verletzte schrie auf, wollte um sich schlagen vor Schmerz, doch der junge Mann hielt ihn eisern fest.

Es kostete mich all meine Kraft den Pfeil zu entfernen und dabei so zu drehen, dass nicht noch mehr Haut verletzt wurde. Schliesslich gelang es mir. Stöhnend sank der Patient auf das Bett zurück. Nun durfte ich keine Zeit damit verlieren, die Wunde zu schliessen, damit er nicht verblutete. Mai hielt die Lampe näher an den Verletzten.

Mein Vater war längst aus der Hütte verschwunden. Er ertrug kein menschliches Blut, somit war er mir noch nie eine grosse Hilfe gewesen.

Ich schwitze, auf meiner Stirn glänzten Schweissperlen, während ich im immer schlechter werdenden Licht arbeitete.

Ich konnte nicht sagen ob Minuten oder nur Sekunden vergangen waren, bis die Wunde versorgt und zugenäht war.

Der Verletzet hatte das Bewusstsein verloren. Erst nachdem ich noch einmal seinen Puls gemessen hatte, seufzte ich auf.

„Das ist alles, was ich tun kann. Jetzt wird die Zeit zeigen, ob er durchkommt. Die nächsten paar Stunden werden kritisch werden."

„Habt Dank. Lucien ist mein bester Freund. Ich würde es mir niemals verzeihen, wenn ihm etwas zustösst."

Ich schüttelte den Kopf.

„Das war selbstverständlich."

Der Fremde griff nach einem sauberen Rest des Verbandstoffes und wischte mir damit behutsam über die schweissnasse Stirn.

„Selbstverständlich? Ich glaube kaum."

Mai erhob sich. Sie war meine kleine, gelehrige Schülerin. Das einzige Mädchen, das ausser mir nicht in Ohnmacht fiel, wenn es Blut sah. Trotzdem war sie ein wenig bleich. Das war sicherlich die schlimmste Verletzung, welche die Kleine je gesehen hatte.

„Hab Dank Mai, du warst mir wie immer eine grosse Hilfe."

Das Mädchen errötete erfreut. Kaum zu glauben, dass sie 5 Jahre jünger als ich war. Ein zwölfjähriges blondes, fragil wirkendes Mädchen mit bunten Sommersprossen. Und doch so tapfer. Ich hegte grosse Hoffnungen in sie.

Immer noch rot, wandte sie sich scheu zu dem Fremden.

„Meine Mama hat damit begonnen eine Suppe zu Kochen für

Euch und eure Männer. Es ist nicht viel mehr als Wasser und etwas Gemüse, aber sie meint, die Männer brauchen sicher eine Stärkung nach dem langen Ritt."

Zeigten sie sich also doch noch hilfsbereit. Nun, da die Dorfbewohner wussten, dass die Soldaten nicht feindselig waren, schienen sie grosszügiger. Überhaupt war es eigentlich unsere Devise, allen zu helfen, welche Hilfe benötigten und zu teilen, was man konnte. Hier, am Rande der Zivilisation musste man zusammenhalten, wenn man überleben wollte.

Der Fremde legte dem Mädchen dankend eine Hand auf die Schultern. Der königliche Siegelring, welcher alle höheren Soldaten des Königs am Mittelfinger der rechten Hand trugen, leuchtete dabei im Glanz der Öllampe auf. Er war also kein einfacher Soldat, sondern ein Befehlshaber, einer jener, welche das Recht hatten über das Schicksal ganzer Dörfer zu entscheiden. Ein mächtiger Mann im Reich. Nur Befehlshaber und die nächsthöheren rangierten Generäle erhielten Siegelringe des Königs, Zeichen seiner Gunst und Symbol dafür, dass er Ihnen einen kleinen Teil an Macht anvertraute. Meistens, so erzählten uns die fahrenden Händler zumindest, die Macht über Leben und Tod zu entscheiden. Gefürchtete Männer. Generäle unterschieden sich darin, dass sie zwingend in der Hauptstadt leben mussten und sich hauptsächlich dem persönlichen Schutz des Königs verschrieben hatten. Nebst den Generälen und Befehlshaber gab es noch die Hauptmänner. Die führten ebenfalls Truppen an, aber mit weniger Entscheidungsgewalt. Sie durchkämmten das Land, trieben Steuern ein und was wusste ich noch was alles.

„Das ist sehr grosszügig von euch. Ihr scheint ein sehr hilfreiches Dorf zu sein."

Mai und ich tauschten wissende Blicke aus.

Wenn er gewusst hätte, was das Dorf wirklich von den Soldaten des Königs hielten. Lieber hätten sie alle verhungern lassen, statt ihnen zu helfen. Feindseligkeit hätte jedoch das Ende unseres Dorfes bedeutet. Wenn wir Glück hatten, würde diese Freundlichkeit uns vergolten werden, indem das Dorf vor Verwüstungen verschont blieb.

Nervös drehte sich meine junge Freundin zur Tür.

„Ich führe Eure Männer zu unserer Hütte. Wir haben eine grosse Scheune für die Vorräte, die ohnehin fast leer steht… Dort können die Männer dann übernachten."

Ohne noch etwas hinzuzufügen, verschwand sie in der dunklen Nacht, welche wohl seit einiger Zeit schon hereingebrochen war. Es musste während der Verarztung mehr Zeit vergangen sein, als ich angenommen hatte.

Ich wandte mich an den Fremden.

„Ihr solltet euch ebenfalls stärken."

„Nein, ich bleibe bei Lucien."

Meine Knochen waren blei schwer, ich war unglaublich müde.

„Nein geht nur. Ich bleibe bei ihm, falls sich sein Zustand ändert."

„Ihr seht erschöpft aus."

Ich lächelte tapfer.

„Ich bin es mich gewohnt. Ausserdem haben wir bereits zu Abend gegessen. Geht nur, ich rufe euch sollte… sein Zustand sich ändern."

„Noch einmal danke."

Ich schüttelte nur erneut müde mit dem Kopf. Ich hätte es für jeden getan. Auch wenn das mit dem Abendessen gelogen war. Ich versuchte ein verräterisches Magenknurren zu unterdrücken und tapfer zu lächeln.

Der Fremde erhob sich müde und verschwand hinter Mai in die

Dunkelheit.

Mit erschöpften Händen befühlte ich Luciens Stirn. Das Fieber
war etwas gesunken, doch sein Schlaf war unruhig und scheinbar
von Alpträumen geplagt. Ich summte leise vor mich hin. Vielleicht konnte er die Nähe spüren, ich glaubte fest an solche Dinge.
Womöglich bildete ich es mir nur ein, aber ich hatte das Gefühl,
dass mein Gesang den Verwundeten ein wenige beruhigte.
„Hier, du musst hungrig sein."
erstaunt hob ich den Kopf.
Der fremde Befehlshaber stand vor mir, eine dampfende Schüssel
Suppe in der Hand. Mir fiel auf, dass ich noch nicht einmal seinen
Namen kannte. Seite an Seite hatten wir um Luciens leben ge-
kämpft und kannten nicht einmal unsere Namen. Ein Schmunzeln
entglitt mir.
Da sass ich vor einem schwer verletzten mit einem völlig unbe-
kannten Mann neben mir, in unserer Hütte. Im Dämmerlicht der
Kerze konnte ich noch nicht einmal richtig erkennen, wie er aus-
sah. Wir konnten es uns nicht leisten, mehr Kerzen zu entzünden.
Der fahrende Händler, der uns immer allerlei mitbrachte, würde
frühsten in einem Monat wieder kommen.
Ich fühlte sein Stirnrunzeln mehr, als dass ich es sah.
Ich nahm ihm die heisse Schüssel dankbar aus der Hand.
„Danke… Ich bin übrigens Yelena."
„Oh…"
Er schien zu erraten, worüber ich mich eben amüsiert hatte.
„Ich bin Nathaniel… Nathaniel Lootalian"
Ich nickte. Nur höher gestellte Soldaten, adlige und Generäle tru-
gen Familiennamen in unserem Land. Alle anderen mussten sich
mit unseren Geburtsnamen begnügen und allenfalls unserer

Berufsbezeichnung. So nannte man meinen Vater einfach Leo der Jäger, um ihn von den anderen zu unterscheiden. Soldaten des Königs hatten immer Familiennamen welche unserer Hauptstadt und Namensgeber unseres Landes, Lootan, ähnelten.

Diese Familiennamen konnten nur vom König gegeben, aber auch wieder genommen werden.

Mein Papa war eigentlich kein richtiger Jäger, jedenfalls keiner der mit dem Bogen durch die Wälder streifte. Eigentlich wäre Fallensteller eher das richtige Wort, da er vor allem Kleintiere erlegte. Dies in jungen Jahren aber mit hoher Effizienz. Nebenbei kannte er sich durch meine Mutter auch mit Pilzen und Beeren aus und galt daher als vielseitig begabt.

Die Suppe war würzig, wie immer, wenn Sie Mais Mama zubereitete. Erst jetzt bemerkte ich meinen Hunger so richtig. Ich hatte ihn völlig vergessen, oder wohl einfach ignoriert.

Der nun nicht mehr namenlose Fremde setzte sich gegenüber von mir auf einen Stuhl und griff nach Luciens Hand.

„Na alter Freund, durchhalten. Bald wird es dir besser gehen."

Ohne Hemmungen redete er mit ihm, als ob er bei Bewusstsein wäre.

„Du warst schon immer ein sturer Esel. Sei es jetzt auch und werde gefälligst gesund."

„Er hat noch immer Fieber, aber ich glaube wir können ihn durchbringen."

„Der Pfeil wäre für mich bestimmt gewesen."

„Oh?"

Nathaniel drückte Luciens Hand. Seine eigene zitterte.

„Wir wurden von Banditen aus dem Hinterhalt überfallen. Bei dem Regen hatten wir sie nicht kommen hören. Lucien hat mich beschützt, das hat er schon immer. Wir sind die besten Freunde seit vielen Jahren. Aber immer ist er es, der sich für mich einsetzt und mir aus der Patsche hilft. Er ist ein einfacher Soldat steht mir aber dennoch immer loyal zur Seite."

„Ich wusste nicht dass ihr Soldaten des Königs so viele Gefühle zeigen könnt…"

Sein Lachen war bitter.

„Wir sind auch nur Menschen, oder denkst du nicht? Wahrlich, wir wurden trainiert die Befehle über persönliche Gefühle zu stellen. Wir alle würden, ohne zu zögern einen unschuldigen Mann töten, wenn es die Situation erfordern würde… Was nicht heisst das es uns einfach fällt. Wir sind nicht aus Stein. Keiner von euch weiss, welche Alpträume uns nachts manchmal quälen."

„Aber… warum? Warum wird man Soldat? Wieso wählt man das Leben eines Mörders?"

Die Worte waren ungewollt aus mir herausgesprudelt. Hatten wir nicht gelernt niemals einen Soldaten in Frage zu stellen? Abstand von ihnen zu halten? Ihnen nicht zu trauen? Und ich Idiotin betitelte ihn als Mörder. Die Müdigkeit hatte mich wohl unvorsichtig werden lassen.

Nathaniel war ehrlich besorgt um seinen Freund, doch das machte ihn nicht weniger gefährlich. Einen Feind unseres Dorfes. Ein Wort von ihm genügte, um das ganze Dorf niederzubrennen.

„Glaubst du, ich oder Lucien oder einer der anderen Männer hier hätten eine Wahl gehabt?"

„Man hat immer eine Wahl!"

„Du hast Recht. Wenn die Wahl jedoch zwischen dem sicheren Hungertot deiner ganzen Familie und dem Leben eines Soldaten wäre, was würdest du tun? Wenn deine Eltern am Verhungern wären, und du könntest sie alle retten? Ihnen ein angenehmes Leben sichern? Vielleicht sogar deinem ganzen Dorf? Wenn deine kleine Schwester dich aus Hungergequälten Augen ansähe?"

Ich senkte den Kopf. Mein Zopf hatte sich teilweise gelöst, so dass meine Haare ins Gesicht fielen. Ich fühlte mich plötzlich unglaublich müde.

„Ich… würde lieber verhungern als einen Menschen zu töten."

„Und hättest du mit diesem Entscheid nicht deine Familie im Stich gelassen? In der Weigerung ihnen zu helfen? Ich habe zwei ältere Geschwister an den Hunger verloren, weil ich zu klein war, um zu helfen. Ich wollte, dass dies nie wieder geschieht. Meine Eltern wurden nicht alt, das jahrelange Hungern hatte sie zu sehr geschwächt und es war zu spät für sie, als ich Soldat wurde. Aber zumindest konnte ich meiner Schwester das Leben erleichtern, ihr Dinge geben, welche sie sich vorher nie hatte leisten können. Sie ist jetzt meine einzige Familie und lebt fern von der Hauptstadt. Und obschon sie es hasst, ist sie dankbar für das Geld, welche ich ihr in regelmässigen Abständen schicke."

Ich hob den Kopf. Sein Gesicht wurde vom Flackern der Kerze ein wenig erhellt. Ich glaubte blaue Augen zu erkennen, war mir bewusst, wie sie neugierig auf mich blickten. Oder waren sie grau? Er schien ab meiner Frage nicht wütend zu sein, nur ein wenig traurig.

„Ich… Das tut mir so leid mit deiner Familie. Das habe ich mir nie überlegt. Ich bin eine Frau, mehr noch, eine Heilerin. Ich versuche Leben zu retten. Aber… Ich verstehe, was du mir sagen willst. Wenn ich als Mann geboren worden wäre, vielleicht hätte ich gleich gehandelt um die Meinen zu beschützen. Trotzdem finde ich es nicht richtig! Du sagst ihr habt Alpträume? Ist der Preis des eigenen Seelenheils es wert? Ich bin mir nicht sicher. Ich glaube, ich würde nicht wollen, dass mein Papa so ein Leben wählt, um uns zu ernähren…"

Sein Lachen erhellte den Raum. Es war nicht unangenehm, sondern eines gemischt aus Erheiterung, Müdigkeit und Erstaunen. Ich hielt mir die Hand vor dem Mund, damit er das verräterische Zucken meiner Mundwinkel nicht erkennen konnte.

„Yelena, ich bin froh, dass du eine Frau geworden bist, sonst wäre Lucien wahrscheinlich tot."

„Siehst du? Heilung ist stärker als das Schwert. Zudem, wenn man die Kräuter kennt, weiss, wo sie zu finden sind, ist es oftmals mit dem Hunger weniger schlimm. Na ja, wenn man in einem fruchtbaren Land wie dem unseren lebt. Mir ist durchaus bewusst, dass nicht alle so viel Glück diesbezüglich haben."

Ich konnte mein Triumpfgefühl nicht ganz verbergen.

Amüsiert richtete sich sein Blick auf mich. Ich liess ihm keine Zeit für eine Antwort.

„Und du solltest dich ausruhen, du hast sicherlich einen langen Tag hinter dir... Nach all dem Kämpfen und Pfeile abwehren..."

Seit wann war ich so mutig? Ich hielt meine Gefühle normalerweise eher für mich.

Wieder schmunzelte er.

„In der Tat... Aber da Lucien der Pfeilabwehrer war und da heilen stärker als das Schwert ist, bist du sicherlich noch viel erschöpfter. Ich bleibe bei Lucien, geh du schlafen."

Entschieden schüttelte ich den Kopf, seine Worte ignorierend.

„Nein. Ich werde über ihn wachen, falls sich sein Zustand verschlechtern sollte. Ich weiss was zu tun ist, falls es ihm plötzlich schlechter geht. Mein Bett steht gleich im Nebenzimmer. Es ist etwas unbequem... und wahrscheinlich zu klein für dich. Aber immer noch besser als das Massenlager in dem deine Männer sicherlich bereits schlafen. Ruh dich in meinem Zimmer aus. Ich werde dich rufen sollte... sich sein Zustand ändern."

Sollte er es nicht schaffen.

„Geht das nicht über deine Pflicht als Heilerin hinaus?"

„Es ist keine Pflicht, sondern eine Gabe. Es ist nicht meine erste schlaflose Nacht, keine Sorge. Nun geh und ruh dich aus."

„Zu Befehl."

Damit erhob er sich und verschwand mit vor Müdigkeit hängenden Schultern, ohne noch etwas hinzuzufügen in meinem Schlafzimmer.

2. Anziehungskraft

Ich hielt mein Versprechen und wachte die ganze Nacht über den Verletzten.

Mehrmals fuhr ich ihm mit einem feuchten Lappen über die Stirn, fühlte seine Puls, befeuchtete mit frischem Wasser seine Lippen. Ein paar Mal wurden seine Alpträume so lebendig, dass er begann um sich zu schlagen. Dann nahm ich seine Hand fest in die Meine und sang für ihn. Manchmal murmelte er einen Namen, welchen ich jedoch nicht richtig verstand. Die Person schien ihm sehr wichtig zu sein. Ich beugte mich dann über ihn und flüsterte «Ich bin da Lucien. Gib nicht auf.» Wenn es ihm Kraft und Mut gab, hatte ich keine Hemmungen diesen Trick anzuwenden. Bei Morgengrauen schlief er endlich friedlich, ohne länger von Alpträumen geplagt zu werden. Das schlimmste hatte er überstanden.

Die Morgenröte war gerade angebrochen, der Himmel rotgolden gefärbt, als er begann, leise den Namen aus seinem Fieberwahn zu wiederholen. Dieses Mal konnte ich verstehen, dass es sich um eine Frau namens Alina handelte. Er wiederholte ihn immer wieder. Erst eine ganze Weile später nannte er Nathaniels Name in einem deutlich klareren Ton. Eilig erhob ich mich, wohl wissend, dass er endlich dabei war zu erwachen. Vor Übermut öffnete ich die einfache Holztür, die zu meinem Zimmer führte.

„Nathaniel, er… Oh…"

Durch das Zimmerfenster fiel das erste Licht des neuen Morgens, genau auf das Gesicht des schlafenden Mannes. Sein sehr dunkelbraunes Haar fiel ihm übers Gesicht, verdeckt sein linkes Auge gänzlich. Es fiel ihm bis auf die Schultern und war sogar noch dunkler als meines, ja fast schwarz. Dort wo die Sonnenstrahlen es berührten, hatte es fast einen violetten Schimmer. Er lag auf der

Seite, mit angewinkelten Knien, um in dem Bett überhaupt Platz zu finden, die Decke nur bis zur Taille hochgezogen.

Fasziniert schlich ich auf leisen Sohlen auf ihn zu. Mein Vater lag immer laut schnarchend, mit offenem Mund in seinem Bett.

Der Schlaf des Fremden schien trotz aller Strapazen friedlich zu sein, auch wenn seine Mundwinkel leicht nach unten gebogen waren. Er hatte volle Lippen. Irgendwie kam es mir vor, als ob ich eben in seine Intimsphäre getreten wäre. Ich konnte mir nicht erklären warum, doch das Gefühl war da.

Ich wollte ihm die Hand auf die Schultern legen, um ihn zu wecken. Meine Hand verharrte über seinem Gesicht. Wie gerne hätte ich ihm die Haarsträhne aus dem Gesicht gestrichen.

Jetzt bist du wohl völlig übergeschnappt. Nur weil ein Mann in deinem Bett liegt, gerätst du völlig aus der Fassung?

Schimpfte ich mit mir selbst.

Während meine Hand noch unschlüssig über ihm schwebte, öffnete er die Augen. Als er bemerkte, dass jemand über ihm stand, war er mit einem einzigen Satz auf den Beinen, ein Messer griffbereit in der Hand.

Ich wich erschrocken einen Schritt zurück, und taumelte dabei gegen die Holzwand.

„Du schläfst mit einem Messer unter dem Kissen?!"

Als er meine Stimme hörte, lies er die kleine Waffe erleichtert sinken. Mir kam erst jetzt die Erkenntnis, dass er mich ebenfalls noch nicht bei Tageslicht gesehen hatte. Mein wild abstehendes Haar und die müden Augen, machten sicherlich nicht einen vertrauenserweckenden Eindruck.

Er hatte sich das Hemd und Hose ausgezogen wie mir peinlich bewusst wurde. Er stand da, nur in Unterwäsche bekleidet.

„Immer."

Unsere Blicke trafen sich. Einige Sekunden sah er mir erstaunt in die Augen. Unsere Blicke ruhten ineinander und mein Herz machte einen kleinen Satz. Graue Augen waren es im Licht der aufgehenden Sonne.

Dann wurde ihm die Situation wieder bewusst. Er packte mich erschrocken bei den Schultern.

„Lucien?"

„Alles in Ordnung. Ich glaube er wird jeden Moment erwachen. Nur deshalb... ähm deshalb bin ich hier."

Nathaniel liess mich augenblicklich los. Er griff nach seiner Kleidung, zog sie sich schnell über, dann war er mit drei Sätzen im Wohnzimmer neben dem Schlaflager des Verletzten. Er ergriff seine Hand.

„Lucien? Kannst du mich hören. Ich bin da."

Ich trat mit einigem Abstand hinter ihn.

Lucien hatte die Augen offen, starrte in das Gesicht des Freundes.

„Nathaniel... wo... sind wir?"

„Ganz ruhig. Du wurdest angeschossen du Esel. Diese junge Frau hier hat dich gerettet."

Er wies auf mich. Verlegen machte ich einen Knicks. Dann reichte ich ihm ein Becher mit Wasser.

„Trinkt das. Ihr seid sicher durstig."

Ich stützte behutsam seinen Kopf. Dankbar trank er.

Danach beschloss ich die Freunde allein zu lassen. Leise trat ich nach draussen und schloss die Tür sanft hinter mir. In der ganzen Aufregung hatte ich nicht einmal bemerkt, dass Nathaniel und ich bereits in ein vertrautes „du" übergegangen waren.

Mein Vater war bereits vor unserer Hütte am Holzfällen. Es

geschah ab und an, dass ich Verletze über Nacht bei uns zu Hause pflegte. Er kam dann immer bei unserem Nachbar unter. Selbst wenn wir ein weiteres Bett gehabt hätten, das Stöhnen und der Gestank des Blutes hätten ihn nicht zur Ruhe kommen lassen. Ich bezweifelte allerdings, dass er in dieser Nacht trotz dem Abstand zu dem Verletzen ein Auge zugemacht hatte. Niemand im Dorf hatte wohl ruhig geschlafen, mit so vielen Soldaten vor Ort. Und die Tatsache, dass gleich zwei Männer in meiner Nähe genächtigt hatten, machte die Sache für Papa definitiv nicht besser, egal unter welchen Umständen.

Mein Vater war erst etwas über 50ig Jahre alt, das harte Leben hatte ihn jedoch gezeichnet und seinen Rücken geschwächt. An schlechten Tagen musste er mit Hilfe eines Stocks laufen. Trotzdem kämpfte er sich Tag für Tag auf, um uns zu versorgen und sich an den Dörflichen Arbeiten zu beteiligen. Seiner einstigen Hauptarbeit als Fallensteller konnte er wegen seiner sich verschlechternden Gesundheit kaum noch nachgehen. Viele Männer in seinem Alter waren durch die harte Arbeit gezeichnet, doch mein Papa schien bereits vorzeitig gealtert. Der Tod meiner Mutter hatte er ebenfalls niemals überwunden und auch kein Interesse daran gehabt, wieder zu heiraten, obschon das bei uns sehr üblich war. Irgendwie war er doch auch ein Querulant, auch wenn er diese Eigenschaft mir dauernd vorwarf. Immerhin hatte er es auch gewagt eine Fremde ins Dorf zu bringen. Der Dickschädel lag wohl in der Familie.

Die letzten Jahre hatte ich versucht, ein wenig mitzuhelfen, so gut es eben ging. Ich wusste, dass er sehr stolz auf meine Fähigkeiten als Heilerin war, diese ihn aber auch täglich sorgten. Schliesslich hielt sich sein einziges Kind des Öfteren bei schwer kranken, teilweise ansteckenden oder verletzen Menschen auf. Meine

Heilkünste brachten uns aber auch Geld und gute Nahrung ein, daher beklagte er sich nur selten.

Als er mich kommen sah, fuhr er sich mit der Hand über die schweissnasse Stirn.

„Und? Hast du den Soldaten retten können?"

Ich begann das herumliegende Holz einzusammeln.

„Ja. Er wird durchkommen."

„Und uns irgendwann ein Messer in die Brust stecken?"

Das war seine Art, seiner Sorge Ausdruck zu verleihen.

„Papa... Es sind alles Menschen..."

„Aber feindliche Menschen! Oder würdest du auch einen verletzten Wolf retten?"

„Ja..."

Wüten stiess er die Axt in das nächste Holzscheit, sodass es weit davon spickte. Er hatte definitiv nicht geschlafen.

„Yelena... Du bist deiner Mutter viel zu ähnlich."

„Danke für das Kompliment. Du hast mich so erzogen. Und ich bin dankbar dafür... Ich... bin nun mal nicht wie die anderen Mädchen, es tut mir leid."

Seufzend liess er die Axt fallen. Mein Vater hatte schon immer Probleme damit gehabt, Gefühle zu zeigen. Unbeholfen näherte er sich mir. Ich umarmte ihn, so dass er mich an sich drücken konnte.

„Du bist mein einziges Kind Yelena und du bist ein wunderbares Mädchen. Ich möchte nur nicht, dass dir etwas zustösst. Die Welt ist gefährlich, nicht alle Menschen gut. Und nicht alle vergelten Grosszügigkeit mit Grosszügigkeit. Diese Männer in unserem Dorf und in unserer Hütte, sind gefährlich, vergiss das nie."

„Ich weiss, ich bin nicht so naiv wie du vielleicht denkst. Ausserdem bin ich bereits 17 Jahre alt, kein kleines Kind mehr."

„Du wirst immer mein Baby bleiben."
Ich seufzte. Würde ich einmal genau so sein?

In Mai's Hütte kam ich endlich zu ein paar erholsamen Stunden
Schlaf. Ich erwachte ruhelos, in Gedanken sogleich bei meinem
Patienten. Nachdem ich mich vergewissert hatte, dass dieser
friedlich schlief, kam mir der Gedanke nach den Pferden der Soldaten zu sehen, sie mussten hungrig sein und ich hatte keine Ahnung, ob einer der Dorfbewohner daran gedacht hatten, sie zu
füttern. Wir selbst hatten keine Pferde. Die meisten Leute kamen
ohnehin nie aus ihrem Dorf heraus und die Tiere waren sehr
teuer. Wir bevorzugten hier Nutztiere wie Kühe und Schafe. So
hatten wir Respekt vor den riesigen Geschöpfen, wann immer
fahrende Händler mit ihnen vorbeikamen. Mich hatten die majestätischen Gestalten schon immer fasziniert und ich freute mich, einige Exemplare Hautnahe zu sehen. Die meisten Händler liessen
uns nie in ihre Nähe aus Angst, wir könnten eines stehlen, als ob
wir zu so etwas fähig gewesen wären. Vielleicht hatte ich endlich
die Gelegenheit ein Tier zu streicheln, wenn niemand in der Nähe
war.
Der seltsame Hauptmann schoss mir auf dem Weg zu den Ställen
durch den Kopf. Dieser Blick... Und die Vertrautheit mit welcher
wir uns unterhalten hatten. Es war selten, dass Männer die Meinung von Frauen überhaupt hören wollten, geschweige denn,
duldeten und diskutierten. Und dies bei einem direkten Unter-
stellten des Königs. Er hätte mich zurechtweisen oder gar bestrafen können für meine sicherlich dreiste Aussage von wegen weshalb man zum Mörder wurde. Stattdessen hatte es ihn ehrlich
interessiert und er hatte mit mir diskutiert. Auch wenn ich es mir
selbst nicht eingestehen wollte, der Mann faszinierte mich. Und

wenn ich ehrlich war, sah er dazu auch noch verdammt gut aus. Kein Wunder, in der Hauptstadt ernährte man sich definitiv reichhaltiger als bei uns, am Rande der Zivilisation. Er war schlank, aber kräftig und strahlte dabei auch noch eine gesunde Portion an Selbstsicherheit aus. Und seine Kleider waren defintiv aus einem edleren Material, als die praktischen aber einfachen Wollkleidungen, welche wir hier trugen. Seufzend sah ich auf meine hagere Gestalt hinab. Ich mochte mich wie ich bin, aber mit den feinen Damen aus der Stadt konnte ich mit den zerschlissenen, verschmutzen Kleider definitiv nicht mithalten. Nicht dass es eine Rolle gespielt hätte, ich hatte nicht vor, mich einem Geträuen des Königs anzunähern.

Es hätte mich eigentlich nicht überraschen sollen, brachte mich aber dennoch aus der Fassung, als ich Nathaniel bereits bei der Koppel stehen sah. Er war dabei Wassereimer vor die Pferde zu stellen. Anscheinend hatte er den Dorfbrunnen gefunden. Zum Glück hatte es die letzten Tage geregnet, sodass er zur Abwechslung genügend Wasser enthielt. Es gab auch einen kleinen See verborgen in einem Wäldchen, etwa eine Stunde Fussmarsch entfernt vom Dorf. Als mich der junge Soldat sah, betrachtete er mich von Kopf bis Fuss.

„Du bist jünger als ich gedacht hatte."

Ich näherte mich schulterzuckend einem der Pferde. Da keine Ermahnung folgte, begann ich zögerlich seine Mähne zu streicheln.

„Ich bin bald 17 Jahre alt. In zwei Wochen, um es genau zu nehmen."

„Fast noch ein Kind…"

verärgert drehte ich mich zu ihm. Wir zählten mit 15 schon beinahe zu den Erwachsenen. Mit 18 Jahren waren viele bereits verheiratet.

In der hellen Sonne schienen seine Augen beinahe durchsichtig. Ich konnte beim besten Willen keine Farbe zuordnen. Blau, oder nun doch grau? Sie schienen so ruhelos.

Er hob abwehrend eine Hand.

„Ich weiss, dass ihr früh erwachsen werden müsst. Was ich meine… Du bist so jung und schienst so erfahren gestern. Ich hätte dich mindestens gleichalt, wie mich geschätzt während du Lucien behandelt hast."

Nathaniel war einen Kopf grösser als ich. Seine Dunkeln Haare fielen ihm auch gekämmt und zusammengebunden auf die Schultern. Er hatte schmale Wangenknochen und eine lange, gerade Nase. Er wirkte fast schon elegant. Einen Hauptmann hätte ich mir anders vorgestellt, brutaler. Aber das äussere konnte schon immer trügerisch sein.

Das Pferd stupste mich fordernd an und ich fuhr damit fort, es zu streicheln.

„Wie alt bist du Nathaniel?"

„25ig."

„Ist das nicht ebenfalls jung für einen Mann in deiner Position?"

Ich hatte mich spontan dazu entschlossen, nicht zu einer Höflichkeitsform zurückzukehren. Unter normalen Umständen war es ein Frevel, einen Soldaten des Königs so formlos anzusprechen.

„Ich habe schnell gelernt mich in dieser Welt zu wehren. Aber ja, ich durfte Jung das Kommando über eine Schar Männer übernehmen. "

„Hm, so talentiert."

„Im Töten meinst du?"

Mir schoss die röte ins Gesicht, doch bald merkte ich, dass er mich nur ärgern wollte, denn ein Lächeln umspielte seine Mundwinkel.

„Oder im Spionieren, ausrauben, belästigen, entführen… such es dir aus."

Nun lachte er laut los.

„Ich sehe, unser Ruf eilt uns voraus. "

Er trat neben mich und begann das Pferd ebenfalls von der anderen Halsseite aus zu streicheln. Dabei berührten sich unsere Finger beinahe. Nach einem Moment des schweigen seufzte er.

„Aber ehrlich Yelena, wir machen auch viele guten Dinge. Kümmern uns um die Sicherheit der Bewohner, helfen Dämme zu bauen… es ist nicht alles schlecht. Ich habe immer versucht, gute Männer in meinem Team zu haben. "

Ich legte meine Wangen an das Gesicht des Pferdes.

„ich würde gerne mehr über das Soldatenleben erfahren. Ich glaube, bei uns gibt es so viele Vorurteile. Erzählst du mir, wie der wahre Alltag im Dienst des Königs aussieht? "

„Möchtest du ein paar Schritte mit mir spazieren?"

Überrascht sah ich zu ihm hoch.

„Ah…"

Er lachte schon wieder. Es schien ihm Spass zu machen mich in Verlegenheit zu bringen.

„Ich möchte gerne diese friedliche Landschaft ein wenig geniessen, bevor ich wieder in den Dienst zurückmuss. Da Lucien nicht bewegungsfähig ist, haben wir wohl einige freie Tage vor uns. Ich kann dir dabei gerne von unserem Leben erzählen und von der weiten Welt, wenn du möchtest. Oder hast du Angst vor mir?"

„Nachdem wir Seite an Seite gekämpft und gegen den tot gewonnen haben? Wohl kaum. Ich komme gerne mit."

Mit einem anständigen Abstand schlenderten wir über die Wiese, schwiegen dabei lange, Nathaniel ganz in den Anblick der atemberaubenden Natur vertieft. Ich hatte ihm erklärt, dass ich ihm gerne unseren See zeigen würde. Die Umgebung rund herum war wunderschön. Ich liebte den Ort sehr.

Bis zum Wald war es ein langweiliger Fussmarsch durch eine endlos scheinende Wiese. Um diese Jahreszeit wurde sie von wunderschönen Blumen aufgewertet. Die Sonne stand wieder hoch am Himmel, die Pflanzen, noch Nass vom Regen, glitzerten im Sonnenlicht. Die Luft war rein und klar. Zusätzlich konnte ich im Wald gleich meinen Kräutervorrat auffrischen, zwei Fliegen mit einer Klappe. Der Kräutersack hatte ich daher an meinem Kleid befestigt.

Ich trug ein schwarzes Leinenkleid, welches mir bis über die Knie reichte. Darunter, den Sitten unseres Dorfes entsprechend eine lockere, weisse Stoffhose, die einem Bewegungsfreiheit verliehen. Wir waren sehr praktisch veranlagt. Die Stille tat gut, wir schienen sie beide zu brauchen.

Als wir schon ein gutes Stück des Weges schweigend nebeneinander hergegangen waren, begann er mir von dem Soldatenleben zu erzählen. Vom Alltag in der Stadt, von den Erkundungsritten und von verschiedenen Städten der Welt. Es war alles faszinierend. Er hatte eine Erzählstimme, der ich Stundenlang hätte zuhören können. Ich begann zu verstehen, dass es im Berufsalltag eines Soldaten tatsächlich viele gute Dinge gab. Und nicht jeder der Männer hatte direkt mit König Ilois zu tun.

Irgendwann erkundigte ich mich nach dem Wohlergehen seiner Männer.

„Oh sie haben sich die ganze Nacht gegenseitig wachgehalten, wie jede Nacht… Mit stupfen und schnarchen und alles, was Männer sonst noch nachts tun. Sie sind also bester Laune."

„Ist es schwierig ein Befehlshaber zu sein?"

„Man gewöhnt sich daran. Ich führe nur eine kleine Gruppe, aber sie sind alle Loyal und tapfer. Jeder einzelne von ihnen ist mir wichtig."

„Nathaniel, wie wird man ein guter Anführer?"

„Wie meinst du das?"

„Hm… Ich meine, was braucht es dazu, um ein Hauptmann zu werden und nicht auf ewig ein einfacher Soldat zu bleiben? Und wie merkt man, dass man in der Position gut ist?"

Er seufzte, sah zum Himmel.

„Um die Position zu bekommen, Geschick und Talent. Ich war ehrgeizig und wollte mehr Geld verdienen als ein Soldat, um mich um meine Schwester und… um alle eben zu kümmern. Zudem waren meine Vorgesetzen skrupellos, ich wollte dem entgegenwirken, es besser machen. So habe ich hart trainiert.»

Jetzt lächelte er mich an.

«Um danach ein guter Anführer zu sein: Schenke ihnen Glauben."

verdutzt schüttelte ich den Kopf.

„Glauben? Das klingt zu einfach."

„Ja, aber es ist wahr. In Krisenzeiten suchen die Menschen nach jemanden der sich aus der Masse heraushebt. Einer der aufsteht und zeigt, dass er für sie da ist. Diesem Menschen werden sie überall hin folgen im Guten wie im Schlechten. Die allermeisten Menschen wollen geführt werden. Schenke ihnen glaube auch wenn dein Herz verzweifelt ist. Dann werden sie dich als guten Führer sehen, egal wieviel Müll du erzählst."

Ich überleget mir seine Worte genau.

„Nathaniel?"

„Ja?"

„Ich glaube nicht, dass du Müll erzählst."

Er lachte so herzhaft, dass ihm die Tränen kamen.

„Danke. Ich glaube, auch du hast das Zeug dazu"

„Ich? Wer würde einer Frau folgen in diesem Land?"

„Ah, ich denke mehr Menschen als du denkst. Ich habe es gesehen, als du die Heilung von Lucien übernommen hast. Du hast nicht gezögert, hast einen Befehlshaber des Königs herumkommandiert und hättest auch alle anderen Männer mit Leichtigkeit befehligen können. Glaub mir, es ist in dir."

Seine Worte berührten mich, taten mir gut. Hier war endlich jemand, der an mich glaubte.

Mai's Mama hatte auch am Morgen für das Wohlergehen der Soldaten gesorgt. Bevor ich zur Pferdekoppel gegangen war, hatte ich festgestellt, dass die kräftigen jungen Soldaten dabei gewesen waren, kaputte Zäune und Dächer zu reparieren. Sie schienen also tatsächlich Dankbarkeit zu zeigen.

„Und wie ist es, ein Leben lang im selben Dorf aufzuwachsen? Wird es nicht langweilig?"

Ich hielt meine Arme hinter dem Rücken zusammen, während ich überlegte.

„Ich habe nie wirklich darüber nachgedacht. Meine Mama kam aus einem anderen Dorf, mehrere Tagesritte von hier entfernt. Sie hat mir immer von der Welt erzählt. Na ja, auch eine kleine Welt im Vergleich zu dir natürlich. Aber… Ich habe hier mein zu Hause, ich habe eine Aufgabe und einen Vater, der mich liebt. Wir haben normalerweise genug zu essen, im Gegensatz zu vielen Städtebewohner. Wir haben keine Bettler, helfen uns immer gegenseitig. Die fahrenden Händler erzählen uns die Geschichten von Städten, von Pest und Diebstahl geplagt. Hier habe ich es gut, warum sollte ich wegwollen?"

„Um die Welt zu sehen?"

Ich seufzte.

„Die Welt scheint mir ein harter Ort zu sein… Natürlich bin ich neugierig und würde diese Welt gerne entdecken, sehr gerne. Aber… Ich weiss nicht, ob ich das Elend dort ertragen könnte."

„Du bist stark, Yelena. Du könntest es, mehr noch, du könntest das Leiden der Welt lindern."

überrascht sah ich zu ihm auf. Stark hatte mich noch niemand genannt.

„Ich weiss es nicht… Meine Mutter starb als ich elf Jahre alt war. Seitdem habe ich ihren Platz eingenommen, es war für mich wohl ganz selbstverständlich. Von da an hatte ich keine Zeit mehr, von der Welt zu träumen."

„So jung! Das tut mir leid. Was ist mit deiner Mama passiert?"

Ich seufzte. Darüber zu sprechen viel mir schwer. Warum interessierte ihn die Geschichte eines Mädchens überhaupt?

Sein Blick war so aufrichtig. Er schien ein Mensch zu sein, der zuhören konnte, der die Menschen um ihn herum ernst nahm. Auch das machte wohl einen guten Führer aus.

Ehe es mir richtig bewusst war, begann ich zu erzählen.

„Sie… es war meine Schuld. Ich war sorglos, hatte Angst vor nichts. Ich bin nachts allein aus dem Haus geschlichen, es war nicht richtig abgeriegelt, einfach des Abenteuer Willens. Ich wollte zum Feld gehen und Blumen für meine Eltern pflücken, um sie am Morgen damit zu überraschen… Meine Mutter musste mein Fehlen bemerkt haben und mir gefolgt sein. Ich weiss nicht, warum sie meinen Vater nicht geweckt hat, sie muss wohl kopflos vor Sorge um mich gehandelt haben.

Ich wurde von einem Bären überrascht und bedroht. Kleines Kind das ich war, war ich so abgelenkt gewesen, dass ich unwissend und naiv im Dunkeln fast vor seine Nase gelaufen bin… Ich weiss nicht mehr genau was geschah… Nur dass meine Mutter mich rechtzeitig gefunden und aus der Bahn des wütenden Bären geworfen hatte. Sie schrie mir noch zu wegzurennen, was ich voller Panik tat und… Als mein Vater mit einigen Männern die Stelle gefunden hatte, war sie bereits so schwer verletzt, dass niemand mehr etwas für sie tun konnte. Sie starb in den Armen meines Vaters, bat ihn mit ihren letzten Worten sich um mich zu kümmern, mir nicht böse zu sein… Den Bären hat man später gefunden. Er hatte junge gehabt, darum war er so aggressiv gewesen, er hatte nur seine Kleinen schützen wollen… Ich bin in sein Gebiet getrampelt."

Ich brach traurig ab. Trotzig biss ich auf die Lippen. Ich hatte nicht geweint, als sie gestorben war, viel zu geschockt über die Rolle, die ich an ihrem Tod gespielt hatte. Auch danach hatte ich mir verboten zu weinen. Die Dorfbewohner, entsetzt über den Tod der Heilerin, waren nie auf mich zu gegangen, hatten mich nie gefragt, wie es mir ging. Alle kannten die Geschichte, wollten mich nicht mit Erinnerungen quälen. Ich hatte somit alles in mich hineingefressen. Selbst Papa redete nicht darüber, zu schockiert über das Ableben seiner über alles geliebten Ehefrau.

Ab und an ein Schulterklopfen von den Bewohnern, ein Gemurmel, dass es nicht meine Schuld sei, mehr nicht. Einzig die alte Netti, eine gutmütige alte Frau, wollte mich einst darauf ansprechen, aber damals war ich nicht dazu bereit gewesen darüber zu reden, danach hatte sie es nicht mehr probiert.

So war es das erste Mal, dass ich die Ereignisse jemandem erzählte. Ich hätte nicht gedacht, dass es noch so weh tun würde. Mama war so ein fröhlicher Mensch gewesen, noch immer konnte ich ihr gütiges Lächeln vor mir sehen.

Nathaniel war stehen geblieben. Er betrachtete mich aus diesen seltsamen Augen, ernsthaft ohne etwas zu sagen.

Ich sah ihn an.

„Willst du mir nicht sagen, dass ich nichts dafürkonnte? Dass ich nur ein kleines Mädchen war? Dass ich mir keine Vorwürfe machen soll?"

Es klang beinahe wütend, selbst in meinen Ohren. Er schüttelte nur den Kopf.

„Nein. Denn es würde nichts nutzen. Solche Geschehnisse lasten schwer auf der Seele ich kann das gut verstehen. Es war teilweise dein Fehler, wenn auch noch so unbeabsichtigt. Das weisst du selbst und darum tut es so weh. Der Bär war schuld, die Tatsache, dass eure Tür nicht fest verschlossen war und dann eben das kleine Mädchen, welches mitten in der Nacht Blumen pflücken wollte, nichts ahnend, das sein Leben dabei aus den Fugen geraten würde. Aber Yelena… Du musst lernen damit zu leben und dir selbst zu verzeihen. Deine Mutter hat dir vergeben, wissend, dass du niemandem etwas Böses wolltest. Du solltest dir vergeben und mit der Gewissheit leben, dass deine Mutter dich sehr geliebt hat und über dich wacht. Schlimme Dinge geschehen im Leben, jedem von uns."

Ich war gerührt.

Nur negatives hatten wir von den fahrenden Händlern über die Soldaten des Königs gehört. Wie grausam sie waren, gefühlslos, herzlos gar.

Und hier stand dieser Mann und sprach genau die Worte aus, die ich hören musste. Keine Ausreden, sondern die Tatsachen des Lebens.

„Wie sollte ich mir verzeihen Nathaniel? Meine Mutter hat so viel Gutes getan. Menschen sind gestorben, weil sie nicht mehr da war und ich damals zu Jung, um zu helfen. Ich habe nicht nur meine Mutter auf dem Gewissen, sondern auch viele andere Menschen."

Meine Kehle wurde eng, doch noch schluckte ich die Tränen hinunter.

Zum Glück hatte sie mir früh das Lesen beigebracht. So war ihr Wissen, in vielen Büchern niedergeschrieben, nicht verloren. Dennoch hatte es mich Jahre gekostet, um nur schon die Hälfte von dem zu verstehen, was sie zu tun vermocht hatte.

„Und wie viele Menschen hat deine Mutter gerettet, die vielleicht irgendwann etwas Böses tun werden? Weisst du, ob niemals jemand gerettet wurde, der später durchgedreht ist und seine Familie oder Freunde umgebracht hat? Du hast Lucien gerettet, doch werden dafür andere sterben oder wird er andere retten? Wenn ich jemanden töte, war es ein guter oder schlechter Mensch? Yelena, du magst ungewollt mitschuldig am Tod deiner Mama sein, aber nimm nicht noch mehr Leben auf deine jungen Schultern. Wir wissen nicht was gewesen wäre, wenn... Wir wissen nur was jetzt ist und müssen mit den Entscheidungen leben, welche wir treffen. Du bist eine Heilerin, doch du wirst nicht alle retten können. Wenn du jeden der stirbt auf dein eigenes Gewissen lädst, wirst du ein trauriges, einsames Leben führen und vielleicht daran zerbrechen. Zudem, wie viele Kinder gibt es in diesem Dorf, die niemals geboren worden wären, wenn du sie oder ihre Eltern nicht gerettet hättest? Wie viele Leben hast du geholfen zu erhalten?

Befreie dich von dieser Last der Verantwortung und konzentriere dich auf das jetzt und das Gute, welches du jeden Tag tust und die Dankbarkeit jedes Einzelnen, der durch dich weiterleben darf."

Nun kamen sie doch. Die verräterischen Tränen, welche ich so lange zurückgehalten hatte. Mein Körper begann zu zittern, als ich aufschluchzte. Bevor sich meine Augen von einem

Tränenschleier trübten, sah ich das überraschte Gesicht dieses Fremden Mannes. Ich stand da und schluchzte hemmungslos während nicht einmal mein Vater mich seit meinem elften Lebensjahr hatte weinen sehen.

Da spürte ich Arme, die sich um mich legten. Nathaniel zog mich an sich, so dass mein Kopf gegen seine Brust gebetet war und hielt mich fest. Der linke Arm schloss sich um meinen Rücken, während er mit der Hand des rechten Armes sanft meinen Kopf gegen seine Brust drückte und mir durchs Haar streichelte.

Ich schloss die Arme wie eine ertrinkende um ihn und drückte mich fest gegen seinen tröstenden Körper.

So standen wir da, und ich überliess mich meinem Schmerz. Ich weinte um meine Mama und das verpasste Leben mit ihr. Mit den Tränen schien tatsächlich ein Teil dieser quälenden Schuld von mir zu weichen. Vielleicht hatte ich deshalb niemals weg gehen wollen nur im Schutz des Dorfes bleiben. Weil ich Angst hatte, andere Menschen zu verletzten. Nathaniel schien mir einen Teil meiner eigenen Seele zurück gegeben zu haben.

Wie lange stand ich da und weinte, verheulte dabei sein Hemd? Ich wusste es nicht, spürte nur die starken, tröstenden Arme, welche mich festhielten.

Ich konnte sein schnell schlagendes Herz hören. Er war Soldat, hatte aber eindeutig eine gute Seele. Der Mensch war viel vielschichtiger, als ich gedacht hatte. Wie hatte ich blind auf die Erzählungen anderer hören können? Hatte meine Mama mir nicht gesagt, ich solle mich immer selbst überzeugen von der Wahrheit? Wie oft lag sie im Dunkeln verborgen. Während ich mich beruhigte, tat die Trauer einem anderen Gefühl Platz. Geborgenheit, Wärme. Plötzlich wurde ich der Nähe dieses Mannes wieder mit einer erschreckenden Intensivität bewusst.

Etwas verlegen löste ich mich aus seiner Umarmung.

„Danke…"

Er zog ein Taschentuch hervor.

Damit fuhr er mir zuerst über die verheulten Augen, dann über die Nase. Dann umfasste er mein Gesicht mit beiden Händen und sah mich an.

„Das war selbstverständlich."

Ich schmunzelte ein wenig. Er hatte meine Worte vom Vorabend wiederholt. Und wie ihm war auch mir bewusst, dass es alles andere als selbstverständlich war.

„Nathaniel…"

„Ssscht, du musst nichts sagen. Ich verstehe, wie du fühlst."

„Uhm… Es ist mir etwas peinlich… Da klag ich, dabei hast du selbst bestimmt mehr als genug Probleme. Fast deine ganze Familie verloren… Einen verletzten Freund…"

Er schüttelte lächelnd den Kopf.

„Mach dir keine Gedanken um mich. Zudem hast du bereits mehr als genug für uns getan kleine Heilerin. Und jetzt lächle wieder. Ich bin überzeugt, deine Mama schaut da oben vom Himmel auf dich herab und wünscht sich von Herzen, dass dein Leben voller Fröhlichkeit und Glück ist."

Ich nickte, noch immer etwas verlegen. Darauf senkte er seine Arme und nickte mir zu.

In schweigender Übereinkunft setzten wir unseren Spaziergang fort. Wieder vergingen viele Minuten, in welchen wir beide unseren eigenen Gedanken nachgingen.

Bis ich erneut die Stille beendete, um das Thema zu wechseln.

„Lucien… Er hat im Halbschlaf immer wieder einen Frauennamen gerufen… Alina glaube ich. Ist er verheiratet?"

Der Regen hatte das erste Mal seit Tagen aufgehört, doch noch war es kühl, die Bewegung tat gut, um den Körper warm zu halten.

„Nein, er ist nicht verheiratet. Aber er hat sein Herz seit langem an eine Frau verschenkt. Ja, Alina heisst sie. Wir Soldaten sind oft lange unterwegs. Welche Frau würde so ein Leben schon wollen?"

„Dann mag sie ihn nicht?"

„Doch, sehr sogar. Lucien möchte nicht… Er sagt sie hätte Besseres verdient, der Esel."

„Das ist traurig…"

„Das ist es in der Tat. Ich kann seine Beweggründe gut verstehen, aber das arme Mädchen wartet seit Jahren auf ihn, ohne auch nur einen anderen anzuschauen. Jedes Mal, wenn wir uns der Hauptstadt nähern, schwört er sich, sie nicht zu besuchen und jedes Mal bricht er das Versprechen… Jedes Mal ist er traurig, wenn er wieder gehen muss und immer beobachte ich, wie sie ihm aus der Ferne nachschaut… Er hat sie auf dem Markt kennengelernt und ihr geholfen, die Einkäufe heimzutragen, so hat alles angefangen. In der Zwischenzeit verbringen sie stunden zusammen, laden auch mich immer wieder in die Runde ein. Und doch wagt er nicht, den nächsten Schritt zu machen."

Wir näherten uns dem Waldrand, würden bald am See sein. Irgendwie stimmte mich die Geschichte noch trauriger. Vielleicht wegen meines noch nicht lange zurück liegenden Gefühlsausbruchs.

«Er hat das Glück verdient. Sie beide haben das. Wer weiss schon, was das Leben bringt.»

«Da stimme ich dir zu.»

„Und du Nathaniel? Bist du verheiratet?"

Oh… Mein Herz schlug plötzlich schneller. Was war das für ein

Gefühl?

„Nein."

Das Wort kam kurzangebunden, scharf und endgültig. Um seine Mundwinkel bildete sich ein Schatten, seine Augen wurden hart. Mir war, als ob er sich vor mir verschloss.

Der Schatten huschte so schnell vorüber, wie er gekommen war, womöglich hatte ich ihn mir nur eingebildet.

„Und du? Bist du jemandem versprochen."

Er klang bereits wieder unbeschwert. Aber nein, ich war überzeugt, dass ich es mir nicht eingebildet hatte. Zudem schien er sehr bestrebt, umgehend von sich abzulenken.

„Nein, niemanden. Ich werde als seltsam und eigensinnig angesehen und bin daher nicht die beste Partie im Dorf. Es gibt junge Männer, denen ich gefalle, aber ich konnte mich bisher noch nicht zum Heiraten durchringen. Mein Vater macht das fast wahnsinnig. Zudem kommt nur jemand in Frage, der mich meine Heilkünste weiter ausleben lässt."

„Na das kann ich mir vorstellen. Hast du einen Favoriten?"

„Nein, gar nicht. Ich war viel zu beschäftigt damit Mutters Heilbücher zu lesen, um mir darüber Gedanken zu machen. Ich habe noch so viel zu lernen."

„Gute Ausrede."

In Wahrheit gab es überhaupt niemanden, der mir auch nur ansatzweise gefiel in unserem Dorf. Die Ankunft am See ersparte mir die Antwort.

„Oh!"

entfuhr es Nathaniel. Das Licht der Sonne schien golden durch die Blätter des Waldes und erhellte den See mit ihren Strahlen. Um den Fluss herum wuchs eine grosse Anzahl farbiger Blumen in allen Formen. Der Anblick war jedes Mal magisch. So in etwa stellte ich mir einen Feen Wald vor. Es hätte mich kaum überrascht, wenn plötzlich eine Elfe vor mir aufgetaucht wäre. Stattdessen tanzten Schmetterlinge vor unseren Gesichtern herum. Einer setzte sich sogar auf Nathaniels Schulter. Es war ruhig und friedlich, die Luft klar.

Mein Begleiter schloss die Augen und atmete tief ein.

„Es ist wie ein Feen Wald."

Ich freute mich, dass er das gleiche empfand. Ich liess mich rückwärts ins weiche Gras fallen. Erstaunt betrachtete er mich. Ich klopfte mit der Hand auf den Boden. Er zuckte mit den Schultern und liess sich dann ebenfalls fallen.

Er streckte sich neben mir aus, die Augen zum Himmel gerichtet. Es folgte ein erneutes langes und zugleich friedliches Schweigen. Wir waren beide einfach zufrieden mit der Ruhe und Reinheit des Ortes.

„Jetzt begreife ich, warum du nicht fort von hier möchtest."

„Nathaniel?"

„Hmmm?"

„Hast du jemals überlegt etwas anderes zu werden als ein Soldat?"

Er faltete die Arme unter seinen Kopf.

„Es ist alles, was ich je gelernt habe. Und es ist gar nicht so schlecht wie es für dich scheinen mag. Wir tun auch viel Gutes, beschützen Menschen... Manche sind nur in der Stadt auf Patrouille, um sie vor Dieben zu schützen. Ich weiss nicht, ob ich etwas Anderes sein kann."

„Ich... kann mir nicht vorstellen wie du in eine Schlacht reitest und Menschen... tötest."

Ich wollte es mir nicht vorstellen. Ich mochte ihn so wie er war, mit seiner verletzlichen Seite, ein Mann, der zuhörte... Dennoch war mir bewusst, dass ich so wenig von ihm kannte. Er war ein Befehlshaber, er hatte sich ausgezeichnet vor andern, konnte wahrscheinlich noch viel brutaler und rücksichtsloser sein als andere.

Er bestätigte dies mit den nächsten Worten.

„Yelena… Du kennst mich gar nicht. Ich kam hier her voller Sorge um einen Freund. Das jetzt, das sind eine Art freie Tage für mich. Aber wenn ich meine Männer befehlige, bin ich anders, entschieden und streng. Du würdest mich nicht mehr mögen."

Ihn mögen? Ja mochte ich ihn denn? Vielleicht sogar mehr als mögen?

„Also wusstest du schon immer, dass du Soldat werden möchtest?"

„Nein, so war es dann doch nicht. Mein Vater war Schmid in einem Dorf, nicht viel grösser als das Deine. Natürlich dachte ich lange, dass ich in seine Fussstapfen treten werde, daher kannte ich mich auch früh mit Waffen aus. Aber die Wahrheit ist, dass ich kein Talent dazu gehabt hätte und die Arbeit in einem so kleinen Dorf ohnehin schon damals viel zu wenig zum Leben hergegeben hatte. Waffenschmiede sind in der Hauptstadt beliebt, werden in kleinen Dörfern aber kaum gebraucht, ausser um Äxte und Messer zu schärfen. Mein Vater hätte in die Hauptstadt ziehen sollen, dort hätte er mit seiner Familie ein gutes Leben verbringen können, doch er war zu stur dazu und wollte in seiner Heimat bleiben m das Beste aus der Situation zu machen. Ich glaube nicht, dass ich diesen Weg gegangen wäre, selbst wenn meine Eltern nicht so früh gestorben wären."

Ob er sich für die Zukunft ein einfaches Leben in einem Dorf wieder vorzustellen vermochte? Mein Herz begann wieder laut zu klopfen. Nein natürlich nicht, er lebte im Herzen des Landes, hatte ein aufregendes Leben. Ich wollte ja eigentlich selber nicht für immer hierbleiben, wenn da nicht mein Vater gewesen wäre. So aber, machte es nicht einmal ansatzweise Sinn, ihn als potenziellen… was auch immer zu sehen, denn es gab nichts zu sehen, nicht ansatzweise. Trotzdem zeigte meine Fantasie Bilder wie er sich mir näherte, mein Gesicht berührte…

Als ich ihn mit diesen Gedanken im Herzen vielleicht etwas zu lange ansah, setzte er sich abrupt auf.

„Ich weiss was du denkst Yelena, dein Gesicht ist so deutlich zu lesen, wie ein offenes Buch. Aber schlag es dir aus dem Kopf. Ich bin plötzlich in dein Leben getreten, ein Fremder, der für dich faszinierend sein muss. Aber ich bin kein so guter Mensch. Viel Blut und grosse Schuld klebt an meinen Händen. Ich bin nicht so wie du es dir vorstellst. Du solltest kein falsches Bild von mir haben.“

Ich starrte ihn aus grossen Augen an.

Er hatte mit jedem Satz schneller gesprochen. Nun erhob er sich abrupt.

„Verzeih mir. Komm, der Rückweg ist lang und es wird spät werden. Meine Männer werden sich schon wundern, wo ich bleibe. Und ich möchte sehen, wie es Lucien geht.“

Verwirrt ab seinen Worten und auf unerklärliche Weise auch ein wenig gekränkt, schwiege ich auf dem Rückweg. Er machte keine Anstalt das Schweigen zu brechen und dieses Mal, wirkte es nicht angenehm.

Ich glaubte zu verstehen, wie naiv ich war, dass er mich eben doch nur für ein Kind hielt. Dabei war ich mir so sicher gewesen, dass diese Anziehungskraft gegenseitig war. Wie auch immer, sicherlich war es so das Beste.

3. Wunden des Herzens

„Die Wunde scheint gut zu verheilen."

„Danke Yelena, du hast mein Leben gerettet, Nathaniel hat mir von deinem Einsatz erzählt."

Ich sass neben meinem Patienten. Lucien stellte sich als geselliger, liebenswerter Mensch heraus der trotz der Schmerzen viel lachte. Er hätte nicht unterschiedlicher als sein bester Freund aussehen können. Blonde, kurze Haare mit grünen Augen, die fröhlich glänzten. Er glich mehr dem Bild, welches ich von einem Anführer gehabt hatte. Breitschulterig war er, mit muskelösen Oberarmen. Er hatte breite Wangenknochen und einen schmalen Mund.

„Ich bin froh, dass es dir besser geht."

Nathaniels Soldaten waren noch immer mit Reparaturen beschäftigt und verhielten sich friedlich. Dennoch war das Dorf in Unruhe. Die Leute versteckten sich wenn möglich in ihren Häusern. Viele Mädchen durften nicht mehr alleine das Haus verlassen, obwohl keiner der Fremden Männer auch nur ansatzweise jemandem nachgestellt hatte. Einige junge Frauen blickten mir gar feindselig nach. Zumindest das würde sich sicherlich schnell wieder legen, ich kannte die Leute in der Zwischenzeit. Schade, dass sie alle so engstirnig waren.

„Es tut mir leid, dass deine Leute meinetwegen in solchem Aufruhr sind und dich meiden."

Ich hob verwundet die Augenbrauen. Er lächelte etwas zerknirscht.

„Ich weiss, wo wir uns befinden und dass ihr keine Freunde des Königs seid. Wir wollten eigentlich fern ab von eurem Dorf vorbereiten. Eigentlich waren wir mit unserem kleinen Trupp nur auf der Suche nach einem Spion, welcher sich in einem umliegenden Dorf verborgen haben soll. Ich bin selbst in einem feindlich gesinnten Dorf aufgewachsen und weiss, wie sich die Leute gegenüber jenen verhalten, die den Königlichen Soldaten freundlich gestimmt sind. Nachdem ich einer wurde, haben viele mir den Rücken gekehrt."

„Danke für deine Sorge, aber es ist in Ordnung. Die Leute brauchen mich, sie werden schnell wieder freundlich sein."

Er lachte auf.

„Von Vorteil, wenn man die einzige Heilerin ist."

„Scheint so. Bist du auch wegen deiner Familie Soldat geworden?"

„Ja, wie die meisten hier. Nathaniel hat nur Männer um sich versammelt, die ähnlich denken. Er wollte keine skrupellosen Ungeheure, welche aus Freude in den Kampf ziehen. Er wollte Leute mit einem Gewissen wie er selbst es hat. Meine Familie stand kurz vor dem Hungertot, als er durch mein Dorf geritten kam, auf der Suche nach einem geflohenen Gefangenen. Ich war jung und überheblich und dachte, ich könnte ihn in einem Zweikampf besiegen, auf Wut auf das, was uns der König angetan hatte. Unser Dorf hatte viel Hunger erlebt und durch die hohen Steuern standen viele am Rande des Untergangs. In meinen Augen war der König schuld an allem. Und der gesuchte Gefangene hatte sich tatsächlich bei uns versteckt.

Natürlich besiegte ich Nath in diesem Zweikampf nicht, aber anscheinend war er ziemlich beeindruckt. Er bot mir an, mich ihnen anzuschliessen, statt mich zu töten für meine Tat. Dafür würde er mir meinen Sold vorschiessen, damit ich meine Familie vor der Abreise richtig ernähren konnte. Ich hatte fünf Schwestern und einen Bruder, der damals noch ein Baby war. Meine Mutter besass kaum noch Milch für den Säugling… Dank Nathaniel ist noch niemand in meiner Familie an Hunger gestorben..."

Nun begann er fröhlich zu lachen, so dass seine Augen aufleuchteten.

„Zuerst wollte ich nicht mit, ich hatte Angst vor dem Sturkopf. Doch schau mich nun an. Sein bester Freund und treuer Anhänger des Königs. Welch Ironie."

„Was ist aus dem Flüchtling geworden? "

Nun zwinkerte mir Lucien verschwörerisch zu

„ Er ist nur ein unschuldiger, armer Schlucker, der in unserem Dorf aufgewachsen ist. Er ist in die Stadt gezogen und musste dann wieder von dort fliehen, weil er fälschlich, als Rebell verdächtigt wurde. Offiziell ist er von Nathaniel hingerichtet worden. tatsächlich hat er uns Dorfbewohnern aber geglaubt und ihn laufen lassen. Nath war schon immer ein guter Zuhörer, der gerechte Urteile zu fällen weiss, im Gegensatz zu seiner Majestät.»

„Magst du den König denn nicht?"

„Mögen oder nicht mögen… Welcher Herrscher ist schon gut oder schlecht? Zu den Seinen ist er grosszügig, wer den Sold bezahlen kann steht in der Stadt unter seinem Schutz. Oder wohl eher dem unseren."

Er griff nach seiner verletzten Schulter.

„Aber er kann auch herrisch, fast tyrannisch sein. Ich weiss, dass die Steuern viel zu hoch sind und dass er das gemeine Volk einzig für die Geldeintreibe und Nahrungsbeschaffung nutzt. Sie sind ihm nicht wichtig… Natürlich hätte ich mir ein anderes Leben gewünscht. Aber eigentlich ist es gar nicht so schlecht. Ich habe genug zu essen, meiner Familie geht es gut. Mein Baby Bruder ist in der Zwischenzeit ein junger Prachtkerl. Ein lieber Bursche. Zwei meiner Schwestern sind verheiratet und haben ihrerseits Kinder. Ich glaube ich habe kein schlechtes Los gezogen."

Bei der Erwähnung seiner Schwestern huschte ein Schatten über sein Gesicht. Er verschwand so schnell, dass ich dachte, ich hätte ihm mir nur eingebildet.

Ich begann die Verzweiflung dieser Männer zu verstehen und fragte mich immer mehr, ob ich nicht gleich gehandelt hätte.

„Nathaniel hat erzählt, dass du ihn dauernd aus Schwierigkeiten rettest."

„Ach, manchmal ist er etwas unvorsichtig. Da muss ihn jemand beschützen. Er ist ein junger Befehlshaber, aber ein guter. Es wäre schade um einen Mann wie ihn. Ausserdem gibt er uns mehr freie Tage, als uns eigentlich zustehen würde, das ist doch praktisch."

«Und Alina?»

Ich gebe zu, ich hatte es darauf abgesehen ihn zu überrumpeln und das gelang. Er lief rot wie eine Tomate an.

«Woher...? Alina... ähm...»

Ich musste lachen.

«Du hast im Fieberwahn immer wieder ihren Namen gerufen. Ich habe deine Hand gehalten und so getan, als sei ich sie, um dir Kraft zu geben. Ich glaube das hat dich gerettet lieber Lucien.»

Wäre sein Gesicht noch roter geworden, hätte man ihn tatsächlich mit einer Tomate verwechseln können.

«Oh... Ich ähm... Ich hatte im Fieberwahn tatsächlich gedacht, sie sei da, jetzt ist mir auch klar warum. Aber wir sind nicht... also, sie und ich... wir sind kein Paar weisst du.»

«Ich weiss. Ich gebe zu, das habe ich Nathaniel bereits gefragt. Ich verstehe nur nicht, warum? Ist die Gefahr so hoch?»

«Das ist sie... Leider. Es gibt da Dinge, die geschehen sind. Jedenfalls, ist es besser so.»

«Für dich oder für sie?»

«Für beide, damit sie ein langes Leben hat.»

«Und was ist mit einem glücklichen Leben?»

Er schwieg lange, schien zu überlegen.

«Ich bevorzuge, dass sie in Sicherheit ist. Glück kann sie auch mit jemand anderem finden, der weniger gefährlich für sie ist.»

Ich stimmte dem so nicht zu, wusste aber auch nicht, was erwidern. Irgendwie hatte ich das Gefühl, dass ich einen Zusammenhang noch nicht begriffen hatte, etwas, das mit Nathaniel zu tun hatte.

Ich biss mir auf die Unterlippe. Die Neugier quälte mich, aber ich wollte nicht neugierig erscheinen, kannte Lucien kaum. Doch sein Gesichtsausdruck schenkte eine solche Vertrautheit und Offenheit, dass ich mich in seiner Gegenwart wohl fühlte.

„Was möchtest du mich Fragen Yelena? Spuck es aus."

„Ähm…?"

Mein Gesicht war wohl tatsächlich ganz einfach zu lesen. Das ärgerte mich. Ich musste es mir eindeutig abtrainieren. Schliesslich siegte meine Neugier.

„Nathaniel… Er hat komisch regiert, als ich ihn fragte ob er verheiratet ist…"

„Was hat er gesagt?"

„Nur, *nein*. Aber sein Blick…"

Lucien legte den Kopf schräg, musterte mich genauer. Nun war es an mir, ein wenig zu erröten. Was war nur mit mir los? Nathaniel war ein Fremder. Ich kannte ihn nur wenige Tage, würde ihn nie wiedersehen und doch… und doch…

„Nein… Er ist nicht verheiratet, nicht mehr. Genauer gesagt, ist seine Frau ermordet worden."

Geschockt starrte ich ihn an, unsere Blicke trafen sich. Luciens Augen waren tieftraurig.

„Nath… Er heiratete mit 18 Jahren eine junge Frau, Lianna. Sie war eine meiner Schwestern… Lianna war ein Jahr jünger als ich und Nath…"

Verwitwet… Schwester… Das hörte sich schon wieder nach einer traurigen Geschichte an.

„Was ist passiert?"

„Lianna war jung und unbesonnen. Sie langweilte sich in unserem kleinen Dorf, wollte sie doch so viel mehr erleben. Aber als Frau allein konnte sie mir kaum in die Stadt folgen. Bei einem Besuch zu Hause von mir, kam Nath mit und so lernten sich die beiden kennen.

Sie kamen sich rasch näher. Lianna war ein fröhlicher Mensch, mir auf den ersten Eindruck nicht unähnlich. Sie sah wohl in Nath eine Chance, von dem Dorf weg zu kommen. Versteh mich nicht falsch, ich glaube die beiden waren kopfüber verliebt ineinander. Nur hätte ich mir gewünscht, dass sie sich mehr Zeit lassen, um herauszufinden, ob das Stad leben meine Schwester wirklich so glücklich machen würde. Tief in ihrem Innern war sie nämlich schon immer eine sehr unsichere Person, welche schon immer den Schutz ihrer Familie gebraucht hatte. Statt auf mich zu hören, handelten die beiden in junger Naivität.

Da Nath viel unterwegs ist, heirateten die beiden nach sehr kurzer Zeit, er war noch immer erst 18 Jahre alt, sie, wie erwähnt, ein Jahr jünger. Kurz nach der Hochzeit mussten Nath und ich schon wieder ins Land ziehen im Auftrag des Königs, Lianna blieb allein zurück. Es vergingen mehrere Wochen, bis er sie wieder sah. In der Zwischenzeit hatte sie eine Fehlgeburt gehabt, von der sie sich nur schlecht erholte. Es… kommt so oft vor, trotzdem machte sie sich Vorwürfe und innerlich wohl auch ihm, weil er nicht da war… Von der Enttäuschung mental geschwächt, hatte sie das

Warten sehr unglücklich gemacht, wir erkannten sie kaum wieder. Unsere Eltern waren auch nicht dort, um ihr zu helfen und allein getraute sie sich nicht, sie zu besuchen. So lachte sie nicht mehr, blies Trübsal... Die Stadt war nicht das, was sie sich vorgestellt hatte. Nathaniel hat sich sehr um sie bemüht, damit es ihr besserging. Er hätte alles für sie getan und sie begann wieder zu lachen, begann wieder glücklich zu sein..."

Ich wagte mir nicht auszumalen was folgen würde. In stummem Entsetzen hörte ich weiter zu.

„Das Glück war von kurzer Dauer. Die beiden warn keine drei Jahre verheiratet, als er zu einer längeren Mission berufen wurde. Es war davor schon ein auf und ab mit den beiden, aber die Aussicht auf eine Monate lange Abwesenheit, war furchtbar für meine Schwester. Ich glaube das war das einzige Mal, dass ich ihn Zweifeln sah ab seiner Position. Aber was sollte er schlussendlich tun? Den Dienst quittieren? Ein Soldat wird kaum mehr eine andere Anstellung finden, Hungern ist vorprogrammiert. Nathaniel hatte zuvor bereits eigene Familienmitglieder an den Hunger verloren. Er fürchtete sich davor, ihr nichts bieten zu können, obschon das, was meine Schwester wollte nur er war. Ich glaube er hatte es lange überlegt, sich nach alternativen arbeiten umgeschaut, welche er schlussendlich nicht fand. Sie sehnte sich nach dem Land, der Familie. Ich frage mich heute, ob sie gar mit dem Gedanken gespielt hatte, ohne ihn zurückzuziehen. Ob er sie nun in der Stadt oder bei der Familie zu Hause besucht, spielte es eine Rolle? Es war und ist bis zum heutigen Tag das einzige Mal, das Nath und ich uns wirklich stritten. Ich flehte ihn an bei Lianna zu bleiben. Er lehnte ab, entschlossen seine Leute zu schützen und wieder mit Ihnen in den Kampf zu ziehen, auch um seine Frau vor Hunger und Armut zu schützen. Der Rest dachte er wohl, würde schon gut kommen mit der Zeit... Wir waren so jung und dachten wir hätten alle Zeit der Welt, um die Zukunft zu planen... Er hat sie nicht mehr lebend wieder gesehen."

Mir war unerklärlich kalt geworden. Seid Nathaniel und seine Soldaten angekommen waren, hörte ich nur noch traurige Geschichten, ich wurde an meine eigene Vergangenheit erinnert. Wie naiv war ich all die Jahre gewesen zu glauben, das Leben jenseits unseres Dorfes wäre einfacher.

Lucien beendete die unglückliche Geschichte

„Wir Soldaten haben viele Feinde. Rebellen und Anhänger des verschollen geglaubten Bruders des Königs welche sich immer wieder zu erheben versuchen. Völlig unsinnig, der einzige Bruder des Königs starb im Kindesalter, irgendwelche Fanatiker glauben noch immer, er würde sich aus dem Grabe erheben... Aber wie auch immer...

Einer der Verräter, ein mysteriöser Mann und wahrscheinlich Rebell, hat es auf die Familien der Königlichen Soldaten, vor allem deren Befehlshaber abgesehen. In einer einzigen Nacht, als viele Befehlshaber auf Missionen ausserhalb der Hauptstadt waren, mobilisierte diese Rebellengruppe Männer, welche in die Häuser einbrachen und die Familien ermorden liessen... Viele Unschuldige verloren in jener Nacht ihr leben.

Als wir in derselben Nacht spät heimkehrten, nach vielen Monaten der Abwesenheit, fand er seine Frau erstochen auf, noch immer in ihrem eigenen Blut liegend, was alles mit ihr angestellt worden war, kann ich gar nicht erzählen, es ist zu schrecklich... Verängstigte Nachbarn erzählten ihm erst einige Zeit später, dass sie kurz zuvor ein gesundes Kind geboren hatte... Von diesem war nichts mehr gesehen, doch das Haus stand in Flammen und wir glauben..."

Hier brach er kurz ab und schluckte leer, unfähig den Satz zu Ende zu bringen.

«Ich konnte Nathaniel kaum von seiner ermordeten Ehefrau wegbringen, immer wieder schrie er ihren Namen, wollte es nicht glauben..."

Tränen traten in Luciens Augen. Meine waren ebenfalls verdächtigt feucht, doch ich beugte mich zu dem trauernden Bruder herunter, ergriff seine Hände und drückte sie fest.

„Es tut mir so leid. Für euch beide."

Und ich klagte über die Schuld, welche ich durch den Tod meiner Mutter auf mich genommen hatte? Wie viel grösser mussten seine Schuldgefühle gewesen sein.

Unter Tränen lächelte der verwundete Mann.

„Danke Yelena. Auch ich werde den Anblick niemals vergessen. Nath spricht fast nie über sie. Seit den Geschehnissen verdrängt er alle Gefühle, um nicht mehr verletzt zu werden. Es ist so traurig. Es war auch für mich schwer, aber ihn so leiden zu sehen, brach mein Herz doppelt. Wie er das überlebt hat, ist mir manchmal ein Rätsel."

Und Lucien wollte die Frau, die er liebte, nicht heiraten aus Angst, dass ihr das gleiche Wiederfahren könnte. Einsamkeit und ein grausamer, ungerechter tot. Jetzt verstand ich seine Beweggründe.

„Als er ihren leblosen Körper fand, war es das einzige Mal, dass ich ihn hatte weinen sehen. Seitdem verbirgt er die Gefühle hinter einer Maske von Gleichgültigkeit. Selbst bei ihrer Beerdigung, hatte er keine Träne vergossen. Nie wieder sollte jemand seine Verletzlichkeit erkennen, damit keine andere Person mehr dafür leiden musste, ihm nahezustehen. Liannas tot hat ihn verändert."

Ein Schatten verdunkelte den Hauseingang. Nathaniel stand in der Haustür.

Er starrte uns an. Ganz offensichtlich hatte er den letzten Teil unsere Unterhaltung mitbekommen.

„Wenn du nicht verletzt wärst, würde ich dir jeden einzelnen Knochen brechen."

Lucien schien sich ab der Drohung nicht zu stören. Er zuckte gespielt fröhlich mit den Schultern.

„Probiere es ruhig, wenn es dir guttut."

Nathaniels Augen funkelten zornig.

„Die Geschichte geht Fremde nichts an."

Ich erhob mich rasch.

„Lucien wollte nur…"

„Es ist mir egal was er oder du wollt. Es geht niemanden etwas an!"

Seine Heftigkeit versetzte mir einen Stich. Dennoch war ich entschlossen mich nicht klein kriegen zu lassen.

„Sie war auch Luciens Schwester, er hat jedes Recht der Welt davon zu erzählen, wenn er sich danach fühlt. Und überhaupt, eine Fremde nennst du mich? Nach dem wir deinen Freund Seite an Seite wieder zusammengeflickt haben? Zudem hast du mir erst kürzlich den Rat gegeben, vorwärtszusehen. Ich habe dir meine schlimmste Geschichte anvertraut und du hast sie verstanden. Denkst du, ich verstehe die Deine nicht?"

Aus den Augenwinkel bemerkte ich wie Lucien mit offenem Mund da sass. Offensichtlich redeten nicht viele Leute ausser ihm so mit ihrem Anführer.

„Es geht nicht darum, ob du sie verstehst oder nicht. Es… tut einfach weh."

Ich legte ihm beschwichtigend eine Hand auf die Schulter.

„Das weiss ich... Ich beginne zu verstehen, dass wir alle unser Bündel auf den Schultern tragen. Sei mir nicht böse ab meiner Neugier. Auch Lianna hätte gewollt, dass du vorwärtsschaust und wieder glücklich wirst, ganz genauso wie meine Mama."
Er wollte meine Hand wegnehmen, verharrte schlussendlich aber mit der Seinen auf meiner und drückte sie sanft.
„Ye..."
„Tochter!"
Mein Vater stand im Türrahmen und funkelte ebenso böse wie Nathaniel kurz zuvor zu uns herüber. Eiligst liess Nathaniel meine Hand los und mein Arm viel erschrocken herunter.
„Papa?"
Mein Vater winkte mich zu sich.
„Komm mit mir."
Nathaniel wollte die Situation entschärfen.
„Hören Sie, es..."
„Rührt meine Tochter nicht an! Ob Befehlshaber oder König, wenn Ihr meine Tochter noch einmal anrührt, breche ich euch sämtliche Knochen!"
Nathaniel blieb mit offenem Mund stehen, was mir ein Kichern entlockte. Immer diese Knochenbrecherei.
Solche Worte hätten das Todesurteil meines Vaters bedeuten kön-nen, aber ich schätzte Nathaniel nicht als nachtragend ein. Mein Vater zog mich hinter sich aus dem Haus, ohne noch etwas hinzu-zufügen.
Kaum waren wir ausser Hörweite drehte er mich zu sich herum, so dass ich ihn ansehen musste.
„Yelena, ich sage dir das nur ein einziges Mal: Halte dich von die-sem Mann fern, er ist gefährlich."
Trotzig starrte ich zurück.

„Ich habe gar nichts getan Vater. Du bildest dir aus nichts etwas ein. Nathaniel hat mir eben von seiner verstorbenen Ehefrau erzählt!"

nun, eigentlich war es Lucien gewesen, aber ich hatte keine Lust auszuschweifen.

„Trotzdem Kind. Nähere dich keinem von ihnen, auch den Soldaten nicht. Du bist jung und schön. Wer weiss, was sie mit dir anstellen."

„Ich kann auf mich aufpassen."

„Nein, kannst du nicht! Du bist ein junges Mädchen, du hast keine Ahnung was Männer mit jemand wie dir anstellen können. Es gibt grausame Männer mein Kind. Die nur darauf warten eine junge Frau zu verführen und sie zu schänden. Die Welt da draussen ist gefährlich. Die Soldaten haben diese Gefahr zu uns gebracht."

Mein Vater übertrieb mal wieder. Er wollte meinen Arm ergreifen, doch ich schüttelte ihn ab.

„Papa, es ist lieb das du dir Sorgen machst, aber sie sind überflüssig. Nathaniel ist bloss dankbar, dass ich seinen Freund gerettet habe. In ein paar Tagen sind sie weg, raus aus meinem Leben. Bis dahin interessiert es mich, wie ein Soldat des Königs denkt. Ich möchte offen sein für die Welt, andere Meinungen hören, mir selbst ein Bild machen. Mama hätte mir das auch geraten."

Mein Vater seufzte tief. Er versuchte, sich zu beruhigen.

„Du bist zu leichtgläubig Kind. Du bist nicht bereit für diese Welt. Vertraue keinen Fremden."

„Ah ja, soweit ich mich erinnere ist Mama mit so einem Fremden hier hingekommen hat ihn geheiratet und daraus bin ich entstanden."

Etwas versöhnlicher fügte ich hinzu

„Papa… Ich verstehe dich. Aber bitte versuche auch mich zu verstehen und mach dir keine Sorgen um mich. Ich muss mein eigenes Leben in die Hand nehmen. Ich werde vorsichtig sein. Ich habe auch gar nicht vor etwas Unbesonnenes zu machen oder gar durchzubrennen. Ich möchte doch nur mehr über dieses Königreich, mein Heimatland erfahren."

„Wann bist du so erwachsen geworden?"

Ich umarmte ihn. Mein Papa war kein Mann der grossen Zuneigungsworte, doch diese Sprache verstand er.

„Wir werden alle erwachsen. Die Zeit wartet auf keinen von uns."

4. Dieser eine Moment

Die nächsten Tage kümmerte ich mich hauptsächlich um Lucien, sorgte dafür, dass seine Wunde sauber heilte. Mai leistete mir oft Gesellschaft, beobachtete mich genau. Auch sie freundete sich schnell mit dem gutmütigen Lucien an und kicherte bald hemmungslos mit ihm um die Wette.

Nathaniel war mit seinen Männern beschäftigt, lies diese nach wie vor überall aushelfen, wo sie gebraucht wurden. Dazwischen trainierten sie. Er musste auch die Pläne für die weitere Reise durchgehen. Sie hatten durch den Zwischenhalt hier viel Zeit verloren, der König würde nicht erfreut sein, wie Lucien mir erklärte. Der Spion war noch immer auf freien Fuss und würde die Verzögerung womöglich zur Flucht über die Grenze nutzen.

Ich beobachtete Nathaniel und die Soldaten beim täglichen Training. Nathaniel war ein geschickter Schwertkämpfer. Seine Hiebe waren flink, seine Bewegungen liessen an einen Tiger erinnern. Es gab Soldaten die kraftvoller zuschlugen als er, aber er war ihnen immer einen Schritt voraus.

Gemeinsam hatten wir Lucien an diesem Morgen nach draussen geholfen, so dass er sich im Schatten eines Baumes hinlegen konnte, in einer halb sitzendenden Position damit er das Training beobachten konnte. Ich hatte mich neben ihn gesetzt. Er war ein angenehmer Gesprächspartner.

„Nathaniel ist unglaublich geschickt mit dem Schwert."

„Da hast du recht Yel, er ist der Beste von uns. Seine Position hat er sich zurecht erarbeitet, keiner kann ihm das Wasser reichen. Ich glaube der König hätte ihn gerne als vertrauten, doch Nath will nicht. Für ihn reicht es, an der Seite seiner Männer zu kämpfen. Ich glaub er möchte dem König nicht noch näherkommen."

„Es muss schwer sein sich für etwas einzusetzen, was einem nicht ganz überzeugt."

„Na, man gewöhnt sich dran. Wir haben auch lustige Zeiten, so unglaublich das auch klingen mag. Nath ist zwar nicht das sonnigste Gemüt, dafür umso besser geeignet für tiefsinnige Gespräche. Widerstrebt dir deine Arbeit niemals?»

Ich überlegte lange.

«Du meinst, wenn ich jemandem helfe, der nicht wirklich ein guter Mensch ist?»

Lucien nickte und grinste dabei. Viele dachten wohl, er sei kein guter Mensch. Ich wusste es in der Zwischenzeit besser.

«Nein, meine Arbeit widerstrebt mir niemals. Ob Gut oder Böse liegt doch sowieso im Auge des Betrachters. Ich möchte nur helfen, ohne zu hinterfragen.»

Lucien schien dem Gedanken eine Weile nachzugehen. Doch dann rümpfte er plötzlich die Nase und schnüffelte missbilligend an sich.

„Bin das ich der so stinkt?"

Ich wollte ihn nicht auslachen konnte mich jedoch nicht beherrschen.

„Ich fürchte schon, sorry."

Tatsächlich hatte ich ihm zwar ein frisches Hemd von Papa besorgt, doch er wollte sich nicht waschen lassen und blieb stur. So war das Hemd zwischenzeitlich gar nicht mehr frisch.

Er verzog die Nase, während er sich durchs schmutzige Haar strich.

„Oh nein, meine Haarpracht ist futsch… Stinken tue ich und sitze dabei neben einer bezaubernden jungen Frau. Das ist der Tiefpunkt meiner Karriere."

„Welche Karriere du Theaterstart?"

Nathaniel hatte sein Training beendet und war neben uns getreten.

„Danke, das hilft… Ich möchte mich waschen, das ist ein Befehl."

Der junge Befehlshaber zog die Augenbraue hoch.

„Du erteilst mir befehle?"

Lucien zuckte verschmitzt lächelnd mit den Schultern. Nathaniel verzog die verschwitze Nase, als er sich seinem Freund näherte. Ich merkte, dass auch er sich ein Lächeln verkniff.

„Gut, in diesem Fall gebe ich dir Recht, du musst dich wirklich waschen."

Ich sprang auf. Ich wollte die Gunst der Stunde nutzen, bevor sich Lucien wieder zu sträuben begann.

„Ich habe eine Idee, Nathaniel komm und hilf mir."

Entschlossen packte ich seinen Arm und zog ihn mit mir. Lucien liessen wir unter dem Baum allein zurück.

Ich eilte mit wehenden Röcken zu Peeter, einem kräftigen mittelalten Mann. Er war verantwortlich mit Karren und Fässern Wasser aus dem See zu schöpfen für den täglichen Haushalt. Da es die letzten Tage geregnet hatte, waren die Fässer gefüllt mit Regenwasser, was ein Mühsames schleppen vom See zum Dorf ersparte.

„Peeter! Ich bräuchte ein Fass Wasser, um meinen Patienten zu säubern."

Kritisch musterte er meine Begleitung.

„Wasser ist sehr kostbar Yelena, das solltest du wissen. Kann er nicht zum See gehen?"

„Er ist noch immer verletzt! Die nächsten Gewitter werden bald folgen, mach dir keine Sorgen, dieser Sommer hat eine Tendenz zu viel Regen. Es ist nur ein Fass. Bitte."

Seine Miene blieb hart. Er wusste, dass er mir die Bitte nicht abschlagen konnte, nicht in Nathaniels Gegenwart. Deshalb hatte ich ihn mitgenommen, ich kannte meine Leute gut genug. Wäre ich alleine aufgetaucht, hätte er mich nur ausgelacht.

„Natürlich... nehmt es Euch. Wenn ihr wollt auch gleich alle, damit sich die gesamte Mannschaft waschen kann."

Das war natürlich ironisch gemeint. Eisig wandte er sich ab und verschwand, bevor ich ihn darum bitten konnte, beim Tragen zu helfen.

„Ich sehe, wir sind hier sehr beliebt."

Ich winkte ab.

„Ach, lass ihn grummeln, das wird schon wieder. Wir haben, was wir wollen."

Mit vereinten Kräften buckelten und rollten wir das grosse, geschlossene Fass zurück zu Lucien, welcher schon ungeduldig wartete und reklamierte, weil wir ihn allein gelassen hatten.

„Du bist kein kleines Kind mehr alter Kamerad. Hätte Yelena bleiben und dir Händchen halten sollen?"

„Na klar. Ich bin verletzt. Und jeder weiss, dass ein verletzter Mann zum Baby mutiert, das ist ein Gesetz der Natur!"

Ich tätschelte seinen Kopf.

„Armes, grosses Baby. Komm ich helfe dir beim Ausziehen."

Zuerst lachte er laut darauf los. Als er jedoch merkte, dass ich diese Aussage durchaus ernst gemeint hatte, stiess er mit dem freien Arm nach mir.

„Hey, warte, warte, ich nehme es ja zurück, war nicht ernst gemeint."

Ungerührt zog ich an seinem ohnehin schon ruinierten Hemd und zog es ihm über den Kopf. Er betrachtete mich aus grossen grünen Augen, als ob ich den Verstand verloren hätte.

Ich stemmte die Hände in die Hüfte.

„Wie sollen wir dich sonst waschen? Mit den stinkenden,

Kleidern? Kommt nicht in Frage. Dein altes Hemd ist in der Zwischenzeit gewaschen und getrocknet, dass kannst du danach wieder anziehen, aber erst wenn du sauber bist."

„Oh… Waschen?"

Das verdutzte Gesicht seines Kameraden liess den Befehlshaber auflachen.

„Hast du gedacht sie wolle dich verführen?"

Ich nutzte die Verlegenheit meines Patienten schamlos aus, indem ich begann ihm die Hosen auszuziehen.

„Wow junge Dame, moooment mal!"

„Ruhe. Du bist mein Patient und ich sorge mich um dein Wohlergehen. Ich werde dich NICHT in deinen Kleidern Waschen. Und du bist nicht mein erster Verletzter. Jetzt krieg dich wieder ein und halt still."

Meinem Befehlston widersprach keiner mehr. Nathaniel hatte wohl recht, ich konnte führen. So stand der junge Mann bald in Unterwäsche vor mir. Seine Kameraden hatten sich längst verzogen, daher fand ich das ganz Legitim. Ich begann zuerst seine Wunde vorsichtig mit einem nassen Lappen zu säubern. Sie heilte gut, würde wahrscheinlich nur eine kleine Narbe zurücklassen. Dann leerten wir ihm gemeinsam Wasser über den Kopf damit wir seinen ganzen Körper vom Blut und Schmutz befreien konnten. Nathaniel half tatenkräftig mit. Ihn schien die Situation zu amüsieren. Lucien hingegen schmollte still vor sich hin und murmelte dauernd etwas von wegen Ehrverletzung und grösste Peinlichkeit seines Lebens.

„Gewöhn dich daran, irgendwann kannst du dich von Alina versorgen lassen. "

„Werde ich nicht und ich werde sie auch nicht heiraten."

„Ah, also spielen wir bereits mit dem Gedanken an Hochzeit?"

Er funkelte mich wütend an, aber so ganz gelang es ihm nicht, die Verlegenheit zu verbergen.

„Gar nicht wahr. Ich werde mich von ihr fernhalten."

„Wir werden sehen."

Zuletzt wusch ich seine Haare nochmals gründlich mit einer selbst hergestellten Seife, kämmte sie dann sogar.

„So, das sieht doch schon viel besser aus."

„Meine Kleider bitte."

Sein Freund schlug ihm auf die verletzte Schulter.

„Wie wäre es mit einem Danke?"

„Aua! Was ist eigentlich mit dir los Nath? Du bist verdächtig fröhlich."

„Ich sehe dich auch nicht jeden Tag von einer Frau besiegt."

„Hahaha, ich lach mich tot. Das nächste Mal lasse ich den Pfeil dein Herz durchbohren."

„Ich glaube Nathaniel würde als Geist zurückkommen und dich ewig jagen."

„Siehst du? Auch die Yel hat schon gemerkt was für ein fieser Mensch du bist Nath."

Wir lachten gemeinsam. Diese Menschen wuchsen mir immer mehr ans Herz. Ich erhob mich.

„Ich hole dir die saubere Kleidung und eine Hose von meinem Vater. Du bist kräftiger, aber wir werden dich schon hinein quetschen."

Immer noch schmunzelnd liess ich die beiden allein.

Ich war bis in den späten Abend hinein damit beschäftigt neue Kräuter aufzusetzen, damit ich sie meinem Patienten mitgeben konnte, sobald sie aufbrachen. Ich hatte gute Heilmittel, welche verhindern sollten, dass die Wunde zu eitern begann, oder er sich doch noch eine Blutvergiftung holte.

So sass ich nach Einbruch der Dunkelheit noch vor unserem Dorfbrunnen und sortierte im Licht des Mondes die verschiedenen Kräuter. In unserer Hütte war es zu dunkel und ich wollte die Pflanzen ohnehin noch gründlich waschen, bevor ich sie zubereitete. Mir war klar, dass sie nicht mehr ewig bleiben würden, und es sollte alles bereit sein, damit sich Lucien wieder vollständig erholen konnte.

Ganz in meine Gedanken vertieft, hörte ich Peeter nicht kommen, bemerkte den Wassertransporteur erst, als er vor mir stand und mich unfreundlich anknurrte.

„Was für einen Mist braust du nun wieder zusammen? Manchmal frage ich mich, ob du nicht doch eine Hexe bist."

Ich packte eiligst meine Kräuter zusammen und erhob mich.

„Was ist dein Problem Peeter. Ich versuche nur zu helfen. Wie ich jedem von euch helfen würde!"

Er trat einen bedrohlichen Schritt auf mich zu. Meine Nackenhaare stellten sich auf, meine Sinne wurden glasklar. Ich fühlte den Hass, der von diesem Dorfbewohner ausging.

„Deine Mutter bringst du um, aber dem elenden Soldatenpack hilfst du. Vielleicht wäre es besser, wenn du von hier verschwinden würdest. "

Er trat noch einen Schritt näher, musste nur noch die Hand ausstrecken, um mich zu packen. Ich musste mich entscheiden. Versuchen davonlaufen oder mich ihm stellen. Peeter war erst als jugendlicher zu uns gekommen, nachdem das Dorf, in welchem er geboren war, von Soldaten des Königs angegriffen und vernichtet worden war. Seine Eltern waren dabei umgekommen. Ich konnte seinen Hass somit nachvollziehen. Trotzdem entschied ich mich, mich nicht einschüchtern zu lassen, oder ich würde mich für

immer vor ihm und anderen gehässigen Dorfbewohnern fürchten
müssen.

„Ich verstehe deine Sicht Peeter. Aber ich bin eine Heilerin und
ich werde niemanden abweisen."

Ich sah, wie seine Hand zuckte und fuhr schnell, aber bestimmt
fort

„Überlege dir jetzt sehr gut, was du tust. Wenn du mich verletzt,
wer wird das nächste Mal deinen kranken Onkel Pflegen, wenn
ihn sein Rheuma wieder plagt? Wer wird über deine Tochter wachen, wenn sie Fieberträume und Schüttelfrost hat? Oder wenn
sich dein Sohn wieder beim Spielen verletzt, wer schaut dann,
dass sich die Wunde nicht entzündet und er an einer Vergiftung
stirbt? Wer Peeter? Wer ist dann da? "

Ich sah die kalte Wut in seinen Augen, eine Sekunde dachte ich, er
würde mich schlagen. Dann liess er die Schultern sinken.

„Wie auch immer. Schau, dass er schnell gesund ist, damit die
Plage verschwindet. "

Damit machte er auf dem Absatz kehrt und verschwand in die
Dunkelheit.

Der Schreck sass mir noch immer in allen Gliedern. Es war nicht
die erste Drohung aber sicherlich eine der ernsteren. So stand ich
da, mit der Hand fühlte ich meinen wild pochenden Herzschlag.

„Mutig ist die kleine Heilerin also auch."

Noch immer zittrig von der unerfreulichen Begegnung liess ich
beinahe meinen Kräuterkorb fallen vor Schreck ab der neuen Störung.

Aus dem Schatten einer nahegelegenen Hütte, trat Nathaniel hervor.

„Du! Du bist aber auch überall."

Er näherte sich mir, kniete vor mir auf den Boden, um einige heruntergefallene Pflanzen aufzuheben. Seine Präsenz war weit weniger bedrohlich. Im Gegenteil…

„Ich fand keinen Schlaf und wollte einen Spaziergang machen, dabei habe ich gesehen, wie sich dir dieser Mann genähert hat. Ich wollte schon eingreifen, aber ich habe gemerkt, dass du die Situation voll und ganz unter Kontrolle hast. "

„Danke. "

„Dass ich dir helfen wollte? "

Ich schüttelte lächelnd den Kopf.

„Nein… Oder ja, dafür natürlich hauch. Aber vor allem: Danke, dass du dich nicht eingemischt hast. Ich werde genug bemuttert von meinem Vater. Und ausserdem gibt es schlachten, die man allein kämpfen muss, wenn man akzeptiert werden will. Das war so eine."

Er reichte mir die Pflanzen. Als sich unsere Hände berührten, ging ein Stromschlag durch meinen Körper, mein Herz machte einen weiteren Satz, dieses Mal vor Aufregung. Er lächelte mich an.

„Ich weiss. Und du hast die Schlacht mit Bravour gewonnen. Deine Mama da oben im Himmel ist sicher sehr stolz auf die junge Frau, die du geworden bist."

Die Worte taten so gut, erwärmten mein Herz.

Er betrachtete mich nachdenklich.

„Ich glaube, du könntest in der Hauptstadt grossartiges bewirken."

Überrascht sah ich zu ihm hoch und fragte, wie er auf diese Idee käme.

„Du kümmerst dich mit ganzem Herzen um deine Patienten und zugleich hast du den Mut, den Leuten die Stirn zu bieten. Ich bin noch keinem Heiler oder Arzt begegnet, der mit solcher Hingabe um ein Leben kämpft. Zudem glaube ich, dass Stadtleben würde dir gefallen."

„Wirklich?"

„Oh ja. Das Leben pulsiert darin. Es ist immer etwas los, die Märkte sind voller wunderlicher Dinge. Du hättest nie Langeweile, im Gegenteil, du würdest wahrscheinlich rund um die Uhr gebraucht werden. Sicherlich, es gibt auch viel Leid und Armut. Aber gerade bei den Ärmsten könntest du wahrliche Wunder vollbringen. All die Waisenkinder und Bettler, welche du retten würdest. Ich sehe, dass du dich berufen dazu fühlst, anderen zu helfen und in der Stadt könntest du so viel mehr noch erreichen als in dem kleinen Dorf. Auch wenn du natürlich für die Bewohner mehr als wertvoll bist. Ich glaube du würdest das Leben dort lieben, trotz aller Schwierigkeiten."

Ich seufzte tief, wohlwissend, dass ich aller Wahrscheinlichkeit nach, nie von hier wegkommen würde.

Ja, ich hatte öfters davon geträumt, diese Welt zu sehen, unsere Hauptstadt zu durchstreifen. Ich wollte helfen, wirklich helfen. Aber selbst, wenn ich die finanziellen Mittel gehabt hätte, so konnte eine Frau unmöglich alleine Reisen und mein Vater war definitiv nicht mehr fit genug dafür.

„Würde eine Frau denn überhaupt akzeptiert werden?"

„Nun, nein, natürlich nicht von der Allgemeinheit. Leider. Aber all die armen Seelen würden dir um den Hals fallen vor Dankbarkeit. Und die Frauen, welche nicht ernst genommen werden erst recht. Lianna hat sich dauernd darüber beklagt, dass sie sich von den Ärzten nicht ernstgenommen fühle."

Seine Frau… Das war der Themeneinstieg, den ich gesucht hatte.

„Nathaniel… Wie kommt es, dass du zu mir von sich selbst vergeben sprichst, während ich genau denselben verzehrenden Schmerz in deinem Gesicht sehe?"

Ich merkte, dass er sich schon wieder von mir abwenden oder zumindest das Thema wechseln wollte, doch diesmal würde ich das nicht zulassen.

Ich hielt seinen Arm fest. Mit einem tiefen Seufzer drehte er sich mir zu, den Kopf gesenkt.

„Sie hat alles aufgegeben meinetwegen, die Sicherheit ihres Dorfes nur um auf so grausame Weise aus dem Leben gerissen zu werden. Wie könnte ich mir das verzeihen?"

„Es war eure gemeinsame Entscheidung zusammen ein Leben in der Hauptstadt aufzubauen. Das machen Menschen, die sich gerne haben, sie bauen eine Zukunft zusammen auf. Wie hättest du jemals wissen können, dass ein Komplott geschmiedet wird gegen die Hauptmänner? Ich war ein leichtsinniges Kind, aber du, du konntest nichts davon ahnen, als du wegen deiner Arbeit als Soldat des Königs die Stadt verlassen hast. Du kannst rein gar nichts dafür."

Er hob den Blick, schien mir aber nicht in die Augen sehen zu können, stattdessen sah er zum Mond hoch.

„Sie wollte mich verlassen."

„Bitte?"

„Lianna… Hat das Stadtleben gehasst. Sie warf mir vor, dass ich gar nie für sie da war, dass ich sie dauernd allein lassen würde und so war es auch. Ganz einsam in der Fremde hatte sie keine Aufgabe. Nicht wie du, die tausend Dinge zu erledigen hätte. Sie wollte einfach eine gute Hausfrau sein, mit einer Familie mit vielen Kindern. Da ich oft Nächte lang weg war und eigentlich auch sonst nicht einfach nur bedient werden wollte, was blieb ihr an Arbeit? Nichts und auch keine Freunde, um gemeinsam Tee zu trinken oder was weiss ich… Mit den Kindern schien es am Anfang auch nicht zu klappen."

„Ja aber, das Umfeld hätte sie sich doch aufbauen können. Und was Kinder betrifft, sowas braucht nun mal manchmal Zeit. Da kann man doch nicht immer erwarten, dass alles auf Anhieb funktioniert. "

Er zuckte mit den Schultern. Das war es wohl, was Lucien damit gemeint hatte, dass die beiden noch so jung gewesen waren. Sie hatten eine Entscheidung in der ersten Euphorie getroffen, welche danach für beide nicht einfach gewesen war.

Jetzt, wo er zu reden begonnen hatte, floss es nur so aus ihm heraus.

„Wir hatten einmal einen furchtbaren streit… Sie warf mir vor, dass ich hier hätte sagen müssen, wie oft ich weg bin. Sie wollte wieder zurück aufs Land ziehen. Doch ich bat sie, dem ganzen noch etwas Zeit zu geben, uns etwas mehr Zeit zu geben. Hätte ich sie damals ziehen lassen, würde sie heute noch leben."

Sanft berührte ich mit beiden Händen sein Gesicht, so dass er mich endlich anschaute.

„Und vielleicht wäre sie auf dem nach Hause weg überfallen und getötet worden und du hättest dir immer vorgeworfen, nicht länger um sie gekämpft zu haben. Vielleicht, wenn du sie nie in die Stadt genommen hättest, wäre sie in ihrem Dorf an einer Grippewelle gestorben und du hättest dich immer gefragt, warum du sie nicht mitgenommen hast. Was wäre, wenn… Wer weiss das schon. Du hast im besten Wissen und Gewissen gehalten und es gibt daher nichts, was du dir vorwerfen musst. Lass die Trauer zu, aber die Vorwürfe hinter dir. Auch du verdienst ein glückliches Leben."

„Yelena, ich..."

Noch immer hielt ich sein Gesicht umschlossen, zwang ihn, mich anzuschauen.

„Was immer auch zwischen euch war, ganz bestimmt hätte sie nicht gewollt, dass du ein Leben lang unglücklich bleibst. Die verstorbenen sind fort und wir lebenden, also lass uns das Leben umarmen. Egal was wir machen, sie kommen nicht zurück, aber wir, wir können die Zeit geniessen, die uns auf dieser Welt gegeben ist. "

„Vielleicht hast du Recht, danke kleine Heilerin. Auch Herzwunden scheinst du zu erkennen und behandeln zu können."

Er schenkte mir sein rares, von Herzen kommendes Lächeln. Wir sahen uns an und wieder spürte ich dieses Kribbeln in mir. Er war mir so nahe, ich brauchte ihm nur den Kopf entgegenzustrecken. Doch während ich noch darüber nachdachte, drehte er sein Gesicht weg, entzog sich meinen Händen.

„Nun, es ist schon spät. Du solltest dich etwas ausruhen kleine Heilerin."

Ratlos liess er mich unter dem Nachthimmel zurück.

Die Zeit verging schnell. Ich hatte mich meinem Vater zuliebe etwas zurückgehalten und nur noch in Anwesenheit anderer Leute mit Nathaniel gesprochen, von dem zufälligen, nächtlichen Treffen einmal abgesehen. Auch die anderen Soldaten waren sehr sympathische, gute gelaunte Männer. Ich sass oft nach ihrem Training mit ihnen in der Runde und unterhielt mich mit allen. Nathaniel und sogar Lucien waren meistens dabei. So nett die anderen auch waren, so war es doch der junge Hauptmann, dem ich oftmals meine ganze Aufmerksamkeit schenkte, ob ich es wollte oder nicht.

Bald eröffnete man mir, dass sie in zwei Tagen abreisen würden. Sie hatten schon zu viel Zeit verloren und mussten weiter. In dieser zweitletzten Nacht tat ich kaum ein Auge zu. Immer wieder wälzte ich mich in meinem Bett hin- und her und fragte mich, ob ich ihn wirklich einfach so ziehen lassen sollte. Ich wusste beim Himmel, dass eine gemeinsame Zukunft ausgeschlossen war, aber wenigstens einen Augenblick? Nur einen einzigen, um meinem aus den Fugen geratenen Herzen zu zeigen, was Zweisamkeit bedeutete?

Wenn ich ihn schon nicht mehr wiedersehen sollte, wollte ich zumindest noch einmal allein mit ihm sein und herausfinden, was dieses Kribbeln war, dass immer durch mich ging, wann immer ich ihn nur schon von weitem sah. Und so entschloss ich mich, es darauf ankommen zu lassen. Ich wollte es wissen und dann konnte ich ihn ziehen lassen, ohne etwas zu bereuen. Wenn ich nichts unternahm, würde ich mich ein Leben lang fragen, was gewesen wäre, wenn.

Nach dem Training der Soldaten blieb ich auf der Wiese stehen und winkte ihm.

Verschwitzt trat er auf mich zu, während die restlichen Männer sich in Richtung Mittagessen entfernten. Lucien war an diesem Tag im Zimmer geblieben, um sich noch einmal richtig auszuruhen vor dem Aufbruch.

Mein heute langer, blauer Rock wehte im Abendwind. Seit die Soldaten hier waren, hatte es nicht ein einziges Mal mehr geregnet und es war wärmer geworden.

Heute schienen Nathaniels Augen sehr blau. Ich war immer wieder aufs Neue fasziniert von ihnen.

„Lust auf einen Spaziergang?"

amüsiert musterte er mich.

„Ich glaube nicht, dass dies deinen Vater freuen würde."

Ich zuckte mit den Schultern.

„Er wird es überleben."

Ich ergriff seinen Arm und zog ihn mit.

„Komm, bevor er mich sieht."

Schmunzelnd folgte er mir, das Schwert trug er noch immer um die Hüfte, sein Haar war feucht vom Training.

„Ich weiss nicht, ob ich eine angenehme Gesellschaft bin, so verschwitzt und stinkend?"

Ich winkte ab.

„Glaub mir, dein Freund hat schlimmer gerochen die letzten Tage, ich bin es mich gewöhnt."

Er schien das witzig zu finden. Lachend folgte er mir. Ich wollte noch einmal zu dem See gehen, der ihm so gefallen hatte. Er schien es zu erraten.

„Warte Yelena. Warum nehmen wir uns nicht die Pferde und reiten zum See?"

„Ähm… Ich kann nicht reiten."

Wieder lachte er vor Erheiterung. Ich hatte ihn nur selten Lachen sehen um seine Männer herum, selbst sein bester Freund entrang ihm nur selten eines. Irgendwie schien mir, als ob auch er einen Entschluss gefasst hatte.

„Es ist nicht schwer. Komm ich zeige es dir. Das Pferd wir deine gute Seele spüren."

Wir näherten uns der Koppel. Sie war zum Glück etwas abgelegen von unserem Haus. Nathaniels Pferd war eine schwarze Stute, welche er Krya nannte. Er war jeden Tag mit ihr ausreiten gegangen seid sie hier waren. Er führte mich zu einem grossen Tier, mit braunem Fell und langer Mähne.

„Das ist Luciens Pferd Schocko. Er ist sehr liebevoll und geduldig, auch weniger launisch als meine Krya. Komm, ich helfe dir hoch."

Er sattelte die Tiere, dann zeigte er mir wie ich mit Hilfe des Steigbügels hochkommen konnte. Er stütze mich dabei. Etwas wackelig landete ich im Sattel. Ich entschloss mich sofort für den Männersitz, ob es sich nun geziemte oder nicht, da gab es wohl weitaus schlimmere Verbrechen. Mit einem Mann alleine unterwegs zu sein zum Beispiel.

Nathaniel schwang sich leichtfüssig auf seine Stute.

Die nächste viertel Stunde zeigte er mir wie ich das Pferd zum Laufen, anhalten und sogar leicht traben brachte. Er hatte Recht, es fühlte sich ganz natürlich an. Das Tier schien meine Wünsche zu spüren und auf mich einzugehen.

Ich fühlte mich bald mutig genug, zum See zu reiten.

Ach wie ich das Gefühl liebte, auf dem majestätischen Tier zu sitzen. Ich tätschelte freudig seine Mähne.

Auf dem Weg gab Nathaniel mir Tipps wie richtig zu sitzen und mich korrekt zu verhalten. Er ging liebevoll mit dem eigenen Pferd um, streichelte öfters über ihre Mähne.

Es machte unglaublich Spass auf dem Tier zu sitzen, war ein Gefühl von Freiheit.

Als wir wenige hundert Meter vom Wald entfernt waren, fragte Nathaniel ob ich es mir zutraute bis zum Wald zu galoppieren.

„Ich werde vorausreiten, Schocko wird automatisch nach galoppieren und vor dem Wald abbremsen, was meinst du? Du musst ihm nur wenige Zeichen geben, um den Galopp zu starten, Schocko ist es gewöhnt hinter Krya herzu galoppieren."

Mein Her schlug bis zum Hals. Halb aus Nervosität, halb aus Vorfreude.

„Einverstanden."

Ich tätschelte Schockos Hals.

„Na dann, wirf mich nicht ab, bitte."

Als ob er mich verstanden hätte, schnaufte er liebevoll.

„Halte dich einfach gerade im Sattel und lass dich von den Bewegungen des Pferdes mit schwenken. Versteif dich nicht, bleib ganz locker."

Ich nickte nervös.

„Bereit?"

Erneut nickte ich, mein Herz wild gegen die Brust hämmernd.

Nathaniel gab seinem Pferd das Zeichen, setzte zunächst in einen Trap, wechselte dann in den Galopp.

Schocko trappte hinterher, fast schien mir, er wolle sich versichern, dass es mir gut ging. Dann, mit einem Satz wechselte auch er in den Galopp. So ähnlich musste sich fliegen anfühlen. Ich wurde von den Bewegungen des Tieres automatisch mitgezogen. Mein Körper passte sich dem Pferd an und wir galoppierten gemeinsam über die gerade Ebene, als hätte ich im Leben nichts Anderes gemacht. Vergnügt lachte ich auf, ja das war definitiv Freiheit. Schocko holte rasch auf, war sogar bald auf einer Höhe mit Kryas. Vielleicht konnte ich ihn sogar überholen? Lachend wollte ich zu Nathaniel rüber schauen. Dabei verlor ich beinahe das Gleichgewicht und rutschte verunsichert im Sattel umher.

Schocko bemerkte die Unsicherheit augenblicklich und viel sofort zurück in einen leichten Trap und schliesslich auf Schritttempo, damit ich mich erholen konnte.

Ich fühlte mich etwas zittrig vom Schreck, abgesehen davon war ich überglücklich. Mein Puls war erhöht, mein Atem ging schnell und meine Wangen fühlten sich warm an.

Nathaniel hatte sein Pferd auf gleiche Höhe mit meinem Gelenkt. Er war ebenfalls in Schritttempo zurückgefallen.

„Und?"

„Es war herrlich!"

Ich lachte ihn aus ganzem Herzen an.

„Ich habe gewusst, dass du es lieben würdest."

Beim Waldrand angekommen stieg Nathaniel ab. Ich wollte aus dem Sattel rutschen, verlor dabei aber das Gleichgewicht. Nathaniel umfing rechtzeitig meine Hüfte, so dass ich sanft auf dem Boden landete.

Er hielt mich noch immer um die Taille. Unsere Blicke trafen sich. Er strich mir sanft eine gelöste Haarsträhne aus dem Gesicht. Ich war noch etwas ausser Atem und meine Oberschenkel schmerzten ein wenig. Eine Weile blieben wir wie erstarrt so stehen. Meine dunklen Augen waren auf die Seine gerichtet, versuchten die Gedanken darin zu erforschen. Schliesslich seufzte Nathaniel schwer und löste sich von mir. Die Stelle wo seine warmen Hände mich berührt hatten, fühlte sich augenblicklich kalt an.

„Yelena…"

Seine Stimme war heisser. Er wandte sich ab.

„Ich möchte dich nicht verletzen."

„Was meinst du damit?"

verwirrt folgte ich ihm, während er sich entfernte. Dieses Mal würde ich ihn nicht einfach davonlaufen lassen. Die Pferde führte er beide hinter sich her.

Er schwieg, bis wir den See erreicht hatten. Wir hatten Glück, die Sonne stand erneut hoch genug, um das Wasser golden glitzern zu lassen. Er band die Pferde an einem Baum fest, dann starrte er auf das Wasser.

„Nathaniel? Sprich mit mir, bitte."

Er seufzte schwer. Ich fürchtete bereits, dass er mir nicht antworten würde, als es aus ihm herausbrach.

„Ich habe dir von Luciens Zögern betreffend Alina erzählt. Und du weisst Bescheid über… Lianna…"

Seine verstorbene Ehefrau.

Ich trat neben ihn.

„Was hat das mit mir zu tun?"

Er fuhr sich mit der Hand durch sein langes Haar. Eine Geste, die er immer machte, wenn er nervös war, wie ich bereits erkannt hatte.

„Ich fühle mich zu dir hingezogen, Yelena."

Mein Kopf schnallte erstaunt in die Höhe. Er vermied meinen Blick, starrte stadtessen weiterhin aufs ruhige Wasser.

„Und ich sehe, dass du dich von mir angezogen fühlst, ich kann es in deinem Blick sehen, die Art wie du mich betrachtest. Aber ich bin Soldat, ein Diener des Königs. Ich möchte nicht, dass auch du leiden musst. Daher habe ich versucht Abstand zu halten."

Ich ging in die Knie, griff nach einem Stein und schoss ihn Flach ins Wasser, so dass er mehrmals aufsprang, bevor er versank. Ich blieb in der Hocke, schlang die Arme um meine Knie.

„Ja, das tue ich wirklich Nathaniel. Ich habe keine Erfahrung mit solchen Gefühlen, sie verwirren mich, machen mir gar ein klein wenig Angst. Ich weiss, dass du bald wieder fortmusst und dass wir nicht… Nun… So zusammen sein können wie ein Mann und eine Frau die… sich gerne haben."

Ich kam mir absolut dämlich vor, wagte nicht, das Wort Liebe in den Mund zu nehmen. Es war ein so mächtiges Wort und ich war nur eine junge Frau, erst an der Schwelle zum Erwachsenen Alter. Er ein erwachsener Mann mit Lebenserfahrung.

Noch immer starrte er in die Ferne.

„Nachdem meine Frau starb, habe ich mir geschworen nie wieder einer Frau zu nahe zu kommen. Ein Soldat sollte keine Familie haben. Und jede Frau die mir etwas bedeutet ist ihres Lebens nicht sicher. Ich kann dir nichts bieten Yelena, absolut nichts. Dein Vater hat Recht, du hättest dich von mir fernhalten sollen."

Ich lächelte traurig, zu Jung, um mich gegen das Schicksal zu wehren. Zu jung, um ihm zu sagen, dass ich bei ihm sein wollte. Zu verwirrt über diese so frischen Gefühle.

So nahm ich es als gegeben hin. Glaubte zu wissen, dass wir keine gemeinsame Zukunft haben konnten, nicht bereit mein, Leben von Grund auf zu ändern.

„Ich weiss, du musst Morgen fortgehen und ich gehöre hier hin. Ich verlange… Ich möchte keine Versprechungen, keine leeren Worte. Ich spreche auch nicht von einer gemeinsamen Zukunft, mir ist klar, dass das nicht geht. Mir reicht dieser Moment hier."

Ich erhob mich wieder, trat vor ihn, berührte sanft sein Gesicht. Er sah mir tief in die Augen. Ich sah, dass sein Mund zitterte. Dann schien die Mauer, welche er um sich herum aufgebaut hatte, in sich zusammen zu fallen.

„Ich… möchte dich so gerne küssen. Nur ein einziges Mal.".

Mein Herz setzte eine Sekunde aus vor Glück.

„Oh…"

Sein Blick war so warm und doch scheu zugleich. Er war bereits verheiratet gewesen, warum machte ihn meine Nähe so nervös? Er musste sie geliebt haben, während er sich von mir nur angezogen fühlte.

Ich bemerkte wie auch mein Körper zu zittern begann, vor Verlangen. Dann schob ich alle Gedanken an seine Vergangenheit zur Seite, um ganz den Moment zu leben.

Er las es in meinen Augen, sah, dass ich mich nach ihm verzerrte. Er umfasst mein Gesicht zärtlich mit beiden Händen. Dann schloss er die Augen und küsste mich.

Mein Körper kam ihm automatisch entgegen. Meine Lippen öffneten sich, als mich seine Wärme empfing. Ich legte die Arme um seine Hüfte, zog ihn an mich. Unsere Körper berührten sich von

Kopf bis Fuss, während der Kuss andauerte, intensiver wurde. Mein Körper fühlte sich wie Gummi an. Er umfasste mich und gemeinsam liessen wir uns in das weiche Gras gleiten, die Lippen nicht voneinander lassend. Er umschlang mich mit seinen Armen, doch dann lösten sich seine Lippen viel zu plötzlich von den Meinen.

„Ich… wollte nur ganz kurz…"

Ich öffnete nur schnell ein Auge um

„Hör nicht auf", zu murmeln, dann schloss ich sie wieder und küsste ihn erneut. Er keuchte überrascht auf, während tausend Glücksgefühle mich durchströmten, bevor er seinen Mund erneut von mir löste.

„Yelena! Wir sollten nicht weitermachen."

Ich verstand nicht recht wie mir geschah. Fühlte ein Verlangen in mir, welches ich bis anhin nicht gekannt hatte. Mein Körper tat beinahe weh, so sehr wollte ich ihn.

Wieder beugte ich mich zu ihm, so dass unsere Lippen verschmolzen. Sanft öffnete er meinen Mund, erforschte ihn, während seine Hände über meinen Körper glitten. Ich zog ihm sein Hemd vom Kopf, wollte ihn näher bei mir fühlen. Seine Hände glitten unter Mein Oberteil, erforschten meinen Bauch, strichen schliesslich scheu über meine Brüste. Ich stöhnte überrascht auf.

Plötzlich löste er sich einmal mehr von mir und sass auf, vergrub sein Gesicht in den Händen.

„Was mache ich hier?"

Auch ich setzte mich auf, noch immer völlig verwirrt, mein Körper schmerzte vor Verlangen.

„Nathaniel?"

Ich berührte sanft seine Schulter.

„Dein Vater hat Recht. Ich bin gefährlich für dich. Wir sollten lieber zurückkehren bevor ich mich vergesse."

„Du wirst mich Morgen verlassen, nicht wahr?"

Er schloss die Augen, diesmal um seine Gefühle zu verbergen.

„Ich habe keine Wahl. Wir können nicht zusammen sein."

„Dann gib mir diesen einen Moment."

„Ich habe ihn dir bereits gegeben."

„Ich will dich… ganz."

„Du weisst nicht, was du da sagst!"

Oh doch, ich wusste es ganz genau. Ich war jung und unerfahren, überwältigt von Gefühlen. Aber ich kannte die Menschliche Anatomie. In einem kleinen Haus wie dem unseren blieb nicht viel verborgen. Ich wusste, was meine Eltern manchmal nachts getan hatten, wenn sie glaubten, dass ich schlief. Wahrscheinlich kannte sich jedes Kind im Dorf damit aus. Ich wusste auch, dass es etwas war, was vor der Hochzeit verpönt, ja verboten war. Ich kannte den menschlichen Körper. Nur dieses Verlangen in mir war neu. Wenn ich schon ein langweiliges Leben in diesem Dorf verbringen sollte, wollte ich wenigstens einmal spüren, was Leidenschaft ist, was Liebe ist. Nur ein einziges Mal.

„Ich weiss es ganz genau. Ich erwarte nicht viel mehr von meinem Leben, als eines Tages eine gute Heilerin zu werden und damit werde ich zufrieden und hoffentlich glücklich sein. Ich weiss, dass du Morgen weg sein wirst und wir uns nicht wiedersehen werden. Ich werde nicht erwarten, dass du zurückkommst und mich wegholst. Ich erwarte auch nicht, dass du das gleiche für mich empfindest wie ich für dich. Es genügt… Wenn du jetzt für mich da bist. Ich möchte es einmal fühlen… Diese leidenschaftlichen Gefühle werde ich vielleicht niemals mehr für einen Mann empfinden."

„Du wirst einen Mann finden, der zu dir passt und ihn heiraten wollen. Dann möchtest du das alles mit ihm erleben."

Ich schüttelte den Kopf, küsste ihn wieder ganz kurz.

„Wahrscheinlich werde ich eines Tages jemanden heiraten, ja. Aber jetzt will ich nur dich. Vielleicht auch dieses Abenteuer. Vielleicht weil ich weiss, dass du bald weg bist und ich keine Verpflichtungen haben werde. Ich bin nicht so naiv wie du denkst, ich weiss, was ich sage. Ich kenne alle Dorfbewohner und keiner lässt mich so fühlen wie du es tust. Ich weiss nicht, was du mit mir gemacht hast. Warum ausgerechnet... Ein Soldat des Königs.... Kann man Gefühle erklären? Ich glaube nicht."

Erneut küsste ich ihn, diesmal ganz bestimmt. Er umfing mich, drückte mich an sich. Unsere Körper schienen ineinander zu verschmelzen.

Langsam öffnete er mein Oberteil, zog meinen Rock herunter, entblösste mich dann ganz. Er begann meinen Körper zu küssen, startete bei meinem Hals, bis hinunter zu meinem Brüsten, meinen Bauch und schliesslich küsste er mich zwischen den Schenkeln. Mein Körper bebte, beugte sich ihm entgegen. Ich zog ihn hastig ganz aus, meine Hände zitterten dabei, nicht vor Unsicherheit, sondern vor Verlangen. Während all dieser Zeit liessen wir nur so lange voneinander los wie es brauchte, die Kleider auszuziehen. Ich betrachtete seinen jungen trainierten Körper genau, seine Brust, die sich rasch hob und senkte. Ich fuhr über seinen Bauch ertastete die Kampfnarben an seinem Körper. Dann war er über mir. Seine Augen hatten wieder diese durchsichtige Farbe angenommen, sein Verlangen war deutlich zu erkennen. Dann, mit einem einzigen Ruck war er in mir. Überrascht keuchte ich auf, als mich ein kurzer schmerz durchzuckte. Danach fühlte ich nur noch Glück.

Ich zog ihn noch fester an mich, bewegte mich in seinem Rhythmus. Sein Mund blieb auf dem Meinen, seine Lippen schienen meine ganz in sich aufzunehmen.

Seine Hände ertasteten mich weiterhin, liebkosten mich, wussten genau, wo berühren, um mich erbeben zu lassen. Bis ich begann laut aufzustöhnen. Da erst bewegte er sich schneller, kräftiger in mir, bis er schwer atmend den Höhepunkt erreichte, mein Stöhnen vermischte sich mit dem Seinen, während ich mich fühlte, als ob ein Teil meiner Seele zerbarst und sich mit der Seinen mischte. Schwer atmend landete er auf mir und schlang die Arme fest um mich. So blieben wir lange Zeit schweigen liegen und liessen uns von der Sonne wärmen.

Ich fuhr mit meinem Finger über seine Brust. Ich liebte diesen Körper, die Kraft und das Leben darin.

Meine Haare hatten sich gelöst und fielen in dicken Strähnen über mein Gesicht, bedeckten mich wie einen Umhang. Seines stand ihm zerzaust im Gesicht, so dass ich es sanft wegstreichen konnte, wie ich es schon am ersten Morgen hatte tun wollen.

Nathaniel zog mich zu sich, küsste mich erneut.

„Du bist so wunderschön."

Ich errötete. Mein Körper fühlte sich vollumfänglich zufrieden und schlapp an. Ich hätte ihm gerne gesagt, dass ich ihn liebe, wollte aber den Augenblick nicht kaputt machen. Es war zu spät, um über Gefühle zu sprechen und ich wollte den Aufbruch nicht noch schwerer machen, sondern nur Dankbarkeit empfinden.

Nathaniel setzte sich auf.

„Ich sollte mich eigentlich schämen und mich selber Ohrfeigen hierfür. Aber… Ich kann es nicht bereuen. Keine Sekunde."

Ich hatte nicht bemerkt, dass ich die Luft angehalten hatte. Wenn er es bereut hätte, wäre mein Herz gebrochen.

„Ich bin so froh."

Sein Gesicht wurde ängstlich.

„Was wirst du deinem Vater erzählen? Oder einem künftigen Bräutigam?

„Nichts. Sie werden es nie erfahren. Niemand wird es erfahren."

„Yelena… Wenn du… ich meine, ich möchte nicht, dass du schwanger…"

Er liess den Satz in der Luft hängen. Ich winkte nur fröhlich ab.

„Mach dir keine Sorge. Ich kenne meinen Zyklus. Jetzt ist es nicht möglich. Vergiss nicht, ich bin eine Heilerin, ich kenne meinen Körper."

Er lachte amüsiert. Die meisten Frauen wussten noch nicht einmal, *wie* man Schwanger wurde. Ich kicherte mit, fühlte mich wie neugeboren. Ich fühlte mich so sorglos mit ihm in meiner Nähe.

„Und was machen wir jetzt? Wir haben doch noch etwas Zeit, oder?"

Mit einem Satz erhob er sich. Was hatte er jetzt vor?

„Jetzt mein Sonnenschein, gehen wir schwimmen."

Er scherzte nicht. Mit einem einzigen Satz sprang er kopfüber ins Kühle Wasser. Ich kreischte auf als die kühlen Spritzer meine Haut berührten. Nathaniel tauchte auf und streckte die Arme nach mir aus.

Ich schüttelte den Kopf, erhob mich, bemerkte dabei wie wackelig ich mich fühlte. Dies ignorierend, sprang ich ebenfalls hinein.

Es war mehr als kühl. Auf meiner von der Sonne aufgeheizten Haut stellten sich augenblicklich alle Haare auf.

Nathaniel schwamm auf mich zu. Das Wasser war nicht so tief, an einigen Stellen konnte sogar ich knapp stehen. Ich spritze ihm Wasser ins Gesicht.

Er lachte überrascht auf, spritze zurück, bis wir uns eine wilde Wasserschlacht lieferten. Unser Lachen klang heiter in der Stille, schien die Welt zu erhellen.

Ich tauchte ab und schwamm unter ihm hindurch. Dann kam ich hinter ihm wieder an die Oberfläche, packte ihn an Kopf und Schultern und zog ihn mit mir hinunter. Überrascht sank er, kam Sekunden später prustend wieder zum Vorschein, wobei sich ein Algenblatt um seinen Kopf verfing. Ich begann noch lauter zu kichern.

„Junge Dame, das war ein Attentat."

„Ja, und ich habe dich besiegt."

„Du weisst, dass es bei Strafe verboten ist einen Befehlshaber anzugreifen?"

„Und was soll diese Strafe sein... Herr Befehlshaber?"

„Hmm... Leiden- schaft."

Er beugte sich zu mir und küsste mich hart. Mein Mund öffnete sich augenblicklich für ihn, die Arme schlossen sich ganz automatisch um seinen Rücken, mein Körper bäumte sich ihm entgegen. Seine Arme umschlossen mich ebenfalls, während sein Mund mich erforschte. Wir schwammen halb, standen halb. Ich schlang die Beine um ihn, presste mich an seinen Körper. Sein Mund war warm und so sanft.

Diese Berührung allein reichte aus, um meinen ganzen Körper wieder zittern zu lassen. Ihm schien es genauso zu gehen. Während er mich küsste, schwammen wir an den Rand des Sees. Noch immer im Wasser, doch gestützt von einem Felsen im Rücken, liebte er mich erneut. Die Kombination aus ihm und dem Wasser war beinahe zu viel für mich, mein Herz schien förmlich zu explodieren.

Und während wir uns erneut leidenschaftlich erkundeten, verliessen seine Lippen nicht ein einziges Mal die meinen.

So liebte ich ihn mit einer Leidenschaft und doch Unschuld, welche nur die erste Liebe mit sich bringen konnte, vergass mich in ihm und wollte für alle Ewigkeit diesen Moment leben.

Viel später lagen wir erneut im Gras, dicht aneinandergedrückt. Eine kurze Weile war ich wohl eingenickt. Als ich erwachte und ihm sanft übers Gesicht fuhr erkannte ich, wie ernst er plötzlich geworden war. Die Augen schienen viel dunkler als sonst, als hätten sich Wolken in ihnen angestaut.

Er schien mit sich zu ringen.

Dann zog er seinen Befehlshaberring vom Finger und legte ihn in meine Hand.

„Hier. Er wird dich schützen, sollte euer Dorf doch irgendwann angegriffen werden. Sollte dir ein Mann des Königs weh tun wollen, zeig den Ring. Lüg sie an, behaupte zum Beispiel dein Verlobter sei ein General des Königs, dann wird man dich verschonen. Obschon ich bete, dass du ihn niemals benötigen wirst. Aber Yelena, wann du das Donnern von Hufen hörst, im vielfachen an der Zahl von den unseren, schau dich nicht um und renn um dein Leben!"

Er schloss seine Hand um die meine. Die Geste rührte mich. Ich wusste, dass diese Siegelringe sehr wertvoll waren. Bestimmt würde er dafür Ärger kriegen.

„Danke. Ich weiss, wie wertvoll er ist. Wirst du nicht dafür bestraft werden?"

„Weil ich ihn *verloren* habe? Der König wird wütend sein und mir dann einen neuen machen lassen. Die Siegelringe können einzig von der königlichen Hofschmiede hergestellt werden. Sie sind einzigartig und ein eindeutiger Beweis ein ranghohes Mitglied des Könighaus zu sein."

Es war ein glatter Ring mit dem Königlichen Siegel in Form einer Rosenknospe als Gravur. Im Innern war ein kleines „N" eingraviert.

„Glaubst du unser Dorf ist in Gefahr?"

„Ich will dich nicht verängstigen. Aber du solltest vorbereitet sein. Der König fühlt sich nicht mehr sicher. Er lässt vermehrt nach Spionen suchen, um sie aufzuhängen, vernichte dabei ganze Dörfer, wenn er auch nur das Gefühl hat, dass jemand einen Spion beherbergen könnte. Ich hoffe die Lage beruhigt sich bald doch, wenn nicht… Womöglich wird dann irgendwann euer Dorf dran sein, auch wenn es weit entfernt liegt. Sei bitte vorsichtig mit Fremden und traue niemandem der in grosser Schar auf einem Pferd daher galoppiert kommt."

„So wie du?"

Er lachte, wenn auch etwas traurig, zog mein Kinn zu sich und küsste mich sanft.

„So wie ich. Ich habe dich in Gefahr gebracht, mehr als das. Genau wie dein Vater befürchtet hat."

Dann wurde er wieder ernst, sah mich eindringlich an, um seinen Worten Ausdruck zu verleihen.

„Ich meine grosse Gruppen. Vier und fünffach so gross wie die Unsere. Wenn du sie hörst, du wirst den Unterschied schon merken, versteck dich, renn weg, irgendetwas. Und sollten sie dich erwischen zeig ihnen den Ring, bitte vergiss es nicht, wenn dir dein Leben lieb ist."

„Wird der Ring auch den Rest des Dorfes schützen?"

Ich las die Wahrheit in seinen Augen ab, noch bevor er sie aussprach.

„Nein. Soweit wird ihre Rücksicht nicht gehen. Aber du, du könntest dich retten Yelena, mein Sonnenschein."

Mein Herz wurde schwer beim Gedanken daran. Wie könnte ich meine Leute im Stich lassen, um mich allein zu retten? Ich glaubte nicht dazu fähig zu sein.

„Ich hoffe, dass es niemals so weit kommt."

„Das hoffe ich auch."

Wir schwiegen beide.

„Komm, wir müssen unbedingt zurück ins Dorf kehren, bevor uns dein Vater vermisst und nachkommt. Dann wir er mir nämlich wirklich sämtliche Knochen brechen."

5. Wege, die sich trennen

Mein Vater wartete tatsächlich bereits und er war gar nicht erfreut als er uns zusammen auf den Pferden ankommen sah. Den Ring hatte ich in meiner Rocktasche versteckt. Mein Haar war wieder zu einem ordentlichen Knoten gebunden worden und vom Wind bereits getrocknet, bis wir im Dorf ankamen.

Ich wusste, dass ich es nicht allein vom Pferd schaffen würde, meine Schenkel fühlten sich wund an nach dem ereignisrechen Tag. Nathaniel half mir vorsichtig herunter, darauf bedacht, mich vor den Augen meines Vaters nicht mehr zu berühren, als unbedingt notwendig war.

Dennoch hinkte Papa auf uns zu und schupfte ihn unsanft zur Seite und mich weg von ihm.

Ich liess seine Standpauke wortlos über mich ergehen. Zum Glück ahnte er nicht, wie weit ich wirklich gegangen war. Ich erklärte ihm nur, dass Nathaniel noch ein letztes Mal den See hatte sehen wollte.

Mein Vater donnerwetterte von wegen Entehrung, Schande, Ausnutzen meiner Gutmütigkeit und was weiss ich noch was alles. Es kümmerte mich kaum. Wie oft war ich allein mit Männern in ihren Hütten, um sie zu behandeln? Ich sah den Unterschied meines Rufes betreffend nicht ein und selbst wenn, kümmerte es mich herzlich wenig.

In dieser Nacht schlief ich glücklich und vollkommen erschöpft ein. Ich konnte Nathaniels Berührungen noch fühlen, seine Küsse, seine die Liebkosungen, seine Wärme. Wie sehr ich mir wünschte, dass es immer so bleiben würde. War es so, wenn man verheiratet war? War es, was meine Eltern geteilt hatten? War es mit jedem Mann so? Ich glaubte irgendwie nicht.

Der nächste Tag brach viel zu schnell an. Ich erhob mich in aller Frühe. Wie ich vermutet hatte, traf ich Nathaniel noch vor Sonnenaufgang bei den Pferden. Noch schlief das Dorf friedlich, einzig er war schon wach, um die Pferde zum Aufbruch bereit zu machen.

Ich hatte befürchtet, dass wir verlegen, sein würden, vielleicht nicht mehr wussten was einander sagen. Doch als er mich kommen sah, empfing er mich mit einem warmen Lächeln.

„Guten Morgen Sonnenschein. Gut geschlafen?"

Spontan, ohne es mir vorgenommen zu haben, umarmte ich ihn. Er drückte mich sanft an sich.

„Hmm sehr gut. Und du?"

Er zuckte amüsiert mit den Schultern.

„Nicht so gut wie du, um die rülpsenden Männer herum. Aber der Gedanke an dich hat mich schliesslich einschlafen und gut träumen lassen."

Mein Herz machte einen kleinen triumphierenden Satz. Ich löste mich von ihm.

„Schade, dass du schon gehen musst."

Ich hatte den Ring provisorisch um eine Schnur gewickelt und trug ihn unter meinem Kleid verborgen. Er griff über meinem Oberteil zielstrebig danach. Mein Körper bebte, als ich seine Berührung unter dem dünnen Stoff spürte. Wie gerne hätte ich weitergemacht, wo wir gestern aufgehört hatten.

„Ja… Der König wird nicht erfreut über die Verspätung sein. Wir dürfen leider keinen Tag mehr versäumen. Lucien ist genug erholt um zu Reiten, dank dir."

„Ich hätte ein wenig tiefer in seiner Wunde herum stochern sollen…"

Wir lachten beide. Dann ergriff ich traurig seine Hand.

„Ich… bin gekommen, um mich zu verabschieden."

„Ich weiss."

Traurig senkte ich den Blick. Dann zog ich entschlossen an meinem seidenen grünen Haarband. Die lange Schleife löste sich. Ich reichte sie ihm.

„Hier. Es ist nichts von Wert und für dich sicherlich kindisch. Aber mehr habe ich nicht um dir mitzugeben. Ich besitze weder Schmuck noch sonst ein Andenken.»

Sichtlich gerührt nahm er das Band entgegen.

„Danke, ich weiss die Geste zu schätzen. Ich werde es immer tragen und immer, wenn ich es ansehe, an dich denken.»

Er band es sich kurzentschlossen um das Handgelenk. Dann schob er die Ärmel darüber.

„Schliesslich wollen wir es deinem Vater nicht unter die Nase binden."

Schon wurde sein Blick, heute aus grauen Augen, wieder ernst.

„Ich… möchte, dass du weisst, dass es mir sehr viel bedeutet hat. Und dass du die einzige seit meiner Frau bist…"

Eine sanfte Röte schoss mir ins Gesicht.

„Danke Nathaniel. Es hat mir auch sehr viel bedeutet. Und deine Worte auch."

Sie taten es wirklich. Ich war froh zu wissen, dass ich nicht eine unter vielen war.

Nathaniel strich mir zögerlich über die Wange, dann fuhr er sich durchs Haar. Weshalb war er nun schon wieder nervös?

„Ich… habe eine Frage an dich."

Erwartungsvoll hob ich den Kopf. So verlegen kannte ich ihn gar nicht, war mir ziemlich sicher, dass keiner seiner Männer ihn je so gesehen hatte.

„Umm… Gestern… Hat es dir gefallen?"

„Oh!"

Rief ich überrascht aus, sofort wissend wovon er sprach.

„War das nicht offensichtlich?"

„Es… schien mir zumindest so…"

Ich zog ihn zu mir und küsste ihn sanft.

„Es hat mir gefallen, sehr sogar. Zu sehr vielleicht. Warum?"

„Nun… Meine Frau… Sie mochte es nicht sonderlich. Es war mehr ein Zwang für sie, etwas, dass sie immer so schnell wie möglich hinter sich bringen wollte…"

Ich war ehrlich geschockt. Wie konnte man das nicht mögen? Noch dazu mit einem Mann wie Nathaniel? Er brauchte mich ja kaum zu berühren und schon…

Beim blossen Gedanken an die letzte Nacht fühlte ich wie mein Körper zu zittern begann.

„Nathaniel… Es war einer der schönsten Momente meines Lebens, eins mit dir zu sein. Ich werde es niemals vergessen. Du und diese Nacht werden für immer in meinem Herzen sein."

„Oh *so sehr?*"

Er wirkte gerührt. Ich konnte fühlen, dass auch er zitterte, am liebsten weitergemacht hätte, wo wir letzte Nacht aufgehört hatten. Na ja, eigentlich war es noch nicht einmal Nacht gewesen, sondern helllichter Tag.

Ich wollte den Augenblick nicht betrüben, aber eine Frage lag mir brennend auf dem Herzen und so sah ich ihm in die Augen.

„Darf ich dich auch etwas fragen, betreffend Lianna?"

Er nickte.

„Natürlich."

Auch wenn es mir Leid tat für die nun nicht mehr heitere Stimmung, hatte es mich schon lange beschäftigt. Hier war nun meine letzte Chance es herauszufinden.

„Lucien hat gesagt, dass sie Schwanger war… Deine Frau. Hat das Baby überlebt oder hat man es…?"

Er wandte den Blick ab. Zuerst dachte ich er würde nicht antworten. Doch nach kurzem Schweigen sprach er, das Gesicht zu Boden gerichtet.

„Das Kind lebt nicht mehr. Es kann zwar niemand nachweisen, weil man seinen Körper nicht gefunden hat, aber… Als ich Lianna gefunden habe… Es… Das Baby befand sich nicht bei ihr. Die Mörder haben ein Feuer gelegt und vieles in Brand gesetzt. Ich denke sie haben… Nun ich denke nicht, dass das Kind lange gelebt hat. Bei allen anderen zerstörten Familien wurden die Kinder ebenfalls gnadenlos getötet, warum hätte es bei uns anders sein sollen? Der Himmel sei seiner unschuldigen kleinen Seele gnädig. Ich hoffe es musste nicht lange leiden im Feuer."

„Ich kann mir solche Grausamkeit gar nicht vorstellen. Das arme Kind."

Er drehte sich wieder zu mir, sah mich aus ernsten Augen an.

„Ich habe noch nicht einmal von seiner Existenz gewusst… Ich habe auch nie erfahren, ob es ein Junge oder ein Mädchen war. Vielleicht war das für mich am Ende besser so. "

Wieder seufzte er, doch dann schenkte er mir noch einmal sein strahlendes Lächeln.

„Die Welt ist nicht immer schön. Darum bin ich froh, dass es auf ihr Menschen wie dich gibt, die diese Erde erhellen und zum Strahlen bringen."

Ich kuschelte mich an ihn. Er schloss die Arme fest um mich.

Ich fühlte, dass es die letzten Momente der Zweisamkeit waren.

Jetzt oder nie hätte ich noch wählen können, ihn anflehen können, mich mitzunehmen. Doch mehr denn je war mir bewusst, dass ich meinen Vater nicht allein lassen konnte und es auch nicht wollte.

Ich wäre niemals glücklich geworden, wenn ich ihn einfach so alleine gelassen hätte. Ich war mir auch gar nicht sicher, ob ich denn überhaupt dazu bereit gewesen wäre, alles hinter mir zu lassen. Und ihn fragen, ob er wiederkam? Nein, ich fühlte, dass auch er nicht bereit war, Versprechungen einzugehen. So war es wohl am besten, sich zu verlassen, wenn es am schönsten war und für immer diese Erinnerung im Herzen zu bewahren. Ich versuchte zumindest, mir das einzureden.

Er beugte sich über mich und küsste mich mit einer Dringlichkeit, welche nur die Gewissheit um den Abschied zum Ausdruck bringen konnte. Er war ein Mann mit tiefen Wunden im Herzen. Ich wollte glauben, dass ich sie ein wenig hatte heilen können.

Ich schlang die Arme um ihn und erwiderte den Kuss leidenschaftlich.

Mein Herz begann zu rasen, ich fühlte sein Verlangen, seine Nähe, seine Wärme.

Viel zu schnell, löste er sich von mir.

„Pass auf dich auf Yelena. Schau zu, dass du glücklich wirst, für uns beide."

„Du bist derjenige der auf sich aufpassen sollte. Und lass Lucien nicht immer dein Pfeilableiter sein."

Die Aufheiterung gelang, er lachte.

„Ich werde dich vermissen Sonnenschein."

„Ich dich auch. Sehr…"

„Nicht traurig sein. Du hast dein ganzes Leben vor dir. Schau der Zukunft mutig entgegen und umarme sie."

Wie ich mir gewünscht hätte, dass auch er das tat. Wie gern ich ihn glücklich gesehen hätte.

Die Rufe Luciens hinter dem Stall, liessen uns verstummen.

Schnell lösten wir uns voneinander, bevor er in Sichtweite kam und auf uns zu wackelte.

„Luc, du hättest auf uns warten sollen, damit wir dich stützen können. Nun übertreib es doch nicht immer gleich."

Der junge Mann winkte ab.

„Mir geht es prima. Ich bin so gut wie neu dank Yel."

Ich umarmte ihn freundschaftlich.

„Pass gut auf dich auf Lucien."

„Du auch kleine Heilerin. Es wäre praktisch jemanden wie dich in der Gruppe zu haben, jemand der alles zusammennäht, was wir auf dem Schlachtfeld verlieren."

Er war so ein fröhlicher Mensch, trotz allem. Da er sich noch immer wackelig fühlte, halfen wir ihm gemeinsam auf das liebevolle Pferd. Auch dieses Tierchen würde mir fehlen.

Ich kletterte auf den Holzzaun, während ich mich an dem Pferd festhielt. So kam ich zu Luciens Verband heran, zupfte ihn zurecht, band ihn noch einmal fest zusammen. Schliesslich reichte ich ihm die gesammelten Kräuter in zwei Beuteln.

«Hier Lucien. Mach dir bitte jeden Abend einen Tee aus diesem Beutel, der lindert die Schmerzen und hilft der Wundheilung. Und das andere im zweiten Beutel legst du jeweils auf die Wunde, wenn du den Verband wechselst. Das sollte eine Eiterung verhindern. Vergiss es nicht vor lauter Abenteuerlust. Ich habe mich nicht so um dich bemüht um dich an eine Blutvergiftung zu verlieren!»

Ich hob gespielt drohend den Finger. Er grinste mich fröhlich an. Hinter der Fröhlichkeit bemerkte ich, wie gerührt er war.

«Ja Mami.»

Ich tätschelte liebevoll den Hals seines Pferdes. Dann berührte ich sanft Luciens Arm.

„Und noch etwas: Du solltest um Alinas Hand anhalten."

Verdattert starrte er von mir zu Nathaniel. Dieser zuckte mit den Schultern. Ich drückte seinen Arm entschlossen.

„Ich finde, du solltest dich und sie nicht aus Angst unglücklich machen. Das Leben kann kurz sein, aber wir sollten jeden Tag davon geniessen. Ich glaub sie weiss auf was sie sich einlässt. Ich habe gefühlt, wie dir der Gedanke an sie Kraft gegeben hat und ich glaube zu spüren, dass sie eine starke Frau ist. Lass es ihre Entscheidung sein, ob sie auf dieses Leben mit den Gefahren eingehen will. Weisst du, meine Mama war mit einem normalen Järger verheiratet, gefahrlos würde man meinen und doch ist sie so früh von uns gegangen. Wer weiss schon, wann unsere Zeit abläuft. Also lass uns die Momente die wir haben zählen."

Mit gerunzelter Stirn starrte er mich an, völlig aus der Fassung gebracht.

Nathaniel klopfte ihm mit der Hand auf die Schulter, diesmal wenigstens die unverletzte.

„Die junge Dame hat Recht mein Freund. Nur weil es bei mir schlimm geendet hat, musst du doch keine solche Angst haben. Geniesse das Leben."

„Sagst ausgerechnet du... oh..."

Wieder sah er von mir zu seinem Freund. Dann breitete sich ein wissendes Grinsen auf seinem Gesicht aus.

„Aha, die junge Heilerin vermag also nicht nur äusserliche Wunden zu Heilen. Meinen Respekt."

Nathaniel klopfte ihm wieder auf die Schulter, doch diesmal auf die verletzte Seite. Lucien schrie auf.

„Geschieht dir Recht alter Esel. Und jetzt halte dich Gerade, dort vorne kommen die Kameraden."

Tatsächlich schlenderten die Soldaten auf die Pferde zu. Sie wirkten noch nicht motiviert, das Dorf zu verlassen. Mai hatte ihnen Proviant mitgegeben. Das Mädchen selbst hatte sich unter die Männer gemischt und unterhielt sich vergnügt. Nur wenig andere Dorfbewohner folgten dem Aufmarsch. Unter ihnen, mein Vater. Er legte mir die Hand auf die Schultern, während er Nathaniel Ansprach.

„Ich wünsche euch eine gute Reise."

„Habt Dank für alles. Wir stehen tief in eurer Schuld."

Er griff nach seinem Geldbeutel und reichte Mai einige glitzernde Goldstücke. Es entsprach beinahe dem Jahreseinkommen eines einzelnen Dorfbewohners.

„Für die Herberge und das gute Essen, gib das Geld deiner Mutter mit unserem Dank."

„Mein Herr! Das kann ich nicht annehmen, es ist zu viel!"

„Nimm es ruhig und Teile ein bisschen davon mit deiner jungen Freundin hier. Sie wird es nämlich nicht akzeptieren, wenn ich es ihr anbiete."

Das hätte ich ganz sicher nicht getan und das wusste er auch. Dieser hinterlistige Kerl. Ich funkelte ihn an. Belustigt blinzelte er zu mir rüber, bevor er sich mit gespielt ernster Miene wieder meinem Vater zuwandte.

„Darf ich Sie bezahlen für die Gastfreundschaft? Wir haben Ihre Hütte lange vereinnahmt."

„Ganz sicher nicht. Meine Tochter hat das aus Berufung getan, nicht des Geldes willen. Aber habt Dank für die Unterstützung von Mais Familie. Die Ernte war karg dieses Jahr, bestimmt wird das gesamte Dorf von dem Gold profitieren können, wenn Mais Mutter sich davon frische Samen für die Ernte kaufen kann. Es gibt für uns alle leckere Suppen daraus, wir sind dankbar."

Ich wusste, dass Vater das Gold nicht wollte, niemand im Dorf wollte es. Doch wir waren uns nicht zu stolz anzunehmen, was man uns darbot Unser Überleben konnte davon abhängen. Und das Essen für die Soldaten war nicht billig gewesen. Mit dem Geld konnten wir bei den fahrenden Händlern wertvolle Grundnahrungsmittel aufstocken.

Unser Dorfältester gesellte sich zu uns und trat neben meinen Vater.

„Nehmt es mir nicht übel Befehlshaber, aber ich hoffe euch nie wieder hier zu sehen."

Er hatte kaum drei Worte mit den Soldaten gewechselt. Ich fand die Worte sehr undankbar, vor allem nachdem grosszügigen Geldbetrag, welchen wir soeben erhalten hatten.

„Ich verstehe euch. Macht euch keine Sorgen, ich werde einen positiven Bericht über das Dorf abgeben, so dass ihr von ähnlichen Besuchen verschont bleiben werdet in nächster Zeit. Die Steuereintreiber werden das Dorf dieses Jahr wohl auch… sagen wir: vergessen."

Diese Geste war mehr als wir uns alle je hätten erhoffen können. Kein Steuereintreiber? Einige Bewohner würden weinen vor Freude. Diese Sorge hatte auf allen Schultern gelastet.

Ich ergriff unüberlegt seine Hand.

„Danke… Befehlshaber."

Er drückte sie sanft, liess sie dann aber schnell los.

„Ich danke dir… Für alles."

Zum Glück mischte sich Lucien ein, bevor mein Vater mein Feuerrotes Gesicht erkennen konnte.

„Ich danke dir auch kleine Heilerin. Ich verdanke dir mein Leben und stehe für immer in deiner Schuld."

Auch er drückte dankend meine Hand.

Nathaniel wendete sich noch einmal an meinen Vater.

«Eure Tochter ist eine begabte und hingebungsvolle Heilerin. Ihr könnt sehr stolz auf sie sein.»

Der Druck auf meinen Schultern verstärkte sich, als mein Vater dem jungen Befehlshaber antwortete.

«Das bin ich. Und sie verdient nur das Beste»

So schwangen sie sich auf ihre Pferde. Nathaniel gab seinem Pferd die Sporen und, ohne sich noch einmal umzusehen, entschwanden die Männer aus meiner Sicht und Nathaniel für immer, so dachte ich damals wenigstens, aus meinem Leben.

Der Gedanke versetzte mir einen tiefen Stich ins Herz. Fast hätte ich Lust gehabt, ihnen nachzurennen. Doch wie ich so dastand, fühlte ich die warme Hand meines Vaters auf meinen Schultern und wusste, dass ich hier hingehörte, zumindest für den Moment.

So stand ich da und sah den Soldaten des Königs lange nach.

In dieser Nacht weinte ich mich leise in den Schlaf.

Während Nathaniel davon galoppierte, wurde sein Herz immer schwerer. Er wusste, dass er sich Hals über Kopf in die junge Frau verliebt hatte. In ihr gutes Herz, ihre Fröhlichkeit, das gute Wesen welches sie war.

Dennoch hatte er es ihr nicht gesagt, wollte es nicht noch schwieriger für sie machen.

Beim Himmel, er wusste, wie unerfahren sie war. Er hatte Angst, dass er sie zu sehr verletzte hätte, ihr Illusionen gab, wenn er ihr seine Gefühle offenbart hätte.

Ausserdem wollte er nicht mehr lieben, niemals mehr. Es tat zu weh.

Und sie war in ihrem friedlichen Dorf besser aufgehoben, er wollte sie nicht in die Gefahr senden wie Lianna. Ihr Leben wäre in konstanter Gefahr gewesen mit ihm an der Seite.

Es war das Beste für Yelena, wenn er aus ihrem Leben verschwand.
Warum nur tat sein Herz dann so weh? Warum wäre er am liebsten
umgekehrt und hätte sie mitgenommen, aller Bedenken zum Trotz?
Ich liebe dich.
Wie gerne hätte er ihr das zugeflüstert, als sie in seinen Armen lag.
Jetzt konnte er nur noch vorwärtsgehen, immer vorwärts wie er ihr gera-
ten hatte, die Vergangenheit einmal mehr hinter sich lassend.
Er wünschte sich von Herzen, dass sie ein erfülltes Leben haben möge.
Bestimmt, ganz bestimmt würde ihr Leben viel glücklicher werden, ohne
ihn, es war zu ihrem Besten.
Während er im wilden Galopp davonritt, beschloss er, dass er nicht wei-
ter nach diesem Spion suchen würde. Es war der Beschreibung nach oh-
nehin nur ein Jüngling, den sie hätten aufsuchen und unschädlich ma-
chen sollen. Die Mission war ihm von Anfang an zuwider gewesen.
Er würde dem König sagen, dass sie diesen Spion gefunden und getötet
hatten. Wer würde es schon beweisen können?
Seine Männer wären mehr als einverstanden mit dem Vorgehen und so
konnten sie alle zeitig zurück in der Hauptstadt sein und seine Männer
etwas länger von ihren Familien profitieren ohne, dass der König wegen
der Verspätung wieder ihren Sold kürzen würde.
Wenn der König nach der Leiche fragte, konnte er behaupten, die wäre in
den Fluss gefallen und davon gespült worden und bei dem Versuch, den
Körper herauszufischen, hatte er auch noch seinen Ring verloren.
Ja, das klang nach einem vernünftigen Plan und hätte seinem Sonnen-
schein sicherlich gefallen. Bei dem Gedanken an sie, entglitt ihm ein
sehnsüchtiges Lächeln, während sich tiefste Traurigkeit in seinem Her-
zen ausbreitete.

Einige Meilen entfernt erreichte den gesuchten, angeblichen Spion die
Nachricht, dass die Soldaten heimwärts ritten. Er war in Sicherheit,

vorerst.

Ein unbändiges Hassgefühl durchzuckte den jungen Burschen.

Um ihm einen Vorsprung zu gewähren, hatte sein bester Freund Kaspar einen Hinterhalt auf die Soldaten geplant und ausgeführt. Der Plan hatte insofern funktioniert, dass die Soldaten danach die Suche nach ihm aufgegeben und sich in einem kleinen Dorf verschanzt hatten. Trauriger-weise war sein Freund und guter Ratgeber bei dem Überfall ums Leben gekommen. Getötet durch den Befehlshaber der Gruppe. Nathaniel Loo-talian, einen Mann, den er nur zu gut kannte und verabscheute.

Seine Kehle wurde eng bei dem Gedanken an den leblosen Körper seines Freundes, er hatte sich noch nicht einmal verabschieden können.

Einmal mehr hatte er einen wichtigen Menschen verloren, würde wieder fast allein Reisen müssen, fliehen, schon wieder. Nur der Gedanke an sein kleines Schwesterchen hielt ihn davon ab, sich der Verzweiflung hinzugeben.

Er ballte die Hände zu Fäusten und schwor sich Rache für seinen Freund.

2. Teil: Sehnsucht & Entscheidungen

Und wenn wir das Schicksal einfach neu schreiben?

Eine dunkle Nacht in Lootan – wenige Monate später

Wieder eine Nacht in welcher Nathaniels Schlaf von schlimmen Alpträumen jäh unterbrochen worden war.

Wieder einmal, irrte er daher durch die dunkeln, gefährlichen Gassen der Hauptstadt.

Die Träume wiederholten sich in immer ähnlichen Formen. Er hielt Yelena in den Armen, drückte sie fest an sich, bis er plötzlich das Blut an ihrer Kleidung bemerkte. Es breitete sich auf ihrem Bauch aus und lief über ihren Vorderkörper. Dann wandelte sich ihr Gesicht fast immer in das, seiner verstorbenen Ehefrau, die ihn vorwurfsvoll anblickte. Meist erwachte er an dieser Stelle mit hämmernden Herzen.

Es war ihm nicht gelungen, Yelena aus seinem Herzen zu verbannen. Aber er schwor sich, sie nie wieder zu sehen, zu gross war die Gefahr.

Die Attentäter, welche seine Frau und viele weitere Frauen und Kinder getötet hatten an jenem schrecklichen Tag, hatten nie identifiziert werden können. Auch deshalb irrte er im Dunkel der Nacht herum. Er hatte sich geschworen, die Übeltäter ausfindig zu machen und zu stellen. Dann, nur dann hätte er eine Chance, jemals wieder glücklich zu werden.

Keiner der Rebellen, welche er ausfindig gemacht hatte, schien Bescheid zu wissen. Irgendwo musste ihr grosser Führer sein, der, der alle Fäden in der Hand hielt. Unzählige Nächte war er nun schon auf der Suche, irgendwann musste er doch eine Spur finden?

Der König hatte ihn erneut darum gebeten, vom Hauptmann zum General aufzusteigen. Grundsätzlich hielt er nach wie vor nichts von der Idee, dem König näher als nötig zu kommen, aber vielleicht half es ihm, wenn er öfters in der Stadt war, um etwas herauszufinden. Er hasste den Gedanken und befürchtete doch, dass er nicht darum herumkommen würde. Man schlug dem König nicht ungestraft Wünsche ab.

Er schlich eben unter dem offenen Fenster einer Schenke hindurch, als die Nennung seines Namens ihn hellhörig machte.

„Nathaniel Lootalians Weib war unter den Opfern, nicht wahr?"

Mit klopfendem Herzen blieb er unter dem Fenster stehen, seinen Mantel tief ins Gesicht gezogen.

„Genau. Sie und die Familien von mehreren weiteren Hauptmännern."

Es folgte eine Aufzählung von Namen. Nathaniel kannte sie alle. Alle hatten an jenem schicksalhaften Tag ihre Familie verloren. Frauen und Kinder aus dem Leben gerissen. Zwei der Männer hatten sich anschliessend das Leben genommen.

Die Stimmen im Innern wurden leiser, dennoch konnte er sie verstehen.

„Das war der Plan eines Lebens, das sag ich dir. Streng geheim natürlich. Wir dürften es dir gar nicht erzählen, aber da du ohnehin die Hälfte mitbekommen hast…"

Im Innern sprachen sie weiter und endlich, nach all den Jahren, erfuhr Nathaniel Die Wahrheit. Eine Wahrheit, welche ihm das Blut in den Adern erstarren liess.

Diese Wahrheit war so entsetzlich, dass er wusste, dass alle Hoffnung auf ein glückliches Leben für alle Zeit vorbei war…

6. Zukunftspläne

„Heiraten? Nicht schon wieder dieses Thema Papa. "

„Yelena, meine Tochter, mein liebstes Kind… Ich bin alt, meine Tage sind bald gezählt, ich möchte doch nur, dass du dann in Sicherheit bist. "

In Sicherheit… Das traurig war, dass mein Vater recht hatte. Eine ledige Frau, deren Vater starb, konnte beinahe, als Freiwild bezeichnet werden. Der Dorfälteste durfte sie verheiraten an wen sie wollte. Zwar würde man mich aus Respekt eine Weile in Ruhe lassen, doch irgendwann… Irgendwann würde man auch mich zwingen. Und so sehr mich der Gedanke schmerzte, mein Papa wurde immer schwächer und es gab nichts, was ich tun konnte. Seine Haare waren schneeweiss geworden, das Gesicht eingefallen. Er wirkte wie ein Greis.

Noch war er da, noch hatte ich die Wahl.

In letzter Zeit kam er immer wieder mit dem leidigen Thema und ich hatte das Gefühl, dass er auch jemanden in Aussicht hatte.

Das Eintreten der ersten Patienten des Tages, rettete mich davor, das Thema erneut aufzugreifen.

Erst am späten Abend, als ich völlig erschöpft war, dachte ich wieder an die Worte meines Vaters.

Heiraten…

Vier Jahre war es bereits her, dass ich Nathaniel Lootalian getroffen und wieder ziehen gelassen hatte.

Noch immer träumte ich manchmal von ihm, sehnte mich sowohl nach unseren Unterhaltungen als auch unseren Berührungen.

Alles in allem war ich zwar glücklich hier, in diesem Dorf und mehr denn je wurde mir bewusst, dass ich nicht bereit gewesen wäre, mitzugehen.

Jetzt jedoch war ich einige Jahre älter und erfahrener und sehnte mich danach die Welt zu sehen. Seine Idee, dass mir die Stadt gefallen würde, hatte mich auch nie mehr losgelassen. Ich sah mich am Strassenrand sitzend, kleine, verwaiste Kinder pflegend, während die Ärmsten warteten, dass ich mich auch um sie kümmern konnte. Oh, wie gerne hätte ich meine Berufung noch vielseitiger ausgelebt.

Gewiss, ich wusste, dass ich gut ohne Nathaniel Leben konnte, aber immer wieder dachte ich, dass ein Leben an seiner Seite wunderschön gewesen wäre.

Aber es war nun mal, wie es war. Ich war realistisch genug, um zu wissen, dass ich bald eine weitere Entscheidung treffen musste, bevor sie mir abgenommen wurde.

Alleine Reisen war ausgeschlossen und ich wollte meinen Vater auch nach wie vor nicht alleine lassen, schon gar nicht jetzt, wo er der Schwelle des Todes näher war, als der des Lebens. Dann blieb die Möglichkeit allein zu bleiben und mein Schicksal in die Hände der Dorfbewohner zu setzen, was wiederum nicht gut enden konnte.

Also doch Heiraten… Es schien mir der beste Weg, wenn es mir gelang, einen guten Mann zu wählen, welcher mich weiter praktizieren lassen würde. So, nur so konnte ich sicherstellen, diese Berufung weiterzuleben. Ohne das Heilen würde ich eingehen, nur noch ein Schatten meiner Selbst sein. Ich konnte zwar kochen, wie jede Frau hier, es war jedoch niemals meine Leidenschaft geworden. Und nur Haushalten und brav zu Hause auf den Mann warten? Nein danke.

Es musste ja auch nicht immer eine Hochzeit aus Leidenschaft sein.

Ich griff nach dem Ring, welcher unter meinem Kleid verborgen lag, immer in der Nähe des Herzens. Ich hatte mir eine lange Kette angefertigt und trug den Ring seitdem um den Hals, meistens tief in meinem Ausschnitt verborgen.

„Nathaniel, wie geht es dir? Hast du dein Glück gefunden? Ich fürchte, es ist Zeit, dich endgültig loszulassen und der Zukunft entgegenzusehen."

„So ist es tapfer Lili, die Wunde wird bald heilen und dann kannst du wieder herumrennen."

Ich lächelte für das kleine Mädchen. Lili lächelte unter Tränen. zurück Die Schürfwunde am Bein war nicht sehr tief und daher unbedenklich. Ihre Mutter seufzte erleichtert auf.

„Danke Yelena. Das Bein wird heilen, aber wenn wir nicht bald Regen haben, weiss ich nicht wie lange…"

Traurig brach die verzweifelte Mutter ab.

Die Dürre machte uns allen zu schaffen. Es war Hochsommer. Seit Wochen hatte es nicht mehr geregnet, die Felder waren ausgetrocknet und das gesamte Dorf litt unter einer kaum gekannten Wasserknappheit. Der Dorfbrunnen war leer und der Weg zum See bei der Hitze mehr als anstrengend. Noch dazu hatten sich alle wilden Tiere um die letzte verbliebene Wasserquelle versammelt und verteidigten diese mit Krallen und Zähnen. Der sonst so friedliche See war zur Gefahrenquelle geworden und konnte nur noch unter Lebensgefahr von unseren mutigsten Männern aufgesucht werden.

Das Geld, welches uns die Soldaten vor vier Jahren als Dank für Luciens Rettung geschenkt hatten, war längst aufgebraucht. Ich bezweifelte sowieso, dass es bei dieser Dürre geholfen hätte. Kein Händler meisterte den beschwerlichen Weg zu uns in der senkenden Hitze. Jetzt war unsere Abgeschiedenheit ein lebensbedrohlicher Nachteil.

Einige ältere Menschen waren bereits verstorben, auch kleine Kinder wurden krank, bewegten sich kaum noch.

Ich sah zum strahlend blauen Himmel. Keine einzige Wolke in Sicht.

„Es wird schon werden. Ewig kann es nicht dauern. Der Regen wird kommen wie immer, du wirst schon sehen."

aufmunternd klopfte ich ihr die Hand auf die Schultern, musste mir gleichzeitig aber das eigene Magenknurren verkneifen.

Lili war meine letzte Patientin für heute. Erschöpft wischte ich meine Hände an einem nicht mehr ganz sauberen Stofffetzen ab und machte mich dann ans Vorbereiten des Abendessens. Viel gab es nicht. Nur ein paar winzige Kartoffeln und dazu einen kleinen Vogel, den ich heute Morgen in meiner Tierfalle gefunden hatte. Zumindest Holz für ein Feuer hatten wir noch genug. Man musste nur aufpassen, dass der Rauch die Kehle nicht zusätzlich austrocknete. Ich hasste es, meine Hände nicht richtig waschen zu können, vor allem nach dem Behandeln von Kranken. Aber auch das war im Moment leider unumgänglich.

Mein Vater kam, vom Duft angelockt ins Haus. Auch er war Mager geworden. In den letzten Monaten hatte seine Gesundheit sich drastisch verschlechtert. Er hinkte noch mehr, mochte morgens kaum noch aus dem Bett. Ohne Stock vermochte er gar nicht mehr zu gehen. Es bereitete mir ehrliche Sorgen. Leider gab es nichts, was ich für ihn tun konnte, als zu Versuchen seine Schmerzen etwas zu lindern. Er war im letzten Winter schwer krank gewesen, hatte sich noch dazu eine Lungenentzündung zugezogen. Es grenzte an ein Wunder, dass er überhaupt noch unter uns weilte. Leider hatte ihm die Krankheit sehr viel seiner Kraft geraubt und er war anfällig für jegliche Erkältungen geworden.

„Du hattest heute viele Krankenbesuche."

„Ja, das Wetter macht allen zu schaffen. Die Kinder, welche noch spielen, sind von der Hitze benebelt und werden unvorsichtig. Viele kommen zu mir, weil sie fast am Verhungern sind, ihnen kann ich nicht helfen…"

Auch der Fussmarsch zum See war eine Höllenqual geworden unter der Hitze. Selbst ohne die wilden Tiere hätte ich ihn unter dem Tag nicht geschafft. So kam ich keinen Schritt mehr aus unserem Dorf hinaus, hungerte und litt unter Durst wie alle anderen. Meinem Papa war nicht bewusst, dass ich ihm immer die grössere Wasserration zu trinken gab. Ich wusste, wenn es nicht bald regnete, würde er den Sommer nicht überstehen. Meine Lippen waren spröde geworden und das ungewaschene Haar klebte mir im Gesicht. Ich konnte es nur noch als Zopf zusammengebunden tragen. Mehrfach hatte ich mir überlegt, es kurz zu schneiden, hatte es dann aber doch nie übers Herz gebracht.

Schweigend begannen wir zu essen.

Ich hatte noch keine zwei bisse genommen, als mein Vater sich räusperte.

„Lionel hat mich um deine Hand gebeten Tochter."

Ich legte die Gabel verdutzt ab. Lionel war ein Jahr älter als ich. Er hatte mir schon immer nachgeschaut, aber nie hätte ich gedacht, dass er den Mut fassen würde… Und das war ja wieder typisch Vater, das Thema so mir nichts, dir nichts, während dem Essen auf den Tisch zu bringen, als ob nicht meine ganze Zukunft davon abhängen würde. Ich wusste doch, dass er hinter meinem Rücken etwas ausheckte.

„Was hast du ihm geantwortet?»

„Dass ich dich Fragen werde."

Ich war meinem Vater dankbar, dass er mir die Entscheidung lies.
Er hätte auch für mich wählen können.

„Ich weiss wirklich nicht ob ich dazu bereit bin Papa."

„Das hatten wir doch bereits Kind. Ich möchte keinen Druck auf
dich ausüben, beim Himmel nicht, ich weiss doch, wie stur du
bist. Aber es würde mir leichter fallen zu gehen, wenn ich wüsste,
dass meine Tochter das weitermachen kann, was sie liebt, nämlich
den Menschen helfen. „

Ja, vier Jahre waren bereits vergangen, seit ich Nathaniel kennen
gelernt hatte. Ich war nun eine 21ig Jährige Frau in der Blüte ihres
Lebens. Fast alle anderen Frauen und auch Männer in meinem Alter waren verheiratet und hatten mehrheitlich Kinder.

Unbewusst griff ich erneut nach dem Ring, den er mir geschenkt
hatte, doch nach einem kurzen Moment liess ich die Hand entschlossen sinken.

Ich wurde hier gebraucht. Die Dorfbewohner brauchten mich und
mein Papa erst recht.

Ich war auch glücklich hier, im Großen und Ganzen, versuchte ich
mir einmal mehr einzureden. Das Heilen erfüllte mich, ich hatte
die Natur und unseren schönen Bergsee, wenn er nicht gerade
von wilden Biestern belagert wurde. Alles in allem war ich mit
meinem Leben zufrieden, wenn auch diese Sehnsucht nach der
Ferne im Herzen blieb.

„Er ist ein guter Mann, nicht wahr?"

Vater nickte.

„Er ist sehr aufrichtig und würde dich als Heilerin unterstützen.
Ich glaube ihr zwei würdet gut zueinander passen. Er wird dich
nicht hindern, weiter zu heilen, selbst wenn ihr einmal Kinder
habt. Und das erzähl ich nicht, weil ich mich um deine Zukunft
sorge, sondern weil ich wirklich denke, dass ihr zwei

zusammenpasst. Er bewundert dich doch schon so lange."

„Papa, darf ich dich etwas fragen?"

„Hm?"

„Hast du Mama geliebt, schon bevor ihr geheiratet habt?"

Er strich mir das Haar aus dem Gesicht.

„Oh meine schöne Tochter. Ja, ich habe deine Mutter geliebt. Aber solche Verbindungen sind selten. Ich traf sie auf meiner einzigen Reise ausserhalb dieses Dorfes, um eine schwer kranke Tante zu besuchen. Deine Mutter war es, die sich um sie kümmerte und mein Herz schmolz dahin. Ich kam mir mutig vor, soweit Weg von zu Hause und bat sie einfach mitzukommen. Sie, jung und abenteuerlustig willigte tatsächlich ein, ich hatte ja gar nicht damit gerechnet. In ihrem Dorf gab es weitere Heiler und sie fühlte sich berufen anderswo ihr Glück zu versuchen. Aber… deine Mama… Liebling ich glaube nicht, dass sie sonderlich glücklich hier war."

Mein Herz machte einen schmerzlichen Sprung.

„Aber sie hat dich doch auch geliebt, oder??"

„Sicher doch. Sehr sogar. Dich auch, du warst ihr ein und alles. Aber… Sie war ein offener, lebenslustiger Mensch. Ich glaube sie wäre gerne herumgereist. Ich war ein ängstlicher junger Mann, der lieber zu Hause blieb. Unser Dorf ist kleiner als das, wo sie aufwuchs. Ich glaube sie hat sich oft gelangweilt hier. Aber sie war ein zu guter Mensch, um es mir zu sagen und eine zu gute Mutter, um sich zu beklagen."

Er räusperte sich.

„Was ich damit sagen will Yelena: Liebe allein macht dich nicht immer glücklich. Ich hoffe deine Mutter war es, zum grössten Teil zumindest.

Wenn dir eine Ehe mit Lionel jetzt auch unromantisch scheint, er wird dir Sicherheit und Beständigkeit geben. Du bist hier geboren und aufgewachsen genau wie er. Es wird eine solide Ehe werden und du kannst deine Berufung weiterführen, dein Glück darin finden und in deinen künftigen Kindern. Es ist das richtige für dich mein Kind, meiner Meinung nach."

„Hat Mama gerne mit dir geschlafen?"

„Yelena!"

Mein Vater war entsetzt. Ich wusste nicht, woher ich den Mut hergeholt hatte, meine Wortkargen Vater ausgerechnet das zu Fragen. Vielleicht war es das Unwohlsein, welches ich seit dem Morgen verspürte und sich nun in Form von Kopfschmerzen bemerkbar machte. Schnell fügte ich hinzu

„Ich weiss das fragt sich nicht. Aber Mama ist nicht da für Frauengespräche. Bitte Papa, ich habe nur dich."

Er musste Luft holen, sichtlich verlegen. Es war amüsant ihn so zu sehen, mein armer Vater.

„Nun... Ja ich glaube schon. Sie hat mich sehr gerne geküsst. Und... Na ja, ich denke schon mein Kind. Aber Frauen sind hier anders glaube ich. Es ist für sie von Natur aus weniger schön als für Männer, das ist ganz normal. Du brauchst keine Angst zu haben vor der Hochzeitnacht. Es wird alles von allein gehen du wirst schon sehen."

Davor habe ich keine Angst. Einzig davon, dass mein Körper ihn nicht haben will. Denn ich kenne die Leidenschaft. Und du irrst dich Vater, eine Frau kann genau so viel Gefallen daran finden wie die Männer. Reicht mir das? Reicht es mir, Heilerin, Ehefrau und Mutter zu sein in unserer kleinen, heilen Welt?

Gerne hätte ich weiter gefragt, doch ich erkannte, dass Vater das Thema nicht weiterführen wollte, es war ihm zu peinlich. Man sprach nicht darüber.

Ich musste mich entscheiden. Viele Anträge würde ich hier nicht mehr erhalten. Sicher, ich konnte meinen Vater verlassen und in die Welt ziehen, doch brachte ich das übers Herz? Und die Leute im Stich lassen, die ohne mich keine Heilerin hatten? Wer würde schon in dieses kleine Dorf kommen wollen? Mai war noch lange nicht so weit. Schon wieder drehten sich meine Gedanken im selben Kreis. Das musste aufhören, ich war doch eine Frau der tat. Wenn ich zögerte, würde ich vielleicht einsam enden. Für immer einem Mann nachtrauernd, den ich nie haben konnte. Das wäre doch eine Vergeudung gewesen?

„Danke Papa für deine Aufrichtigkeit. Dann sag Lionel, dass ich akzeptiere, oder nein… Ich werde es ihm selbst sagen."

Erfreut blickte Papa von seinem Essen auf.

„Wirklich? Es macht mich glücklich zu wissen, dass du bald in sicheren Händen sein wirst."

Ich stand auf und küsste ihn auf die Stirn.

„Du hast Recht Papa, ich bin auch glücklich. Ich gehe jetzt gleich zu ihm."

7. Das Ende eines Weges

Die Wahrheit ist, dass ich es einfach nur hinter mich bringen wollte. Es wurde Zeit die Vergangenheit ruhen zu lassen. Lionel war ein guter Mann, wir hatten viele Stunden schon miteinander gesprochen. Ich hätte es wahrlich schlechter treffen können. Liebe konnte sich schliesslich entwickeln.

Ich fand ihn dabei, Netze zu reparieren. Lionels Eltern waren vor vielen Jahren an einer ansteckenden Krankheit gestorben, ich hatte nichts dagegen unternehmen können, hatte gegen die schlimme Krankheit verloren. Nur er und zwei seiner vier Brüder war davongekommen und er hatte seither auf sich und seine jüngeren Geschwister aufgepasst.

Erstaunt und etwas errötend hob er den Kopf als er mich vor ihm stehen sah. Verlegen richtete er sich auf und klopfte den Schmutz von seinen Hosen.

„Yelena!"

„Hey Lionel. Alles klar?"

„Ah ja… Hat dein Vater… Also."

Ich umfasst seine Hand. Er zitterte leicht. Er war ein hellhäutiger, kräftiger junger Mann mit Kastanienbraunen Augen und kurzen, dunkelbraunen Haaren. Wir waren fast gleich gross. Muskulös war er mit einem männlichen Gesicht mit Vollbart. Er war sympathisch, er würde ein guter Mann sein.

„Ja das hat er. Und ich möchte annehmen."

„Du... Wirklich?"

„Hmm."

Überschwänglich drückte er meine Hand.

„Das sind wunderbare Neuigkeiten Yelena! Ich freue mich."

Freuen? Ist es das, was man empfinden sollte? Kein Herzflattern?

„Um, Lionel? Warum willst du ausgerechnet mich heiraten?"

Er runzelte die Stirn.

„Nun, du bist jung und ledig. Und... wir verstehen uns sehr gut. Ich bin tollpatschig und verletze mich oft, da ist es doch ganz Gut eine Heilerin zur Frau zu haben, nicht? Und na ja, ich weiss, dass ich auch nicht die Beste Partie bin, mit zwei Brüdern, um welche ich mich kümmern muss. Ich hoffe, das stört dich nicht?"

Ich war mir nicht sicher, ob das wirklich Grund genug sein konnte oder ob er sich einen Scherz mit mir erlaubte. Sicherlich, ich hatte die Blicke der Männer um mich herum bemerkt. Mein Körper hatte sich verändert in den letzten Jahren, war noch weiblicher geworden. Mir war bewusst, dass ich als attraktiv in unserem kleinen Dorf galt. Ich wusste mich besser und gesunder zu ernähren, als die meisten anderen und war daher wohl auch... Nun, wohl geformter als der Durchschnitt. Ein Umstand der mir auch keine Freundinnen einbrachte. Hätte man mich nicht als eigenwillig und seltsam gesehen, wäre ich wohl von sehr vielen umworben worden. Ich hatte auch bemerkt, dass immer mehr Männer versuchten, einen Blick in meinen Ausschnitt zu erhaschen, wenn ich über Patienten gebeugt war.

„Deine Brüder zu unterstützen, stört mich überhaupt nicht. Aber, liebst du mich denn?"

Verlegen scharrte er mit einem Fuss.

„Ich... um... ich denke schon. Und du?"

Die Frage traf mich unvorbereitet obschon ich ja damit angefangen hatte. Ich hatte ihn gern, ohne Zweifel. Er war ein guter Freund. Das war doch eine stabile Basis für eine Ehe, oder?

„Ich mag dich gerne."

Er lächelte mich an.

Ich wollte es wissen, musste wissen, wie es sich anfühlte. Bevor ich es mir anders überlegen konnte, beugte ich mich über ihn und küsste ihn auf die Lippen.

Erschrocken wollte er einen Schritt zurückweichen, doch ich schlang die Arme um ihn und küsste ihn weiter.

Seltsam… Mein Puls ist derselbe. Es fühlt sich gar nicht speziell an.

Er löste sanft meine Arme von seinen Schultern.

„Yelena! Wir sollten nicht! Wir sind noch nicht verheiratet."

„Aber bald! Lass uns unsere Verlobung noch heute Abend bekannt geben."

„Wow, du hast es aber eilig. Bist du sicher?"

„Hm."

„Yelena?"

„Ja?"

„Wir sollten das mit dem Küssen lassen… Bis zur Hochzeit."

„Hat es dir nicht gefallen?"

„Um… Doch, doch. Aber wir wollen alles rechtens, nicht wahr? Nicht das falsche Gerüchte in Umlauf gehen. Du könntest schwanger werden…"

Ich wandte mich ab, damit er mein unterdrücktes Lachen nicht auf den Lippen erkennen konnte. Himmel wie konnte man nur so naiv sein. Meine Mama hatte mir dieses Thema schon sehr früh erklärt. Sie war immer für Offenheit gewesen.

War es fair, was ich ihm antat? Ich hoffte von Herzen, dass ich das richtige tat.

Wir lebten in schweren Zeiten. Wie Nathaniel prophezeit hatte, war die Lage nicht ruhiger geworden, im Gegenteil. Wir hatten bereits von nicht allzu weit entfernten Nachbardörfern gehört, welche von den Soldaten fast gänzlich ausgerottet worden waren, nur wegen des Verdachtes, dass sich Spione dort aufhielten. Was erwartete der König? Er hatte doch bereits die uneingeschränkte Macht. Niemand konnte sich ihm entgegensetzen. Warum liess er uns nicht in Ruhe unser Leben leben? Warum erhöhte er die Steuern immer weiter? Was nutzen wir ihm tot?

Niemand fühlte sich mehr sicher. Wir wollten nur in Frieden gelassen werden, warum zog man uns mit hinein in die Machtspiele?

Fremdes Hufgetrappel löste unlängst nur noch Furcht aus in uns allen. Selbst ich hatte es aufgegeben, Fremden entgegenzutreten. Die Zeiten waren unruhig geworden, der König immer Macht gieriger. Was wir von den anderen Dörfern gehört hatten, war furchterregend. Schändung und Folter schien an der Tagesordnung. Ob *er* das auch tat? Vergewaltigte er unschuldige Frauen? Ein Schauder glitte mir über den Rücken bei dem Gedanken. Und ich, die mich freiwillig hingegeben hatte…

„Ist dir kalt Yelena?"

Lionel warf mir eine schlichte Decke über die Schulter.

„Komm liebes, lass uns die Hochzeit planen."

Wenige Tage später war es so weit, mein Hochzeitstag.

Mein Inneres war unruhig. Ich wusste nicht warum, fühlte mich aber seit dem Aufwachen seltsam mit einem beklemmenden Gefühl in meiner Brust. Seit Tagen waren die Kopfschmerzen schlimmer geworden und ausgerechnet heute, konnte ich vor Schmerzen kaum klar denken. Ich schüttelte die düsteren Gedanken beiseite.

Das ganze Dorf hatte sich gefreut und trotz oder vielleicht gerade wegen der herrschenden Dürre, hatte man für mich ein Fest vorbereitet. Viel zu essen gab es nicht, aber eine Feier war genau das, was wir alle jetzt gebrauchen konnten. Einige Männer hatten sogar den Gang zum Wasser geschafft und so würden wir heute wenigstens einmal genug zu trinken haben.

Am Nachmittag besuchte ich das Grab meiner Mama um ihr die Neuigkeiten zu erzählen. Ich besuchte den Ort oft, wenn ich Kummer hatte, um meiner Mutter davon zu erzählen. Es half mir und gab mir das Gefühl, dass sie bei mir sei. Auch von Nathaniel hatte ich ihr damals erzählt.

Nathaniel... lass mich noch ein letztes Mal bewusst an dich denken bevor ich mich zwinge dich aus meinem Herzen zu verbannen. Ich kann nicht auf dich warten. Das hast du auch nie gewollt. Lebst du noch? Oder bist du dem Kampf zum Opfer gefallen? Du wolltest, dass ich glücklich bin. Und ich werde jetzt den ersten Schritt in eine neue Zukunft machen. Wo immer du auch bist, ich hoffe du hast dein Glück doch noch gefunden. Leb wohl Liebster.

Ich hatte es nicht geschafft, ihn zu vergessen. Aber vielleicht war das auch gar nicht das Ziel im Leben. Vielleicht ging es einfach darum, weiterzumachen und ein neues Kapitel aufzuschlagen, in Erinnerung an das zurückliegende. Ja, ich würde mutig sein und voran gehen. Trotz der Sommerhitze war mir plötzlich kalt.

War es eine Vorahnung oder nur die Angst vor dem Unbekannten? Irgendwie hatte ich das dumpfe Gefühl, dass ich niemals mit Lionel verheiratet sein würden. Dass etwas schlimmes in der Luft lag. Den ganzen Tag hatte ich ein Gefühl der Ohnmacht.

Mutter? Habe ich es gespürt wie du damals? Als du mich einen Abend vor dem Bärenangriff an dich gedrückt und mir beteuert hast, dass du mich immer lieben wirst? Das ich stark sein soll und mutig? Hattest du nicht des Öfteren solche Vorahnung bevor etwas wichtiges oder Schlimmes geschah?

Diese Angst, die mir schon den ganzen Tag die Kehle zugedrückt hatte,
war es eine Vorahnung? Oder hatte ich nur unbewusst die Zeichen der
Natur gedeutet? Die Stille und das Fehlen von Vogelgezwitscher be-
merkt?
Lionel, ich hätte an deiner Seite sicherlich ein gutes Leben führen kön-
nen. Als Heilerin, Ehefrau und Mutter, sowie gute Tochter.
Auch wenn mir heute bewusst ist, dass ich niemals glücklich geworden
wäre an deiner Seite.

Alle Dorfbewohner waren um das grosse Feuer versammelt, wo
die Zeremonie stattfinden sollte. Zumindest das Entfachen der
Flammen war einfach, war doch sowieso alles dürr von der Hitze.
Bald war der Tag vorbei und ich konnte meine vermeintlich
schlechte Vorahnung als Albern abstempeln. Es war eine mond-
lose Nacht und daher schon recht dunkel. Das Feuer spendete uns
allen Trost in diesen schwierigen Zeiten.
Ich besass kein weisses Kleid und auch sonst nichts wirklich festli-
ches. So stand ich da, nur in einem blauen, langen Rock, trockene
Blumen in der Hand, das Haar mit einer ausgeliehnen Spange
nach hinten genommen.
Eigentlich hatte ich mir vorgenommen, Nathaniels Ring abzuneh-
men, hatte mich aber im letzten Moment dagegen entschieden.
Das Schmuckstück war ein Schutz, seine Garantie für mein Leben,
in Zeiten der Gefahr. Nein, ich entschied mich, ihn anzubehalten.
Unser Prister hielt die Zeremonie ab.
Nervös stand ich da, das Herz schlug mir bis zum Hals.
Mai hielt sich ganz in meiner Nähe auf, sie diente mir als meine
Trauzeugin. Obschon sie nun bereits sechzehn Jahre alt war, hatte
sie das kindliche nie verloren und suchte steht's meine Nähe. Ich
war wie eine grosse Schwester für sie. Sie war sehr hübsch

geworden, mit ihren Sommersrossen und dem schmalen Gesicht, den intelligenten Augen. bestimmt war sie bald grösser als ich.

Der Pfarrer stellte mir soeben die Frage aller Fragen.

Noch während er am Sprechen war, hörte ich es.

Das Donnern von Hufen, drang plötzlich dröhnend an unsere Ohren. Erschrocken starrte ich in die Dunkelheit, zusammen mit einigen anderen, feinhörigen Männern und Frauen.

„Pferde! Viele!"

Mein Herz begann zu dröhnen, deutlich hörte ich Nathaniels Stimme

„Aber Yelena, wann du das Donnern von Hufen hörst, doppelt an der Zahl von den unseren, schau dich nicht um und renn um dein Leben!"

„Rennt"

Es kam als Flüstern. Dann noch einmal lauter, schriller

„Rennt!!!"

Der Priester sah mich zunächst verwirrt an, dachte ich hätte den Verstand verloren oder litt an einer Panikattacke.

Ich schrie in die verwunderte Stille:

„Soldaten kommen! Ihr müsst fliehen, jetzt gleich!"

Dann, noch während man mich unschlüssig ansah, wurde das Donnern der Hufe lauter, sodass es auch die restlichen Dorfbewohner hören konnten. Frauen begannen zu schreien, Kinder zu weinen, Männer in Panik herumzurennen. Ich packte Mai bei den Schultern

„Sammle so viele Kinder wie du innert 30 Sekunden kannst, dann renne zu den Bergen. Hörst du? Nicht zum Wald, er ist zu weit. Nicht in die Hütten, zu unsicher. Der Berg erreicht ihr in wenigen Minuten. Renn zu ihm, versteckt euch in den Höhlen, in den dunkelsten Ecken und bleibt die ganze Nacht dort. JETZT!"

Dem Himmel sei Dank, Mai war es gewohnt meinen Befehlen zu gehorchen, ohne sie zu hinterfragen. Sie packte sich ihre jüngere Schwester, wiederholte kurz die Befehle, rannte zu den nächsten Kindern. Was für ein Glück, dass wir alle versammelt waren, so konnte die Warnung rasch von Ohr zu Ohr gegeben werden, jedes einzelne Leben zählte jetzt. Ich wiederhole die Warnung an einige Kinder.

Dann ergriff ich den Arm meines Vaters. Das Donnern näherte sich.

„Wir müssen fliehen Vater, jetzt gleich!"

„Ich werde es nicht schaffen Kind, das weisst du. Zudem ist das mein Dorf, ich lasse es nicht niederbrennen, ich bleibe.»

„Papa, bitte!"

Lionel trat hinter mich.

„Dein Vater hat Recht. Wir können nicht fliehen."

„Aber Lionel…"

„Sie werden uns alle verfolgen und töten. Geben wir den Kindern und Müttern eine Chance zu fliehen und verteidigen das Dorf. Schliesslich haben wir nichts zu verbergen. Yelena, du musst rennen."

„schau dich nicht um und renn um dein Leben!"

Im Bruchteil von Sekunden sah ich auf die Leute, die ich liebte. Die ich behandelt hatte, mit denen ich so vieles geteilt hatte. Mein Instinkt wusste, was bald geschehen würde. Trotzdem blies ich Nathaniels Warnung in den Wind. Die Kinder sollten gerettet werden, mochte mit uns geschehen was wollte.

„Nein, ich bleibe auch."

Mein Vater sah mich voller Panik an.

„Yelena, rette dich mit den Kindern, bitte! Du musst leben."

Ich schüttelte den Kopf.

„Nein, ich bleibe bei euch. Wenn sie uns angreifen, werdet ihr mich brauchen, ich kann helfen."

Wie dumm, naiv und stur ich doch war. Helfen? Womit denn? Mein Vater wollte protestieren, doch es war ohnehin zu spät. Schon kamen die Reiter in der Ferne in Sicht. Ich sah mich rasch um. Viele der Kinder waren in die Dunkelheit entschwunden. Es war eine finstere Nacht und die Hügel würden die fliehenden von feindlichen Blicken schützen... Hoffentlich. Zum Glück spielten die Kinder oft in den Höhlen, sie würden den Weg finden. Auch einige Frauen und Männer fehlten, diese waren jedoch mehrheitlich nur in ihre Hütten geflohen.

Nicht weit genug.

Wir blieben um das Feuer stehen, sie sollten wissen, dass es nichts zu verbergen gab. Weitere Männer traten neben uns. Man wollte den Frauen und Kindern die bestmögliche Chance geben, wenn es zum schlimmsten kam. Jetzt, in der Not hielten sie alle zusammen. Wie stolz war ich doch auf unser kleines Dorf.

Ich umarmte meinen Vater fest, nahm dann Lionels Hand. Jemand musste wenigstens versuchen, mit ihnen zu reden. Wir hatten nichts verbrochen.

Die behelmten Männer hatten unser Dorf erreicht. Vor unserer Gruppe blieben sie stehen, die Schwerter hoch erhoben.

„Uns ist zu Ohren gekommen, dass sich der Spion Zacarihas bei euch aufhält. Gebt ihn heraus und man wird euch einen schnellen tot trotz eures Verrates gewähren und vielleicht einige verschonen, wenn ihr kooperiert."

Unser Priester trat mutig einen Schritt hervor.

„Uns ist kein Mann dieses Namens bekannt, wir verstecken niemanden. Wir waren dem König immer treu ergeben."

„Lüg nicht alter Mann. Die Information ist von einem fahrenden

Händler, der gestern geschworen hat, ihn bei euch gesehen zu haben. Sprecht, das ist eure letzte Chance."

Wohl eher aus ihm erpresst oder herausgefoltert. Wir hatten einen verletzten Mann bei uns aufgenommen, der *mit* einem fahrenden Händler angekommen war. Der Händler hatte uns um Hilfe gebeten. Da der verletzte offensichtlich von Männern des Königs verfolgt worden war, wollten die Dorfbewohner das ich ihm helfe. Ein Feind des Königs war unser Freund. Wir hatten nicht mal seinen Namen gekannt und er war innert weniger Tagen wieder gegangen. Ob das Zacaria gewesen war? Höchst wahrscheinlich schon.

„Wir haben nichts zu verbergen, ihr könnt uns gerne durchsuchen…"

Der Pfeil traf den Priester mitten ins Herz. Blut spritze mir ins Gesicht. Entsetzt hielt ich die Hand vor den Mund.

„Verräter und Lügner, allesamt. Durchsucht das Dorf, tötet wer im Weg steht!"

Ich schrie auf. Die Reiter brüllten los, zogen ihre Schwerter, spannten die Bogen und begannen ihre Gräueltaten. Neben mir sank ein Mann tödlich getroffen zu Boden. Ich hatte ihn erst vor einem Monat vor einer schweren Grippe geheilt.

Rennen wäre zwecklos gewesen. Ehe ich mich recht versah, war ein Reiter über mir, das Schwert drohend erhoben. Ich hielt schützend die Arme vor den Kopf.

„Yelena"

Schrie Lionel entsetzt und warf sich zwischen mich und das todbringende Schwert.

„NEEIN!"

Er brach über mir zusammen. Der Fremde sprang mit einem Satz vom Pferd. Ich wollte Lionel auffangen, wurde von dem Soldaten jedoch grob am Arm gepackt.

„Siehe an? Eine schöne Maid. Das wird ein Vergnügen werden."

„Lasst meine Tochter in Ruhe!"

„Vater nicht!"

Mein Vater stürmte auf den Fremden los, einen Stock in der Hand. Vergebens, der Soldat packte ihm grob am Handgelenk und versenkte das Schwert in seiner Brust.

„NEIN!"

Schrie ich, halb wahnsinnig vor innerlichem Schmerz, während mein Vater auf die Knie sank.

„Ye.. rette… dich."

Er viel zu Boden. Hass stieg in mir auf, unergründlich, unverzeihlich. Der grausame Soldat war braunhaarig mit einem langen, dunklen Schnauzbart. Seine dunklen Augen zeigten weder Gnade noch Mitgefühl. Er war sehr gross und breit gebaut.

„Sohn eines Hundes! Das werdet Ihr büssen ihr…"

Er packte mich grob an den Haaren, riss an meinem Leinenkleid, so dass mein halber Oberkörper sichtbar wurde. Die Wut verwandelte sich in nackte Angst. Sie würden mich schänden, gleich hier und jetzt, mich leiden lassen, bevor man mich schliesslich doch tötete. Um mich herum schrie alles, ein Meer von Blut und Verderben. Wenn sich nur die Kinder hatten retten können, dann war alles andere egal. Er warf mich zu Boden hielt mit einer Hand meine beiden Arme über den Kopf.

Nathaniel hatte Recht gehabt, ich hätte fliehen sollen…

Nathaniel!

Mit dem Mut der Verzweiflung befreite ich meinen linken Arm und griff nach dem Ring, den ich um den Hals trug und jetzt durch mein zerrissenes Kleid sichtbar geworden war. Ich hielt ihn dem Soldaten vor die Nase.

„Haltet ein, oder mein Verlobter wird sich an euch Rächen!"
verdutzt hielt der Fremde inne. In der Hitze des Gefechts hatte er
seinen Helm verloren, so dass seine langen, dunklen Haare über
sein kantiges, bärtiges Gesicht fielen.
„Was zum Teufel!"
Ich holte tief Luft, am ganzen Körper sitzend.
„Mein Verlobter ist ein Vertrauter des Königs. Wir konnten noch
nicht heiraten, aber er hat mir den Ring als Zeichen seiner Liebe
dagelassen."
Der Angreifer riss an der Kette, so dass sich der Knoten löste und
er den Ring an sich nehmen konnte.
„Der… der ist echt?! Wer… ?"
Mir war schlecht. Ich wollte am liebsten das Bewusstsein verlieren
und im Nichts versinken. Aber ich durfte jetzt nicht aufgeben. Ich
wollte leben.
„Das geht euch nichts an. Aber seid gewiss, dass er es erfahren
wird, falls mir etwas zustösst. Der König selbst hält sehr grosse
Stücke an ihm. Lasst das Dorf in Ruhe, wir sind königstreu."
Hasserfüllt starrte er erst den Ring, dann mich an, schien zu zögern. Wer konnte schon nachweisen welcher Soldat mir den To-
desstoss verpasst hatte.
„Was lungerst du herum Hauptmann Frank. Nimm dir das Mädchen von mir aus, aber mach vorwärts, wir haben noch viel zu
tun. Dieses Verräterpack muss büssen."
Mein Peiniger schien verunsichert.
„B… Befehlshaber. Dieses nichtswürdige Mädchen behauptet sie
sei verlobt mit einem unserer Befehlshaber oder gar einem General!"
Der Befehlshaber dieser Truppe schwang sich mit einem Satz vom
Pferd. Wenn sogar ein Befehlshaber mit auf dem Verwüstungstrip

war, musste es sich um einen gefährlichen Spion gehandelt haben. Ein Befehlshaber kam direkt unter den Hauptmännern, also ein höheres Mitglied. Nur die Generäle waren noch höhergestellt. In der Zwischenzeit waren die Schreie fast gänzlich verstummt. Nun war das Stöhnen von verletzten und… anderes zu hören. Am liebsten hätte ich mir die Ohren zugehalten vor Entsetzen. Hauptmann Frank griff nach dem Ring.

„Ein „N". Interessant. Und wer ist dein heimlicher verlobter Mädchen?"

„Das geht euch nichts an."

Seine Faust war hart, ich fühlte, wie meine Wange anschwellte. Die Angst packte mich erneut, nahm mich in ihren eisigen Griff.

„Den Namen, jetzt! Oder ich gehe davon aus, dass du ihn dir gestohlen hast, Flittchen."

Was nun? Den Namen Preis geben? Was würde das für Konsequenzen haben? War Nathaniel wichtig genug oder würde die Preisgabe seines Namens mein Schicksal besiegeln? Aber was hatte ich noch zu verlieren? Ich kannte auch keine anderen Namen, welche ich hätte nennen können. Der bärtige Hauptmann mit den dunklen, teuflischen Augen musterte mich noch immer, die Faust erhoben.

„N… Nathaniel. Nathaniel Lootalian"

Die Faust blieb in der Luft. Der Befehlshaber und der aggressive Hauptmann, den er Frank genannt hatte, starrten sich entsetzt an. Furcht war in ihre Augen getreten.

„Nathaniel? Verdammt!"

Der Befehlshaber erhob seine Faust, und schlug zu. Jedoch nicht mich, sondern Frank, welcher rücklings zu Boden fiel.

„Unter allen Frauen musst du dir unbedingt *Nathaniels* heimliche Liebschaft aussuchen? Wenn er hiervon erfährt, wird er uns alle an den Galgen bringen! Du kennst ihn. Der Mann hat kein Gewissen."

Frank lag am Boden und hatte mich losgelassen. Schnell verdeckte ich meine Blösse mit dem Stofffetzen meines Gewandes, hielt die Arme darüber verschränkt.

„Nun gut. Wir verschonen dich und lassen dich hier liegen. Sag ihm das, wenn er dich jemals finden sollte. Sag ihm, dass wir dich nicht angerührt haben. Das wirst du doch tun, nicht wahr?"

Ich nickte.

„Ich verspreche es. Verschont auch das Dorf. Er hätte es gewollt."

Der Hauptman lachte ein kaltes, böses Lachen.

„Wohl kaum, Flittchen. Womöglich schert ihn das Leben seiner Dirne, sicherlich aber nicht so ein verwahrlostes Dorf. Deine Leute werden für den Verrat zahlen, jeder einzelne von Ihnen."

„Befehlshaber? Was wenn sie es ihm doch erzählt? Er wird uns alle bestrafen."

„Niemand wird bestraft Dummkopf. Solange sie lebt, haben wir nichts zu befürchten. Wir lassen sie hier liegen, vielleicht wird sie ohnehin verhungern oder verdursten. Die Hauptsache sie weisst dann keinerlei Gewalt oder Kampfverletzungen auf! Sie muss offensichtlich an Hunger oder Durst sterben, dann sind wir sicher. Lass sie liegen."

Frank wandte sich ab, drehte sich aber dann nochmals um, ging vor mir auf die Knie und drückte mir einen harten Kuss auf den Mund. Er schmerzte, widerte mich so sehr an, dass ich den Mund öffnete und ihm auf die Lippen biss.

Seine Ohrfeige traf mich so hart am Ohr, dass es zu Surren begann.

„Teufelsweib! Viel Spass mit dem Sohn einer Schlange, ihr beide habt euch verdient. Solltest du ihm müde werden, findest du mich in der Hauptstadt. Falls du bis dann noch lebst."

Damit wandte er sich ab, so dass sein Umhang aufflatterte. Im vorbei gehen gab er meinem armen, toten Vater noch einen Tritt. Der General packte ihn grob an der Schulter.

„Frank, komm. Aber sorg vorher dafür, dass sie eine Weile schläft. Und lass den verdammten Ring liegen."

«Aber Befehlshaber, es ist ein Beweisstück!»

«Fallen lassen habe ich gesagt! Aber dalli.»

Ich wollte mich aufrappeln, doch schon traf mich Franks Schwert-knauf am Kopf und alles um mich herum wurde schwarz.

8. Neue Wege

Während meiner Bewusstlosigkeit konnte ich die Schreie wieder und wieder hören. Frauen denen die Unschuld geraubt wurde, sterbende Menschen. Sah meinen Vater auf die Knie sinken.
Am liebsten hätte ich mich in dem Nichts für immer treiben lassen.
Wozu weitergehen? Wozu die Augen in eine Welt öffnen, die nicht mehr Dieselbe war?
„Ich... möchte dich so gerne küssen. Nur ein einziges Mal."
Nathaniel... War er irgendwo in dieser Welt? Konnte er auch diese Wunde heilen? Nein, nein es war zu viel. Wenn ich die Augen öffnete, waren alle die ich liebte weg. Fast alle.
„Ich werde dich vermissen mein Sonnenschein."
Ich vermisse dich auch. Sehr... Aber konnte ich ihm so noch in die Augen sehen?
„Yelena"
Nein ich kann nicht...
„Yelena, wach auf. "
Ich will nicht...
„Yelena! Wach auf. Oh bitte, bitte öffne die Augen!"
Als sich meine Augenlieder widerwillig öffneten, sah ich in die dunklen Augen meiner Mai. Sie waren tränenüberströmt.
„Yelena, dem Himmel sei Dank du lebst!"
Sie warf sich um meinen Hals.
Mühselig richtete ich mich auf, drückte das Mädchen an mich. Mein Kopf schmerzte.
„Oh Mai! Mai!"
„Du bist entkommen."
Dann packte mich die nackte Angst, schloss sich fest um mich.
„Die Soldaten?! Wo sind sie? Du musst weg! Verschwinde von hier, schnell!"

„Yelena! Sie sind weg! Sie sind schon seit Stunden weg. Die ganze Nacht habe ich mit den Kindern im Versteck gewartet. Erst jetzt habe ich gewagt zurückzukommen, nur ich alleine um zu schauen… Ob… Wie viele… Yelena, es sind fast alle tot!!"

Sie begann zu weinen, laut und ungehemmt. Ich streichelte sanft ihren Rücken. Dabei sah ich um mich.

Ich ertrug den Anblick fast nicht. So viele bekannte, geliebte Menschen…

„Papa!"

Ich befreite mich von Mai und beugte mich über ihn. Sein letzter Kampf war vorbei, aus seinen leeren Augen drang kein Leben mehr.

„Oh nein, nein, nein Papa, nicht!"

Nun hatte ich auch ihn auf dem Gewissen. Ich umarmte ihn, begann ebenfalls laut zu weinen, gab mich meinem Schmerz hin. Wäre ich doch nur mit ihm davongerannt. Wir hätten es bestimmt schaffen können, auch wenn ich ihn hätte tragen müssen.

Nur wenig von ihm entfernt sah ich Lionel liegen. Ich hätte auch zu ihm gehen sollen, er war mein fast Ehemann gewesen, wenn auch nur für kurz.

Doch ich konnte nicht. Die Kraft hatte meinen Körper verlassen, mich völlig gelähmt. Es war zu viel zu ertragen. Ich konnte nicht mehr tun als um meinen verstorbenen Vater zu trauern. Die kleine Hand Mais riss mich aus der Erstarrung.

„Bitte Yelena! Ich brauche dich. Die Kinder brauchen dich. Wir haben alle so Hunger und Angst. Bitte hilf uns Yelena. Wir schaffen es nicht ohne dich. Du bist doch die Heilerin."

Ich schlug die Hände vors Gesicht, der leblose Körper meines Vaters hatte ich auf meine Knie gebettet.

Ich? Ich bin doch selbst fast noch ein Kind. Ich weiss selbst nicht was machen. Oder... doch?

Jene innere Ruhe, welche mich jedes Mal überkam, wenn ich meinen Pflichten als Heilerin nachzugehen hatte, erfasste mich. Auf einmal war alles klar. Der Trauer und den Schmerzen konnte ich mich danach noch lange genug hingeben. Jetzt wurde ich gebraucht. Wenn ich nicht handelte, würden noch mehr Leben erlöschen.

„Mai. Geh zurück zu den Kindern, bring sie an den Rand des Dorfes. Nur an den Rand hörst du? Sie müssen sich das hier nicht ansehen, es ist zu schlimm für ihre kindlichen Seelen. Bring sie an den Dorfrand, nahe der schützenden Felsen. Ich suche in der Zwischenzeit nach überlebenden."

„Ich helfe dir dabei"

„Nein liebes. Es ist zu viel für dich."

„Ich möchte helfen! Es waren auch meine Freunde. Ich möchte sehen, was die Soldaten angerichtet haben!"

„Mai..."

„Ich will es so. Ich helfe dir, dann hole ich die anderen und wir werden gemeinsam weg gehen."

Ich legte ihr beide Hände auf die Schultern.

„Ich bin so stolz auf dich."

Wir nickten uns zu, dann machten wir uns an die traurige Arbeit.

Es war eine tragische Arbeit. Es zerriss mir fast das Herz all die Menschen die ich gekannt und geliebt hatte, so wieder zu sehen. Mai hatte an die 40ig Kinder in Sicherheit gebracht. Eine unglaubliche Leistung für die kurze Zeit. Ich hatte aus meinem Haus ein paar saubere Kleider geborgen und angezogen, damit mein Körper wieder zugedeckt war. Die Haare band ich zu einem festen Zopf zusammen. Die Soldaten hatten etliche Feuer entfacht, doch unsere Hütte war zum Glück verschont geblieben. Wir fanden zwanzig lebende Frauen, jedoch fünf davon tief traumatisiert. Einige hatten auch ihre Kinder sicher verstecken könne, so dass sie es ebenfalls überstanden hatten. Dann waren da einige wenige Männer und eine Gruppe Jugendlicher, welche sich im fast leeren Dorfbrunnen verschanzt hatten.

Von 600 Menschen fanden wir nur etwas über 140ig lebend vor. Einige von ihnen schwer verletzt, würden den Tag nicht überstehen. Der Rest war alles unterernährt, durstig und psychisch am Ende. Das nächste Dorf war über einen Tagesmarsch entfernt, sofern es überhaupt noch existierte. Wie sollten wir hier hingelangen? Neue Verzweiflung überkam mich. Wir würden alle sterben. Einmal mehr war es die Erinnerung an Nathaniels Worte, die mir Mut schöpften.

Schenke ihnen Glauben.

Die Menschen waren alle verzweifelt. Die Kinder waren in der Zwischenzeit vom Felsen zurückgekehrt und warteten wie geheissen am Rande des Dorfes. Die wenigen die noch Eltern hatten, schlossen sich ihnen in die Arme. Die anderen suchten Trost bei den nächstbesten Bekannten. Sie alle waren hoffnungslos. Blieb nur ich. Auch mein Herz war zerrissen vor Trauer und Zweifel, doch das musste ich jetzt unterdrücken.

Jemand hatte ein schreiendes Baby aus einem Haus geborgen, welches überfallen worden war. Die jungen Eltern hatten beide nicht überlebt. Wie durch ein Wunder hatten sie das Baby sicher verstecken können und durch ein noch grösseres Wunder hatte es während dem ganzen Überfall nicht geschrien.

Ich hatte Nathaniels Ring wieder um meinen Hals befestigt. Der grausame Hauptmann hatte ihn tatsächlich liegen lassen. Ich ergriff ihn fest.

„Schenk mir Kraft."

Ich schritt auf die verzweifelten Dorfbewohner zu und richtete mich zu meiner vollen Grösse auf. Die leeren Blicke richteten sich auf mich, alle sahen mich aus grossen Augen an.

„Hört mir zu… Ich weiss wir alle haben grosse Verluste erlitten. Wir alle wissen nicht wie weiter. Ich sage euch, wir müssen vorwärtsschauen. Auch wenn es weh tut, so hilft es keinem unseren geliebten, wenn wir hier mit ihnen sterben. Wir müssen so schnell wie möglich das nächste Dorf erreichen. Dort kann man uns vielleicht helfen."

„Und wer sagt uns, dass dieses Dorf nicht ebenfalls zerstört wurde?"

Ausgerechnet Lionels bester Freund Simon äusserte die Worte des Zweifels. Er hatte zu jenen gehört, welche sich unter einem Losen Holzbrett im Fussboden eines der Häuser versteckt hatte. Ohne das Versteck mit jemandem zu teilen…

„Niemand. Aber wir müssen es versuchen. Es ist unsere beste Chance. Selbst wenn es ebenfalls zerstört wurde, dort führt ein Fluss hindurch, im mindesten finden wir dort also frisches Wasser."

Gemurmel, Zweifel…

Ich musste sie überzeugen, ich musste es schaffen.

„Mai, Aline, Thomi, Jaster, Esthera, geht auf direktem Weg zum Vorrat Speicher, und holt was es noch zu holen gibt."

Ich hatte die Namen einiger jungen Erwachsener genannt.

Nun nannte ich vier weitere Erwachsene, junge, kräftige Männer, fast die einzigen, welche überlebt hatten.

„Ihr geht zum See. Bringt so viel Wasser wie ihr könnt, füllt alle Feldflaschen. Ich weiss es ist ein weiter und beschwerlicher Weg, aber ich vertraue darauf, dass ihr es schafft. Nehmt Pfeil und

Bogen sowie Messer mit, um euch vor den Tieren zu wehren."

Sie gehörten zu wohlhabenderen Familien, welche noch nicht so sehr an Hunger litten und noch kräftiger waren als die meisten anderen. Bevor jemand reklamieren konnte, fuhr ich fort, nannte ein paar jüngere Kinder.

„Ihr helft mir mit den leicht verletzen, um die Wunden zu säubern. Mai war gleich alt wie ihr als sie die Lehre bei mir begonnen hat. Ich bin sicher ihr werdet hervorragende Assistenten."

Ich lächelte den genannten Kindern aufmunternd zu. Scheu erwiderten sie das Lächeln und nickten.

„Alle andern Erwachsenen, welche nicht verletze sind, gehen Nahrung und nützliche Utensilien suchen. In allen Häusern... Sie werden nicht mehr gebraucht und können uns überlebenden helfen."

Nun blieben nur noch eine kleine Schar Kinder übrig. Auch ihnen schenkte ich ein aufmunterndes Lächeln.

Ihr könnt schon mal hinter den Felsen das Essen vorbereiten, welches euch die Erwachsenen bringen werden. Wenn alles vorbereitet ist, essen wir etwas Kleines bevor wir aufbrechen. Ich bin sicher ihr werdet etwas Fantastisches zusammenstellen, mit dem, was man euch bringt."

Erfreut darüber, eine Aufgabe zu erhalten, nickten die Kinder sofort. Ich wollte sie alle beschäftigen, damit sie nicht auf noch mehr trübe Gedanken kamen.

„Und wer hat dich zum Anführer ernannt?"

Na klar, Peeter, mein alter Rivale, der mich vor Jahren am Dorfbrunnen bereits verbal angegriffen hatte. Seit seine geliebte Tantee im letzten Jahr verstorben war, war er noch ekelhafter als zuvor geworden. Einmal wollte er mir gar an die Unterwäsche und ich hatte ihn nur mit Müh und Not abwehren können. Natürlich überlebten solche Menschen, während so viele Unschuldige nicht mehr da waren.

„Ich selbst. Aber ich überlasse dir die Führung gerne, wenn du sie möchtest? Na los, sag ihnen, was sie tun sollen, am besten verstecken wir uns alle wieder in einer Scheune, wie du vorhin und warten bis wir alle verdurstet sind. Möchtest du das?"

Meine Augen funkelten Blitze. Ich hörte die anderen murmeln. Sein Verhalten war nicht gut angekommen. Er schien sich immerhin zu schämen und senkte den Kopf.

„Ich… Nein schon gut. Du machst das schon."

Damit war alles gesagt und ich offiziell die Gruppenführerin.

Der Marsch war lange und anstrengend. Die verletzen hatten wir auf alte Gemüsekarren geladen und zogen sie abwechselnd. Ich half den Verwundeten so gut ich konnte mit meinen Begrenzten Mitteln. Ich hatte so viele Kräuter und Verbände wie möglich mitgenommen. Schweren Herzens hatte ich Mamas Bücher dort gelassen, nur ein einziges, zusammenfassendes hatte ich bei mir. Vielleicht würde ich irgendwann zurückkehren und den Rest holen? Ich hoffte es, denn es war so viel Wissen darin verborgen.

So sehr es schmerzte, wir hatten weder die Kraft noch die Zeit unsere Hinterbliebenen zu beerdigen. Das war das Schlimmste. So sprachen wir nur gemeinsame Gebete für sie und hofften, dass sie sich an einem besseren Ort wiederfinden würden.

Es hatte mir fast das Herz zerrissen, meinen geliebten Vater so zurückzulassen, aber er hätte es verstanden. Wenn wir unsere letzten Kräfte für eine Beerdigung hingaben, würden wir womöglich alle auf dem Weg vor Erschöpfung sterben. Auch so waren unsere Chancen zu überleben nur mässig.

Papa, bist du bei Mama? Bist du glücklich?

Ich hatte ihm nur die Augen geschlossen und die Arme über der Brust gefaltet. Dann hatte ich ein letztes Mal seine Stirn geküsst. Zum Abschied drückte ich ihm eine getrocknete Lilie in die Hände. Meine Augen waren trotz des Schmerzes leer geblieben. Ich würde tapfer sein, nur mein Herz weinte lautlos vor sich hin. Und Lionel… Wir waren nur so wenig Zeit zusammen gewesen, dennoch schloss ich ihn in meine Gebete ein. Seine jüngeren Brüder hatten, wie durch ein Wunder überlebt und ihm bereits die Hände gefaltet. Ich hätte mir in diesem Moment gewünscht, dass mir dieses normale Leben mit ihm vergönnt gewesen wäre.

Nathaniel, wären wir uns nicht begegnet wäre ich jetzt ebenfalls tot, wie sie alle. Du hast mein Leben gerettet, wie du es versprochen hast. Und auch das, vieler Kinder. Doch zu welchem Preis? Wie soll ich die Hinterbliebenen retten? Ich muss es versuchen, muss vorwärtsgehen.

Wir marschierten schweigend, in Trauer versunken. Nur ich hatte dazu herzlich wenig Zeit, weil es immer wieder verwundete gab, die mich riefen, Kinder, die quengelten und verzweifelte welche getröstet werden wollten. Mit dem Mut der Verzweiflung versuchte ich ihnen allen zu helfen.

Mai, meine Liebe Freundin wurde vom Schmerz überwältigt und war im Moment nicht fähig mit den Verletzten zu helfen. Sie sass auf dem Schubkarren, in Tränen aufgelöst. Ich gönnte mir einige Minuten Pause, um neben ihr her zu gehen.

„Es tut mir leid Mai, ich habe dir zu viel zugemutet."

Das Mädchen war erst 16 Jahre alt. Ich hätte sie nicht durch das zerstörte Dorf streifen lassen sollen. Unter Tränen sah sie mich aus ihren ungewöhnlichen Augen an.

„Nein, es ist schon in Ordnung. Ich… Yelena ich kann das nicht. Ich kann keine Heilerin werden."

Im Gehen legte ich ihr die Hand auf eine Schulter.

„Es tut weh, nicht wahr?"

„Ich konnte gar nichts machen. Sie starben einfach vor meinen Augen! Ich kann es nicht, ich will nicht mehr. Ich möchte ein normales Leben führen, weit weg von dem Schmerz."

„Das verstehe ich. Aber Mai, du warst so mutig, hast so viele in Sicherheit gebracht. Ohne dich wären noch mehr Menschen umgekommen. Ich hätte es nicht allein geschafft. Du bist eine Heldin."

„Du bist so stark Yelena, ich nur ein kleines dummes Kind."

Ermunternd lächelte ich ihr zu.

„Sag das nicht Liebes. Ich bin etwas älter, habe mehr Lebenserfahrung. Es ist nicht schlimm schmerzen zu zeigen."

Sie schüttelte den Kopf.

„Ich will weg von all dem, einfach nur weg."

„Ich weiss, das tue ich auch. Aber ich weiss, dass wenn ich aufgebe, noch mehr Menschen leiden werden, darum mache ich weiter, auch wenn es weh tut."

Mai fuhr sich über das Tränenfeuchte Gesicht.

„Dann fällt es dir auch nicht leicht."

Ich schüttelte den Kopf. Mein Zopf hatte sich schon wieder gelöst, meine Haare hingen offen über meinen Schultern, weit über den Rücken. Sie waren völlig verschmutzt und zerzaust, mein frisches Kleid bereits wieder an stellen zerrissen, meine Knie und Beine bluteten aus mehreren kleinen Wunden.

„Nein, das tut es nicht. Ich tue nur so als ob. Aber das bleibt unser Geheimnis, ja?"

Dank dem Himmel, es entrang ihr ein Lächeln. Nur kurz, nur schwach, aber immerhin.

„Versprochen."

Verschwörerisch zwinkerten wir uns zu.

Ich wusste nicht wie viele Enttäuschungen meine Mitmenschen noch ertragen konnten. Als wir nach einem stundenlangen, beschwerlichen Marsch endlich beim nächsten Dorf ankamen, wartete bereits die nächste Schwierigkeit.

Es war zwar nicht angegriffen worden, doch als wir, verlumpt, verwahrlost und völlig ausgelaugt mitten in der Nacht angeschlichen kamen, fanden wir uns vor verschlossenen Türen.

Die Lichter waren aus, man tat, als schliefe man, obwohl ich mir sicher war, dass man unser Kommen gehört hatte.

Ich trug das gerettete Baby auf dem Arm, welches seine Mutter verloren hatte. Die Frauen kümmerten sich rührend um den Säugling, gaben ihm mehr Flüssigkeit als sie selbst zu sich nahmen. Dennoch, wenn wir nicht bald Milch fanden, würde es die Strapazen nicht überleben. Das namenlose Kind war bereits der Hoffnungsträger von allen geworden.

Wir sahen uns an. Ich war zu müde und zu gereizt, als dass ich höflich bleiben konnte. So klopfte ich an das nächstbeste Haus.

„Bitte! Unser Dorf wurde angegriffen. Wir sind die einzigen überlebenden, bitte gewährt uns Einlass. Wir brauchen Hilfe!"

Nichts rührte sich. Mai rannte wütend an eine andere Tür und polterte daran.

„Bitte helft uns! Wir haben kleine Kinder und ein Baby dabei das sonst stirbt!"

Sie klopfte in Tränen aufgelöst. Ich hätte die Tür bestimmt geöffnet. Einige begannen an weiteren Häusern zu klopfen, ohne Antwort.

„Bitte! So helft uns doch! Wie wir es auch für euch tun würden."

Meine Nerven waren zum Zereissen gespannt. Ich legte das Baby einer jungen Frau auf den Arm und griff dann entschlossen nach einer herumstehenden Axt. Beim Himmel ich würde den Eingang einschlagen, wenn es denn sein musste.

„Öffnet uns, oder ich schlage die Tür ein!"

Genau in dem Moment öffnete sich doch eine Tür, nicht weit von mir entfernt. Ein junger Mann sprang hervor. Hinter ihm hörte ich Flüche.

„Ich hör mir das nicht weiter an, ihr Feiglinge!!"

Geradlinig schritt der junge Mann auf mich zu.

„Bitte verzeiht die Unhöflichkeit. Die Menschen haben Angst, dass man sie auch angreifen wird, wenn man euch Zuflucht gewährt. Ich habe es satt solche Hasenfüsse zu sehen. Ich bin Marius."

Er reichte mir die Hand. Ich ergriff sie dankbar. Jede Art von Freundlichkeit war wie ein Geschenk des Himmels.

„Mein Name ist Yelena."

„Ich bin selber nur Gast hier, auf der Durchreise, aber ich weiss dass wir eine grosse Scheune haben die fast leer steht. Dort könnt ihr sicherlich übernachten. Ich sorge dafür, dass euch jemand eine Suppe kocht. Wir haben selber nicht mehr viel, aber was wir haben, teilen wir gerne."

Das schlechte Gewissen nagte an mir.

„Ich möchte euch nicht in Schwierigkeiten bringen. Vielleicht ist es wirklich zu gefährlich."

„Nein, in Zeiten der Not sollten wir einander Helfen, füreinander da sein."

Mai zupfte an meinem Ärmel.

„Yelena, das Baby!"

Ich nickte, zeigte ihm dann das Baby, dass kaum noch weinte, so kraftlos war es.

„Gibt es hier eine Mutter mit genügend Milch, um das Kind zu ernähren? Es ist so kraftlos."

Marius nahm der Frau das Kleinkind vorsichtig aus dem Arm.

„Kommt mit."

Er führte uns zurück zu dem Haus, aus welchem er gekommen war. Das Dorf sah, soweit ich im Dunkel erkennen konnte, dem unseren nicht unähnlich. Er steuerte auf die Frau zu, welche im Halbdunkeln stand.

„Alma, geh und such Christine."

„Aber Marius, sie hat erst heute Morgen ihr Baby verloren. Es geht ihr nicht gut."

„Genau deswegen. Sie hat jetzt ein anderes Baby, um welches sie sich kümmern kann. Hier, nimm den Säugling und bring ihn ihr. Sie soll dieses Kind retten, dass wird sie von ihrer Trauer ablenken."

Dann winkte er uns, ihm zu folgen. Im Dunkeln führte er uns zu einem grossen Stall. Er roch stark nach Kühen, aber zumindest war es etwas geschützt.

Erschöpft liessen die Kinder sich sogleich in dem Unterschlupf nieder, gefolgt von den verletzten. Alle bedankten sich aufs herzlichste.

„Nichts zu danken, es sollte selbstverständlich sein. Ich lasse euch die Suppe bringen."

Ich griff nach seiner Hand.

„Tausend dank. Es bedeutet uns sehr viel. Wir hatten... einen sehr schlimmen und traurigen Tag."

Er drückte meine Hand freundschaftlich.

„Ich weiss. Ich bin wie gesagt nicht von hier, aber ich habe solche Zerstörung bereits miterlebt. Ruht euch jetzt aus."

Trotz meiner totalen Erschöpfung fand ich keinen Schlaf. Ich wusste nicht, wie vielen anderen es genau so erging, wie viele sich nur schlafend stellten.

Als Ruhe eingekehrt war und ich nichts mehr weiter zu tun hatte, begann der Schmerz und die Panik mich zu übermannen. Ich bekam beinahe keine Luft mehr. Schneller als nötig rannte ich nach draussen, in die warme Nacht. Die Sterne standen hoch über mir. Es wäre ein so wunderschöner Sternehimmel gewesen, wäre er nicht von den Erinnerungen des Grauens überschattet worden. Normalerweise wäre ich mit meinem Vater vielleicht noch draussen gesessen und wir hätten uns unterhalten. Doch das ging nun nicht mehr. Niemals mehr.

Den ganzen Tag hatte ich meine Gefühle zurückgehalten. Jetzt mussten sie raus. Was mit einem schluchzen begann endete in einem Wasserfall von Tränen. Ich hustete, weinte und schniefte gleichzeitig, bekam dabei fast keine Luft mehr. Ich fiel auf die Knie, stütze mich mit den Armen auf den Boden auf, legte mich schliesslich flach auf die Erde und vergrub den Kopf auf der grünen Wiese. Zu viel war heute zerstört worden. Wie sollten wir das nur alle jemals verarbeiten? Wohin mit meinem Leben?

Wäre ich nur schneller gerannt. Hätte ich nur meinen Papa und Lionel gepackt und wäre verschwunden, weit fort von all dem. Ich hatte keine Ahnung was nun geschehen sollte.

Plötzlich hielt mir jemand ein Taschentuch vor die Nase.

„Hier, du bist ganz vertrotzt."

Dankend nahm ich es entgegen, schniefte hinein, hob dann vorsichtig meinen Kopf während ich mich auf die Knie rappelte. Ein kleines Mädchen stand vor mir, sah mich mitleidig an. Sie mochte zwischen fünf bis zehn Jahre alt sein, genau konnte ich das in der Dunkelheit nicht bestimmen.

„Tut das Herzchen weh?"

Sie setzte sich neben mich ins Gras.

„Ja das tut es."

„Bruder Marius sag immer, dass das gut ist. Es zeigt, dass man lebt und Gefühle hat."

„Marius, der junge Mann der uns geöffnet hat? Er ist dein Bruder?"

„Hmmm, genau der. Ich heisse Aryanna."

Sie umarmte mich treuherzig.

„Mein Bruder sagt auch, eine Umarmung kann manchmal mehr bewirken als tausend Worte."

Ich drückte das Mädchen an mich.

„Du hast Recht, das tut es. Danke liebes."

Sie fuhr mir liebevoll übers Gesicht.

„Sind Menschen gestorben, die du gerne gehabt hast?"

Ich nickte mit stockender Kehle. Mein Herzschlag beruhigte sich allmählich wieder.

„Ich weiss, wie es dir geht. Meine Mama ist im Himmel, mein Papa auch. Ich habe nur Marius. Aber ich bin fast nicht mehr traurig, weil sie auf mich aufpassen im Himmel. Und auf Erden passt Bruder Marius auf mich auf."

„Das ist schön, dass du einen so tollen Beschützer hast."

„Hier."

Damit reichte sie mir einen rund geformten Stein, die Farbe konnte ich in der Dunkelheit nicht erkennen.

„Marius sagt, es ist ein besonderer Stein, der hilft beim Schlafen. Ich möchte ihn dir schenken."

„Das kann ich nicht annehmen liebes."

„Doch, doch. Er hat mir geholfen, ich kann jetzt ohne ihn schlafen, ich bin schon gross."

Ich drückte sie nochmals an mich.

„Ich danke dir. Es geht mir jetzt schon viel besser und mit dem Stein kann ich sicherlich auch gut schlafen. Und jetzt solltest du dich ebenfalls hinlegen liebe Aryanna. Es ist schon spät."

9. Aufbruch ins Ungewisse

Tatsächlich schlief ich danach friedlich und zum Glück traumlos, mit Aryannas Stein fest in die Hand geschlossen.

Am nächsten Tag wurde uns endlich die versprochene Suppe verteilt. Einige Bewohner hatten sich doch noch aus den Häusern getraut und schwatzen sogar mit meinen Leuten.

Ich sass müde auf einem grossen Stein. Ich hatte am Morgen bereits Wunden gepflegt. Ein älterer Mann war leider seinen Verletzungen erlegen. Die anderen schienen auf dem Weg der Besserung. Den ganzen Vormittag war ich auf den Beinen gewesen, um zu helfen, wo ich konnte.

Ein erstes aufrichtiges Lächeln entrang mir, als eine junge Frau mit einem Baby im Arm daherkam, unserem Baby. Es strampelte unter den Leinentüchern und wirkte bereits kräftiger. Ich hörte, wie die junge Mutter, die am Tag zuvor ihr eigenes Kind verloren hatte, schwor sie würde sich um den Säugling kümmern und es bei sich aufnehmen und adoptieren. Das Baby hatte keine lebenden Verwandten mehr, doch nun hatte es eine neue Familie und somit gab es wenigstens einen Lichtblick in dieser düsteren Situation.

Was würde aus allen geschehen? Die meisten würden wohl in diesem neuen Ort bleiben, in der Hoffnung, ein neues Leben beginnen zu können. Einige wenige hatten verwandte in anderen Dörfern und wollten sicherlich weiterziehen. Unsere alte Heimat war wohl für immer Geschichte.

Und ich? Ich hatte keine Familie mehr, keine Verwandten, keine Bindungen, denn auch mein fast Ehemann war ja nicht mehr. Ich schämte mich für die Erleichterung, die mich durchströmte, wenn ich daran dachte, dass ich nun nicht mein Leben mit ihm teilen musste. Ah, ich hätte niemals darauf eingehen sollen, das wurde mir in diesem Moment mehr als alles andere bewusst. Natürlich hatte ich mir nicht seinen tot gewünscht, er war ein guter Mann, nur, dass ich ihm niemals die Ehe versprochen hätte.

Was sollte ich nun also tun?

Der Gedanke an die Hauptstad liess mich einfach nicht los. Nathaniel hatte gesagt, dass ich dort grosses bewirken könnte. Das war es, was ich wollte. Gutes bewirken in der Welt. Leiden lindern, Menschen helfen, das war meine Berufung.

Unser Dorf gab es nicht mehr und das neue, hatte eigene Heiler, hier würde ich ohnehin nicht bleiben.

Wenn es schon ein neuer Start sein sollte, warum nicht aufs Ganze gehen und dorthin ziehen, wo das Leben pulsierte?

Ich fühlte, wie sich der Beschluss in mir festigte. Ich hatte keine Ahnung wie ich dorthin gelangen wollte, aber ich würde es schaffen, notfalls mit fahrenden Händlern, irgendwie würde es gehen, selbst wenn ich Monate dafür brauchte. Eine Frau alleine, das war nicht leicht und alles andere als gewöhnlich, doch ich konnte es schaffen.

Und vielleicht, nur vielleicht war er ja noch dort. Nathaniel, der Mann der mein Herz zum Beben gebracht hatte. Gut möglich, dass er längst wieder verheiratet und glücklich war, doch wenn ich schon in diese Richtung zog, konnte ich ihn zumindest suchen. Und Lucien! Hatte er Alina geheiratet? Der junge Soldat war mir sehr ans Herz gewachsen mit seiner fröhlichen Art. Ja, vielleicht konnte ich diese Freundschaft wieder aufleben lassen. Ich hoffte von ganzem Herzen, dass Lucien mit Alina verheiratet war und ich die junge Frau kennenlernen konnte. Obschon ich sie nicht kannte, hatte ich ein Bild in meinem inneren Auge von einer gutmütigen, lebensfrohen, starken, jungen Frau.

Warum waren die Soldaten so verängstigt gewesen, als sie

Nathaniels Namen gehört hatten? Was war mit ihm geschehen? Zumindest schien er am Leben sein.

Seltsam. Mein Herz klopft noch immer wild, wenn ich an dich denke, obschon du mir keinerlei Hoffnung gelassen hast. Warum denk ich immerzu an dich? Nathaniel... Ich wollte mich von dir loslösen. Doch dieses Leben ist vorbei. Jetzt bin ich frei. Ich kann gehen, wohin ich will. Und ich will... zu dir. Ich möchte erfahren, was es ist, dass mich nach all diesen Jahren immer noch zu dir zieht. Ich möchte wissen, was aus dir geworden ist.

Ich erlaubte mir einige Sekunden mich an sein Lächeln, seine starken Arme zu erinnern, wollte einen kleinen Augenblick der Gegenwart entfliehen und diese fröhlichste aller Erinnerungen durchleben. Für einige Momente nur aus dem Elend der Gegenwart entfliehen.

„An wen denkst du denn? Du siehst glücklich aus."

Ich erkannte ihn an der Stimme wieder.

„Marius!"

Er war jünger als ich gedacht hatte. Er wirkte jugendlich und hatte nur vereinzelt Barthärchen. Braune Haare fielen ihm knapp über die etwas zu gross geratenen Ohren. Er war ein hübscher Jüngling mit schönen saphirblauen Augen und Lachfältchen um den Mund. Auf der linken Stirnhälfte hatte er eine kleine, weissliche Narbe. Als er so vor mir stand, merkte ich, dass er wohl nur wenige Zentimeter grösser als ich war.

Leichtfüssig setzte er sich neben mich und lächelte mich an.

„Du bist jünger als ich gedacht hatte."

Ich lachte.

„Genau dasselbe habe ich von dir gedacht. Ich in 21ig und du?"

„Hmm, du hast gewonnen. Ich bin 19 Jahre alt."

„Wie süss!"

Somit war er ganze zehn Jahre jünger als Nathaniel. Oh, der ging ja bereits auf die 30ig zu.

„Süss?! Ich bin ein erwachsener Mann!"

Sein Blick war offen und treuherzig, voller leben. Irgendwie erinnerte er mich an Lucien mit der fröhlichen Art. Aber ich glaubte dahinter auch eine Traurigkeit erkennen zu können, welche Lucien gänzlich fehlte.

„Und, an wen hast du nun gedacht?"

Ich schwieg, errötete ein wenig.

„Ahhh, verliebt?"

Ich schüttelte energisch den Kopf. Marius plapperte währenddessen fröhlich weiter.

„War ja klar. So eine hübsche junge Frau wie du, muss einen Liebsten haben."

Ich schüttelte erneut den Kopf, packte dabei aber instinktiv nach dem Ring, der um meinen Hals hing, über meinem Gewandt.

„Aha, erwischt."

Er packte den Ring drehte ihn zu sich und erstarrte. Urplötzlich wurden seine Augen hart, sein Blick eisern.

„Du bist mit einem Gefolgsmann des Königs zusammen?!"

Ich zog an der Kette, so dass ihm der Siegelring entglitt.

„Nein so ist es nicht. Ich habe nur seinem besten Freund das Leben gerettet, ich bin Heilerin. Als Dank hat er ihn mir geschenkt als Schutz. Ohne ihn wäre ich gestern gestorben, ich konnte behaupten, dass ich mit einem Hauptman liiert sei, nur darum sitze ich heute noch hier. Das ist alles."

Sein Blick wurde etwas weicher, wenn auch Zweifel darin blieben.

„Ist das so? Du bist aber keine Anhängerin des Königs?"

Es war gefährlich, etwas gegen den König zu sagen. Aber da man

uns hier Zuflucht gewährte, konnte ich davon ausgehen, dass
auch die Dorfbewohner hier keine Freunde des Tyrannen waren.
„Im Namen des Königs wurden gestern über 400 Menschen getötet! Darunter mein Vater und mein beinahe Ehemann. Was
glaubst du denn was ich von *seiner Majestät* halte?"
Beschwichtigend hielt er die Hände hoch.
„Sorry! War nicht so gemeint. Es tut mir leid um deinen Vater
und deinen fast Ehemann. Ich war taktlos, entschuldige. Aber Kö-
nigsgetreue kann ich nun mal nicht gebrauchen."
Nathaniel, ist es ein Verbrechen an dich zu denken? Dienst du nicht
eben diesem Tyrannen?
„Bruder Marius!"
Das musste Aryanna sein, die angerannt kam, mit wehenden Rö-
cken. Sie hatte lange, dunkelbraune Haare die ihr offen im Wind
wehten. Ihr Gesicht war süss und mädchenhaft, mit noch kindli-
chen Wangen und diamantgrünen Augen.
Sie umarmte ihn stürmisch, dann, zu meiner Überraschung, auch
mich.
„Yelena! Du bist so hübsch!"
„Um… Danke. Du bist auch süss."
Treuherzig lachte sie mich an.
„Bist du jetzt weniger Traurig"
„Ja liebes, dank dir. Du hast mir sehr geholfen."
Sie plapperte eine Weile vor sich hin, unterhielt uns mit ihrem
Charm, ehe sie wieder wie der Wind davon fegte.
„Sie ist ein Goldschatz»
„Ja, das ist sie. Aryanna ist erst 8 Jahre alt und manchmal so kind-
lich. Andere male kann sie aber auch sehr erwachsen und feinfüh-
lig sein. Sie ist ein kleines Wunder."
Eine Weile blieben wir schweigend sitzen. Schliesslich räusperte

er sich.

„Die Dorfbewohner haben mir bereits erzählt, dass du ihre Heilerin bist und viele gerettet hast."

„Nun… Ich habe es probiert."

„Du hast dich heute Morgen um die Menschen gekümmert, obwohl dir selbst elend gewesen sein musste. Ich habe dich beobachtet. Du bist mutig.»

Ich schüttelte den Kopf. Musterte den jungen Mann. Warum interessierte ihn das?

„Ich fühle mich dazu berufen, den Menschen zu helfen. Ob ich mutig bin, weiss ich nicht. Ich wusste einfach, dass jemand helfen musste."

„Darf ich fragen, was du nun vorhast, nachdem eure Heimat zerstört wurde?"

Verdutzt betrachtete ich ihn. Was ging in ihm vor? Was war hinter der Frage?

„Ich weiss noch nicht genau… Warum die Frage?"

Antwortete ich daher vorsichtig.

„Nun… Wie soll ich sagen… Du scheinst mutig zu sein, und talentiert… Also, ganz direkt mit der Tür ins Haus: Ich muss in die Hauptstadt und wollte fragen, ob du mich begleiten möchtest?"

Ich starrte ihn aus grossen Augen an. Die Hauptstadt? War das nicht genau mein Ziel? Aber wieso wollte er mich dabeihaben? Als seine Mätresse? Diese Frage ging eindeutig zu weit, war zu indiskret. Er schien meinen Blick richtig zu deuten.

„Warte, warte! So war es nicht gemeint! Ich will keine Begleitperson für mich. Es geht um Aryanna! Sie sieht nicht danach aus, aber sie ist sehr kränklich. Sie hat manchmal plötzliche Fieberattacken. Ich versuch ihr dann immer zu helfen, doch sie bräuchte professionellere Unterstützung. Ich muss auf meinem Weg in die

Hauptstadt auch einige Termine wahrnehmen und wenn sie dann krank ist, kann ich sie nicht alleine lassen. Ich brauche jemanden, der sich ein wenig um sie kümmert. Ich dachte, weil du alles verloren hast und so… Also das tut mir sehr leid mit deinem Dorf und so… Aber na ja, ich dachte… Dass du vielleicht mitkommen möchtest um dich um Aryanna zu kümmern. Ich könnte eine Heilerin gebrauchen. Und Aryanna braucht Schutz, sie ist so unvorsichtig manchmal und ich kann nicht rund um die Uhr für sie da sein. Ich versuche es, aber manchmal muss ich… Dinge erledigen und ich lasse sie nicht gerne alleine, sie ist so klein. Du kamst gestern hier an und hattest den Mut, dich dem Dorf zu stellen. Heute Morgen habe ich aus mehreren Mündern gehört, dass du sie angeführt hast. Ich und Aryanna haben einen langen, gefährlichen Weg vor uns und könnten eine mutige Begleiterin brauchen. Es ist nicht ungefährlich ich will nicht lügen. Der Weg ist voller Gauner und was weiss ich für Gesindel. Aber falls du nach einem neuen Leben suchst und dich in die Hauptstadt vorwagst, würde es mich freuen, wenn du uns begleitest."

Er hatte immer schneller und schneller gesprochen, ohne Punkt und Komma und sah mich nun erwartungsvoll an.

Schicksal oder Zufall? Wie wäre ich allein in die Hauptstadt gekommen? Aber ein wildfremder?

„Ich… Weiss nicht."

„Ich verstehe, dass dir das überstürzt vorkommt, ich bin ein recht impulsiver Mensch. Aber wie gesagt, ich bin hier nur auf der Durchreise und auch nur eine Weile geblieben, weil Aryanna eine Fieberattacke hatte. Es geht ihr jetzt zum Glück besser. Und du hast doch alles verloren… Ich meine… Es tut mir leid, das war schon wieder taktlos Ich dachte nur, du hättest vielleicht noch keine fixen Pläne und würdest mitkommen wollen. Ich werde dich natürlich für Aryannas Unterstützung bezahlen. Es soll dir an nichts fehlen. Ich kann uns alle drei ernähren, dazu habe ich genügend Geld. Und wenn wir in der Hauptstadt sind und ich andere Heiler finde, werde ich dich fürstlich belohnen ich verspreche es. Und dir eine Begleitung finden, falls du jemals wieder hierher zurückkehren möchtest. Aber ich denke in der Hauptstadt hättest du als Heilerin sowieso besser Möglichkeiten und könntest ganz gut von dem Leben, was du dort verdienen kannst. Du musst es auch nicht sofort entscheiden, ich werde erst in 1-2 Tagen aufbrechen."

Die Worte sprudelten nur so aus ihm heraus. Das Angebot war mehr als verlockend. Doch ich konnte ihn nicht belügen, musste es klarstellen, alles andere wäre unfair gewesen.

„Marius… Ich habe sowieso mit dem Gedanken gespielt in die Hauptstadt zu reisen… Weil ich mich dazu berufen fühle, Menschen zu helfen und auch glaube, dass ich dort so viel bewirken könnte. Aber eins solltest du wissen: Ich… war nicht ganz ehrlich. Es ist wahr, ich und dieser Hauptmann sind nicht verlobt und ich habe seinem Freund geholfen und daher den Ring erhalten. Aber… ja, ich hatte einst Gefühle für ihn. Es ist Jahre her und ich hatte nicht damit gerechnet ihn jemals wieder zu sehen, hatte ihn schon aufgegeben. Doch nun, da mir nichts mehr bleibt…

Ich weiss nicht ob meine Gefühle erwidert werden, oder ob er in der Zwischenzeit verheiratet ist, oder mich als Kind abstempelt oder… Nun, wie auch immer, wenn wir in die Hauptstadt gehen, möchte ich ihn suchen und es herausfinden. Kannst du damit leben?"

„Aber… Hast du vorher nicht von einem fast Ehemann erzählt?"

„Ja, ich wollte die Vergangenheit begraben und vorwärts sehen, weil ich dachte für immer in unserem Dorf zu bleiben. Wir wollten an diesem verhängnisvollen Abend heiraten. "

Als ich sein bestürztes Gesicht sah, fügte ich rasch hinzu.

„Und wenn wir schon bei der Ehrlichkeit sind: Nein ich habe Lionel, meinen Fast-Ehemann nicht geliebt. Es wäre eine Vernunftehe geworden. Ich bin traurig, dass er starb, aber auf rein freundschaftlicher Ebene. Ich weiss das klingt egoistisch, aber so war es nun mal..."

Er sah mich lange eindringlich an, hielt dabei den Kopf schief. Er schien aufrichtig zu überlegen. Dann verzauberte ein knabenhaftes Lächeln sein Gesicht und er drückte meine Hände.

„Gefühle sind was Komisches, nicht wahr? Ich kann damit leben solange du den König nicht unterstützt. Wenn du deinen... Was sagtest du? Ah ja, Hauptmann, findest, und ihr tatsächlich zusammenkommt, werden sich unsere Wege in der Hauptstadt trennen, was ich sehr bedauern würde. Aber ich werde dich nicht aufhalten. Und wer weiss, vielleicht kann ich dich bis dahin überzeugen, dass es besser geeignete Männer für dich gibt. Mir persönlich sind Gefühle und Bindungen gerade völlig egal. Ich brauche jemand vertrauenswürdigen für Aryanna, der nicht bei der ersten Gefahr davonrennt. Das ist das Wichtigste. Würdest du sie beschützen in Gefahr?"

Ich sah das kleine Mädchen vor mir, wie es mich anlächelte und aufmunterte. Ja, so wie ich mich kannte würde ich sie sogar mit meinem Leben schützen, wenn es hart auf hart kam. Wie man beim Überfall gesehen hatte, war mein eigener Überlebensinstinkt nicht besonders hoch priorisiert.

„Ja, das würde ich, versprochen. Dann kümmere ich mich um Aryanna, beschütze sie mit dir zusammen und reise mit euch? Deal?"

„Du meinst es ernst? "

Ich lachte ihn an.

„Ja, ich bin wohl genau so verrückt und spontan wie du Marius. Also? Deal? "

„Deal!"

So also, legte ich mein Vertrauen einmal mehr in einen völlig fremden Menschen, diesmal mit dem Entschluss, mein altes Leben hinter mir zu lassen und neu zu beginnen. Möge das Abenteuer beginnen, ich war bereit.

Der Abschied fiel mir weniger schwer als erwartet. Der Horror des Überfalls hatte tiefe Narben in mir hinterlassen. Ich ertrug all die traurigen, hoffnungslosen Gesichter fast nicht mehr. Ich hatte für sie stark sein wollen, doch nun zerrten sie an meinem eigenen Gemüt. Man würde die Männer und Frauen hier aufnehmen. Das Dorf war grösser als es das unsere gewesen war und sie hatten einen Fluss welcher quer durch das Dorf floss. So war ihre Hungersnot niemals so prekär geworden wie die Unsere, auch wenn die zusätzlichen Mäuler natürlich eine Herausforderung sein würden.

Nach langen Diskussionen war man einverstanden, alle aufzunehmen welche bleiben wollten, damit die Wunden, ob äusserlich oder innerlich heilen konnten. Zusammen mit unseren Vorräten sollte es reichen, bis der Regen und mit ihm die nächsten Händler kamen. Meine Leute würden hart anpacken müssen, doch das waren sie gewohnt.

Unser Baby erhielt den Namen Hope und wurde von seiner Leihmutter adoptiert. Ein kleines Happy End.

Die Heiler des Dorfes, allesamt Männer, waren sichtlich froh, über die Nachricht meines Aufbruches. Ich lag richtig mit der Vermutung, dass ich hier nicht erwünscht war.

Am Tage des Aufbruches hatte ich mich nochmals um alle verletzten gekümmert. Einige baten mich verzweifelt ich möge bleiben. Doch ich wusste, tief im Herzen, dass ich niemals mehr hätte glücklich werden können in den engen dieses fremden Dorfes. Ich hatte getan, was ich konnte, hatte sie hierhergeführt. Nun mussten sie selbst für sich sorgen.

Nur der Abschied meiner kleinen Mai viel mir sehr schwer.

„Wir werden uns doch wieder sehen, oder?"

Das Mädchen weinte.

„Ich hoffe es Mai. Du warst mir von allen Leuten im Dorf die Liebste. Bist du sicher, dass du nicht doch mitkommen möchtest?"

Traurig verneinte sie. Sie hatte sich die Haare auf Schulterlänge zurückgeschnitten, was sie erwachsener aussehen liess.

„Mein Platz ist bei meinen Leuten. Ich möchte sie nicht verlassen. Ich möchte für sie da sein."

„Wirst du weiter heilen?"

„Das kann ich dir heute noch nicht sagen. Im Moment bin ich sehr traurig. Aber ich denke schon, dass es weiter geht. Irgendwann werde ich deine Bücher holen und lesen und dann vielleicht weiter machen."

Sie begann wieder zu weinen, warf sich in meine Arme und beteuerte, wie sehr sie mich vermissen würde. Ich drückte sie eng an mich.

„Du wirst mir auch fehlen, sehr sogar. Pass auf dich auf liebe Mai."

„Du auch Yelena! Pass auf dich auf. Und auf das kleine Mädchen, sie sieht so zerbrechlich aus."

Aryanna war kleine und zierlich, wirkte auf mich aber sehr robust und widerstandsfähig.

„Na klar, etwas Gesellschaft wird mir guttun. "

„Marius sieht verdammt gut aus. "

Flüsterte sie mir verschwörerisch zu. Ich kicherte mit ihr.

„Ja, nicht übel und fast in deinem Alter. Vielleicht kommst du doch mit?"

Wie in alten Zeiten lachten wir, noch ein letztes Mal zusammen.

Nathaniel öffnete die Gefängniszelle. Der Raum war schummrig, spendete kaum Licht. Der angekettete blickte ihn verächtlich an.

„Bist du wieder hier, Sohn einer Schlange."

„Hast du es dir überlegt? Erzählst du uns wer dich beauftragt hat?"

Der Gefangene spuckte ihm ins Gesicht.

„Das hättest du wohl gerne du Verräter. Wie ist es neben dem König zu stehen? Putzt du auch seine Schuhe? Du hast es wahrlich weit gebracht."

Nathaniel schlug zu. Dem Gefangenen schnellte der Kopf nach hinten.

„Ich glaube dir tut noch einen Tag hungern gut. Vielleicht macht dich das redseliger."

„Du wirst das alles bereuen! Du wirst leiden und in der Hölle schmoren wie deine Frau."

Er holte aus, doch ehe er wieder zuschlagen konnte, packte jemand hinter ihm seinen Arm. Erschrocken, gleichzeitig, aber kampfbereit drehte er sich um.

Lucien stand hinter ihm.

„Nicht Nath, er ist es nicht wert. Komm lass uns gehen."

„Ich bin eben erst angekommen."

„Der Gefangene läuft nicht davon. Komm schon, ich habe nicht viel Zeit."

Widerstrebend liess er die Hand sinken. Ohne den Gefangenen noch eines Blickes zu würdigen, drehte er sich um, schloss die Zelle wieder hinter ihm, dann setzte er seinen besten Freund nach.

„Er redet nicht."

„Ich habe dir gleich gesagt, dass er nicht reden wird."

„Du hättest nicht herkommen sollen."

Lucien strich sich eine Haarsträhne aus der schweissnassen Stirn. Die diesjährige Hitze war unerträglich.

„Ich habe immer das Gefühl, dass du Dummheiten ohne mich anstellst."

„Ich, niemals."

Müde stapften die beiden Seite an Seite durch die Nacht, bis sie vor einem Friedhofstor ankamen. Sie öffneten es, schritten weiter, bis zu einem kleinen Grab am Rande des Friedhofes. In schweigender Übereinkunft blieben sie stehen. Lucien hatte wie immer Blumen auf das Grab seiner Schwester gelegt.

„Sie hat es nicht verdient so jung zu sterben."

Nathaniel beugte sich über das Grab, strich liebevoll über den kleineren der beiden Grabsteine, wo sein Kind symbolisch begraben lag. Den Körper hatte man nie gefunden, war wahrscheinlich den Flammen zum Opfer gefallen.

„Nein, das haben sie beide nicht. Dieser Mann, der Gefangene weiss, wer ihnen das angetan hat, er kann mir sagen, welcher von den Bastarden das Schwert geschwungen hat."

„Du vermutest es doch längst."

„Ja, aber ich brauche einen Beweis.

„Oh Nath… Was ändert das jetzt noch?"

Der junge Mann ballte die Hand zur Faust.

„Ich weiss selbst, dass es niemanden zurückbringt. Aber es geht um mehr als das! Sie waren nicht die einzigen Opfer! Ich muss es wissen! Ich brauche den Beweis. Dann kann ich endlich handeln. Wieviel andere hatten alles verloren? Wie viele bangen noch immer um ihre Familien, in der Angst, dass ihnen das gleiche Schicksal widerfahren wird? Was, wenn sie es auch auf deine Frau abgesehen haben?"

Lucien schüttelte verärgert den Kopf. Handeln, ja aber wie? Ihnen waren die Hände gebunden, alleine konnte sein Freund nichts erreichen. Und nun, da er im Palast lebte, sahen auch sie zwei sich nur noch äusserst selten.

Nath hatte schon immer etwas Fatalistisches an sich gehabt, etwas Selbstzerstörerisches. Wo sollte es nur mit ihm hingehen?

Nur einmal, ein einziges Mal hatte er das Gefühl gehabt, dass sein junger Freund wieder aufgelebt hatte, seit diesem fatalen Tag, an dem er alles verloren hatte.

„Denkst du manchmal noch an sie."

„Meine Frau?"

Doch Nathaniel hatte den Blick nicht zum Grabstein gerichtet, als er die Worte aussprach, sondern auf seine Hand, wo ein neuer Ring funkelte, ein neues königliches Siegel, nachdem er das alte verschenkt hatte, eine Todsünde für einen Befehlshaber. Jetzt, wo er zum General aufgestiegen war, hätte es gar seinen Tod bedeuten können. Der König hatte getobt, nachdem er behauptet hatte, ihn verloren zu haben. Schlussendlich hatte er aber einen neuen erhalten und die Sache war schnell vergessen gewesen.

„Nein, an Yelena."

„Wie kommst du jetzt plötzlich auf sie?"

„Weil du doch das damit meinst. Dass du wissen musst, wer es war, weil du sonst niemals mit irgendeiner Frau eine Zukunft haben kannst. Und Yel hast du niemals vergessen, nicht wahr?"

Nathaniel senkte den Kopf, so dass seine langen, dunklen Haare ins Gesicht fielen.

„Sei nicht lächerlich. Ich habe sie nur wenige Tage gekannt."

Seine Stimme war eisig, der Körper sprach jedoch eine ganz andere Sprache, die Hand war noch fester zur Faust geballt als zuvor, diesmal um das Zittern zu verbergen. Nur jemand, der ihn so gut kannte wie Lucien, *verstand die Körpersprache, die unterdrückten Gefühle darin.*

„Und doch denkst du an sie. Ich kenne dich so gut wie kein anderer Nath. Warum bist du sie nie suchen gegangen?"

„Und ihr was bieten? Ein Leben an meiner Seite? Niemals sicher? Jetzt noch weniger! Sie hasst mich sicherlich. Glaub mir es ist besser so. Lieber diese Erinnerungen als sie unglücklich zu sehen."

„Ich frage mich immer noch was damals wirklich passiert ist?"

„Was soll schon passiert sein?"

Abrupt erhob er sich, wollte sich wegdrehen, doch Lucien hielt ihn eisern fest.

„Seit Jahren schweigst du. Du hast mir verboten, je wieder nach ihr zu Fragen. Aber jetzt, wo ich Vater geworden bin, verstehe ich immer mehr, was Familie bedeutet. Ich möchte wissen, warum du die Chance auf Yel vergeben hast."

„Was hat das mit deinem Sohn zu tun?"

„Es hat mich sensibler gemacht. Wenn immer ich meinen Sohn betrachte, scheint mein Glück vollkommen. Ich konnte dich vorher nicht verstehen, was du mit meiner Schwester geteilt hattest. Das Glück in deinen Augen. Doch dann starb sie und das Glück erlosch aus deinem Gesicht. Dann aus heiterem Himmel, völlig unerwartet, habe ich es wiedergesehen. Wenn du diese junge Frau angelacht hast. Deine Augen haben gestrahlt, wie für… Lianna, nein, fast noch mehr. Das fiel mir erst auf, nachdem ich das Lächeln meiner geliebten Frau betrachtet habe und fühlte, wie auch mein Gesichtsausdruck sich durch sie geändert hat."

Nathaniel berührte wieder den Grabstein, seine Stimme wurde weich, war fast nur noch ein Flüstern.

„Ist es Falsch Lucien? Wieder zu fühlen? Wie konnte ich über meine Ehefrau hinwegkommen nur damit mein Herz für eine Frau schlägt, die niemals die Meine sein kann? Ein Mädchen, das ich nur so kurz gesehen habe? Wie ist es möglich, dass sie nach über vier Jahren noch immer

mein Herz gefangen hält? Sag mir wie Luc…"

Lucien war ehrlich betroffen. Es war also so schlimm wie befürchtet. Er hatte niemals aufgehört sich nach der Frau zu verzehren. Was für ein Dickkopf. Lucien hatte die Wahrheit gewollt, hier hatte er sie. Was nun?

„Weiss sie es?"

Nathaniel drehte sich ab. Lucien runzelte die Stirn. Schämte er sich?

„Nath? Weiss sie es?! Hast du ihr deine Gefühle offenbart?"

„Ich… Nein, ich habe ihr nicht gesagt, was ich fühle, aber…"

„Aber was Nath, nicht so verlegen. Du hast sie also geküsst, das ist doch okay, wirklich. "

„Es… nun… es war viel mehr als ein Kuss. "

„Mehr als…"

Luciens Augen weiteten sich, als er die Wahrheit im Gesicht seines Freundes ablas. Sein Mund stand offen.

„WAS?!"

Er packte seinen besten Freund und früheren Befehlshaber grob bei den Schultern und schüttelte ihn.

„Das ist ein Witz, oder?"

Als Nathaniel den Kopf schüttelte, gab ihm Lucien einen stoss, so dass er stolperte, auf dem Boden aufschlug und mit der Schulter gegen den Grabstein seiner Frau fiel.

„Bist du nicht mehr ganz bei Sinnen? Was hast du dem Mädchen angetan? Wenn das jemand herausgefunden hat? Die Schande? Sie könnte verbannt worden sein! Oder gar getötet. Warum Nath, wie konntest du so leichtsinnig sein?"

Er schüttelte benommen den Kopf. Nicht Nathaniel, der besonnene Mann der immer richtig handelte. Wie hatte er das tun können? Es passte nicht zu ihm.

„Himmel sie hat es gewollt Lucien. Glaubst du nicht, dass ich mir all die Vorwürfe selbst immer wieder mache? Aber… Yelena, sie wollte es, bat

mich um diesen kostbaren Moment in ihrem Leben, in unserem Leben."

„Warum hast du eingewilligt?"

„Weil ich sie Liebe."

Da, jetzt war es raus.

Lucien setze sich neben Ihn auf den feuchten Boden, legte die Hände aufs Gesicht.

„Warum hast du es mir nie gesagt? All die Jahre. Ich bin doch dein bester Freund. Ich hätte nach ihr suchen lassen können."

Nathaniel vergrub seinerseits den Kopf zwischen den Knien. Was für ein Duo die beiden abgaben.

„Wie hätte ich es dir erzählen könne? Ich war mit deiner Schwester verheiratet. Du hast mindestens genauso unter ihrem Tod gelitten wie ich. Dann kommt ein für dich fremdes Mädchen... Ich kann es mir selbst nicht erklären, es geschah alles so plötzlich. Yelena... Sie hat dich zusammengeflickt und dann, dann am nächsten Morgen, da hat sie mich geweckt, um mir mittzuteilen, dass du erwacht bist. Und als ich die Augen aufschlug und ihr Gesicht sah, verschmutzt und müde, die Haare zerzaust... Da hat mein Herz plötzlich zu schlagen begonnen, obschon ich sie vor Schreck mit einem Messer bedroht hatte. Eine Frau, die so um das Leben eines Fremden kämpfte, völlig übermüdet und hungrig die ganze Nacht über ihn wachte und dies immer mit Zuversicht und Feingefühl... Ich wollte das nicht, hab es auf die Aufregungen des Tages abgeschoben... Ich hatte schnell gemerkt, dass die Anziehungskraft auf Gegenseitigkeit beruhte.

Ich hatte versucht, sie abzuwimmeln, aber sie liess nicht locker... Ich hätte ablehnen sollen, ich weiss. Ich hätte vernünftig sein müssen, aber... Ich war so überwältigt von den Gefühlen und sie stand da und bat um diese einmalige Zeit und... Wie Luc hätte ich dir das alles sagen können... Nach allem, was ich deiner Schwester angetan habe?"

„Aber Nath! Das war doch nicht deine schuld! Die Umstände, diese Männer haben Lianna getötet, nicht du! Ich habe sie dir vorgestellt! Sie wäre dir nie begegnet und du hättest sie auch nicht geheiratet, hätte ich nicht den Segen dazu gegeben, wenn ich ehrlich gesagt hätte, dass ich daran zweifelte, dass sie in der Stadt je glücklich werden würde. Du hast ein neues Leben verdient. Meine Schwester hätte das auch gewollt. Sie hätte nicht gewollt, dass du ein Leben lang einsam bleibst."

Es war ein windiger Tag, doch hier auf dem Friedhof, umgeben von Bäumen war es ruhig, fast hätte man sagen könne, gespenstig.

„Es ist ohnehin zu spät, nicht wahr? Wahrscheinlich ist sie längst verheiratet, hat vielleicht schon Kinder. Ich sollte sie vergessen."

Traurig blieben sie nebeneinandersitzen. Lucien hätte ihn gerne weiter aufgemuntert, doch sein Freund hatte Recht. Sie war wahrscheinlich verheiratet. Nath kam auch nicht mehr Weg, hätte sie nicht suchen können. Es war zu spät. Wie traurig. Hätte er es doch nur früher gewusst, sich früher mit Nath auseinandergesetzt. Dieser Sturkopf.

„Es ist spät Lucien, du solltest zu deiner Frau und deinem Sohn zurückkehren, bevor man uns zusammen sieht."

Völlig unerwartet umarmte Lucien seinen besten Freund. Überrascht versteifte sich dieser zuerst, erwiderte die Umarmung dann doch. Sein junger Freund war wirklich weinerlich geworden seit der Geburt seines Sohnes.

„Weisst du Nath, du bist ein richtiger Stur Kopf. Trotzdem rate ich dir, die Hoffnung nicht ganz aufzugeben. Du mehr als jeder andere, hast ein Recht auf Glück, ich sage dir das im Namen von Lianna. Werde glücklich mein Freund, so wie ich. Für meine verstorbene Schwester"

„Ich werde es versuchen."

Doch er dachte im Stillen, dass Yelena, selbst wenn sie ihn wieder sehen sollte, nicht mehr lieben konnte, was er geworden war. Er war nicht

mehr derselbe wie vor vier Jahren. Wenn sie ihn so sah wie er jetzt war,
würde sie ihn hassen.

10. Der Überfall

„Schau Yelena, ein Regenbogen!"
Aufgeregt zeigte das kleine Mädchen auf die Farbenpracht. Ich
trat hinter sie und legte ihr die Arme um die Schultern.
„Er ist wunderschön."
Seit zwei Tagen waren wir unterwegs. Marius, ich und Aryanna.
Marius schien es an Geld nicht zu mangeln, er hatte sich genügend Vorräte kaufen können und dazu noch zwei Pferde. Wie
froh ich über meine kurze Reitstunde war. Aryanna setzte sich abwechselnd zu mir und ihm auf das Pferd. Wie damals ritt ich
nicht im dämlichen Damensitz, sondern wie ein Mann, fest entschlossen mich von keinen dummen und veralteten Regeln mehr
binden zu lassen. Ich liebte das Reiten, fühlte mich so frei dabei.
Beide Pferde waren Stuten mit gemütlichem Temperament. Ich
konnte nicht genug davon bekommen, die edlen Tiere zu streicheln. Marius hatte mir bereits erklärt, dass wir sie wieder ver-
kaufen würden, da er sie in der Stadt nicht gebrauchen konnte,
ich sollte mich also nicht zu sehr an die beiden Tiere gewöhnen.
Marius war ein angenehmer Reisegefährte und das kleine Mädchen war mir innert Stunden ans Herz gewachsen. Sie war ein
fröhliches Kind, das doch eine sanfte Ernsthaftigkeit in sich trug.
Manchmal, wenn sie nachdenklich war, hatte sie einen richtigen
Schmollmund.
Als mich Marius am ersten Abend unserer Reise gefragt hatte, wie
es mir gehe, war ich selbst erstaunt darüber mit „gut und aufgeregt" zu antworten.
Tatsächlich freute ich mich auf das Abenteuer. Am Tag des Über-
falles hatte ich gedacht, niemals wieder glücklich zu werden. Nun
begriff ich die aussergewöhnlichen Fähigkeiten des Menschen,
selbst die schwierigsten Momente zu meistern und

weiterzugehen. Und tatsächlich empfand ich bereits wieder Glück und Zuversicht. Das hiess nicht, dass ich die Meinen vergessen würde, aber ich würde sie alle ehren, in dem ich glücklich war und jeden Tag dankbar genoss.

„Und schliesslich hast du ja jetzt uns, da bist du gar nicht mehr alleine."

Hatte Aryanna treuherzig hinzugefügt, als wir darüber sprachen. Ich hatte sie spontan in den Arm genommen und Marius hatte uns beide angestrahlt.

„Zudem können Aryanna und ich für zehn Personen sprechen, langweilig wird dir also ganz sicher auch nicht. "

Wir hatten heute unser Lager früh aufgeschlagen, da wir den ganzen Tag durchgeritten waren. Wir befanden uns in einem engen Thal. Zum ersten Mal in meinem Leben hatte ich die Bergwelt meines Dorfes verlassen. Ich war mächtig beeindruckt von dieser so anderen Umgebung. Karg war das Land. An die Berge gewohnt, schien mir die Wanderung hier nicht sonderlich streng. Nun waren wir umgeben von Felswänden. Marius erklärte mir, dass es viele Wegelagerer in dieser Umgebung gab und wir darum vorsichtig sein mussten. Wir waren eine kleine Gruppe, ein perfektes Ziel. Daher hatten wir uns für die Nacht einer kleinen Traube fahrender Händler angeschlossen. Sie liessen uns in Ruhe, boten doch zugleich ein wenig Schutz.

Im Gegenzug, dass sie uns in ihrer Mitte duldeten, hatte ich mich um kleine Verletzungen wie Holzsplitter oder Verbrennungen gekümmert.

Nun sassen wir ausserhalb des Kreises neben bunten Wagen. Die anderen Männer und Frauen hatten sich innerhalb des Kreises niedergesetzt und ein Feuer gemacht. Doch wir drei wollten etwas unter uns bleiben, wir wollten uns alle besser kennenlernen.

Regen war nach wie vor nicht in Sicht und zum ersten Mal lernte ich die Macht des Geldes kennen, denn Marius hatte Proviant für Wochen eingekauft, so dass es uns trotz der Hitze an nichts fehlte. Er hatte mir erklärt, dass in der Hauptstadt niemand an Durst leiden musste, welcher das nötige Kleingeld besass.

„Weisst du was Aryanna, der Regenbogen erinnert mich an dich."

„Ach ja?"

„Ja, er macht alle Herzen fröhlich, genau wie du."

Sie freute sich ganz offensichtlich, so dass ihre grünen Augen strahlten.

Mir kam in den Sinn, dass ich immer noch den Stein bei mir trug, welchen mir das Mädchen gegeben hatte Ich zog ihn hervor.

„Übrigens, der hat mir sehr geholfen. Aber ich denke, jetzt solltest du ihn wieder haben."

„Oh aber, schläfst du denn jetzt gut?"

Ich musste schmunzeln.

„Ich glaube ich bin jeweils die erste von uns, die einschläft. Ich bin dir sehr dankbar für den tollen Stein, aber jetzt soll er zu seiner Besitzerin zurück. Ich habe das Gefühl, dass du manchmal Mühe mit dem Einschlafen hast?"

Das Mädchen schloss die kleine Hand um ihren Traumstein. Sie wirkte etwas traurig ab meinen Worten.

„Deine Mama und dein Papa sind auch tot, oder?"

Der abrupte Themenwechsel traf mich wie ein Stich ins Herz, so kurz nach meinem Verlust. Ich lächelte jedoch tapfer.

„Ja. Das sind sie."

„Vermisst du sie?"

„Ja... Ich vermisse sie sehr. Meine Mama ist schon lange weg, aber Papa... Ja es tut sehr weh liebes."

Sie nickte wissend.

„Weisst du, manchmal, nachts wenn ich Zeit zum Nachdenken habe, denke ich an meine Mama und meinen Papa. Dann kann ich nicht einschlafen. Ich hatte nie eine Mama, die mir einen Gutenachtkuss geben konnte. Ich will nicht weinen, weil doch Bruder Marius so gut zu mir ist. Aber er hat es doch gemerkt und darum hat er mir den Stein geschenkt. Jetzt ist es schon viel besser."

Es tat mir in der Seele weh. Ich konnte mir nicht vorstellen, wie es war, ganz ohne Eltern aufzuwachen. Marius war selber so jung. Aryanna fuhr hastig fort.

„Aber Bruder Marius ist der Beste! Er kümmert sich um mich wie ein Bruder und Vater gleichzeitig. Aber… Manchmal höre ich andere Kinder erzählen, dass ihnen die Mama ein gutenacht Lied singt. Aber Marius kann doch gar nicht singen! Es klingt schrecklich"

„Ich verstehe dich gut liebes. Aber weisst du was? Solange wir zusammen reisen, kann doch ich dir ein Schlaflied vorsingen."

Sie sah mich skeptisch an.

„Bist du denn besser als mein Bruder?"

Ich musste Lachen.

„Nun, das Heilen liegt mir sicher besser. Aber ich glaube meine Stimme ist ganz okay. Sicher gut genug, um dich in den Schlaf zu wiegen."

„Oh ja, das wäre schön!"

Marius trat hinter uns.

„Das hört sich toll an. Da freu ich mich auch schon drauf. Und nun komm kleine Prinzessin, die Kinder der Händler gehen noch ein wenige an den Fluss. Du kannst mitgehen, wenn du möchtest."

Sie jubelte, huschte sogleich davon. Sie hatte sich bereits mit den jungen Knaben und Mädchen angefreundet. Überhaupt schien sie sehr schnell Freunde für sich zu gewinnen.

„Ist sie dort sicher?"

Ich machte mir Sorgen wegen der erwähnten Banditen. Marius nannte sie immer seine Prinzessin, es war so herzerwärmend, wie sie miteinander umgingen. Wie gerne hätte ich immer ein Geschwisterchen gehabt.

„Einige Väter sind dabei. Es ist noch hell, keine Sorge."

Seufzend setzte ich mich auf einen grossen Stein, Marius platzierte sich neben mich. Der lange Ritt hatte mich müde gemacht. Ich war dieses neue Leben noch nicht gewohnt und schlief des Abends tatsächlich wie ein Stein.

„Sag Marius, was möchtest du eigentlich in der Hauptstadt?"

„Ich habe dort etwas vor, etwas Grosses. Eines Tages werde ich es dir erzählen."

„Du vertraust mir nicht?"

Er wuschelte durch mein ohnehin schon zerzaustes Haar. Zum Glück hatten wir uns kürzlich an einem Fluss niedergelassen und ich hatte mich endlich gründlich waschen können. Selten hatte ein Bad so gutgetan. Ich hatte förmlich gefühlt, wie die Angst und der Terror ein wenig von mir abfiel und mit dem Wasser davon floss.

„Doch natürlich. Aber wir kennen uns noch nicht lange. Und ich weiss auch nicht alles von dir. Zum Beispiel wie denn dein edler Hauptmann heisst."

Ich schwieg mich dazu aus, nach der deftigen Reaktion unserer Angreifer war ich mir nicht so sicher, ob es eine gute Idee war, ihn offen zu nennen.

Marius deutete mein Schweigen richtig.

„Siehst du? Jeder hat seine Geheimnisse. Ich bin auch noch nicht bereit, darüber zu reden."

„Gibt es jemanden der dort auf dich wartet?"

Der junge Mann lachte beherzt. Er war nur zwei Jahre jünger als ich.

„Ich hoffe, dass da ein paar Leute warten, ja. Aber falls du eine Frau meinst: Nein, es gibt keine, nur Aryanna."

Zu gerne wollte ich sein Geheimnis erfahren. Er hatte Geld, wanderte aber allein mit einem kleinen Mädchen durch das Land. Warum?

Plötzlich wurden Rufe laut, innert Sekunden hatte Marius sein Schwert gezogen, doch schon umzingelten bewaffnete Männer die kleine Karawane. Sie hatten sich zwischen den Felsen verborgen gehalten.

Marius zog mich eilig ins Innere des Wagenkreises, zu der Gruppe Händler. Die hatten ebenfalls ihre bescheidenen Waffen gezückt. Marius Schwert glänzte in der Sonne auf. Er hatte sich schützend vor mich gestellt.

„Waffen fallen lassen."

Ein zerlumpter Mann mit einem rostigen Schwert hatte sich vor der Gruppe aufgetürmt. Rund um uns standen Räuber, die Waffen erhoben. Marius stürzte sich selbstlos auf den Fremden liess sein Schwert auf ihn niedersausen.

„Marius, nicht!»,

wollte ich noch rufen, doch er hatte sich schon auf den Räuber gestürzt. Dieser parierte den Schlag geschickt und stiess meinen jungen Begleiter gleichzeitig das Knie in die Brust. Stöhnend fiel Marius zu Boden.

„Ich habe gesagt: Waffen fallen lassen, oder die Kinder werden es büssen."

Entsetzt erkannte ich, dass sie Aryanna und drei weitere Kinder abgefangen und in Gewahrsam genommen worden waren. Mehrere Männer hielten die Kinder in eisernem Griff.

Ich eilte auf Marius zu, half ihm auf. Das Schwert liess er fluchend am Boden liegen.

Der anscheinende Anführer lachte auf. Er schien amüsiert.

„So ist es brav. Und nun her mit euren Habseligkeiten, schön artig."

„Lasst zuerst die Kinder frei."

Entfuhr es mir. Der Anführer trat auf mich zu.

„Was haben wir denn hier für ein hübsches Ding?"

Angst stieg in mir hoch.

„Ist das Mädchen deine Tochter?"

Ich nickte entschlossen.

„Du siehst jung aus. Egal, jemanden wie dich habe ich schon lange nicht mehr gesehen. Vielleicht verzichten wir auf die Ware, wenn du mir einige… persönliche Dienste erweist."

Alle Farbe wich aus meinem Gesicht.

„Lass sie in Ruhe!"

Kopflos stürzte Marius sich erneut auf den Räuber, rammte ihm die Schulter in die Magengegend.

„Marius, nein!"

Schon waren zwei Räuber über ihm. Marius wehrte sich, schlug um sich. Warum war er bloss so unbesonnen.

Ich packte den Anführer beim Arm.

„Tut ihm nichts! Ich werde tun, was ihr verlangt!"

„Nein Yelena!"

Ich hörte Aryanna weinen. Der Fremde tat ihr weh mit seinem festen Griff.

Der Anführer sprang mit zwei Schritten auf den immer noch wild um sich tretenden Marius zu und schlug ihm hart den Schwertkolben auf den Kopf. Marius sackte wie ein Stein zu Boden. Er war sofort bewusstlos, doch immerhin, er blieb am Leben.

Der Gruppenführer dieser Räubergruppe sah mich aus dunklen Augen und struppigen, schwarzen Barthaaren an. Sein Kopf war kahl, seine Haut sonnengebräunt. Seltsamerweise fand ich keine Grausamkeit in seinen Augen.

„Ich will niemanden töten, wenn es nicht sein muss holde Maid. Und das mit den Gefälligkeiten war ein Spass. Aber wenn ihr nicht bald eure Habseligkeiten rausrückt, überlege ich es mir vielleicht noch einmal. Los los, meine Leute haben Hunger."

Die Händler hatten das ganze Spektakel wortlos betrachtet. Feiglinge waren sie alle zusammen, nur auf ihre Ware bedacht. Von ihnen würde keine Hilfe kommen. Auch jetzt bewegten sie sich nicht, um mich aus meiner misslichen Lage zu befreien.

„Also schön Püppchen, sieht so aus, als müsste ich doch mit dir vorliebnehmen"

Er Griff nach meinem Arm, zog mich zu sich heran. Eckel überkam mich. Ich hörte Aryanna laut schluchzen. Um sie zu schützen hätte ich fast alles über mich ergehen lassen.

Ich verstand noch immer nicht, wie ernste er es meinte, er schien mehr amüsiert als gewaltbereit. Leider hatte er sich das falsche Opfer ausgesucht, die Händler hatten keinerlei Mitgefühl mit mir, einer Fremden.

Frech betrachte er meinen Ausschnitt. Dann wurden seine Augen gross. Er hatte den Ring um meinen Hals entdeckt.

„Das Siegel des Königs? Der Ring der Königstreuen?!"

Selbst die Räuber mussten Respekt vor den Soldaten, ihren erbittertsten Feinden haben. Oder aber, sie würden mich doch töten, wenn sie mich königstreu glaubten. Schnell fasste ich einen Entschluss.

„Richtig. Mein verlobter ist ein Befehlshaber des Königs."

Gemurmel unter den Räubern. Ich war mir ziemlich sicher, dass die Händler, die etwas abseitsstanden, unsere Konversation nicht mitbekamen. Nicht jetzt wo ich so nahe Stand und der Räuberchef in ganz normalem Ton mit mir sprach

„Wer? Königsanhänger, pfui! Da vergeht mir die Lust. Vielleicht sollte ich dich doch töten."

Konnte ich es noch einmal wagen? Sollte Nathaniel mich erneut retten? Konnte es so einfach sein? Oder sollte ich ihn einfach bitten, die Händler auszurauben und uns in Ruhe zu lassen? Nein, ich wollte nicht so feige sein wie sie. Und was, wenn er mich tatsächlich tötete, sobald ich seinen Namen nannte? Ich beschloss, es darauf ankommen zu lassen.

„Hauptmann Nathaniel Lootalian."

Lauteres Gemurmel, sah ich Unsicherheit in den Augen der Räuber? Mein kleiner Schützling starrte mich aus grossen Augen an. Ganz offensichtlich sagte ihr der Name etwas.

„Der nächste Berater des Königs? Seine linke Hand? Unmöglich! Er ist schon lange kein Befehlshaber mehr Püppchen, sondern ein General, da bist du wohl schlecht informiert über deinen *verlobten*."

Die linke Hand des Königs? Was nur war aus Nathaniel geworden? Ich wusste nichts über ihn. Generäle waren ranghöher als Befehlshaber. Die ranghöchsten Männer neben dem König. Ich schluckte.

„Genau der. Ich… bringe das immer durcheinander mit den Rängen, er hat es mir schon so oft erklärt."

Hoffentlich klang ich überzeugend. Ich hob den Kopf.

„Ihr könnte es gerne darauf ankommen lassen, wenn ihr mir nicht glaubt."

Der Mann packte meinen Ring, drehte ihn nach innen, so dass ich fast an der Kette erstickte und zu husten begann.

„Tatsächlich, ein „N"… Dieser Sohn einer… Das ändert die Situation. Lasst das Mädchen und alle frei."

Es war wirklich so leicht? Was für eine Macht hatte Nathaniel, dass allein schon sein Name ausreichte, um die Männer gefügig zu machen, ihre Beute gehen zu lassen? Was um Himmels willen war geschehen? Leider hatte ich zu früh aufgeatmet.

„Wir nehmen nur den Jungen als Geisel, damit man uns nicht folgt."

Aryannas kleiner Freund Leo wurde noch immer festgehalten und sollte nun zur Geisel werden. Das Mädchen schrie.

„Nein! Er ist mein Freund! Lasst ihn gehen!"

Sie kickte Leo's Peiniger ins Knie, der fluchte, wollte Aryanna packen doch sie entwand sich ihm. Ich wusste, dass ich nicht viel Zeit hatte, der Rebellenführer, welcher noch immer neben mir stand, war kurzzeitig durch Aryanna abgelenkt und hatte mich ganz vergessen.

Ohne zu zögern, griff ich nach dem kleinen Messer, welches der Fremde offen am Gürtel trug, und hielt es ihm an die Kehle.

„Lass sofort alle Gefangen frei und verzieht euch. Sonst muss er dran glauben."

Die darauffolgende Reaktion hätte ich niemals erwartet. Der Fremde begann schallend zu lachen. Seine Männer stimmten ein. verwirrt und wütend musterte ich ihn.

„Püppchen, das wirst du nicht tun. Du hast das nicht in dir."

„Wollen wir darauf wetten?"

Doch meine Hände zitterten verräterisch. Ich wollte Leben retten, nicht sie beenden. Würde ich es tun können, um die Meinen zu schützen? War diese Situation nicht ausweglos? Selbst wenn ich es tat, seine Männer würden den Jungen und vielleicht auch Aryanna sofort töten.

Er erkannte die Resignation in meinen Augen und lachte noch lauter.

„Leg das Messer Weg Püppchen. Dein Mut gefällt mir. Joe, lass den Jungen und alle andere frei. Heute gehen wir leer aus. Mut hat eine Belohnung verdient. Ich glaube diese Feiglinge hier, werden uns niemals verfolgen."

Die Männer zögerten nicht lange, liessen die Kinder sofort los. Aryanna stürmte augenblicklich auf mich zu, ich umarmte sie fest.

Nun ging auch durch die Händler ein Raunen, sie verstanden nicht, was hier vor sich ging. Der Rebellenführer machte einen Knicks vor mir.

„Ich bewundere mutige Frauen. Wenn Sie dazu noch mit dem General verkehren… Wenn ihr Nathaniel trefft, erzählt ihm von meinem vorbildlichen Verhalten. Sagt ihm Banditenführer Rahul weiss, wie man Damen behandelt. Und sagt ihm, er sei ein Schelm so eine Schönheit geheim zu halten."

„Ich… Danke. Er… wird es zu schätzen wissen"

„Das hoffe ich. Und Püppchen: lern deine Gefühle zu verbergen. Wenn du jemanden ein Messer an die Kehle hältst, musst du es meinen, zumindest auf deinem Gesicht. Oder noch besser, überlege nicht lange und stich einfach zu."

„Hätte ich das jetzt tun sollen?"

Er verneigte sich spielerisch.

„Oh nein, Rahul liebt sein Leben sehr. Aber der nächste Angreifer wird vielleicht nicht so freundlich wie ich sein. Leb wohl Püppchen."

Damit zogen sie sich wortlos zurück, und liessen mich völlig verdattert stehen. Kaum verschwunden rannten die Händler auf mich zu, wollten wissen was geschehen war. Ich kniete mich zu

Marius, befühlte seine Stirn. Sie war angeschwollen, aber er war nicht gefährlich verletzt und würde sicherlich bald zu sich kommen. Ich bettete seinen Kopf auf meinen Schoss, erklärte dann den Händlern, dass ich es auch nicht genau wusste. Doch Aryanna, konnte ihre Neugier nicht im Zaun halten.

„Was hast du mit Nathaniel Lootalian zu tun?"

„Was?"

Rief der Händler entsetzt.

„Ihr gehört doch nicht etwa zu ihm?"

Beschwörend blickte ich zu Aryanna, hoffte, dass sie meinen Gesichtsausdruck richtig deuten und mich nicht verraten würde.

„Nein, das war nur ein Trick, er hat funktioniert."

„Dem Himmel sei Dank. Jemand der diesem… ekligen Menschen folgt, können wir in unserer Mitte nicht akzeptieren."

Die Anspannung fiel von dem Mann, der sich heute Morgen als Brendan vorgestellt hatte. Nun wurde auch ich neugierig.

„Was ist denn überhaupt mit diesem Nathaniel? Warum fürchten ihn alle so sehr? Ich habe den Namen aufgeschnappt und bemerkt, dass er Respekt einflösst."

Verächtlich spukte Brendan aus. Ein Mann hinter ihm, Fabio hiess er, verzog ebenfalls angewidert das Gesicht. Doch es war mein kleiner Schützling, der sprach, während sie ihrem Bruder übers Gesicht fuhr.

„Er ist ein böser Mensch, das hat Bruder Marius mir immer wieder gesagt."

Brendan nickte. Nun meldete sich seine Ehefrau zu Wort.

„Wenn du ihm jemals begegnest, nimm dich in acht vor ihm Mädchen, vor allem wenn du es wagst, seinen Namen zu missbrauchen. Er war früher ein gewöhnlicher Befehlshaber. Niemand weiss wie, aber plötzlich wurde er zum Favoriten des Königs. Er verging Verrat an seinem eigenen Vorgesetzten, liess diesen hinterrücks umbringen. Dann… Dann hat er die ganze Familie von ihm getötet. Inklusiv der kleinen Tochter. Sie war keine zehn Jahre alt."

„Nein!"

Entfuhr es mir

„Er würde… Wer würde so etwas tun?"

Felix spuckte ebenfalls auf den Boden.

„Dieser üble Kerl ist einer von ihnen. Er steht nun hoch in der Gunst des Königs, hat eine hohe Befehlsgewalt. Seit er so mächtig wurde, sind viele Königsgegner plötzlich… verschwunden, auf nimmer wiedersehen. Er scheint eine richtige Säuberung vorzunehmen und alle die dem König nicht 100% loyal sind, müssen sterben. Er ist ein Mann ohne Gewissen."

Nein, das konnte er nicht sein. Mein Nathaniel war nicht ohne gewissen, das hatte ich gesehen. Er hatte seine Frau und das Kind verloren, er würde nicht das Leben anderer auf diese Weise zerstören. Ich konnte und wollte das nicht glauben. Selbst die so sanfte Aryanna schien jedoch kein gutes Wort für ihn übrig zu haben.

„Marius hat mir das auch erzählt. Er scheint der zweit mächtigste Mann im Reich geworden zu sein. Bitte Yelena, halte dich fern von ihm. Bitte!"

Ich lächelte ihr aufmunternd zu.

„Keine Angst, ich kenne ihn ja gar nicht, es war nur ein Trick. Sag deinem Bruder aber besser nichts davon, es wird ihn nur ärgern. Versprochen?"

Sie schien nicht ganz davon überzeugt zu sein, nickte dann aber zögernd.

„Okay… Ich verspreche es…"

Oh Nathaniel, ist es wahr? Bitte… Lass das alles eine Lüge sein. Hast du mich nur benutzt? Mich belogen? Nein, ich kann es nicht glauben, ich will mich selber davon überzeugen, vorher gebe ich nicht auf.

Warum liess der König zu solchen Stunden nach ihm rufen? Nathaniel passte das gar nicht, es hatte nichts Gutes zu bedeuten.
Als er das private Schlafgemacht seiner Majestät König Ilois von Lootan betrat, war dieser nicht allein. Hauptmann Frank stand vor ihm. Ein arroganter Mann, der immerzu von seinen Taten, oder eher Untaten, prahlte.
Nathaniel hasste ihn aufs Blut. Er hatte einst vor Jahren darum gebeten, sich seinen Soldaten anschliessen zu dürfen. Doch er hatte ihn steht's abgelehnt. Nun war er selbst vom Hauptmann zum Befehlshaber ernannt worden und konnte seine Grausamkeit ausleben. Leider schätzte ihn der König sehr.
Der König wurde 24 Stunden am Tag von seinen selbst ausgesuchten Leibwächtern bewacht. Alle paar Stunden wechselten sich die Männer ab, so, dass immer mindestens zwei von Ihnen an der Seite des Machthabers standen. Sie allein, durften in der Präsenz des Königs Waffen tragen. Alle anderen mussten diese vor dem Raum ablegen und wurden von den Leibwächtern durchsucht, so auch heute. Er liess die Abtastung wortlos über sich ergehen, er war es sich gewohnt.
„General Nathaniel, erklärt euch!"
Warum war die Stimme des Königs so voller Zorn?
„Ich verstehe nicht?"
Der König klatschte ungeduldig in die Hand.
„Erzähl es ihm Frank."
Frank lachte hinterlistig.
„Ich habe seiner Majestät dem König nur eben gratuliert zur Verlobung seines treusten Generales."

„Bitte?"

„Nun… Ich kam kürzlich an einem kleinen süssen Dorf vorbei, wollte Gefangene für den König machen…"

„Wohl eher töten und vergewaltigen."

„Schweig"

Des Königs Gesicht war rot vor Zorn. Er war heute wieder miserabel gelaunt. Nathaniel bis sich auf die Lippen, während Frank fortfuhr.

„Ein feindlich gesinntes Dorf, welches einem Spion geholfen hatte! Da will ich mir eine junge Frau gefangen nehmen und weisst du was sie mir sagt Nathaniel? Na? Sie erzählt mir, dass ich sie nicht anfassen soll oder ihr Verlobter würde sich persönlich rächen. Und schätze mal wessen verloren geglaubten Ring sie um den Hals trug?"

Yelena!

Am liebsten wäre er Frank auf der Stelle an die Kehle gesprungen, um herauszufinden was er ihr angetan hatte. Nur mit äusserster Willenskraft und jahrelangem Training gelang es ihm, sich zu beherrschen und ruhig zu bleiben. Sein Gesicht verriet keinerlei Emotionen. Der König durfte es niemals erfahren, sonst war alles umsonst gewesen.

„Wenn Ihr so fragt, nehme ich an, dass es meiner war."

„Genau! Erklärt euch Nathaniel. Wie kommt der Bauertrampel dazu, Euren Ring zu tragen, welchen ihr angeblich im Fluss verloren habt? Wie könnt Ihr es wagen das königliche Siegel zu verschenken?"

Der junge Mann blieb ruhig, verzog keine Miene. Seine Augen wurden glasklar, verloren jeglichen Ausdruck. Nur sein inneres glühte vor unterdrücktem Zorn.

„Das ist richtig. Ich habe ihn im tosenden Fluss verloren, zumindest habe ich das geglaubt. Franks Geschichte nach zu urteilen, muss er wohl doch auf dem Rückweg von dem Überfall verloren gegangen sein, als wir durch eines der vielen Dörfer hindurch kamen. Irgendeine Bäuerin scheint ihn gefunden, aufgelesen und genutzt zu haben. Oder aus dem

Fluss gefischt, was weiss ich."

Nathaniel begann verächtlich zu schmunzeln.

„Und ihr seid darauf hineingefallen, auf den Trick eines Bauerntrampels. Ich hätte mehr von euch erwartet Frank Lootala"

„Und wenn schon. Das alles konnte nur geschehen, weil Ihr den Ring verloren habt."

„Das war mein Fehler, wie wahr. Ich habe es aber umgehend gemeldet, damit JEDER wissen konnte, dass er verloren ist. Hättet ihr nur ein klein wenig mehr nachgedacht, hättet ihr vielleicht gemerkt, dass es sich nur um einen Trick handeln konnte. Von einer Bäuerin überlistet! Ich würde mich an Eurer Stelle schämen! Da wird sie sich aber ins Fäustchen lachen.»

Er hoffte, dass Frank eine Reaktion von sich geben würde, die bestätigte, dass Yelena noch lebte. Leider ging er jedoch nicht darauf ein. Frank wurde nur feuerrot im Gesicht.

„Last euch nicht täuschen eure Majestät. Er lügt! Das Mädchen hat die Wahrheit gesagt, sie kannte Nathaniel, ich bin mir sicher!"

„Natürlich hat sie mich gekannt. Wir sind sicherlich durch das Dorf geritten und haben ihre Nahrung beschlagnahmt. Vielleicht haben wir dabei die Mutter des Mädchens getötet, oder Freunde von ihr gefangen genommen oder was weiss ich. Da erinnert sie sich natürlich an mich und wie ich heisse, ich bin ja auch nicht gerade unbekannt. Und, ach wie praktisch sie benutzt, mich für ihre Lügen."

Verzeih mir Yelena. Bitte verzeih mir. Ich bete, dass es dir gut geht. Konnte ich dir helfen? Konnte ich dich retten?

Das Lachen des Königs war verstummt. Er war für seine Launenhaftigkeit bekannt. Leben oder tot konnte davon abhängen. Frank hatte die Runde verspielt. Er hatte viel riskiert, indem er den liebsten General des Königs beschuldigt hatte. Wahrscheinlich hatte er sich den ganzen Heimweg überlegt, wie er ihm eins auswischen konnte. Es herrschte ein

gegenseitiger, abgrundtiefer Hass zwischen den beiden Männern. Bei-
nahe wäre es ihm gelungen Nathaniel für immer loszuwerden. Generä-
len durften nur mit der ausdrücklichen Zustimmung des Königs heira-
ten und nur Partien, welche er für würdig erachtete. Heimliche
Hochzeiten waren bei Todesstrafe verboten, Generäle hatten ihr Leben
vollkommendem dem König zu Verschreiben.

„Frank wie könnt Ihr es wagen, solche haltlosen Anschuldigungen zu tä-
tigen? Nathaniel ist über jeden Zweifel erhaben."

Ja klar, schoss es dem jungen Mann durch den Kopf. Ich weiss einfach,
wie man in dieser hohen Liga spielt, das ist alles. Ich kann meine Gefühle
hinter einer eisernen Maske verbergen.

„Als Strafe für euren Frevel, wird euch der Titel des Befehlshabers ge-
nommen für die nächsten Wochen. Von heute an seid Ihr nur noch ein
normaler Soldat, solange wie es mir gefällt! Und ihr verlasst den Palast
in dieser Zeit und leistet Strassendienst."

„A... Aber eure Majestät!"

„Seit dankbar, dass ich euch nicht köpfen lasse für diese Verleumdung.
Lernt eure Vorgesetzten zu schätzen und dient demütig. Ihr könnt euch
entfernen." Als Frank dem König den Rücken kehrte, war blanker Hass
in seinem Gesicht zu lesen. Er würde versuchen sich dafür zu rächen, so-
viel war sicher. Wie gerne hätte Nathaniel ihn ganz beiläufig gefragt,
was aus der Bäuerin geworden war. Ganz unauffällig. Er riskierte es
nicht. Wollte keinerlei Interesse zeigen. Zu viel stand auf dem Spiel. So
blieb er regungslos stehen, verzog weiterhin keine Miene.

Als Frank sich entfernt hatte widmete sich der König ihm.

„Er scheint den Verstand zu verlieren. Eifersucht ist bei meinen Unter-
tanen fehl am Platz. Ich erwarte besseres von euch General Lootalian.
Dennoch, ich frage mich schon lange, wieso Ihr nicht wieder geheiratet
habt?"

Nathaniel verneigte sich.

„Wozu? Ich bin damit zufrieden euch und somit dem Land zu dienen. Eine Frau wäre dabei nur hinderlich. Ihr seid das Wichtigste."

Mit dieser Antwort schien der König zufrieden.

„Verstehe. Weiber machen auch nichts als Ärger. Das sieht man bei meinem Weib, der Königin. Noch immer hat sie mir keinen Sohn geschenkt. Zu nichts ist sie zu gebrauchen. Vielleicht sollte ich mir zu meinem Geburtstag ihren Kopf auf einem silbernen Teller wünschen."

Noch immer verzog Nathaniel keine Mine.

„Das ist euer gutes Recht. Allerdings ist die Königin jung und hat somit noch reichlich Zeit, Euch den ersehnten Sohn zu schenken. Eine neue Frau müsste… neu eingewöhnt werden."

Das brachte den König zum Lachen.

„Wohl wahr, und für diese Mühe habe ich aktuell keine Zeit. Mein Geburtstag nähert und es gibt noch viel zu tun bis dahin. Ich gehe davon aus, dass zu meinem Schutz alles getan wurde."

„Gewiss Eure Majestät. Ich habe mich persönlich danach erkundet, dass sämtliche Sicherheitsmassnahmen vorbereitet wurden und auch eingehalten werden. Kein Rebell wird sich Euch nähern, das schwöre ich bei meinem Leben. "

„Ich verlasse mich darauf. Gute Generäle sind schwer zu finden. Ihr habt mich nie enttäuscht, sorgt, dass es so bleibt. Ihr könnt euch entfernen. Diese Unterhaltung und die sinnlose Anschuldigung von Frank haben mich müde gestimmt."

Erneut verneigte Nathaniel sich, verliess die Gemächer dann wortlos.

Als er durch die Tür des Hauptsaales schritt, wartete Frank bereits dahinter. Er trat aus dem Schatten und packte Nathaniel grob am Handgelenk, zog ihn dabei an sich heran, so dass ihm sein übler Atem ins Gesicht schlug.

«Ich weiss, dass du lügst. Sei dir sicher, sollte sich das Flittchen auch nur in die Nähe der Hauptstadt wagen, wird es mir ein Vergnügen sein, *sie zu quälen. Lebe in Furcht, General.»*

Nathaniel tat ihm nicht den Gefallen, zu antworten. Er sah den verhass-
ten Mann gleichgültig an, nur seine Augen funkten verräterisch.
Schliesslich liess Frank ihn los und verschwand in die Dunkelheit.

Erst als Nathaniel in dieser Nacht die Zimmertür hinter sich abgeschlos-
sen hatte, erlaubte er den Gefühlen freien Lauf. Er zog seine Kleidung
vom Kopf und warf sie energisch in eine Ecke. Dann griff er nach dem
Waschbecken und spritze es sich mit den Händen frisches Wasser ins
Gesicht. Schlussendlich tauchte er den Kopf ganz in das Becken hinein.
Das eisige Wasser tat gut, kühlte seinen Zorn etwas ab.

Oh Yelena... Ich hoffe es geht dir gut. Ich hoffe, mein Ring hat dich ret-
ten können. Dich und deinen Vater. Frank hat mit dir gedroht, das
heisst, dem Himmel sei Dank, dass du am Leben bist. Wo bist du jetzt?
Was tust du gerade? Denkst du manchmal noch an mich?

Entsetzt stellte er fest, dass ihm eine Träne das Gesicht hinunterlief. Das
war mehr, als er in den letzten Jahren jemals an Gefühlen offenbart
hatte. Sein Herz wurde eng bei dem Gedanken, dass Frank sie vielleicht
trotz allem verletzt hatte. Aber nein, das hätte er sich nicht getraut,
dann hätte er es dem König nicht verraten. Sie musste in Sicherheit sein.
Er stütze die Arme am Waschbecken ab, stand mit gesenktem Kopf da,
während ihm die Tränen still übers Gesicht liefen.

Er konnte rein gar nichts für sie tun. Sie suchen zu lassen war viel zu
riskant. Sie durfte auf keinen Fall in seine Nähe. Frank würde sie um-
bringen lassen. Seine Feinde würden sie gefangen nehmen... Sie wäre in
der Falle wie eine Maus in der Mausefalle, sobald sie auch nur einen
Fuss in die Stadt setzte. Sie kannte die Gefahren nicht, war ihnen
schutzlos ausgeliefert.

Bitte Yelena, bleib in deinem Dorf, oder was davon übriggeblieben ist.
Bleib dort und verbring ein ruhiges Leben. Komm auf keinen Fall zu
mir. Niemals.

Er schlug mit der flachen Hand auf das Becken, so dass es umkippte und das restliche Wasser sich auf dem Steinboden verteilte. Der Schmerz, welcher seine Hand durchzuckte, tat gut, lenkte ihn von seiner Sorge ab. Zumindest für einige Sekunden…

11. Geständnisse

Marius schmollte vor sich hin, weil er uns nicht hatte beschützen können. Schlimmer noch, er hatte sich blamiert. Ich wusste, dass er ein hervorragender Schwertkämpfer war. Aber eben jung und ein wenig zu sehr von sich selbst überzeugt. Beim Himmel er war so hitzköpfig. Er musste unbedingt seine Emotionen in den Griff kriegen.

Instinktiv spürte ich, dass er etwas wirklich Wichtiges in der Stadt wollte. Dazu musste er aber noch vieles lernen, sonst hatte er im Netz der Intrigen keine Chance. Selbst ich als Landei wusste das. Während er beleidigt schwieg, plapperte Aryanna umso mehr, als wollte sie seine Stille ausgleichen. Zumindest, bis das Fieber kam. Es packte sie plötzlich, liess das dünne Mädchen zittern. Ich konnte nicht viel mehr machen als das, was Marius auch immer für sie tat. Nicht viel mehr als versuchen, sie kühl zu halten und ihr gut zuzureden, damit sie sich geborgen fühlte. Ich hatte immerhin Kräuter, welche sie ruhig schlafen liessen und halfen, das Fieber zu senken. Ich sang ihr gute Nacht Lieder vor, bis sie einschlief und hielt danach stundenlang ihre kleine Hand.

Marius hatte mich vor den grösseren Attacken gewarnt, erst jetzt jedoch erkannte ich, was er meinte. Ich hatte einmal von einem Wanderer davon gehört. Ein Fieber, welches in regelmässigen Abständen kam, verursacht durch einen Insektenstich. So viel mir der Mann damals erzählt hatte, war die Krankheit nicht tödlich und verschwand manchmal im Erwachsenenalter wieder gänzlich. Dennoch machte ich mir grosse Sorgen um mein sonst so lebhaftes Mädchen. Ich weilte fast dauerhaft an ihrem Bettchen, sang ihr vor, wenn die Kräuter eingenommen waren. Meine Stimme schien sie immer zu beruhigen.

Jetzt gerade war allerdings Marius bei ihr, damit ich etwas essen konnte. Wir waren nur noch wenige Tage von der Stadt entfernt, hatten nun aber in einem Gasthaus des nächstgelegenen Dorfes Rast gemacht. Woher Marius nur all das Geld hatte? Kam er von adeliger Herkunft?

Er war ein Gegner des Königs, soviel war sicher. Vielleicht ein adliger Rebell? Gab es das?

Noch immer war kein Regen in Sicht. Wie es wohl den Leuten aus meinem Dorf ging? Ich hoffte, der Fluss in ihrem neuen zu Hause hatte nach wie vor genug Wasser. Auch wir mussten aufpassen, dass das Wasser unterwegs nicht zu früh ausging, begegneten auf unserer Reise aber immer wieder Händlern welche Getränke anboten oder übernachteten in der Nähe von Flüssen, um den Vorrat aufzufrischen.

Die Wirtin hatte uns freundlich begrüsst. Wir gaben uns als drei Geschwister aus, damit wir ein Zimmer teilen konnten. Schliesslich waren wir uns gewohnt alle unter einem Dach oder demselben Sternenhimmel zu schlafen. Ich war immer so erschöpft bis zum Sonnenuntergang, dass ich oft innert weniger Sekunden in einen tiefen Schlaf fiel.

So nahe an der Hauptstadt, war dieses Dorf dem König äusserst freundlich gestimmt, zumindest dem Schein nach. Niemand hätte hier gewagt, laut gegen seine Majestät zu sprechen.

Ich schlürfte hungrig an meiner Suppe. Nachdem Aryanna endlich mit gesenktem Fieber eingeschlafen war, setzten Marius sich mir gegenüber. Ich fühlte mich erschöpft vor Sorge um das Kind. Ich hatte sie sehr liebgewonnen. Wir waren erst seit so kurzer Zeit zusammen unterwegs und doch war mir, als ob ich sie schon lange kannte. Ich hatte sie so sehr in mein Herz geschlossen, dass ich mir nicht vorstellen konnte, dass sich unsere Wege jemals wieder trennen würden.

Immerhin hatte Marius seine Schmollerei aufgegeben aus Sorge um seine Prinzessin. Aber jetzt gerade war er erneut seltsam wortkarg, seine Stimme fast schon kalt, als er mir einen guten Appetit wünschte. Lag das auch an der Sorge, oder verbarg sich mehr dahinter? Wenn es ihr besserging, konnten wir bald die Stad erreichen. Nach dem kargen Mal wollte Marius einen kurzen Spaziergang machen. Ich begleitete ihn in die warme Nacht.

Mein junger Begleiter war ungewöhnlich ernst. Schliesslich hielt ich es nicht mehr aus.

„Was ist denn los Marius? Aryanna wird bald wieder gesund sein, mach dir keine Sorge."

Ich legte ihm eine Hand auf die Schulter. Er zuckte zusammen.

„Darum geht es nicht."

„Worum denn dann?"

Er drehte sich um. Mit Schrecken erkannte ich, dass seine blauen Augen Funken sprühten vor unterdrücktem Zorn.

„Worum? Um dich und General Nathaniel Lootalian."

Erstarrt blieb ich stehen. Nun verstand ich den Unmut. Aryanna musste es ihm erzählt haben, leugnen war wohl zwecklos. Marius war alles andere als dumm. Ausserdem ertrug unsere Freundschaft zwar Geheimnisse, aber belügen mochte ich ihn nicht.

„Marius…"

Die Emotionen, gingen mal wieder mit ihm durch.

„Nein! Sag nichts! Aryanna hat es mir eben erzählt. Als du unten warst. Sie hat geweint dabei, weil sie ein Versprechen brechen musste… Sie ist immer noch fiebrig und das schlechte Gewissen hat das nicht besser gemacht. Doch sie hat grosse Angst vor dem Mann und zu Recht! Sie hat mir erzählt, dass es seine Initiale ist, welche auf dem Ring steht. Dass du behauptet hast, es wäre nur ein Trick gewesen, doch ich weiss es besser! Aryanna hat die Lüge

ebenfalls durchschaut. Wie kannst du nur dieses Monster anhim-
meln?"

Er ist kein Monster!

Hätte ich am liebsten geschrien, beherrschte mich aber.

„Marius, lass mich erklären..."

„Erklären? Was denn? Du gehörst zu ihm, und somit zum König.
Wie könnte ich dir jemals wieder vertrauen? Verlobt mit der linken Hand des Königs!"

„Wir sind nicht verlobt!"

„Lüge nicht!"

Er schrie noch lauter. Genug war genug. Ich knallte ihm eine Ohrfeige ins Gesicht.

„Hörst du mir jetzt endlich zu?"

Mit offenem Mund starrte er mich an, seine Hand hielt er an die
Wange. Die Ohrfeige musste ihn mehr erschreckt haben, als dass
es weh getan hatte. Mürrisch nickte er.

„Nathaniel ist nicht mein verlobter, das war wirklich gelogen.
Aber... Ja er ist die Person, welche mir den Ring geschenkt hat."

Ich setzte mich ins Gras, zog die Knie an meinen Körper und legte
die Arme darum. Nach einigem Zögern tat es mir Marius gleich,
die Hand presste er noch immer an die gerötete Wange. Wenigstens schien er sich ein wenige beruhigt zu haben.

„Ich weiss, was hier alle erzählen... Dass er ein gefühlloses Monster ist... Aber der Nathaniel, den ich kennenlernte war ganz anders... Er war gefühlsvoll, immer besorgt um seine Männer und
um seinen besten Freund der schwer verletzt war. Darum sind sie
zu uns gekommen. Nathaniel war ein aufmerksamer Zuhörer, ein
guter Mann...Ich kenne ihn nur so. Darum kann ich all das, was
über ihn erzählt wird einfach nicht glauben."

Als Marius schwieg, fuhr ich fort.

„Er hat mir den Ring geschenkt, um mich zu schützen. Wenn euer Dorf jemals angegriffen wird, hat er mir erklärt, sag ihnen du seist mit einem General verlobt, dann wird man dich verschonen. Darum habe ich das erzählt…"

„Du hast wohl wirklich tiefe Gefühle für ihn? Aber du weisst doch gar nicht, ob er noch einen einzigen Gedanken an dich verschwendet hat! Liebst… du ihn?"

Ich sah hoch zu den Sternen. Sie schienen heute klar und hell. Wenn ich so zum Himmel schaute, konnte ich mir einbilden noch zu Hause zu sein, in meinem kleinen Dorf, mit meinem lieben Vater… Doch nichts war mehr wie früher.

„Es spielt keine Rolle, was ich fühle. Nach dieser Zeit damals ist er wieder gegangen und wir haben uns seitdem nicht mehr wiedergesehen. Wir haben nie über Gefühle gesprochen und er hat mir niemals irgendetwas in diese Richtung gesagt.»

Ich hielt kurz innen. Dann entschied ich mich, Marius die ganze Wahrheit zu sagen und ihm das Vertrauen zu geben, um das er mich vor einigen Tagen gebeten hatte.

„Ja, ich liebe ihn."

„Wie kannst du ihn nach all der Zeit immer noch lieben? Nachdem du gehört hast, was aus ihm geworden ist?"

Er war wieder lauter geworden. Meine Stimme jedoch blieb ruhig und besonnen.

„Was weiss ich schon über die Liebe? Warum ihn? Warum kam er so plötzlich in mein Leben und wieso habe ich meinen Verlobten nicht eine Sekunde begehrt? Ich weiss es nicht. Ich weiss nur, dass sich mein Herz nach ihm verzehrt. Ich will und kann nicht glauben, dass er ein herzloses Monster ist. Solange ich das nicht mit meinen eigenen Augen sehe, werde ich es nicht glauben, niemals. Meine Mama hat immer gesagt, man solle sich selbst von einem

Menschen überzeugen und nicht blind glauben, was andere über ihn erzählen. Nun kennst du die ganze Wahrheit lieber Marius."

„Aber wenn er doch dich vielleicht längst vergessen hat? Was machst du dann? Was wird dann aus dir? Ich möchte dich doch nur vor Enttäuschungen schützen."

„Was weiss ich schon? Marius... Ich hatte bei unserer Begegnung eben meine Familie verloren, mein ganzes, altes Leben. Ich bin frei von jeglicher Verpflichtung, kann tun, was mir gefällt. Es war mein Wunsch in die Hauptstadt zu kommen, um Gutes zu tun, daran ändert sich nichts. Ich möchte den Ärmsten der Stadt helfen und selbst ein Nathaniel Lootalian hält mich nicht davon ab."

„Vielleicht könntest du bei Aryanna und mir bleiben?"

Hoffnung klang in seiner Stimme mit. Mein junger Begleiter schien es ernst zu meinen.

„Bei euch? Aryanna wird hoffentlich bald wieder ganz gesund sein und dann braucht ihr mich doch gar nicht mehr…Und zudem hast du mir noch nicht einmal alles über euch erzählt, ich weiss noch immer nicht, wer du eigentlich bist.»

Nathaniel war immerhin von Anfang an ehrlich mit mir.

Marius setzte zu einer Antwort an, erstarrte aber urplötzlich und griff nach seinem Schwert, welches er immer bei sich hatte.

„Was…"

Wollte ich wissen, doch er war bereits aufgesprungen und starrte in die Dunkelheit. Ich erhob mich ebenfalls und stellte mich hinter ihn.

Wir standen auf der Wiese zwischen dem Wirtshaus und einer grossen Scheune. Hinter und vor uns nur endlose Wiesen.

„Schaut, schaut, er hat sich tatsächlich zurück getraut. Was für ein Fehler."

Aus dem Schatten der alten Scheune kam ein Mann mit

erhobenem Schwert hervor.

„Wer hätte gedacht, dass du wirklich noch lebst. Die Gerüchteküche brodelt schon lange. Was für ein Glück, dass ich dich hier finde. Dein Kopf wird mich reich und mächtig machen. Ich war nur auf gut Glück in der Gegend. Alle müssen durch dieses Dorf, wenn sie in die Stadt wollen. Irgendwann musstest du hier erscheinen."

Marius war nicht an Gesprächen interessiert, sondern stürzte sich auf den Fremden.

Er konnte kämpfen, das konnte ich selbst ohne eigene Erfahrung feststellen. Die beiden klingen prallten wieder und wieder aneinander, Marius Schläge waren hart und erbarmungslos. Er war nicht so agil wie Nathaniel, seine Hiebe waren dafür kräftig und präzise.

Entsetzt stand ich da, wie gelähmt, mein Herz wild hämmernd. Aus dem Augenwinkel sah ich mit schrecken einen weiteren Mann hinter der Scheune hervortreten. Marius konnte ihn von seiner aktuellen Position aus nicht sehen. zu sehr in den Kampf mit dem ersten Gegner vertieft.

„Marius, hinter dir!"

Gerade noch rechtzeitig konnte Marius einen Hieb des ersten Mannes abwehren und sich zum zweiten Umdrehen, um dessen beinahe todbringenden Angriff zu parieren.

Ich zwang mich aus meiner Starre. Entschlossen zu helfen, stürzte ich mich blindlings auf den ersten Angreifer, der nun mit dem Rücken zu mir stand und schon wieder ausholen wollte. Ich hatte keine Waffe, rein gar nichts. Mit dem Mut der Verzweiflung rammte ich den Mann, wollte ihn zu Fall bringen. Leider taumelte er nur kurz, widmete dann seine Aufmerksamkeit mir.

„Ein Wildfang! Dann wirst du als erste daran glauben."

Ich wich einige Schritte zurück.

Marius sollte sich um Himmels willen mit dem Zweiten beeilen.

Mein Angreifer stürmte auf mich zu. Mir kam nichts Weiteres in den Sinn als mich seitlich fallen zu lassen. Das Schwert streifte meinen Arm. Nur ein klein wenig, doch der Schmerz durchzuckte mich wie Feuer. Ich rappelte mich hoch, doch der Angreifer war schneller. Er packte mich bei den Haaren und stiess mich zu Boden. Dann war der Fremde über mir und erhob sein Schwert. Es blieb mir nur noch den verletzten Arm über mein Gesicht zu heben, wohl wissend, dass der nächste Schlag tödlich sein würde.

Der Mann holte aus und…

Marius Schwert durchbohrte ihn von hinten.

Der Fremde sackte über mir zusammen, fiel dabei auf mich, sein Schwert klirrte neben ihm zu Boden.

Ich schrie, als der Angreifer auf mir landete und das warme Blut mein Kleid tränkte.

Marius stiess ihn eiligst zur Seite und kniete sich neben mich.

„Yelena, alles in Ordnung? Bist du verletzte?"

„Der… der zweite Angreifer?"

„Ebenfalls tot, ich konnte ihn überwältigen. Aber du, um Himmels willen Yelena hat er dich getroffen? Du zitterst am ganzen Körper."

Ich schüttelte den Kopf, wollte ihm mitteilen, dass es mir gut ging, doch meine Stimme versagte mir den Dienst.

„Yelena! Sag mir, wo du verletzt bist. Beim Himmel ist irgendetwas davon dein Blut?"

Ich schüttelte den Kopf, zeigte dann auf meinen blutenden, linken Arm.

„Nur… das."

krächzte ich heiser.

Marius sah sich den verletzten Arm an.

„Du bist die Heilerin, aber ich würde sagen es ist keine tiefe Wunde und sollte auch keine Narbe hinterlassen. Warte, ich hole Verbandszeug."

„Nein! Lass mich nicht allein in der Dunkelheit."

Kurz entschlossen riss er sich ein Stück Stoff von seinem Umhang und begann die Wunde zu verbinden.

Langsam konnte ich meinen Körper wieder spüren, mein Herz begann langsam, aber sicher sich zu beruhigen. Ich atmete tief ein und aus, mein Blick war auf das dunkle Wirtshaus gerichtet. Anscheinend hatte unseren Kampf niemand mitbekommen.

«Danke Marius. Du hast mir das Leben gerettet.»

Er schüttelte den Kopf.

„Ach, das war doch gar nichts. Zudem hast du mich zuerst gerettet."

„Denkst du, das waren alle? Ist Aryanna in Sicherheit in dem Zimmer?"

Ich hatte meinen Blick zum Wirtshaus gerichtet. So würde ich es sofort erkennen, falls sich jemand hineinschmuggeln wollte.

„Ich glaube schon. Es waren keine Soldaten. Trotzdem hast du Recht, wir sollten bald hinein gehen und dann schnell von hier verschwinden."

Ich zupfte ihm am Ärmel.

„Was wollten die von dir Marius?"

Marius seufzte tief. Er schien mit der Fassung zu ringen.

„Yelena…"

„Nein Marius! Ich habe dir alles über mich gesagt, dir nichts verschwiegen. Ich habe… ich habe einen Mann angegriffen, um ihn von dir abzulenken. Ich hätte davonrennen können, doch ich tat es nicht. Wie viele Beweise willst du denn noch, dass du mir vertrauen kannst?!"

Er starrte auf mein blutgetränktes, ruiniertes Kleid, meinen verbunden Arm, erkannte meinen Blick auf dem Seinen. Er musste sich entscheiden.

Seufzend streckte er mir die Hand entgegen.

„Du solltest dich zuerst umziehen und dann…"

„Nein! Erzähle es mir oder unsere Wege trennen sich hier und jetzt."

Ich ergriff seine Hand, er zog mich hoch. Ich blieb vor ihm stehen, sah ihn lange an, sah den Kampf in seinen Augen.

„Du hast Recht. Vorher muss ich aber eines wissen. Wenn du dich entscheiden musst zwischen *ihm* oder mir und Aryanna? Wenn du erfahren hast, dass er wirklich ein Monster ist, hinter wem wirst du stehen?"

Entscheiden? Es war mir bewusst, dass er mit *ihm* nur Nathaniel meinen konnte. Warum hasste er ihn so sehr?

„Ich verstehe nicht? Wenn er so böse geworden ist, werde ich ihn natürlich aufgeben… Aber warum entscheiden?"

„Siehst du Yelena, hier liegt das Problem. Ich habe dich sehr gerne. Aryanna auch. Aber Nathaniel ist die linke Hand des Königs, kein Weg führt an ihm vorbei. Und ich muss zum König, am besten mit dem blutigen Schwert in der Hand. Auf welcher Seite wirst du dann sein?"

„Ich verstehe es immer noch nicht. Bist du ein Rebell?"

Marius hatte erzählt er hätte in der Stadt wichtiges vor. Aber den König stürzen? Das war doch grössenwahnsinnig. Also doch ein ranghoher Rebell?

„Ich muss es wissen, bevor ich dir alles erzähle Yelena. Auf welcher Seite wirst du stehen?"

Er sah mir in die Augen, als suche er dort drinnen nach der

Wahrheit.

„Wenn er so herzlos ist wie ihr alle erzählt, stehe ich auf deiner Seite. Wenn sich aber rausstellt, dass er der ist für den *ich* ihn halte dann werde ich alles daransetzten, dass es niemals zu einer Entscheidung kommen muss. Ich würde dich und Aryanne niemals verraten Marius, ich hoffe, dass du das weisst. Was auch immer dein Geheimnis ist, ich werde es mit ins Grab nehmen, das schwöre ich. Selbst wenn… Auch wenn es Nathaniel's leben bedrohen sollte. Ich würde versuchen dich umzustimmen, aber niemals würde ich dich verraten mein Freund. Doch solltest du Nathaniel grundlos angreifen… Werde ich mich zwischen euch stellen. Dann werdet ihr zwei euch entscheiden müssen, was euch mein Leben wert ist."

Er erhob sich, ging im Kreis. Blieb wieder stehen und sah mir entschlossen in die Augen.

„Nun gut… Ich bin auch nicht der für den du mich hältst. Eigentlich… Bin ich der zweite Sohn des verstorbenen Königs und somit der jüngere Bruder des jetzigen Herrschers König Ilois von Lootan. Mein richtiger Name ist Maurillio von Lootan"

Mit allem hätte ich gerechnet, aber nicht damit. Schockiert fasste ich mir mit der Hand ans Herz, völlig fassungslos ab dieser Entwicklung.

„Du? Der Bruder des Königs! Aber… Ich dachte der sei längst tot."

Nun begann ich hin und her zu laufen, zu aufgewühlt, um ruhig zu bleiben. Die vom Blut verklebten Körperstellen wurden kalt und klebten an meinem Körper.

„Das dachten alle. Dass das Kind im Fluss ertrunken ist… In Wahrheit hat mich der Stallmeister damals weggeschafft, wohl wissend, dass mein Bruder keine Konkurrenz wollte. Mein Bruder hat meine Leiche niemals gefunden, weil es keine gab. Er hatte schon als Kind der Einzige sein wollen. Machthungrig und gierig. Ich hatte ihn vergöttert! Und er… Er wollte nur meinen tot. Mein Bruder der König weiss zwischenzeitlich sehr wohl, dass ich noch lebe oder er hat zumindest den starken Verdacht. Er lässt mich überall suchen. Das eben waren einige seiner Attentäter. Je näher wir der Stadt kommen, desto mehr davon werden hier herumlaufen. Er fürchtet sich mehr vor mir als du dir vorstellen kannst. Darum hatte ich dich gewarnt, dass diese Reise gefährlich werden könnte."

„Ja aber dann… Wärst du ja der nächste in der Thronfolge?"

„Ja. Mein Bruder hat bis jetzt nur eine Tochter, welche von der Thronfolge ausgeschlossen ist. Seine Frau scheint Schwierigkeiten mit der Empfängnis zu haben… Wenn mein Bruder nicht mehr wäre und bis dann noch keinen männlichen Nachkommen hat, käme ich auf den Thron."

Mir wurde mit Schrecken bewusst, was er hier erzählte. Er hatte Recht, wenn Nathaniel Königstreu war, für den alten König verstand sich, würde kein Weg der Welt an ihm vorbeiführen. Er würde den jetzigen Machthaber mit seinem Leben schützen.

„Marius… Ein König… Ich…"

„Bitte, keine unnötigen Formalitäten. Die meisten halten mich für tot, nur ganz wenige wissen Bescheid. Ich lebte immer wieder bei verschiedenen Unterstützern, hatte Hilfe. Doch es ist nur eine kleine Minderheit. Niemand anderes darf es erfahren Yelena, schwör es."

„Ich schwöre es bei meinem Leben. Danke für dein Vertrauen. Weiss Aryanna es? Moment mal… sie ist in dem Fall gar nicht deine Schwester!"

Er biss sich auf die Unterlippen, so hart, dass Blut kam. Wie blind ich doch gewesen bin. Nicht eine Sekunde lang hatte ich bemerkt, dass sich die beiden gar nicht ähnlich sahen.

„Nein... Nein aber ich habe sie aufgenommen als sie noch ein Baby war. Sie ist für mich meine Schwester, meine kleine Prinzessin... Und ja, das mutige Mädchen weiss, wer ich bin. Somit ist ihr auch bewusst, dass ich nicht ihr leiblicher Bruder bin. Wir hatten beide niemanden mehr auf der Welt und waren immer füreinander da. Ich war selbst noch so jung, aber mithilfe von grosszügigen Menschen konnten wir beide in dieser Welt überleben, gemeinsam."

Das war alles zu viel für mich. Nathaniel ein Monster des Königs, Marius der Bruder des Königs und dessen grösster Feind, Aryanna ein Kind ohne Eltern und ohne Geschwister.

„Wo hast du sie gefunden?"

Er schwieg lange und schien schon wieder mit sich zu ringen.

„Ist das wichtig Yelena? Entscheidend ist doch nur, dass sie bei mir ist und ich sie liebe wie eine echte Schwester. Und wenn ich König bin, kann ich ihr endlich das Leben geben, welches sie verdient."

Er hatte wohl Recht.

„Und du willst den Thron?"

„Ja. Mein Bruder ist grausam. Ich werde nicht zulassen, dass er mein Volk weiter verkümmern lässt und so viele in Armut stürzt. Ich hätte die Krone nicht gewollt, wäre er nicht so ein unfähiger Herrscher. Jahr für Jahr werden die Bauern ärmer. Viele Menschen sind bereits in angrenzende Königreicher wie Moonia geflohen, in der Hoffnung auf ein besseres Leben. Ich war mein Leben lang auf der Flucht, eilte von Ort zu Ort. Ich habe das Elend gesehen, es ist grauenhaft. Ich erhielt immer wieder Ausbildungen von mir treu ergebenen Menschen. Ich kann besser sein, ich weiss es. Ich werde Hilfe von guten Beratern benötigen, aber ich könnte unserem Land helfen Yelena, ich weisse s einfach.

Jemand… Ein geheimer Bund von mir treuen Anhängern hat nach mir rufen lassen. Man hat mir mitteilen lassen, dass die Zeit reif ist. Ich bin 19 geworden und damit in unsrem Land als Mann volljährig und berechtigt für den Thron. Darum will ich in die Stadt Yelena, das ist meine grosse Mission. Wirst du mich unterstützen?"

Es lastete so schwer auf mir wie fast nichts anders auf der Welt. Ihn zu unterstützen wäre Verrat an Nathaniel. Ihn nicht zu unterstützen Verrat an meinem Dorf, meinem Vater und auch an Lionel, welche alle durch die Grausamkeiten des Königs umgekommen waren. Dann war da noch Aryanna. Ich konnte sie ebenso wenig verraten wie Marius. War der König wirklich so Böse wie alle behaupteten oder selbst nur im Netz der Intrigen und Lügen versponnen?

Ich verschränkte die Arme schützend vor meinem Körper, fühlte mich plötzlich sehr unwohl in meiner Haut.

„Marius… Du wirst alle Unterstützung der Welt von mir erhalten, solange ich helfen kann. Gutes tun kann. Ich werde jedoch keine Waffe erheben. Weder gegen den König noch sonst jemanden. Ich habe beim Überfall gemerkt, dass ich es nicht kann. Ich bin eine Heilerin, ich schenke leben. Ich möchte dich auf dem Thron, du bist ein guter Mensch, wärst ein gerechter König. Aber ich kann auch *ihn* nicht verraten… Verlange nicht von mir Preis zu geben wo er ist, sollte ich ihn finden. Dann gehört meine Loyalität vollkommen dir mein König und ich werde alles dafür tun, um dich auf dem Thron zu sehen."

Ich verneigte mich leicht vor ihm. Die Geste schien ihn zu rühren. Er trat auf mich zu und drückte meine Hand.

„Danke Yelena. Für deine Ehrlichkeit. Ich bin froh dich an meiner Seite zu wissen. Und wegen dem Mons… wegen dem General, ich werde es nicht von dir verlangen, solange du nicht von mir verlangst, dass ich etwas Gutes über ihn sage. Und ich möchte ihn niemals in der Nähe von mir oder meiner Schwester sehen."

„Deal!"

12. Alte Bekanntschaften

Am nächsten Morgen ging es unserer kleinen Prinzessin zum Glück besser. Wir hatten den Gefahren zum Trotz entschlossen, sie noch ausschlafen zu lassen, vor dem Aufbruch. Sie brauchte die Ruhe. Sie hatte nichts von dem Überfall mitbekommen. Ich hatte ein weiteres Kleidungstück in unserem Reisegepäck und warf das alte weg. Marius hatte sich noch in der Nacht um die Attentäter gekümmert. Was er mit ihnen gemacht hat, entzog sich meiner Kenntnis. Wir hatten beide kein Auge zugetan, stattdessen hatte er mir mehr von seiner Kindheit erzählt und wie er all diese Schrecken überlebt hatte.

Nun ritten wir der Stadt entgegen, Aryanna sass vor Marius auf dem Pferd, lehnte sich noch müde gegen seine Schulter. Ich hatte mich bei ihr dafür entschuldigt, dass ich sie hatte versprechen lassen, ihrem Bruder nichts wegen Nathaniel zu sagen. Es war nicht fair von mir gewesen, von ihr zu verlangen, ihrem Bruder nichts zu sagen. Sie hatte mir gutherzig vergeben.

Die nächsten Tage vergingen ereignislos. Wir waren alle Müde und in unsere eigenen Gedanken versunken. Das kleine Mädchen erholte sich prächtig, war aber noch immer geschwächt von dem letzten Anfall und daher ungewöhnlich ruhig.

Es dämmerte am Folgetag bereits, als wir endlich die hohen Stadtmauern vor uns auftürmen sahen. Wir hatten unser Ziel erreicht. Die Mauern schienen so mächtig. Die hinter dem Burgtor erkennbaren Häuser waren aus Steinen gebaut. Die Stadt hob sich vor einem riesigen Berg ab, einige Häuser standen erhöht auf Felsabsätzen. Von aussen konnte man nur jene erhöhten Häuser erkennen, der Rest wurde von der Stadtmauer verdeckt. Mein Mund blieb vor Staunen offen. Alles war so weitläufig, so mächtig.

Aryanna jauchzte vor Vergnügen.

Wir waren schmutzig und müde, als wir vor den grossen Toren ankamen. Fahrende Händler mussten sich ausweisen, um ins Innere zu gelangen. Ich hatte keine Ahnung wie das für Normalbürgerliche war. Marius legte Aryanna einen Reiseumhang über, zog ihr und sich selbst dann eine Kapuze über den Kopf. Als ich verwirrt nachfragte, wozu das diene, erwiderte er, dass er nicht wisse, wie ähnlich er seinem Bruder sah und auf keinen Fall erkannt werden wollte. Und damit man nicht gleich Aryannas Alter erkannte und merkte, dass sie nicht unsere Tochter sein konnte. Wir hatten beschlossen uns als Mann und Frau auszugeben, die in der Stadt ein neues Leben aufbauen wollten. Er warf auch mir einen Reiseumhang zu. Wenn schon, dann sollte die ganze Familie bedeckt reisen, sonst wäre es auffällig gewesen. Das Tragen von Umhängen schien nichts Ungewöhnliches zu sein. Selbst die fahrenden Händler hielten oft ihre Köpfe bedeckt. Niemand in meinem Dorf wäre auf die Idee gekommen, sich vor anderen zu verhüllen.

Vor den mächtigen Toren angekommen erleben wir eine unangenehme Überraschung, denn der Wächter wollte uns nicht hineinlassen.

„Wo ist euer Passierschein für die Stadt?"

Wollte der grimmig dreinschauende Mann wissen. Wir hätten uns vorher darüber informieren sollen. Wie ärgerlich.

„Wir haben keinen, wir sind neu hier. Ich und meine Frau sowie meine Tochter kommen von weit her, um in dieser schönen Stadt in der Nähe unseres geliebten Herrschers ein neues Leben zu beginnen."

„Fremde haben keinen Zutritt. In wenigen Tagen ist die grosse Geburtstagsfeier unseres gelobten Herrschers. Ohne einen

Passierschein oder der Empfehlung eines Verwandten kommt im Moment niemand rein. Habt ihr verwandte in der Stadt?"

Zur Abenddämmerung kamen keine weiteren Händler mehr, die letzten hatten wir von weitem in die Stadt fahren sehen, als wir uns genähert hatten. So konnte uns der Wächter seine volle Aufmerksamkeit schenken. Ich versuchte es flehend.

„Bitte Herr. Wir kommen von weit her. Wir sind anständige Bürger, wir werden einer ehrlichen Arbeit nachgehen. Wir verehren seine Majestät den König sehr. Wir haben sogar unsere Tochter nach ihm benannt: Illoisa."

„Ich kann euch nicht helfen Bauerngesindel. Ohne Passierschein keine Einreise. Es gibt keine Ausnahmen. Wir haben mehr als genug Leute in unserer Stadt, wir brauchen euch nicht."

Marius Temperament war bereits wieder am Brodeln.

„Das könnt ihr nicht machen! Wir können doch nicht draussen übernachten, habt ihr denn kein Herz ihr…"

Ich zupfte ihm am Ärmel, bevor er weitersprechen konnte. Drohend ergriff der Wächter den Knauf seines Schwertes.„Wagt es nicht in diesem Ton mit den königlichen Soldaten zu sprechen. Hinfort mit euch."

Ich musste mir etwas überlegen, und zwar schnell, bevor die Situation ausser Kontrolle geriet. Gewiss konnten wir unser Glück an einem anderen Tag wieder versuchen, aber wir sollten doch unbedingt unauffällig bleiben.

Eine Idee kam mir wie ein Geistesblitz. Es war riskant, aber wenn er bekannt genug war, mochte es klappen.

„Bitte wartet. Wir haben verwandte in der Stadt. Ich bin die Schwester von Soldat Lucien Loah. Er hat mich eingeladen, er dachte sicherlich, dass es ausreicht, wenn ich euch seinen Namen nenne und hat keine Empfehlung mitgegeben! Es sollte zudem eine Überraschung werden, dass wir früher als geplant anreisen. Er erwartet mich erst in einigen Tagen."

Zum Glück hatte ich mir Luciens Familiennamen nach all den Jahren noch immer merken können. Der Torwächter schien zu stutzen.

„Lucien? Wohl eher Exsoldat meint ihr. Na, das wird sich leicht überprüfen lassen. Markus, lass nach Lucien Loah rufen. Er soll hierherkommen."

Die letzten Worte waren an einen anderen Torwächter gewandt gewesen.

Marius sah mich verwirrt an. Ich schüttelte unauffällig den Kopf, wollte ihm damit deuten, er solle mitspielen.

Aryanna hatte sich müde an ihren Bruder gekuschelt.

Wir warteten, während uns der Wächter nicht aus den Augen liess. Es vergingen keine zehn Minuten.

„Was ist denn hier los zu so später Stunde? Man hat mich rufen lassen? Eine meiner Schwestern soll hier sein?"

Ein Mann war aus der Dämmerung getreten, hinter sich ein Pferd am Zügel führend. Als ich mich zu dem Mann drehte und ihn erkannte, schrie ich erfreut auf.

„Lucien!"

Überrascht seinen Namen gehört zu haben starrte er mich an, musterte mich von Kopf bis Fuss, verharrte auf meinem Gesicht.

„Der Himmel sei gelobt, Yelena! Bist du es wirklich?"

Vor den Augen des verdatterten Wächters und meines nicht weniger überraschten Begleiters, schritt er hastig zu mir und schlang seine Arme um mich. Eine Weile blieben wir so stehen, gerührt und erfreut zugleich.

Bis sich der Wächter räusperte.

„Lucien? Du kennst diese Leute?"

„Natürlich. Yel ist…"

„Ich bin seine Schwester. Das habe ich euch doch gesagt!"
Fuhr ich rasch dazwischen.

„Ich bin mit meinem Mann und meiner Tochter gekommen, um hier ein neues Leben anzufangen und mein Bruder wollte mir dabei helfen. Aber Ihr wollt uns den Eintritt verweigern."
Den letzten Satz sprach ich leicht tadelnd aus.

In Luciens Augen blitzte Überraschung auf. Er musterte den Mann an meiner Seite so wie das Mädchen. Ihm musste sofort klar sein, dass sie zu alt war, um meine Tochter sein zu können. Lächelnd legte er mir einen Arm um die Schultern.

„Das ist richtig. Ich habe dich eigentlich erst in einer Woche erwartet liebe Schwester, sonst hätte ich dich natürlich gebührend empfangen und alles vorbereitet."
Der Wächter schien verlegen.

„Lucien… du kennst das Gesetzt. Ich kann keine Fremden einlassen, dass weisst du doch."
Lucien schritt auf den Soldaten zu, tätschelte leicht seine Schulter.

„Hör mal Jack, du kennst mich doch. Wie oft bin ich nach gewonnener Schlacht durch dieses Tor geschritten? Habe ich jemals etwas getan was dem Königreich hätte schaden können? Wie oft habe ich dir nachts Suppe gebracht, wenn du Nachtdienst schieben musstest? Also drück jetzt bitte ein Auge zu und lass meine Familie durch. Es wäre mühsam, jetzt noch ein Empfehlungsschreiben aufzusetzen und sie derzeit draussen warten zu lassen."

„Aber… Deine Schwester, wirklich?"

„Ja doch. Ich habe genug davon. Diese lebt bei meinen Eltern in einem Dorf weit weg von hier. Ich habe sie persönlich hergebeten."
Der Mann liess die Schultern sinken.

„Na gut. Ich habe nichts gesehen. Aber ich hoffe, dass dies eine einmalige Sache bleibt! Du weisst, wie die Generäle des Königs sind. Ich möchte keinen Ärger mit meinen Vorgesetzten."

„Na klar, mach dir keine Sorge."

Er lachte unbesonnen, hackte sich dann bei mir ein und zog mich zum Tor. Ich packte gleichzeitig Marius Arm. Er war noch immer völlig verdattert über die neusten Entwicklungen, daher blieb er stumm wie ein Fisch. Schützend nahm er Aryanna auf den Arm. Das Mädchen war todmüde.

Zu viert Schritten wir durch das mächtige Tor, die Pferde führten wir hinter uns her. Hinein in die riesige Stadt, die unser Schicksal werden sollte.

König Ilois, euer ärgster Feind ist gerade durch dieses Tor geschritten. Nehmt euch in Acht, euer Bruder ist viel gerechter als ihr. Er wird euch ablösen.

Der Soldat der geschickt worden war um Lucien zu suchen betrat eine dunkle Gasse.

«Frank?»

Der temporär entlassene Hauptmann trat aus dem Schatten.

«Du hast Neuigkeiten?»

«Ja mein Hauptmann. Nathaniels bester Freund, dieser Lucien, er hat eben eine Frau in die Stadt geholt. Angeblich seine Schwester, aber ich glaube an der Geschichte stinkt etwas gewaltig. Als ich ihn geholt habe, hatte er keine Ahnung wer ihn suchen könnte und er schien auch überrascht.»

«Gut beobachtet. Hat er einen Namen genannt?»

«Ja, er nannte die Frau Yelena. Die anderen beiden hat er kaum beachtet.»

Frank klatschte sich erfreut in die Hände.

«Yelena. Das muss sie sein. Es kann kein Zufall sein, dass mitten in der Nacht nach dem besten Freund dieses Verräters gerufen wird. Dem werde ich nach gehen und Gnade ihm Gott, wenn es dasselbe Flittchen ist. Dann gehört sie mir.»

3. Teil: Dem Schicksal entgegen

Man entscheidet nicht zu lieben.
Man liebt.

13. Geheimnisse

Schweigend liefen wir nebeneinanderher, bis wir einen sicheren Abstand zur Stadtmauer hatten. All diese Häuser, was für ein überwältigender Anblick. Bei uns war alles aus Holz, doch hier baute man aus Steinen, die Häuser dicht an dicht aneinandergereiht. Bäume gab es fast keine und auch keine Blumen zumindest in diesem Teil der Stadt.

Schliesslich hielt Marius die Stille nicht mehr aus.

„Was geht hier vor sich Yelena?"

Wir blieben vor einer Hausmauer stehen.

„Marius, das ist Lucien, ein guter Freund von mir."

Dann wies ich auf meinen Begleiter.

„Das ist Marius, ebenfalls ein lieber Freund. Und seine Schwester Aryanna."

Das Mädchen sah uns nur aus müden Augen an. Sie hatte sich fest in den Umhang gewickelt und kuschelte sich an ihren Bruder.

Lucien reichte dem Mann die Hand.

„Es freut mich dich kennen zu lernen. Du bist also nicht ihr Ehemann?"

Er schüttelte den Kopf.

„Nein. Das haben wir nur vorgegeben. Aber woher kennt ihr zwei euch?"

Wir tauschten amüsierte Blicke. Lucien klopfte sich an die Schulter.

„Yelena hat mich zusammengeflickt als ein Pfeil mich schwer verletzt hatte. Ich verdanke ihr mein Leben."

„Ihr seid ein Soldat?"

Uh oh, das nahm eine schlechte Wendung. Marius hasste grundsätzlich alle Soldaten. Also König würde er aber seine eigenen haben. Er sollte sich langsam daran gewöhnen. Beschwichtigend hob Lucien die Hand.

„Das war ich. Jetzt nicht mehr."

Der Torwächter hatte das bereits erwähnt.

„Was ist passiert?"

Irrte ich mich oder war sein Blick zerknirscht. Ein Schatten schien über seine Augen zu huschen. Doch schon war da wieder ein Lächeln auf seinen Lippen.

„Die Ehe ist passiert. Und die Geburt meines Sohnes Damien."

Meine Stimmung erhellte sich augenblicklich. Ich umarmte ihn stürmisch.

„Du hast es getan! Du hast Alina geheiratet! Ich gratuliere dir. Ich bin ja so glücklich für euch! Es ist doch Alina, oder?"

„Du erinnerst dich sogar noch an ihren Namen. Ich bin beeindruckt. Natürlich ist sie es. Auch das verdanke ich dir, du hast mir den Mut dazu gegeben."

Marius wurde das ganz zu viel.

„Schön und gut. Ex-Soldat, wenn es denn sein muss. Könnt Ihr uns zu einer Herberge führen?"

„Kommt nicht in Frage!"

Seine Stimme war bestimmt, keine wiederrede duldend. Sanfter fügte er in meine Richtung hinzu.

„Ihr bleibt selbstverständlich bei uns zu Hause. Wir haben genug Platz für euch alle."

Marius wollte schon wieder murren. Um dies zu unterbinden, zeigte ich auf Aryanna.

«Sie braucht ruhe und schlaf, um sich zu erholen. Sei nicht stur und nimm das Angebot an. Sonst gehe ich mit Aryanna alleine zu ihm.»

Beiden Männern blieb leicht der Mund offen stehen ab meinem Befehlston. Er wirkte und, immer noch murrend, erklärte sich

Marius einverstanden.

Luciens Haus befand sich am Rande der Stadt, von Bäumen etwas abgeschirmt. Wie viele Häuser hier in dieser offensichtlich besseren Umgebung, hatte er eine mannshohe Mauer um den Eingang bauen lassen, um die Privatsphäre zu wahren. Das Leben hier musste komplett anders sein als bei uns. Jeder schien für sich zu sein. Bei uns hatten alle, allen geholfen, Mauern zu bauen, wäre niemanden in den Sinn gekommen. An dieses Leben würde ich mich wahrlich noch gewöhnen müssen.

Es war dunkel, bis wir sein Haus erreichten.

Er klopfte dreimal an die Tür, hielt inne, klopfte dann erneut dreimal, bevor er eintrat.

„Wir machen das immer, es ist unser Zeichen. Die Zeiten sind unsicher Yelena, wir sind immer darauf vorbereitet, überfallen zu werden."

Und von dieser Stadt träumten so viele Leute? Wobei, wir hatten ja am eigenen Leib erfahren, wie unsicher die Zeiten auch weite entfernt von hier waren.

„Alina? Ich bin zu Hause. Ich bringe Gäste mit."

Eine hochgewachsene, junge Frau trat in den Hauseingang. Sie war wie Lucien blond, mit dichten Haaren, welche kunstvoll zu einem Knoten hochgesteckt waren. Sie war schlank aber Ihr Gesicht war etwas rundlicher, als für unsere dörflichen Verhältnisse üblich war, ihre dunklen Augen zeugte von grosser Liebe und Aufopferung. Ihre Kopfform hatte fast etwas Herzförmiges. Im Arm trug sie ein schlafendes Baby. Als sie uns sah, blieb sie verwundert stehen.

Lucien kam ihr entgegen und gab ihr einen sanften Kuss, drückte dann vorsichtig dem schlafenden Jungen einen Kuss auf die Stirn.

„Das ist Yelena. Ihr hast du es zu verdanken, dass ich noch lebe und den Mut gefasst habe, dir einen Antrag zu machen."

Bei diesen Worten richteten sich ihre wachen Augen auf mich. Sie begann zu strahlen und überrumpelte mich, in dem sie mich stürmisch umarmte, mitsamt dem schlafenden Baby.

„Yelena! Ich habe schon so viel von dir gehört. Es freut mich so sehr, dich endliche persönlich zu treffen. Es kommt mir vor, als würden wir uns schon ewig kennen. Ich habe gewusst, dass sich unsere Wege irgendwann kreuzen würden."

erfreut, aber doch etwas verlegen erwiderte ich die Umarmung.

„Mir ging es genauso. Ich habe mir so oft vorgestellt wie du aussiehst und ich habe dich mir genauso vorgestellt. Und ich habe mir immer gewünscht, dich irgendwann kennenzulernen."

Lucien wies in der Zwischenzeit auf meinen Begleiter.

„Und der junge Herr ist ein Freund von ihr."

Marius streckte ihr die Hand hin.

„Ich bin Marius. Und die schlafende kleine Prinzessin hier ist meine Schwester, Aryanna."

„Seit willkommen bei uns. Ich habe nicht mit so vielen Leuten gerechnet, aber ich werde sicher für alle etwas essbares finden."

Lucien nahm ihr das Baby aus dem Arm, um es mir zu zeigen. Was für ein süsser kleiner Fratz. Er hatte kaum Haare bis jetzt, die wenigen Strähnchen waren blond. Friedlich schlief er in den Armen seines Vaters weiter.

„Hallo kleiner Damien. Du bist aber ein ganz süsser Kerl."

Auch dem Kleinkind sah man an, dass es wohlgenährt war. Was für eine Freude, so gesunde Kinder zu sehen mitten in der herrschenden Dürre.

„Bis jetzt hat er meine Augen! Aber Alina meint, das könne sich noch ändern."

Lucien betrachtete voller Stolz seinen Erstgeborenen. Es erhellte mein Herz, ihn so zu sehen. Er hatte dieses Glück wahrlich verdient.

Das Haus war viel heller erleuchtet als unsere Holzhütten, so dass ich ihn gut betrachten konnte. Er hatte immenroch diesen offenen fröhlichen Blick. Nur schien er irgendwie gealtert, reifer geworden zu sein. Seine Schultern hingen leicht hinab, als trüge er eine schwere Last auf sich. Alinas ganze Aufmerksamkeit galt ihrem Ehemann, doch ich konnte erkennen, dass sie uns aus den Augenwinkeln immer wieder musterte, uns einzuschätzen versuchte. Ich erkannte sie umgehend als intelligente und aufmerksame junge Frau. Und es war ihr deutlich ins Gesicht geschrieben, dass sie ihren Ehemann über alles liebte.

Marius stellte Aryanna ab, sie war halbwach. Müde rieb sie sich die Augen.

„Können wir jetzt schlafen gehen?"

Sie zog sich ihren Umhang vom Kopf. Überrascht sah Lucien auf sie hinab.

„Hm? Kennen wir uns von irgendwo her?"

Schützend legte Marius beide Arme um das Mädchen.

„Ich glaube kaum. Sie ist das erste Mal in der Hauptstadt."

Langsam begann ich mich zu fragen, woher er sie hatte. Warum war er immer so nervös und beschützerisch? Ob die leiblichen Eltern doch verwandte gehabt hatten und er sich fürchtete, dass man ihm die Kleine wegnehmen würde? Kam Aryanna von der Hauptstadt?

„Nun, ich bin früher weit herumgekommen. Von wo kommt Ihr her?"

Fasziniert betrachtete er die kleine Aryanna, als ob er versuchen würde sich zu erinnern.

Das Mädchen neigte den Kopf schräg.

„Ich glaube nicht, dass ich Sie kenne werter Herr. An einen so netten Mann hätte ich mich erinnert."

Er lachte laut auf.

„Stimmt. Ich würde mich auch an ein so hübsches junges Mädchen erinnern. Nenn mich Lucien kleine. Wie heisst du, junge Dame?"

„Aryanna."

„Wie hübsch. Komm Aryanna, du kannst im kleinen Gästezimmer schlafen. Ich glaube Alina wird dir gerne das Bett vorbereiten, damit du dich erholen kannst."

Sie blickte verunsichert zu mir und Marius hinüber. Letzterer nickte lächelnd. Da nahm sie Alinas dargebotene Hand und liess sich in ihr neues Zimmer führen.

Sie schien so erschöpft zu sein, dass sie nicht einmal Hunger hatte.

Das Essen für uns erwachsene war lecker und tat gut. Nach all den Strapazen konnten wir uns endlich hinsetzten und das dargebotene geniessen. Alina war eine liebenswerte Frau und exzellente Köchin, definitiv viel besser als ich es jemals sein würde. Es fiel mir leicht, mich mit ihr zu unterhalten. Es war die richtige Wahl gewesen, nach Lucien zu fragen. Seine Gesellschaft tat gut. Beinahe hatte ich vergessen was für ein liebenswerter Mensch er war. Es war allerdings schwierig, meine Neugierde weiter im Zaun zu halten. Er war Nathaniels bester Freund, er wusste bestimmt, wo er war. Aus Rücksicht um meinen jungen Freund Marius, den ich nicht schon wieder aufregen wollte, wartete ich ab. Sobald er hörte, dass die beiden beste Freunde waren, war das nächste Donnerwetter vorprogrammiert. Ich hatte es nicht eilig mit diesen Neuigkeiten.

Es war schlussendlich Alina, die das Thema ungewollt anschnitt.

„Ich bin so dankbar dafür, dass du meinen Mann gerettet hast. Wenn Nathaniel damals nicht so schnell reagiert und ihn zu dir gebracht hätte, wäre er gestorben. Ich weiss, wie knapp es war, die Narbe zeigt es deutlich."

„Nathaniel?!"

Da waren wir wieder. Marius Temperament schlug Purzelbäume, wann immer er den Namen hörte. Konnte er sich nicht einmal im Leben im Zaun halten? Das musste er definitiv noch lernen, wenn er in der Königsliga mitspielen wollte. Lucien und ich tauschten vielsagende Blicke.

„Ja, er war mein Befehlshaber, damals."

„Der verletzte Freund... Jetzt verstehe ich! Warum hast du mir das nicht gleich gesagt Yelena? Wir können hier nicht bleiben."

Ich verdrehte die Augen. Dieser Mensch trieb mich zur Verzweiflung. Ich packte seinen Arm, als er sich erheben wollte und zog ihn auf den Stuhl zurück.

„Lass das doch endlich. Lucien ist ein guter Mensch, ich kenne ihn. Sei doch einfach dankbar, dass wir in der Stadt sind, ein Dach über dem Kopf haben und Aryanna sich ausruhen kann. Das Leben ist nicht schwarz-weiss. Ja, er ist Nathaniel Freund und er kann dir sicher auch bestätigen, dass er nicht das Monster ist, für das du ihn hältst."

„Leier kann ich das nicht mehr Yelena."

Mein Herz setzte einen Schlag aus. Instinktiv griff ich an meinen Hals, um den Ring zu umfassen. Dabei starrte ich ihn aus grossen Augen an. Er vermied jedoch meinen Blick.

„Nath... Er ist nicht mehr derselbe wie früher. Er ist jetzt der direkt unterstellte General des Königs. Er hat Dinge getan, für die ich nicht einstehen konnte. So haben wir unsere Freundschaft aufgeben müssen."

„Aber…. Aber Luc… Du warst… du bist sein bester Freund. Ihr standet euch so nahe!"

„Yel, er war es, der mich aus der königlichen Armee geworfen hat! Er meinte ich sei zu schwach."

Ich schüttelte ungläubig den Kopf. Hatte sich die ganze Welt gegen mich verschworen? Ein Mensch konnte sich doch nicht so verändern innert vier Jahren?

„Dann… Dann weisst du auch nicht, wo er jetzt ist?"

„Er lebt im Palast. Aber… nein, ich kann dir nicht sagen, wo er sich sonst noch herumtreibt. „

Alina legte ihre Hand tröstend auf die Meine. Marius erhob sich.

„Lasst sie in Ruhe."

Beschützten legte er mir die Hände auf die Schultern. Überrascht sah ich zu ihm hoch.

„Sie ist den ganzen Weg gekommen, um ihn zu suchen. Da wird sie nun sicher nicht aufgeben."

Lucien sog scharf die Luft ein.

„Du bist seinetwegen gekommen?"

Nervös fummelte ich an meinem Ring herum. Marius nahm mich in Schutz während Lucien auf Nathaniel herum hackte? Was war das für eine verkehrte Welt.

„Ich… Nicht nur wegen ihm… Aber ja, ich möchte wissen, was aus ihm geworden ist"

Alina berührte ihren Mann sanft an der Schulter.

„Liebster… siehst du nicht wie schwer es ihr fällt?"

Lucien seufzte tief, er und seine Frau tauschten vielsagende Blicke.

„Verzeih mir Yelena. Komm lass uns spazieren gehen."

Marius verschränkte die Arme.

„Um diese Zeit? In der Finsternis?"

„Ja, dann können wir in Ruhe reden. Ich kenne sichere Wege, keine Sorge."

Der junge Prinz schien wenig begeistert.

„Ich sagte ihr sollt sie in Ruhe lassen."

„Schon gut Marius. Ich würde gerne ein paar Worte mit Lucien austauschen. Aber ich danke dir von ganzem Herzen, dass du dich für mich einsetzt. Das bedeutet mir unglaublich viel."

Wir spazierten zunächst schweigend durch die Nacht. Lucien hatte mir einen Umhang um die Schultern geworfen.

Die Stadt war von Fackeln erhellt, so dass es nie so Rabenschwarz wurde wie in meinem Dorf. Hier konnte man bedenkenlos nach draussen gehen, ohne sich vor wilden Tieren fürchten zu müssen. Die Fackelbeleuchtungen gefielen mir. So würde ich die ganze Nacht Kräuterbücher und anderes lesen können.

Lucien erklärte mir, dass man sich dafür vor Dieben und Bettlern in Acht nehmen sollte. Er kannte sich zum Glück aus und wusste, welche Wege sicherer waren, als andere. Zudem hatte er sein Schwert bei sich.

Er führte mich zu einer Anhöhe. Dort öffnete er ein grosses, un-verschlossenes Eisentor. Überrascht stellte ich fest, dass es sich um einen Friedhof handelte. Wir betraten ihn schweigend. Ich be-trachtete die Grabsteine. Jeder einzelne von ihnen zeigte eine ei-gene Geschichte, jeder Stein bedeutete trauernde hinterbliebene. Vor einem grossen Stein etwas abseits des Hauptteil des Friedhofs blieb er stehen. Fast schon zärtlich strich er über den grösseren der beiden Gräber.

„Weisst du, wer das ist?"

Ich nickte wortlos. Lyanna, Nathaniels verstorbene Ehefrau und

Luciens Schwester. Daneben sein verlorenes Kind. Mir fröstelte plötzlich.

„Yelena… Die beiden sind gestorben, weil sie Nathaniel nahestanden. Mit ihm zu sein ist gefährlich, jetzt mehr denn je. Kennst du ihn denn überhaupt? Denkst du die paar gemeinsamen Tage haben ausgereicht?"

Ich kniete mich hin, fuhr über den Grabstein von Nathaniels Kind.

„Nein Lucien. Nein ich weiss nicht wer er ist und die Tage reichten sicherlich nicht aus. Aber… genau das will ich ja herausfinden."

Ich sah ihm fest in die Augen.

„Da du mir das alles zeigst, nehme ich an, er hat dir von uns… von der gemeinsamen Zeit erzählt. Ich habe ihn nur kurz gekannt und dennoch… Dennoch konnte ich das Feuer in mir nicht erlöschen. Ich weiss es klingt übertrieben, gar gegen jede Vernunft… daher wollte ich einen Anderen heiraten. So, dass ich Nathaniel vergessen würde. Um ein normales Leben zu führen. Doch dann wurden wir angegriffen, mein Vater und mein beinahe Ehemann sind beide gestorben. Und als ich vor dem Nichts stand, verstand ich, dass ich frei war, um ein neues Leben zu beginnen. Ich denke, dass mich das Unglück, das mir widerfahren ist, vielleicht auch zu Nathaniel führen wollte. Ich möchte ihm helfen, wenn ich kann. Ich möchte auch wissen, ob zwischen uns mehr sein kann, oder… Oder ob ich nichts weiter für ihn war, als ein einmaliges Vergnügen."

Ich kam richtig in Fahrt, mein Herz sprach aus, was ich empfand, jetzt wo ich es endlich aussprechen konnte vor einem Menschen, der ihn so gut kannte.

„Darum Lucien, darum möchte ich ihn suchen. Vielleicht ist er wirklich nicht mehr der Mensch, den ich kannte… Vielleicht ist er

grausam und ich möchte ihn dann niemals wiedersehen. Aber…
Ich will es wissen mein Freund. Ich will ihn mit eigenen Augen
sehen, mit ihm sprechen, ihn selbst Fragen. Dann, erst dann
werde ich ihn aufgeben, wenn es sein muss."

Lucien hatte die ganze Zeit schweigend zugehört, den Körper gegen einen Baum gelehnt. Nun beugte er sich zu mir, erfasste
meine beiden Schultern.

„Danke Yelena. Wo immer er ist, Nathaniel hat grosses Glück eine
Frau wie dich gefunden zu haben. Danke, dass du ihn nicht aufgeben willst."

„Warum hast du ihn aufgegeben?"

„Ich… hatte meine Gründe Yel. Ähm…"

Durch Luciens zögern machte es klick in meinem Hirn.

Das hast du gar nicht, nicht wahr? Das hast du eben nur behauptet, stimmts?"

„Ich…"

Auch seine Verlegenheit wusste ich zu deuten.

„Er hat dir verboten, mir etwas zu erzählen."

Lucien fuhr sich mit der Hand durchs Haar, so wie es auch
Nathaniel immer tat, wenn er nervös war.

„Bäh, zur Hölle damit! Ja Yelena. Er bat mich ausdrücklich darum, dir nichts zu erzählen, solltest du dich in die Stadt wagen. Er
denkt, es ist zu gefährlich hier für dich. Wenn irgendjemand falsches von eurer Verbindung erfährt, ist dein Leben in aller grösster Gefahr. Und er will… Er kann nicht noch mal jemanden verlieren, es würde ihn umbringen."

„Er rechnet damit, dass ich komme?"

„Damit rechnen ist übertrieben. Es ist eher die nackte Angst, dass
du auftauchen und von seinen Feinden benutzt werden könntest.
Er bat mich längst darum, dich auf Distanz zu halten. Na ein

guter Freund bin ich, der es nicht für mich behalten konnte."
Ich legte ihm eine Hand auf die Schulter. Es wurde langsam kühl
und die Stimmung im Friedhof war auch nicht die erhellendste.
„Ich verstehe schon, lieber Freund. Du musst mir auch nicht mehr
erzählen. Ich werde es selbst herausfinden, so kannst du dein Versprechen dem Sturkopf gegenüber wahren. Aber ich lasse mich
nicht so leicht abwimmeln. Zudem, auch ohne ihn möchte ich hier
in dieser Stadt bleiben. Mich wird hier niemand mehr so einfach
los."

Unsere kleine Prinzessin gewöhnte sich schnell an die neue Umgebung. Sie schloss Alina von Anfang an in ihr Herz und um-
schwärmte klein Damien wie einen kleinen Bruder. Bald schon
verkündete sie, dass sie auch einen richtigen kleinen Bruder oder
eine kleine Schwester wollte. An wen genau der Wunsch gerichtet
war, konnte allerdings niemand so genau sagen. Sie gewann wieder an Farbe und war lebhaft wie eh und je.
Auch ich kam sehr gut mit Alina aus. Sie war eine angenehme
und intelligente Gesprächspartnerin. Marius war viel unterwegs.
Noch hatte sich sein Informant, welcher ihn hergeholt hatte, nicht
gemeldet. Doch er konnte andere Rebellen ausfindig machen und
war am Pläne schmieden.
Da wir in Luciens Haus nie allein waren, konnte er mich noch
nicht auf den neusten Stand bringen.
Ich selber hatte noch nichts von Nathaniel gesehen oder gehört.
An die Palast Tore zu klopfen war ausgeschlossen. Lucien bestand
darauf, dass wir bei ihnen wohnten. Ich fragte ihn nicht weiter
über Nathaniel aus. Alina hatte mir vermittelt, dass sie alle beide
Männer für Sturköpfe hielt und mir erklärt, dass Nathaniel gerade
noch ausserhalb der Stadt unterwegs war und erst in einigen

Tagen zurück sein würde. Augenzwinkernd teilte sie mir mit, dass sie mir Bescheid geben würde.

In erster Linie wollte ich jetzt sowieso für Aryanna da sein, bis sie sich wieder ganz erholt und eingewöhnt hatte. So tapfer sie auch war, sie blieb ein kleines Mädchen, welches Schutz und viel Liebe bedurfte.

14. Verloren, verfolgt, gefunden

„Ich liebe die Stadt. Ich hoffe, wir können für immer hierbleiben."
Das hörte ich heute bereits zum dritten Mal aus Aryannas Munde.
Sie schlenderte durch die Märkte, sah sich die prunkvollen Gebäude an, konnte sich kaum sattsehen an der Farbenvielfalt.
Mir ging es ähnlich. Stundenweise hätte ich die Leute beobachten
können.
Alina begleitete uns heute bei unserer Erkundung, klein Damien
auf Ihren Armen gluckste fröhlich vor sich hin.
„Wer weiss, vielleicht bleiben wir alle hier. Mir gefällts jedenfalls
auch. "
„Yel, du könntest meine Mama werden."
Ich blieb stehen und sah das junge Mädchen an. Ich kniete vor sie
nieder.
„Ach Aryanna, wir sind doch eher wie Geschwister nicht? Du bist
bei deinem Bruder in guten Händen.»
Aryanna verzog den Mund.
„Aber ich brauche doch eine Mama, wenn ich grösser werde, die
mir alles über Jungs erzählt."
Auch Alina musterte die Kleine halb gerührt, halb amüsiert.
„Dazu eignet sich doch eine grosse Schwester viel besser. Und
mich gibt es doch auch noch, du kannst mit mir über Jungs reden."
Aryannas Augen blitzten trotzig auf, beinah schien mir, dass das
Grün ihrer Augen dunkler wurde. Irgendetwas an der Art, löste
schwach eine Erinnerung in mir, doch ehe ich den Gedanken weiterspinnen konnte, trotze sie bereits weiter.
„Aber jetzt, wo ich in der Stadt lebe, brauche ich doch auch Eltern,
sonst bin ich anders als die anderen Kinder hier."
Sie war normalerweise recht vernünftig, umso mehr wunderte

mich ihr plötzlicher Trotz. Sie hatte wohl zu viel durchmachen müssen in letzter Zeit.

In diesem Moment sah ich eine Schar Kinder im Dreck wühlen. Sie waren zerlumpt und sahen hungrig aus.

Ich zeigte auf sie.

„Schau mal Aryanna, diese Kinder dort haben wahrscheinlich gar niemanden mehr auf der Welt, der sich um sie kümmert. Während du einen Bruder und mich und weitere Freunde hast."

Entschlossen ergriff ich ihre Hand und zog sie mit mir, zu den spielenden Kindern.

Ich ging vor ihnen in die Hocke. Sie starrten mich aus grossen Augen an, einige verstoben, während die mutigeren mich musterten.

„Hallo zusammen."

Ich lächelte sie an.

Lucien hatte mich zwar vor Dieben gewarnt, vor allem von diebischen Kindern. Aber manchmal musste man im Leben Risiken eingehen, ich hatte auch nicht viele Wertsachen bei mir.

Ich wurde argwöhnisch bemustert.

„Hallo, schöne Lady. Ich bin Sam."

Der Junge, der mich angesprochen hatte, war strohblond, mit grossen, dunkelbraunen Augen, welche hoffnungsvoll leuchteten. Auch wenn er verdreckt und ungepflegt war, wirkte er aufgeweckt und intelligent.

„Ich bin Yelena. Und das ist Aryanna, Alina und Baby Damien."

Ich wies einzeln auf alle.

Fast alle Kinder hatten kleinere und grössere Wunden am Körper. Ich wies auf Sams Arm, der eine eitrige Verletzung aufwies.

„Darf ich mir das ansehen? Ich bin eine Heilerin."

Der Knabe schien zu zögern. Das Kind mochte 10 Jahre alt sein, genau konnte ich es unter all dem Schmutz aber nicht erkennen.

Währenddessen griff ein junges Mädchen scheu nach Aryannas hübschen Rock und fuhr mit dem Finger durch den für sie sicher edlen Stoff.

Sam musterte mich, schien abzuwägen, ob man mir vertrauen konnte. Schliesslich willigte er ein.

Während ich den Arm verarztete und desinfizierte, kam Aryanna in ein eifriges Gespräch mit dem Mädchen. Sie schenkte ihr sogar ihre Haarschleife. Alina nahm Äpfel aus ihrem Einkaufskorb und verteilte diese währenddessen.

Mir war bewusst, dass dieser Akt der Güte gefährlich sein konnte. Wenn es andere Waisenkinder mitbekamen, waren wir womöglich bald umringt von ihnen und dann kamen womöglich auch weniger ehrliche Gemüter. Doch aktuell war die Lage unter Kontrolle und die Gesichtchen der Anwesenden strahlte vor Glück.

Ich hätte weinen können, ab der Tatsache, dass diese Äpfel womöglich ihre einzige Mahlzeit für den Rest des Tages sein würden. Ich nahm mir fest vor stark zu sein, denn genau aus diesem Grund war ich doch da, um zu helfen.

Als ich den kleinen, tapferen Sam verarztet hatte, trat bereits ein nächster Junge zu mir und zeigte auf ein blutiges Knie.

„Das auch?"

Ich lächelte aufmunternd und machte mich ans Werk.

Ehe ich es mich versah, hatte ich 10 Kinder verarztet und gar nicht gemerkt wie die Zeit verflog bis mir Alina sanft auf die Schulter klopfte.

„Wir sollten bald gehen, ehe wir von einer grösseren Schar gesehen werden. Es wird auch bald dunkel. Lass es gut sein für heute liebe Freundin, zu unserem eigenen Schutz und um an einem anderen Tag wieder helfen zu können."

Ich nickte. Ich hatte verstanden.

Aryanna war seit langem dabei, im Schmutz der Stadt mit den anderen Kindern verstecken zu spielen. Natürlich achtete ich darauf, dass sie sich nicht zu weit entfernete. Vor allem Alina blieb immer in der Nähe der Kleinen. Auch der kleine Sam stand noch in der Nähe und schien meine Arbeit aus neugierigen Augen zu begutachten.

Ich erhob mich und strich ihm über den Kopf.

„Wir müssen jetzt gehen Sam. Aber ich werde versuchen, bald wieder zu kommen und deinen Freunden zu helfen, so gut ich kann."

„Lady Yelena, bist du ein Engel?"

„Nein, aber eine Heilerin."

Er umarmte mich unerwartet.

„Danke Lady Heilerin. Wenn du es ernst meinst, du findest uns meistens am Flussufer im Armenviertel. Dort spielen wir oft. Komm dorthin, wenn du uns helfen möchtest."

Ich erwiderte die Umarmung. Einige andere Kinder nahmen sich dies zum Vorbild und drückten ebenfalls ihre Fingerchen an mich. Ich schenkte ihnen allen eine Umarmung. Einige drückten Aryanna einen Kuss auf die Stirn und auch Alina beugte sich zu den Waisenkindern herunter, um sie zu herzen. Damien hatte die ganze Zeit glücklich gegluckst oder geschlafen. Was für ein ruhiges Baby.

Als ich während dem Heimweg an mir heruntersah, merkte ich, dass mein Kleid völlig verschmutzt war und auch entsprechend roch.

Alina bemerkte meinen Blick.

„So schnell wird man zur Heiligen. Willkommen in der Hauptstadt. Ich glaube es stimmt, du gehörst hier hin."

Ich fühlte mich müde aber zugleich unglaublich glücklich. Dann bemerkte ich das Aryanna seltsam ruhig war und erinnerte mich an unser Gespräch.

„Hey kleine Prinzessin, wie geht es dir?"

Sie nagte an ihrer Unterlippe herum.

„Es tut mir leid, was ich gesagt habe. Ich verstehe jetzt, was du meinst, wenn du sagst, dass es mir gut geht."

Auch sie war schmutzig, ihr Haar zerzaust. Ich strich ihr sanft über den Kopf.

„Es muss dir nicht leidtun. Und du darfst mir immer offen von deinen Gefühlen erzählen. Aber ich möchte, dass du auch die anderen Seiten der Welt siehst und sie verstehst und deinen Horizont erweiterst. "

„Yelena… Ich möchte auch gerne lernen zu heilen. "

Ich blieb stehen und sah sie erfreut an.

„Wenn du das wirklich möchtest, zeige ich es dir sehr gerne. Du kannst mich begleiten, wann immer du möchtest. Natürlich nur, wenn dein Bruder einverstanden ist. "

„Der hat mir gar nichts zu sagen."

Aline musste lachen.

„Ihr zwei seit euch wirklich ähnlich. Was mich betrifft, so war das ein spannender Tag, aber mein Magen rebelliert immer noch leicht ab all den Wunden. Ich glaube, ich bleibe lieber beim Kochen."

Wie auf Kommando begann, mein und Aryannas Magen gleichzeitig zu grummeln. Alina war eine hervorragende Köchin und ich war voll und ganz mit dieser Arbeitseinteilung einverstanden. Wir hackten uns beieinander ein und marschierten fröhlich schwatzend durch die Stadt.

So vergingen die Tage. Ehe ich es mich versehen konnte, war ich vormittags eingespannt mit meiner Arbeit bei den Weisenkindern. Aryanna kam fast immer mit und war eine wunderbare Assistentin. Bis jetzt hatte es keine Zwischenfälle gegeben. Lucien kam regelmässig vorbei, um sicher zu gehen, dass wir wohl auf waren und auch Marius nahm sich manchmal Zeit, um nach dem rechten zu schauen, wenn er nicht auf seiner Mission unterwegs war. Ich hatte erfahren, dass der Geburtstag des Königs näher rückte und ein signifikantes Datum sein würde. Alle ranghohen Männer des Reiches würden anwesend sein, ein perfekter Zeitpunkt für eine Machtübergabe, wie mir Marius mitteilte.

Alina verriet mir, dass Nathaniel jeden Tag zurück erwartet wurde im Palast, er wurde am grossen Tag in der Nähe des Königs gebraucht. So stieg meine Nervosität.

Dann kam der Tag, der begann wie jeder andere und ganz anders als erwartet Enden sollte.

Wir Frauen waren dabei, Einkäufe auf dem Markt zu verrichteten. Klein Damien war auch mit dabei und plapperte fröhlich vor sich hin, während seine Mutter ihn trug. Was es hier alles zu sehen gab. Früchte, von denen ich noch nicht einmal den Namen kannte, reihten sich mit einer Unmenge an fremden Gemüsen. Selbst Heilkräuter konnte man ganz einfach auf dem Markt kaufen. Ich wünschte mir schmerzlich, die Bücher meiner Mutter bei mir zu haben. Was hätte ich nicht alles Neues entdecken können. Egal wohin mich das Schicksal am Ende führen würde, ich wollte die Bücher unbedingt irgendwann wieder haben.

„So viel essen habe ich in meinem ganzen Leben noch nie gesehen. Yelena, können wir das nicht mitnehmen und im Armenviertel verteilen? Es hätte genug, um vielen Hungrigen zu helfen."

„So viel Geld haben wir leider nicht. Aber wir tun auch so unser Bestes, nicht wahr?"

„Aber warum haben sie so viel im Überfluss hier? Und nur wenige Meter weiter entfernt haben sie gar nichts? In den Dörfern geht es doch fast allen gleich."

Alina lächelte das Mädchen an.

„Es ist ein ganz anderes Leben hier Liebes. In den Dörfern leben viel weniger Menschen und jeder muss hart für sein essen arbeiten. Man muss einander helfen, um zu überleben und wenn dürre herrscht, gibt es Menschen, die verhungern. Hier haben es viele einfacher, bei Dürre kann einfach eingekauft werden. Aber das gibt auch eine gewisse Anonymität und leider, wie du gesehen hast, arme Menschen, die dann gar nichts mehr haben und denen nicht geholfen wird. Du wirst dich schon an dieses Leben gewöhnen."

Das Mädchen zupfte an meinem Rock.

„Yel... Ich weiss nicht, ob ich mich daran gewöhnen kann, dass einige nichts haben. Und die Wälder fehlen mir auch."

Ich beugte mich zu ihr herunter.

„Du musst dich daran gewöhnen liebes. Dein Bruder hat viele Pläne hier. Er braucht jetzt deine Unterstützung. Und wir können die Wälder und Wiesen jederzeit mit unseren Pferden besuchen."

Aline stimmte mir zu.

„Genau. Und ich und Luc sind ja auch noch da. Und es gibt hier ganz schöne Orte für Kinder zum Spielen. Ich kann dir alles zeigen. Und zudem magst du die Stadt ja sonst sehr, lass dir das nicht verderben von den negativen Seiten."

Sie wiegte das Baby zärtlich im Arm. Aryanna streichelte über das Köpfchen des Kleinkindes.

„Es wäre schön einen jüngeren Bruder zu haben. Dann wäre ich nicht immer die Kleine..."

Aus den Augenwinkeln bemerkte ich Wachen die sich uns

näherten. Bildete ich mir das nur ein? Sie schienen auf uns zu zu-
steuern. Ich blickte an mir herunter, sicherstellend, dass der Ring
unter meinem Kleid verborgen war. Hier wäre es zu gefährlich
gewesen, ihn zu zeigen. Sie waren schon zu nah, als dass wir uns
in den Massen hätten verstecken können.

„Alina, kennst du die?"

Sie hob überrascht den Kopf.

„Ja klar, aber die sind nicht gut auf meinen Mann zu sprechen."

Sie würden uns doch nicht mitten auf der Strasse angreifen?
Wozu auch, niemand kannte mich hier und Lucien war schon
lange kein Soldat mehr. Es waren zwei Männer, beide über einen
Kopf grösser als ich. Ich zog Aryanna hinter mich, während Alina
ihr Baby schützend umklammerte. Der grössere und stämmigere
der beiden Soldaten sprach mich direkt an.

„Seid Ihr Yelena?"

„Warum?"

Der zweite Mann wirkte nicht sehr geduldig.

„Beantworte einfach unsere Frage."

Alina stellte sich vor mich.

„Timeo, Lauro, was soll das? Sie ist die Schwester meines Mannes."

Der erste Mann räusperte sich.

„Alina, geh aus dem Weg, das geht dich nichts an. Uns wurde gemeldet, dass Fremde in die Stadt gekommen sind. Wir möchten
sie befragen. Geh nach Hause zu deinem Mann."

„Was ist denn los Timeo? Sie sind verwandte von uns. Gibt es
Probleme?"

„Hauptmann Frank hat uns aufgetragen alle einreisenden zu beobachten. Wir suchen nach Nathaniels angeblicher Verlobten."

Der zweite Mann trat Timeo auf den Fuss. Anscheinend hätte er diese Information nicht preisgeben sollen. Mein Herz machte einen erschrockenen Satz. Alina tat überrascht.

„Nathaniel? Wir haben schon lange keinen Kontakt mehr zu ihm, dass solltet ihr doch wissen. Mein Mann wurde seinetwegen entlassen und muss sich den Unterhalt nun als Fischer verdienen. Diese Frau hier ist verheiratet und hat eine Tochter, sie kann es also unmöglich sein."

Mein Herz klopfte bis zum Hals. Instinktiv wollte ich nach dem Ring greifen, konnte dem Impuls aber im letzten Moment widerstehen. Was hatte ich da nur in Bewegung gesetzt.

„Zum letzten Mal Alina: Wenn sie nichts zu verbergen hat, kann sie kurz mit uns kommen, findest du nicht? Nur einige Minuten, dann wird sich schon klären, ob sie die Gesuchte ist. Geh aus dem Weg oder wir sehen es als Befehlsverweigerung. Wir werden nicht zögern dich zu töten, dass solltest du als Frau eines Ex-Soldaten wissen."

Ich wusste es auch.

„Schon okay Alina. Geh mit den Kindern voraus, ich komme gleich nach."

„Aber Y…"

Mutig lächelte ich ihr zu.

„Geh schon. Ich bin gleich bei euch. Die beiden haben Recht, es gibt nichts zu verbergen."

Noch immer schien sie zu zögern. Ich zeigte mit einem Seitenblick auf das kleine Mädchen an meiner Seite. Nur schon um ihrer Willen und das des Babys sollte sie gefälligst verschwinden. Traurig sah sie mich an.

„Ich verstehe."

Sie wollte Aryannas Hand ergreifen, doch das Mädchen klammerte sich an mir fest.

„Nein, ich bleibe bei dir."

Die Wachen tauschten wütende Blicke. Es ging ihnen zu lange. Ich sah, wie die Hand des Einen langsam Richtung Schwerthalter wanderte. Ich riss etwas grob die Hand des Mädchens los.

„Geh schon Aryanna, jetzt!"

Erschrocken über meine schroffe Antwort liess sie sich von Alina wegführen. Mit Tränen in den runden Äugelein sah sie mir nach. Der zweite Mann, Lauro, ergriff mich grob an den Schultern.

„Komm jetzt endlich, Hauptmann Frank möchte dich betrachten."

„Eigentlich Ex-Hauptmann, im Moment"

Murmelte Timeo, wofür er schon wieder einen bösen Blick von seinen Kollegen erntete.

Ich hatte die Befürchtung den Hauptmann zu kennen. In mir schlich das ungute Gefühl hoch, dass es der Mann war, der mich beinahe getötet hatte in jener furchtbaren Nacht. Der hatte genauso geheissen. Wie damals verkrampfte sich mein Inneres mit einer drohenden Vorahnung. Wenn man mich diesem Frank aushändigte, würde ich es nicht überleben. Ich war mir sicher, dass er mich nicht am Leben lassen würde, ausser er brauchte mich, um an Nathaniel heranzukommen.

Der Mann hatte damals erschrocken geklungen, als ich Nathaniel erwähnt hatte. Wenn er nun nach mir suchen liess? In der Zwischenzeit hatte er sicherlich herausgefunden, dass ich unmöglich seine Verlobte sein konnte.

Die beiden zogen mich weg, niemand kam zu Hilfe. Die Soldaten galten als die Ausführer des Gesetzes des Königs. Ich folgte den beiden widerstandslos, so, dass sie hoffentlich glaubten, dass ich keinen Fluchtversuch unternehmen würde.

War das nicht der Moment wo in Geschichten immer der glorreiche Held auftaucht und die Frau vor dem sicheren Tod bewahrte?

Der Held musste sich aber tierisch beeilen.

Ich lief zwischen den beiden her. Wie befürchtet schritten sie nicht Richtung Palast, sondern bewegten sich in Richtung Stadtrand, ein eher düsteres Viertel, vor dem mich Lucien noch am Vorabend gewarnt hatte. Wenn nun der Hauptmann durch das Geschehen in Ungnaden gefallen war? Nathaniel schien beim König eine hohe Position innezuhaben. Dann würde er sich womöglich nach Rache sehnen.

Das erdrückende Gefühl wuchs. Ich musste fliehen, egal wie, sonst war alles vorbei.

Meine Chance kam, als wir das scheinbare Armenviertel erreicht hatten. Ein kleiner diebischer Junge schnappte im Vorbeigehen nach dem Geldbeutel von Timeo. Dieser fluchte, liess mich eine Sekunde aus den Augen, um abzuschätzen, ob er den flinken Jungen aufhalten konnte. Lauro, kurz abgelenkt sah ebenfalls in die Richtung des fliehenden Diebes.

Ich zögerte nicht, bückte mich unter den beiden hindurch, raffte meine Röcke und rannte in Richtung der Gasse, in die der Junge in einer Dunklen Ecke verschwunden war. Ich hatte den kleinen Sam sofort erkannt.

Hinter mir hörte ich lautes Fluchen, während ich in das Labyrinth von engen Strassen einbog. Der Gang war finster, selbst mitten im Tag schien kaum Sonne herein. Ich sah Sam gerade noch in einer kaum sichtbaren Seitengasse verschwinden. Ich folgte ihm. Er kannte sich hier aus, hatte die besten Chancen zu entkommen. Als ich einbog, war er bereits aus meinem Sichtfeld entschwunden. Ich sah nach Links und Rechts, konnte aber nur eine Sackgasse entdecken. Da kam ein Pfeifen von über mir. Der Junge sass bereits auf dem Dach. Wie war er da hochgekommen?

Er zeigte auf den Boden unter ihm. Nur wenn man ganz genau hinsah, konnte man in der sonst völligen Dunkelheit einen Riss in der Hauswand erkennen, halb verborgen durch ein angelehntes Holzbrett. Ich quetschte mich hinein, zum Glück war ich nicht sonderlich gross und von der langen Reise noch magerer als früher. Gerade noch rechtzeitig kämpfte ich mich auf die andere Seite, bevor die Soldaten mit grossem Getrampel um die Ecke eilten. Ich wartete nicht ab, ob Sie den Spalt ebenfalls entdecken würden.

Von der Decke des Raumes hing eine Strickleiter, welche ich ohne zu zögern hinaufstieg. Bald befand ich mich auf dem Dach des Hauses wieder. Der Junge sass noch da, grinste mir zu. Dann winkte er mir ihm zu folgen. Schnell zog ich noch die Strickleiter hoch, bevor ich ihm nachlief. Die Häuser waren dicht aneinandergereiht, so war es ein leichtes, von Dach zu Dach zu springen und somit eine grosse Entfernung im schnellstem Tempo zurückzulegen. Nach ein paar Minuten wies er auf eine Dachluke. Dort drinnen verschwanden wir und fanden uns in einem halbdunklen Raum wieder. Völlig erschöpft liess ich mich auf den Boden fallen. Sam, grinste mich belustigt an.

„Das hat Spass gemacht, oder?"

Ich lächelte schwach zurück.

„Na ja, ich habe schon witzigeres erlebt. Du hast mir wahrscheinlich das Leben gerettet Sam. Tausend Dank."

Der Knabe winkte ab.

„Ach was. Ich wollte die Lady Heilerin beschützen. Ehrlich gesagt beobachten wir dich ein wenig, meine Freunde und ich. Wir haben nämlich von umherstreifenden Soldaten deinen Namen sagen hören. Einer von den Dummköpfen versteckt sich schon seit einiger Zeit im Armenviertel. Da haben wir uns sorgen gemacht.

Dieser Frank… Wir haben ihn erst gestern belauscht. Er hat die Stadtwachen bestochen damit sie ihm alle aussergewöhnlichen Einreisen melden. Er hat dabei immer wieder den Namen „Yelena" erwähnt. Er schien überzeugt, dass du früher oder später auftauchen würdest.

Wir haben unsere Ohren nämlich überall. Die Soldaten sind nervöser als sonst schon. Kann es sein, dass ihr Rebellen seid?"

„Wir… Ja, sowas in der Art."

Sam plauderte erfreut weiter.

„Gut so. Es wird im Übrigen gemunkelt, dass Ex Hauptmann Frank, der, der sich im Armenviertel versteckt, bei seiner Rückkehr den Lieblingsgeneral des Königs beleidigen wollte und daher vom König temporär abgesetzt wurde. Nun sinnt er sich auf Rache. Hier haben die Wände Ohren. Der Hauptmann hält sich in der Nähe auf und versprach allen eine Belohnung, wenn sie ihm das Mädchen Yelena, mit dem Ring des Hauptmanns um den Hals hängend aushändigen würden. Er hat überall Spitzel, einer von ihnen hat wohl herausgefunden, welche Viertel du besuchst."

Die Wachen am Tor! Bestimmt hatten sie Frank umgehend von meinem Eintreffen berichtet. Und nun hatte ich auch Marius, Aryanna, Lucien und seine ganze Familie in Gefahr gebracht ich Närrin. Hätte ich doch nur nie seinen Namen genannt. Bevor ich etwas erwidern konnte, hatte Sam bereits nach meinem Ring gegriffen.

„Wie ich sehe, habe ich dich gefunden. Du solltest das besser verstecken, hier ist kaum jemand gut auf General Nathaniel zu sprechen."

Schützend zog ich nach dem Ring, so dass er dem Jungen aus der Hand fiel.

„Wirst du mich aushändigen?"

Der Knabe schien beleidigt.

„Wo ich mir solche Mühe gemacht habe, dich zu retten? Du scherzt?! Du hast uns geholfen, wir helfen dir, das ist das Gesetzt der Gosse. Zudem hasse ich Soldaten, meine ganze Familie wurde von ihnen getötet, vor meinen Augen."

Er schniffte.

„Meine Mama, mein Papa und meine zwei Brüder. Nur ich bin noch da."

Tröstend legte ich meine Arme um seine knochigen Schultern.

„Zum Glück bist du ihnen entkommen lieber Sam. Und deine Eltern wären jetzt gerade mächtig stolz auf dich."

Er rieb sich mit dem Ellbogen übers Gesicht und wischte dabei auch seine rotzige Nase ab.

„Aber ich verstehe nicht Lady Yelena was du mit dem General Nathaniel zu tun haben soll? Ich gebe zu, er ist nicht wie die anderen, er ist viel netter zu uns und bezahlt uns manchmal für kleine Missionen. Aber eine Rebellin und ein General, geht denn das?"

Seine Worte liessen mich Hoffnung schöpfen. Endlich ein gutes Wort über ihn.

„Glaub mir, das ist eine lange Geschichte."

Ich sah auf seinen Arm, merkte erst jetzt, dass er wieder blutete.

„Komm, lass mich dir helfen. Während ich mich um deine Wunde kümmere, erzähle ich sie dir."

Es blieb nicht bei dem Jungen. Schlussendlich kam wieder einmal eine ganze Schar Kinder mit diversen kleineren und grösseren Verletzungen. Ich befasste mich fast eine Stunde damit, den Kleinen so gut wie möglich zu helfen. Sam schien der Anführer der Rasselbande zu sein.

In der Zwischenzeit war ein Kind losgezogen, um meinen

Freunden zu berichten, dass es mir gut geht und ich noch eine Weile beschäftigt sein würde.

Mit Spannung hörten die Kleinen währenddessen meiner Geschichte zu. All die Kinder, es waren an die fünfzehn, waren faszinierte Zuhörer. Natürlich liess ich einige Einzelheiten aus.

„Wow das ist so spannend. Ich möchte wissen, wie die Geschichte ausgeht."

„Das, meine lieben Freunde, weiss ich selbst noch nicht. Gerade ist er nicht einmal in der Stadt. "

„Ist er wohl. "

Anna, das kleine Mädchen, das sich mit Aryanna angefreundet hatte, hüpfte euphorisch auf. Mein Herz machte einen Satz. Sam nickte eifrig.

„Aber ja. Er ist heut Nachmittag zurück in die Stadt gekommen, wir haben ihn gesehen. Er ist geradewegs in den Palast geritten."

Alle Augen richteten sich auf mich. Mein Hirn begann zu rasen mit tausenden von Gedanken, so dass ich temporär unfähig war, etwas zu sagen.

Schliesslich stand ein junges Mädchen auf.

„Der General lebt hauptsächlich im Palast. Aber viele Soldaten treffen sich des Abends im Gasthausviertel um den Palast herum. Es ist ein gefährlicher Ort, an den sich fast ausschliesslich Soldaten und deren Gleichen getrauen, aber dort hast du die besten Chancen. Ich führe dich hin, wenn du möchtest."

Eifrig nickte ich. Oh ja, ich wollte keine Sekunde mehr verlieren. Kurz schoss mir durch den Kopf, dass ich besser Lucien gefragt hätte mich zu begleiten, verwarf aber den Gedanken rasch wieder. Er durfte mir ja doch nichts sagen und Marius würde mir vor so gefährlichen Orten definitiv abraten. Nein, es war Zeit mein Schicksal selbst in die Hand zu nehmen.

Sam erhob sich ebenfalls.

„Und wenn du wieder einmal Hilfe brauchst hübsche Yelena, frag nach mir, dann werde ich dich finden, egal wo."

„Danke Sam, von Herzen danke. Wie kann ich mich bei euch allen revanchieren?"

Der kleine Junge blickte mich schelmisch grinsend an.

„Wir werden uns schon wieder genug Schrammen zuziehen, damit du uns wieder zusammenflicken kannst."

Das Mädchen mit dem Namen Anna führte mich durch das Labyrinth der Stadt.

Sie kannte die kürzesten und sichersten Wege, bewegte sich mit Sicherheit durch die Wirren des Ortes. Vor einem langen, geraden Weg, nicht mehr sehr weit vom Schloss entfernt, blieb sie stehen.

Das Schloss befand sich auf einer kleinen Anhöhe. Der lange Weg bis zu den Toren wurde von unzähligen Soldaten bewacht. Wie Marius da hineingelangen wollte, war mir schleierhaft.

Rundherum reihten sich Gasthäuser aneinander. Man sah fast ausschliesslich Männer. Ab und an stolzierten auch leicht bekleidete Frauen umher, die Freudenmädchen schienen hier gutes Geld zu machen.

Anna unterbrach meine Gedanken.

„Da vorne ist das Viertel. Ich weiss nicht, in welchem Gasthaus er ist, aber vielleicht hast du Glück. Weiter traue ich mich nicht hinein. Sei bitte vorsichtig. Man sucht nach dir, die Soldaten werden dich mit Freuden aushändigen. Dort vorne wirst du nicht viele Freunde finden."

Ich brauche nur einen einzigen.

„Hab Dank Anna. Wenn ich irgendwann etwas für euch tun kann, lass es mich wissen."

Das Mädchen lächelte traurig, als ob sie nicht damit rechnete, dass ich hier lebend herauskommen würde, dann war sie verschwunden und liess mich allein zurück.

Mein Herz klopfte bis zum Hals. Ich hätte eigentlich umkehren sollen. Sam hatte zwar versprochen, meine Freunde zu informieren, dass es mir gut ging und dass Marius sich vor den Soldaten hüten solle, dennoch würden sie sicher bereits krank vor Sorge sein. Lucien konnte mich vielleicht hier herbegleiten und…

Nein… Nein ich wollte es herausfinden. Lucien war auch kein Soldat mehr. Ich wollte ihn und seine Familie nicht noch mehr in Gefahr bringen, als es unsere Anwesenheit ohnehin schon tat.

Nathaniel? Bist du hier irgendwo? Muss ich Tag für Tag hierherkommen, bis ich dich finde? Oder bist du gerade jetzt in deinem wohl verdienten Feierabendbier? Hoffentlich nicht bei einer dieser leicht bekleideten Frauen.

Ich marschierte die Strasse entlang, ohne ein bestimmtes Ziel, nur meinem Instinkt und dem laut klopfenden Herzen folgend.

Kneipe für Kneipe war mit Soldaten des Königs gefüllt. Ich schaute nur von aussen hinein, getraute mich nicht, einzutreten, blieb im Schatten der Kneipen so gut verborgen wie möglich, die Kapuze immer tief über das Gesicht gezogen.

Mein Selbsterhaltungsinstinkt war wohl tatsächlich nichtexistierend, wer sonst würde freiwillig an solch einen Ort kommen, noch dazu, wenn er gesucht wurde und heute bereits einmal knapp dem Tode entronnen war?

Langsam beschlich mich ein mulmiges Gefühl. Würde ich ihn denn überhaupt erkennen? Was wenn er mich eigenhändig aushändigte?

Über eine halbe Stunde sah ich von Fenster zu Fenster und war bereits zweimal von betrunkenen Soldaten angemacht worden.

Ich hatte beide Male laut gelacht und ihnen zugerufen, dass ich meinen Mann suche, welcher sein Geld in den Kneipen versaufe. Die Lüge entrang den Soldaten schallendes Gelächter und tatsächlich wurde ich in Ruhe gelassen. Wer wollte sich schon mit einer wütenden Ehefrau anlegen?

Beinahe hatte ich beschlossen für heute aufzugeben, als ich an dem Eingang einer Seitengasse vorbeilief. Da fühlte ich etwas. Ein Instinkt, tief in mir verborgen. Vielleicht auch ein bekannter, vertrauter Geruch. Ich blieb stehen und drehte mich zu dem kurzen Weg der Seitengasse, welcher an einem Torbogen endete. Von dort sah man direkt auf einen kleinen Innenhof.

Am Ende der Strasse, vor dem Torbogen stand ein Mann, halb im Schatten hinter einer Säule verborgen. Was meine Aufmerksamkeit jedoch geweckt hatte, war das Aufblitzen eines Dolches. Der verborgene hatte die Waffe gezückt, betrachtete dabei starr zwei mit erhobenen Schwertern kämpfende Männer. Der Eine schien ärmlich gekleidet zu sein, der andere Nobel, mit der Ausrüstung der Generäle des Königs.

Mein Herz begann wild zu klopfen. Ich konnte beim zweiten Mann nur lange, dunkle Haare auf die Distanz erkennen. Die Art wie er sich bewegte, das Schwert schwang kannte ich jedoch gut. Hatte ich doch unzählige Male beim Training zugeschaut.

Nein, das ist unmöglich. So grosse Zufälle gibt es im Leben nicht.

Aus dieser Entfernung konnte ich nicht mit Sicherheit sagen, ob es wirklich Nathaniel war. Dennoch raste mein Herz so wild. Wie war das möglich?

Da sah ich, wie der verborgene Mann den Dolch fester umgriff. Der General, welchen ich für Nathaniel hielt, konnte diesen dritten Mann nicht erkennen, kehrte ihm ebenso den Rücken zu wie mir.

Was tun? Was um Himmels willen? Wer auch immer der Mann ist, er ist gerade dabei ermordet zu werden und weiss es nicht einmal.

Wenn es Nathaniel war, würde ich es mir ein Leben lang nicht verzeihen untätig dagestanden zu haben. War er es nicht, konnte ich trotzdem ein Leben retten.

Ich packte eine grosse, schwere Vase. Noch einmal würde ich nicht den Fehler machen einen bewaffneten mit blossen Händen gegenüberzutreten.

Ich zögerte keine Sekunde länger. In leisen, doch hastigen Schritten schlich ich auf den verborgenen Mann zu. Er hatte sich erhoben und wollte zustechen, sobald der Kämpfende nahe genug war. Er war dabei so konzentriert auf den Schwertkampf, dass er mich nicht kommen hört. Der dunkelhaarige Fremde bewegte sich geschmeidig rückwärts, kam dem verborgenen Attentäter unwissentlich immer näher. Der hatte seinen Dolch erhoben, wollte zum Schlag ausholen, als ich ihn erreichte und ihm die Vase mit aller Kraft gegen die Schläfe knallte. Er ging augenblicklich zu Boden. Von dem Aufprall und dem Geräusch aufmerksam geworden drehte mir der Fremde eine Sekunde nur den Kopf zu. Ein Blick aus undefinierbaren Augen traf mich. Ein Blick so lange nicht mehr gesehen und doch so vertraut. Nur ganz kurz dauerte er, doch es reichte aus, dass die Augen des vertrauten Fremden sich in Ungläubigkeit weiteten. Dann war er wieder auf den Kampf vor sich fokussiert.

Spätestens jetzt hätte ich keine Zweifel mehr gehabt. Nur Nathaniel bewegte sich mit einer solchen Schnelligkeit und Geschmeidigkeit. Innert weniger Sekunden hatte er den kämpfenden überwältigt. Tödlich getroffen sank der Angreifer ins Gras. Ein weiterer Mann lag uns ebenfalls zu Füssen, anscheinend hatte der Hinterhalt schon eine Weile angedauert, bis ich dazugekommen war. Dann drehte sich Nathaniel Lootalian zu mir und die Welt hörte für einige Sekunden auf sich zu drehen.

Ich blieb vor ihm stehen, unfähig einen klaren Gedanken zu fassen, ein Stück der Vase war abgebrochen und noch immer in meiner Hand. Auch er bewegte sich nicht, stand einfach nur da und starrte mich aus fast durchsichtigen Augen an. Mein Blick war voller Emotionen gepaart mit Ungläubigkeit und Erstaunen.

Die Zeit war fast spurlos an ihm vorübergezogen. Das Gesicht war das gleiche, die langen Haar fielen ihm auf der rechten Seite halb in die Stirn, verdeckten dabei das zweite Auge beinahe. Er fuhr sich unbewusst mit der freien Hand durchs Haar. Wie hatte ich mich wohl verändert? Ich wusste, dass ich mit Sicherheit weiblichere Rundungen hatte, als vor vier Jahren.

„Yelena?!"

Es war kaum mehr als ein Flüstern, halb Frage, halb Hoffnung.

Ich nickte mit trockener Kehle, als ich hinter mir ein Stöhnen vernahm. Augenblicklich löste sich Nathaniels Blick von mir. Mit zwei Schritten überquerte er die Distanz, und schlug dem Verletzten mit der stumpfen Seite des Schwertes hart auf den Kopf.

„Gute Nacht."

Dann drehte er sich zu mir.

„Es ist hier nicht sicher. Komm mit."

Ohne mir Zeit zu lassen etwas zu erwidern, ergriff er meine Hand und zog mich mit sich.

Mein Herz bebte ab der vertrauten und doch zugleich fremden Berührung. Wortlos folgte ich ihm, während er mich halb rennend hinter sich herzog, sein Mantel im Wind wehend. Wieder eilte ich über Strassen und Gassen, kam kaum zu Atem. Mehrfach wäre ich beinahe über meinen ungewohnt weiten Rock gestolpert, doch Nathaniel hatte mich sicher im Griff und zog mich, ohne zu zögern, vorwärts.

Schliesslich kamen wir in einem ärmlichen Quartier an. Er blieb vor einem Art Schuppen stehen. Er öffnete die knarrende Tür, drinnen war es Finster. Ich folgte ihm, ohne zu zögern. Er schloss die Tür hinter uns mit einem Riegel in Form eines Holzbalken, dann entzündete er mehrere Lampen. Unter deren Licht erkannte ich, dass es ein verlassener Lagerschuppen sein musste, er war nämlich leer.

Völlig ausser Atem hielt ich meine stechende Seite.

„Yelena."

Wiederholte er beinahe tonlos, immer noch ungläubig meinen Namen.

„Bist du es wirklich?"

„Sehe ich so anders aus'?"

Er schüttelte den Kopf.

„Nein überhaupt nicht... Ich... kann es nur kaum glauben. Himmel du bist so wunderschön."

Verlegen standen wir uns gegenüber. Wo beginnen? Was sagen? Was waren wir füreinander? Nichts als zwei Fremde die einen kurzen Moment in der Zeit zusammen verbracht hatten?

Ich betrachtete Ihn von Kopf bis Fuss.

„Ich... hab dich gesucht."

Die Zeit schien still zu stehen, während wir uns anstarrten. Im Licht der Laternen waren seine Augen blau und erfüllt von Sehnsucht.

Da merkte ich, dass der Stoff seines Kleides bei seinem rechten Oberarm zerrissen war und ein wenig Blut aus einer Wunde floss. Der Schwertkämpfer musste ihn verletzt haben.

„Du bist verletzt!"

Entfuhr es mir. Meinem ältesten Instinkt folgend Schritt ich ohne weitere Überlegungen auf ihn zu, griff nach seinem Arm.

Er zuckte zusammen als meine Hand ihn berührte. Der Schnitt sah nicht tief aus, doch bevor ich die Wunde genauer untersuchen konnte, hörte ich ihn überrascht keuchen, als hätte die Berührung einen Bann gebrochen. Er entzog mir seinen Arm nur um ihn um meinen Rücken zu legen. Ehe ich recht wusste, wie mir geschah, drückte er mich an sich und hielt mich fest in seinen starken Armen. Ganz automatisch erwiderte ich die Umarmung und drücke ihn fest an mich.

„Nathaniel!"

Ich spürte seinen Herzschlag, die Wärme seiner Haut umfing mich genauso wie sein Duft. Ich lehnte meinen Kopf gegen seine Brust, hielt ihn mit aller Kraft der Welt fest.

Ich hatte mir diesen Moment immer wieder ausgemalt. Verlegenheit, Verleugnung gar Ablehnung waren in meinen schlimmsten Gedanken vorgekommen. Mit so vielem hätte ich gerechnet. Nicht jedoch mit der Reaktion meines Körpers auf ihn. Mein Innerstes erkannte ihn, die Erinnerung an unsere Vertrautheit, unsere Nähe erfasste mich, liess mich zittern.

Ich hatte mir vorgenommen umgehend mit ihm zu sprechen, sobald ich ihn sah. Ihn zu fragen, warum er sich dem König anvertraut hatte, weshalb er einen so schlechten Ruf hatte, herausfinden, ob er wirklich jener verachtenswerte Mensch war, für den ihn alle hielten.

Nichts davon war jetzt mehr in meinen Gedanken. Ich wollte ihn nahe haben, mit allen Konsequenzen, welche das mit sich bringen mochte. Unsere Seelen erkannten sich, ich konnte nur an all das Gute darin denken.

Ich sah an ihm hoch, wiederholte seine Worte von vor so vielen Jahren.

„Ich… möchte dich so gerne küssen."

Dieses Mal war er es dem ein

„Oh", entrang.

Er löste sich ein wenig von mir. Nur so viel, dass wir uns in die Augen schauen konnten. Sein Blick zeugte von Verlangen, Sehnsucht… Ich wusste, dass er in den Meinen genau dasselbe lesen konnte.

Er strich mir zärtlich über die Wange. Dann beugte er sich vor. Ich kam im entgegen, bis sich unsere Lippen fanden.

Ein Schock ging durch meinen Körper. Ich musste ihm mit beiden Armen den Nacken umschlingen, um nicht umzukippen.

Sein Mund war warm, vertraut. Er bewegte sanft seine Lippen, küsste mich mit einer Intensivität, die ich verloren geglaubt hatte. Seine Arme zogen mich näher zu sich heran. Wie eine ertrinkende klammerte ich mich an ihn.

In diesem Moment war es für mich das natürlichste der Welt bei ihm zu sein, zu ihm zu gehören.

Alle negativen Gedanken wurden verdrängt von seinem Kuss.

Meine zitternde Hand griff nach seinem Oberteil, welches nur um den Bauch von einem Gurt zusammengehalten wurde. Ich öffnete die Schnalle, schob ihm das Kleidungsstück zusammen mit seinem langen Umhang von den Schultern. Er liess mich lange genug los, um beides zu Boden gleiten zu lassen, danach umschlangen mich seine Arme umgehend wieder.

Er begann meinen Hals zu küssen, den Ansatz meiner Schultern. Dabei schob er mein Kleid mit den Lippen zur Seite. Ein vergnügter Schauer durchfuhr mich.

Ich hielt es nicht mehr aus. Mit beiden Händen umfasste ich ihn, zog ihn dann zu Boden, so dass er auf mir landete.

Ich zog den Rest meiner Kleidung in grösster Eile selbst aus, zog dann an seinen Hosen. Immer wieder küsste ich ihn, hart, drängend.

Seine Hände umfassten meine Brüste, pressten sie sanft. Keuchend zog ich ihn wieder über mich, bis ich seine Wärme endlich in mir spürte. Nun da er sich in mir bewegte, mich ganz ausfüllte, fühlte ich die ganze Sehnsucht der vergangenen Jahre auf einmal in mir hochsteigen. Während wir uns liebten, er mich überall berührte, seine Lippen meinen Körper erforschten, rannen Tränen meine Wangen herunter. Trauer mischte sich mit Freude, Bedauern über verlorene Jahre mit Vorfreude über die Zukunft. Ich erforschte seinen Körper mit meinen Händen, meinem Mund. Küsste jede einzelne Narbe, nahm ihn ganz in mir auf.

Mein Körper kam seinem entgegen, bewegte sich im gleichen Rhythmus. Als ich spürte, wie sich in mir alles aufbäumte, zog ich ihn noch näher zu mir, schlang die Beine um seine Hüfte und rief seinen Namen. Fast gleichzeitig stöhnte auch er und rief den Meinen, während wir beide den Höhepunkt erreichten.

15. Schatten der Vergangenheit

„Nathaniel."

Ich hatte seinen Namen in den letzten Minuten mindestens ein duzend mal gemurmelt. Er hatte seinen Umhang um uns geschlungen. Unter der Decke lagen wir nackt aneinandergeschmiegt.

Er drückte mir einen sanften Kuss auf die Stirn. Ich legte meine Hand auf seine Wange und sah ihm tief in die Augen.

„Ich liebe dich."

Endlich hatte ich es gesagt. Ich hielt die Luft an. Ich spürte, wie ein Zucken durch seinen Körper ging.

„Ich habe mich nach dir gesehnt Yelena, Sonne meines Lebens."

Nur gesehnt? Das sagte noch nichts über seine Gefühle aus. Meine Kehle fühlte sich plötzlich enger an. Er machte eine Pause, betrachtete mich genau.

„Aber ich bringe dich in Gefahr. Du weisst nicht, wer ich geworden bin. Ich möchte dir keine falschen Versprechen geben."

Ich setzte mich auf. Schon wieder das Thema Versprechungen, wie damals schon.

„Dann sage es mir Liebster. Erkläre es mir, so, dass ich es verstehen kann. Und wenn… Wenn du nicht das gleiche für mich empfindest, so sag mir auch dies. Wenn es das ist, erzähl mir die Wahrheit, ich kann sie ertragen."

Dass zittern in meiner Stimme verriet die Lüge hinter dem letzten Satz. Er lächelte mich traurig an.

„Die Wahrheit über mich… Später Liebste. Ich möchte wenigstens diesen Moment mit dir leben. Falls du mich danach hasst, möchte ich zumindest für ein paar Stunden so tun, als ob du die Meine wärst. Wenn wir uns das nächste Mal sehen, werde ich dir alles erzählen, was du wissen möchtest. Dann kannst du entscheiden,

ob deine Gefühle noch dieselben sind wie jetzt. Einverstanden?"
Ich nickte, zog ihn zu mir, so dass sich unsere Lippen wiederfanden. Danach strich er mir das Haar aus dem Gesicht. Dabei bemerkte ich, dass er mein grünes Haarband, welches ich ihm damals geschenkt hatte, noch immer um sein Handgelenk trug.
Freude durchdrang mein Herz. Dieses Zeichen bedeutete so viel mehr als tausend Worte. Vielleicht konnte er mir seine Gefühle nicht mitteilen, zeigte es aber auf andere Weise.
„Und du Liebste? Wie ist es dir ergangen in den letzten Jahren?"
Die Nacht war hereingebrochen. Aus den ritzen der Scheune drang kein Tageslicht mehr hinein.
Ich musste unbedingt bald zurückkehren, sicher waren die anderen schon halb Krank vor Sorge. Gewissensbisse überkamen mich.
„Oh Liebster... So vieles ist geschehen. Unser Dorf wurde angegriffen, genau wie du es befürchtet hast. Mein lieber Vater ist tot... Viele andere auch."
„Es tut mir so leid!"
Ich schüttelte traurig den Kopf.
„Es kann nicht mehr rückgängig gemacht werden... Ich wurde auch beinahe getötet...
„Dann hat dir mein Ring geholfen?"
„Ja das hat er. Doch wenn ich von Anfang an auf dich gehört hätte, wäre ich gar nie in die Lage gekommen, ich hätte meinen Vater und Lionel und noch viele anderen vielleicht retten können."
„Lionel?"
Ich wurde rot.
„Ahm... mein... Verlobter. Wir hätten an diesem Tag heiraten sollen"
„Ah?"

In kurzen Worten erklärte ich ihm die Gründe für meine Verlobung. Dass ich versucht hatte, vorwärtszuschauen und mit der Vergangenheit abzuschliessen.

„Es schien mir wie ein Zeichen, dass er gestorben ist. Als ob anderes für mich bestimmt war. Es tut mir so unendlich leid für ihn, ich denke manchmal an seine Fröhlichkeit. Trotzdem... es macht mir Angst zu denken, dass ich Tag für Tag an seiner Seite hätte aufwachen müssen. Immer wenn ich es mir vorgestellt habe... konnte ich nur dich neben mir sehen."

„Verzeih mir, Yelena."

„Was?"

„Ich habe das Gefühl, dich um etwas im Leben gebracht zu haben."

Ich schüttelte lächelnd den Kopf.

„Oh nein das hast du nicht. Ich war nie für dieses Leben gemacht. Ich hatte schon immer das Gefühl, dass irgendetwas fehlt. Ich hätte das Leben demütig gelebt. Doch erst seit ich unterwegs bin, fremde Orte sehen... Erst seit da fühle ich mich richtig lebendig. Und in deinen Armen."

„Ich verdiene dich nicht."

„Du verdienst genau so viel Liebe wie jeder andere Mensch auf dieser Welt. Und ich will dich, nur dich.»

Da fühlte ich wie ein Zittern durch seine Brust ging. Erschüttert sah ich Tränen in seine graublauen Augen treten. Er, ein Soldat der so viel Elend und Leid schon gesehen und am eigenen Leib erfahren hatte. Ich war ehrlich schockiert.

Er lag flache auf dem Rücken, starrte mit feuchten Augen in mein Gesicht.

„Du hast so ein gutes Herz mein Sonnenschein. Ohne zu wissen, wer oder was ich bin... Du weisst genug, um mich zu verabscheuen, hast bestimmt von Dingen gehört welche ich getan habe. Du weisst, dass ich Menschen getötet habe und weiterhin töten werde. Dass ich verheiratet war und meine Frau auf dem Gewissen habe. Trotzdem… trotzdem bist du hier und stehst zu mir. Warum?"

Für dieses Mal schien es, als ob ich die stärkere von uns zweien war.

„Das weiss der Himmel Nathaniel. Ich durfte dich kennen lernen und einen Blick in einen Teil deiner Seele werfen, welcher von den meisten Menschen verborgen bleibt. Ich habe in dein inneres geschaut und gesehen, dass dort ein guter Mensch steckt. Ein liebenswerter Mensch. Egal was du geworden bist, ich fühle, dass dieser Mensch noch in dir ist. Gerade jetzt hast du ihn hervorgeholt. Vier Jahre habe ich ohne dich gelebt und konnte dich dabei nie vergessen, wenn das kein eindeutiges Zeichen für die Tiefe meiner Gefühle ist, dann weiss ich nicht, was es sein könnte."

Er umfasste sanft mein Gesicht zog es ganz nah zu dem Seinen. Leise flüsterte er gegen mein Ohr.

„Ich liebe dich Yelena. Ich habe dich seit dem ersten Tag unserer Begegnung geliebt. Seit du mich am Morgen geweckt hattest, verstrubelt, müde, das Kleid voller Blut. Doch all das, war dir egal. Die ganze Nacht hast du um das Leben eines Fremden gekämpft, nicht lockergelassen. Als ich dich so ansah, wusste ich, dass mein Herz für alle Zeit dir gehören würde."

Mein eigenes Herz blieb eine Sekunde stehen. Da, er hatte es ausgesprochen. Es war Wirklichkeit. Ich hatte mich nicht geirrt. Unendliches Glück durchflutete mich.

Doch dann war es mir, als ob Nadeln auf mein Herz einstachen und ihm Schmerzen zufügten. Warum nur? Warum hatte er mir das nicht damals schon gesagt? Ich hätte mit ihm gehen können, an seiner Seite bleiben. Stattdessen hatte er mir keine Hoffnung gemacht. Wir hätten so viel früher zusammen sein können. Er schien meine Gedanken zu erraten.

„Ich wollte ein friedliches Leben für dich. Ich dachte es sei das Richtige."

„Es war wohl richtig, damals... Vielleicht habe ich erst durch unsere Trennung gemerkt, wie wichtig du mir wirklich bist. Vielleicht wäre ich zu jung gewesen, damals... Aber... Ich hätte hoffen können. Du hättest wieder kommen können wir hätten..."

Diesmal war sein Kuss sanft, fast so, als hätte er Angst ich würde mich wieder in Luft auflösen.

„Das Vergangene ist vergangen, die Zukunft noch nicht da. Nur das hier und jetzt zählt. Und hier und jetzt bin ich der glückliste Mann auf der Welt, weil du da bist."

Damit war unser Gespräch beendet und unser Körper kommunizierte wieder miteinander, die Sprache unserer Herzen machte alles weitere überflüssig. Beide wollten wir nichts weiter, als die Nähe des anderen zu spüren.

Vor der Scheune erklangen Schritte. Oh Himmel, würde der Türbalken halten, wenn jemand versuchte, hineinzukommen? Die Scheune wurde jedoch nicht geöffnet, die Unbekannten liefen nur daran vorbei. Die Störung holte mich jedoch in die Wirklichkeit zurück.

„Ich muss gehen Liebster. Man macht sich sicher die grössten Sorgen um mich."

„Sorgen?"

Hastig erzählte ich ihm von den Soldaten am Marktplatz. Er sog scharf die Luft ein.

„Ex Hauptmann Frank. Er kam vor nicht allzu langer Zeit in den Palast und wollte mich anschwärzen. Ich habe ihm aufgetischt den Ring verloren zu haben und du habest ihn wohl zufällig gefunden… Der König hat mir geglaubt und ihn seiner Position temporär enthoben. Er sinnt bestimmt nach Rache. Ich fürchte er hatte mir nicht geglaubt… Und ich bin ihm schon lange ein Dorn im Auge, er wäre selbst gerne in meiner Position.

Geliebte, er ist ein gefährlicher Mann, bitte nimm dich vor ihm in Acht. Wenn er dich so schnell gefunden hat, bedeutet es, dass er mir meine List nicht abgenommen hat. Er wird versuchen durch dich, an mich heranzukommen."

„Ich glaube er… Er ist derselbe Mann, der meinen Papa getötet hat. Er hätte auch beinahe mir das Leben genommen…"

Ein Schauer lief über meinen Rücken. Nathaniel drückte mich fest an sich.

„Er wird dafür büssen Liebste. Nicht nur dir hat er grosses Leid zugefügt… Aber du wirst das alles bald erfahren. Wichtig ist nur, dass du jetzt vorsichtig bist und dich nicht erwischen lässt."

Ich griff nach dem Ring.

„Ich schätze, ich sollte ihn hier in der Stadt nicht offen tragen. Du scheinst… ein paar Feinde zu haben."

Er lachte bitter auf.

„Nur Feinde wäre treffender. Bitte sei vorsichtig Yelena. Du hast Recht du solltest ihn hier nicht tragen. Wo hast du Unterschlupf gefunden?"

„Das ist eine lange Geschichte. Ich habe Freunde gefunden. Einen jungen Mann und seine Schwester. Wir waren zusammen auf Reisen. Marius und Aryanna sind mir sehr ans Herz gewachsen. Man wollte uns vor dem Tor zur Stadt nicht hineinlassen. Also habe ich nach Lucien gefragt, stell dir das vor!"

„Luc?!"

„Ja. Er hat uns in die Stadt geholfen. Wir sind bei ihm und seiner

Frau und Kind untergebracht."

Ich begann mich widerwillig anzuziehen. Nathaniel tat es mir nach.

„Der gute alte Lucien… So viele Zufälle gibt es gar nicht."

„Vielleicht werden wir alle vom Schicksal geleitet?"

„Wer weiss… Dann muss sich dieses Schicksal aber gewaltig was einfallen lassen."

Ich hielt inne.

„Möchtest du nicht wissen, wie es ihm geht?"

Einige Sekunden schien er zu zögern, als schätzte er ab, was ich schon wusste. Dann schüttelte er den Kopf

„Natürlich. Wie geht es ihm?"

Was spielt ihr alle für ein Spiel? Lucien, was weisst du von Nathaniel? Denkt ihr denn, ich bin dumm?

„Es geht ihm gut. Ihm und seinem Sohn, wusstest du davon?"

„Ja… Natürlich. Mir bleibt als General des Königs kaum etwas verborgen. Darum weiss ich auch, dass er wohl auf ist".

Oje, es war wirklich notwendig, dass wir uns bald aussprachen und ich endlich die ganze Wahrheit erfuhr. Lucien hatte mir bereits verraten, dass sie sich nicht wirklich zerstritten hatten. Ich beschloss, das klärende Gespräch abzuwarten, da ich wirklich nach Hause musste, bevor meine Freunde einen Suchtrupp losschickten.

„Liebling, sei vorsichtig. Die Wachen werden dort sicherlich nach dir suchen, wenn sie wissen, dass Lucien euch in die Stadt gelassen hat."

Ich zuckte mit den Schultern.

„Ich weiss. Aber ich muss sie wissen lassen, dass es mir gut geht. Beim Himmel, glaubst du Luciens Leben ist durch mich auch in Gefahr? Und das von Alina und Damien?"

Wenn ihnen etwas zustiess, würde ich mir das niemals verzeihen.

„Lucien weiss sich zu verteidigen, er war ein guter Soldat. Zudem denke ich nicht, dass er in unmittelbarer Gefahr ist. Noch nicht. Sie werden es nicht wagen, einen ehemaligen Soldaten grundlos anzugreifen. Nur wenn sie dich noch lange nicht finden, könnten sie auf seine Familie zurückgreifen. Die drei sollten doch zur Sicherheit eine Weile vorsichtig sein und seine Frau nicht mehr allein zum Markt gehen."

Seufzend zog er sich die Schuhe an, zupfte sich dann den Umhang zu Recht.

Ein schlechtes Gewissen plagte mich. Vermutlich hatte Nathaniel alles darangesetzt, seinen Freund zu schützen und da kam ich und zog die Familie mitten in den Konflikt hinein.

„Ich begleite dich bis zu einer Weggabelung in der Nähe des Hauses. Bleib dort einige Minuten stehen. Ich werde sein Haus kontrollieren. Wenn Soldaten herumstehen, werde ich sie zur Rede stellen, weswegen sie einen Ex-Soldaten bespitzeln. Ihnen bleibt dann keine Wahl als zu verschwinden. Dann kannst du zu ihm. Bleibt aber auf der Hut und irr auf keinen Fall allein herum. Gehe unverzüglich ins Haus und schliesse sofort die Tür hinter dir. Die Soldaten werden wiederkommen und ich kann nicht allzu grosses Interesse an Lucien zeigen und an dir schon gar nicht. Sollte der König herausfinden, dass ich ihn angelogen habe, wird er uns beide Foltern und töten lassen."

Ich hatte mich fertig angezogen, fuhr noch kurz durch mein zerzaustes Haar, band es wieder zu einem Zopf.

„Dich? Du bist doch sein treuster General?"

„Versprich mir einfach, vorsichtig zu sein."

„Das werde ich. Aber du auch Liebster, versprich es mir."

„Ich gebe mir Mühe."

„Wo können wir uns treffen?"

Er überlegte.

„Morgen, bei Sonnenuntergang. Kennst du den Friedhof in der Nähe von Lucien's Haus?"

„Aber ja, da war ich kürzlich mit ihm."

„Ach?"

„Er... hat mir das Grab gezeigt. Um mich zu warnen, schätze ich."

Zu meiner Überraschung war er nicht wütend, sondern schmunzelte.

„Ganz der Alte, immer Verlass auf Luc. Wie dem auch sei. Wir treffen uns dort. Morgen bei Sonnenuntergang. Trag einen Umhang damit dich auf dem Weg niemand erkennt. Ich werde auf dich warten."

„Versprich es Nathaniel. Versprich, dass du komme wirst."

Sein Kuss war sanft

„Ich verspreche es. Ich werde dort warten bis du kommst, wenn es sein muss, die ganze Nacht."

„Ich werde da sein."

Seine Hand fuhr über mein Gesicht, dann schenkte er mir ein strahlendes Lächeln.

Er begleitete mich wie versprochen zur Weggabelung, von dort kannte ich mich aus.

„Bis bald Liebste."

Zum Abschied küsste er mich noch einmal. Ich schloss die Augen und gab mich dem Kuss hin. Dann liess er abrupt von mir ab.

„Gute Nacht."

Er ging an mir vorbei. Als er schon fast auf der Strasse war, rief ich ihm nach.

„Nathaniel?"

„Ja?"

„Ich vermisse dich jetzt schon."

„Und ich dich erst recht."

Damit verschwand er.

Als ich kurze Zeit später endlich vor Luciens Tür stand, müde, zerzaust und immer noch ein wenig aufgelöst, wurde ich bereits erwartet. Kaum hatte ich das Klopfzeichen gegeben, riss jemand die Tür auf und schon war ich in Marius Armen.

„Himmel Yelena! Wir waren überzeugt sie hätten dich umgebracht!! Lucien hat den ganzen Nachmittag nach deiner Leiche gesucht. Wo warst du bloss?"

Er klang wütend.

„Es tut mir leid. Ich habe mich versteckt und nicht zurück getraut, hat der kleine Sam euch denn nicht Bescheid gegeben?"

Hoffentlich war dem kleinen Kerl nichts zugestossen.

„Doch, hat er, oder besser gesagt, ein kleiner Freund von Sam ist vorbeigekommenen, um uns zu informieren. Aber wir wussten nicht was mit dir geschehen ist und ob er die Wahrheit sagte und warum du nicht gleich zurückgekommen bist. Der Junge sagte nur, dass man dich von den Soldaten gerettet habe und es dir gut gehe und du noch einen Moment beschäftigt sein würdest. Dann verschwand er wieder."

„Ich habe die Kinder gepflegt und konnte nicht sofort zurück, weil das Haus überwacht wurde."

Ich war nicht bereit, über mein Wiedersehen mit Nathaniel zu sprechen.

„Das wurde es. Bis sie plötzlich vor etwa zehn Minuten verschwunden sind. Wir haben keine Ahnung wieso und wohin."

„Yel!!"

Lucien war aus dem Zimmer gestürmt. Auch er drückte mich

gegen seine Brust.

„Wir waren überzeugt, dass du tot bist, und ich war den ganzen Nachmittag dabei…"

„Meine Leiche zu suchen."

Ich lächelte ihn an.

„Danke euch beiden. Es tut mir leid, dass ihr euch Sorgen gemacht habt. Es ist alles gut."

„Meine Frau und klein Damien schlafen bereits. Aber wir wollten wach bleiben… Bis du kommst."

„Aryanna hat sich den ganzen Abend die Augen ausgeweint. Aber jetzt ist auch sie eingeschlafen."

Fügte Marius hinzu.

Ich umarmte beide noch einmal fröhlich.

„Danke. Es ist schön Freunde wie euch zu haben."

Lucien fiel meine Stimmung auf.

„Yelena? Wo warst du denn? Du wirkst… glücklich."

Marius Kopf schnellte hoch. Ich drückte sanft seine Schulter.

„Ja, schliesslich bin ich am Leben und frei und wieder bei euch. Was will ich mehr?"

Ich hatte keinerlei Lust und Absicht heute Abend von der Begegnung mit Nathaniel zu erzählen. Das blieb erst mal mein kleines Geheimnis. Lucien liess sich jedoch nicht täuschen, ich sah es seinen Augen an. Marius hingegen schien befriedigt mit der Antwort.

„Wie genau bist du ihnen entkommen?"

Ich erzählte von meiner spektakulären Flucht und der Begegnung mit dem kleinen Strassenjungen. Die beiden staunten nicht schlecht.

„Wir müssen dem Jungen unbedingt gebührend danken. Wer weiss was ohne ihn geschehen wäre. Aber wieso suchen sie dich?"

Ich zog Nathaniels Ring hervor.

„Wegen meiner Lüge. Damals als mein Dorf überfallen wurde...
Wegen Nathaniel."

Lucien stöhnte auf. Marius hackte natürlich nur zu gerne auf dem
Thema herum.

„Nichts als Ärger mit diesem Mann."

„Ohne ihn wäre ich damals gestorben! Leider sucht der Hauptman, der mich damals beinahe getötet hätte nun nach mir. Er hat
wohl herausgefunden, dass ich in der Stadt bin. Da ich ihm zum
Glück nicht begegnet bin, weiss ich es nicht genau.»

Marius fluchte laut. Lucien wirkte besorgt.

„Es tut mir so leid, dass ich euch damit hineinziehe Luc. Ich
wollte euch nicht in Gefahr bringen."

Er legte mir beruhigend die Hand auf die Schultern.

„Verkopf dich nicht liebe Freundin. Wir waren schon im Schlam-
massel, bevor du aufgetaucht bist. Das ist nur eine weitere Herausforderung. Wir können uns schon wehren, mach dir keine
Sorge."

Ich gähnte laut. Die Strapazen und Aufregungen des Tages waren
dabei, mich einzuholen.

„Geh ruhig schlafen Yel. Es war für alle ein anstrengender Tag."

Ich war todmüde und brauchte jetzt ein wenig Zeit für mich, um
das Geschehene zu verarbeiten. So verabschiedete ich mich von
den beiden Männern und begab mich in mein Schlafzimmer.

Am nächsten Morgen war ich früh auf. Ich war zwar gut eingeschlafen, doch die Nervosität darüber, was ich heute erfahren
mochte, weckte mich zu früher Stunde und liess mich nicht wieder in den Schlaf gleiten.

Ich bereitete für alles das Frühstück vor. Alina und Lucien hatten uns bedingungslos aufgenommen und die junge Frau bemutterte uns liebevoll. Heute Morgen wollte ich für sie alles anrichten. Ich hatte das Baby in der Nacht mehrere Male schreien gehört. Die jungen Eltern mussten völlig erschöpft sein.

Trotz Nathaniel's Zusicherung, dass sie nicht unmittelbar in Gefahr waren, nagten Gewissensbisse an mir. Hätte ich gewusst, dass er ein frisch gebackener Vater war, hätte ich bestimmt nicht nach ihm verlangt am Tor. Es hätte andere Wege in die Stadt gegeben.

Es war Marius der als erstes im Wohnzimmer erschien. Dankbar nahm er die heisse Teetasse in die Hand, welche ich ihm umgehend reichte.

„Ich bin wirklich froh, dass es dir gut geht, Yel. Ich war krank vor Sorge."

Ich musste schmunzeln. Er hatte mich Yel genannt, wie Lucien. Er begann schon, ihn zu kopieren.

„Ich bin auch froh. Aber da wir zur Abwechslung mal allein sind, sag rasch, wie geht es dir mit deinem Vorhaben?"

Er beugte sich etwas näher zu mir, so dass er leise sprechen konnte, während ich meinen Tee schlürfte.

„Ich war gestern in der Stadt und es gelang mir, mit Rebellen in Kontakt zu treten. Jemand scheint die Fäden für den Sturz meines Bruders zu ziehen. Ich habe bereits erwähnt, dass ich von einer unbekannten Person zurück in die Stadt gebeten wurde. Doch dieser jemand ist nur durch Boten bekannt, niemand weiss, wer er ist, oder sie... Die Gruppe dieser Anhänger nennt sich die Unterstützer des wahren Königs... Man hat seit Jahren nach mir suchen lassen. Viele Männer sind bereit für mich ihr Leben zu riskieren. Mich, den sie nicht einmal kennen... die Lage hier muss schlimmer sein als angenommen. Man hat mir von den Zuständen hier erzählt. Der König lässt unschuldige foltern, die Menschen leiden Hunger. Mein Bruder muss aufgehaltene werden liebste Freundin. Wir müssen ihn stoppen. Er zerstört unser schönes Land. Ich brauche nur noch ein wenig Zeit, dann bin ich bereit."

„Du hast Recht Marius. Es muss etwas unternommen werden. Aber was? Wie kann jemand eine Rebellion anführen, der sich noch nicht einmal zu erkennen gibt?"

„Das wüsste ich auch gerne. Wer kann diese Person sein?"

„Wie willst du deinen Bruder stürzen? Hast du schon einen Plan?"

„Noch nicht. Ich möchte erst diesen Rebellen Führer treffen in der Hoffnung, dass er eine Idee hat. Ich kann kaum in den Palast stürmen und rufen *hallo Bruder, hier bin ich wieder, hast du mich vermisst?*"

Er schwieg eine Weile. Ich wusste, dass er seinen Bruder nicht töten wollte. Leider hatten die vergangenen Taten gezeigt, dass der König nicht ein Mann war, mit dem sich sprechen liess.

Marius sah mich aus traurigen Augen an. Noch bevor er sprach, wusste ich, dass mir seine nächsten Worte gar nicht gefallen würden. Ich sollte Recht behalten.

„Yel, wenn wir an den König herankommen wollen, führt kein Weg an General Nathaniel Lootalian vorbei. Ich habe Geflüster gehört, dass er die Seite des Königs kaum verlässt, wann immer er hier ist. Er muss unschädlich gemacht werden."

Alle Farbe wich aus meinem Gesicht. Marius war entschlossen wie eh und je.

„Das geht nicht Marius. Bitte versprich mir, dass ihm nichts geschehen wird!"

„Ich kann nicht. Ich konnte gestern zwei Soldaten belauschen und glaub mir, sie haben kein gutes Haar an ihm ausgelassen, die eigenen Leute Yelena! Er wird den König mit seinem Leben verteidigen. Was habe ich denn für eine Wahl? Der Mann scheint sein innigster Berater zu sein. Yelena, du musst dich entscheiden."

Vor lauter Nervositäten verschüttete ich ein wenig Tee und verbrannte mir daran die Hand.

„Sei nicht immer so stürmisch. Es gibt bestimmt Möglichkeiten. Bitte hab etwas Geduld. Gib mir Zeit, um mit ihm zu sprechen."

Sein Blick traf mich, musterte mich. Ich merkte, wie ich rot wurde. Da mein Gesicht noch immer, wie ein offenes Buch war, erkannte er die Wahrheit darin.

„Du hast ihn gestern bereits getroffen, nicht wahr? Darum bist du so spät gekommen! Lucien hatte recht, du warst komisch…"

Ich nickte schweigend. Seine Teetasse landete mit einem lauten schepperten auf dem Tisch, so dass Wasserspritzer auf dem Tisch landeten. Im Gegensatz zu mir, verbrannt er sich dabei zumindest nicht die Hand. Meine brannte immernoch ein wenig.

„Warum hast du es nicht erzählt?"

Ich hielt ihm einen Finger vor den Mund. Er sollte die anderen nicht aufwecken.

„Ich wollte euch nicht in Aufregung versetzen."

„Wie? Wann? Was hat er dir erzählt?!"

„Die Strassenkinder haben mir erzählt, dass er zurück ist. Sie haben mir den Weg zeigen lassen, den Ort, an dem er sich öfters aufhält. Nathaniel hat mir nicht viel gesagt. Noch nicht. Er wird mir aber heute Abend alles erzählen, er hat es versprochen. Dann können wir es…"

„Am Nachmittag? Was in aller Welt hast du so lange mit ihm gemacht, wenn ihr angeblich nicht viel geredet habt?"

Noch mehr Röte schoss mir ins Gesicht. Man musste kein besonders guter Gesichtsleser sein, um das interpretieren zu könne.

Alle Farbe wich aus Marius Wangen. Noch nie hatte ich ihn so völlig schockiert erlebt, seine Hände begannen zu zittern, seine Saphirblauen Augen schienen plötzlich leer.

„Sag, dass es nicht wahr ist!"

Ich blieb stumm. Seine Nerven gingen mit ihm durch.

„Wie konntest du nur Yelena?! Du weisst gar nichts über ihn. Er könnte dich benutzen, dich nur verletzen wollen, um an mich ranzukommen. Und du… Du gibst dich ihm blindlings hin? Gibst ihm deine Unschuld? Bist du von allen guten Geistern verlassen worden? Wie willst du so jemals einen Ehemann finden? Wer würde dich so noch wollen?"

Spätestens jetzt war bestimmt das ganze Haus wach. Ich versuchte leise zu antworten, um ihn zu beruhigen, doch auch meine Stimme war scharf vor unterdrücktem Zorn. Wie konnte er es wagen?

„Genug! Du gehst zu weit Marius! Er ist nicht der Tyrann, für den ihr ihn haltet, ich weiss es. Gib ihm eine Chance."

„Niemals! Wäre er so gut wie du behauptest, hätte er dich nicht angerührt. Stattdessen stürzt er sich auf dich nur Minuten nach eurer Begegnung. Er ist eine Bestie!"

„Warum hasst du ihn überhaupt so sehr? Was hat er dir schon angetan?"

„Schau dich um, was er allen antut! Was er mir getan hat? Abgesehen von all dem Grauen, dass man von ihm hört? Zum Beispiel meinen guten Freund und Berater Kaspar den er getötet hat?"

„Kasper?"

Stimmt, den hatte er bereits einmal erwähnt. Er steigerte sich immer mehr hinein, seine Stimme wurde schon wieder lauter.

„Genau! Mehr als vier Jahre ist es her. Kaspar wollte mich beschützen, mein Bruder der König war mir auf den Fersen, hatte

Männer gesandt, um nach mir zu suchen, Nathaniel's Männer. Kaspar hat ihnen einen Hinterhalt gestellt damit ich Zeit zum Fliehen hatte. Kaspar ist durch seine Hand gefallen..."

Es fiel mir wie Schuppen von den Augen. Vor vier Jahren, ein Hinterhalt... Marius Freund hatten Lucien verletzt. Nur durch diesen Hinterhalt, durch Marius hatte ich Nathaniel überhaupt kennengelernt.

Vor lauter Rage hatte er nicht bemerkt, wie ich bleich geworden war. Wie sehr war mein Leben doch mit all dem verknüpft, ohne dass ich es gewusst hatte. Mein junger Freund schien sich immer mehr zu vergessen.

„Kaspar war einer meiner wenigen Freunde! Er hat sich jahrelang um Aryanna gekümmert, als ich zu Jung war, um ihr wirklich zu helfen. Er war für sie wie ein Vater. Die Trauer hat sie beinahe verrückt gemacht und mich auch. Einer der wenigen Menschen auf Erden, die mir noch nahestanden. Seit er tot ist, gab es nur noch die Kleine, sie ist meine ganze Welt. Hätte ich Aryanna damals nicht vor diesem verdammten Feuer gerettet, wäre ich ganz allein gewesen, immer alleine."

Vor dem Feuer gerettet?

Meine Gedanken rasten, ein Bild begann sich vor meinen Augen wie ein Puzzle zusammen zu setzen.

Genau in diesem Moment, bevor ich etwas erwidern konnte, hörte ich tapsende Schritte, wenig später stand eine völlig verschlafene Aryanna vor uns.

„Was ist los?"

Dann wurde ihr bewusst, dass ich zurück war.

„Yelena! Es geht dir gut."

Sie stürmte auf mich zu. Ich ging in die Knie, so dass sie mich fest umarmen konnte. Ich drückte das kleine Mädchen an mich.

Sie begann zu weinen.

„Warum warst du so lange weg! Ich hatte solche Angst. Du darfst mich doch nicht alleine lassen!"

Ich zog sie von mir weg, wollte ihr die Tränen wegwischen, doch dann hielt ich plötzlich wie erstarrt inne. Sie sah mich aus einem allzu vertrauten Schmollmund an.

Vor dem Feuer gerettet...

Ich starrte in ihr Gesicht mit den langen dunkeln Haaren. Die Gesichtsform... Selbst die Augen. Nicht die gleiche Farbe wie Nathaniel, aber wie die von Lucien. Und Luciens Augenfarbe war dieselbe wie... Liannas.

Lucien war Liannas Bruder. Angeblich sahen sich die beiden sehr ähnlich.

Ich hatte Nathaniel zuvor vier Jahre nicht mehr gesehen. Doch nach unserer Begegnung gestern war er mir wieder bildlich Präsens. Und noch etwas entsann ich mich. Nämlich Luciens komischer Reaktion als er das Mädchen das erste Mal gesehen hatte. Als ob er sie von irgendwo her erkannte.

Nein! Nein das ist unmöglich. Das hätte Marius nicht getan niemals.

Sie hatte das richtige Alter. Sie hatte ein sehr ähnliches Gesicht nur in Jung. Marius hatte immer ein Geheimnis um ihre Herkunft gemacht.

„Was ist denn los? Habe ich etwas Falsches gemacht?"

Unfähig einen klaren Gedanken zu fassen, schüttelte ich nur den Kopf, lächelte verkrampft. Doch mein Starren galt Marius.

„Das hast du nicht getan."

Ich sprach tonlos. Verwirrt betrachte er mich. Ich drückte Aryanna wieder an mich, so dass sie mein Gesicht nicht sehen konnte, die Verzweiflung in meinen Augen, der Mund, der bebte.

„Vor dem Feuer? Woher... Kommt... sie?!"

Ich gab ihm mit den Augen zu verstehen, dass ich Aryanna meinte. Meine Stimme war eisig. Alle Farbe wich aus Marius Gesicht und ich sah, wie sein Mund zitterte.

Lucien nutzte diesen Moment, um im Wohnzimmer zu erscheinen. Den letzten Satz hatte er gehört.

„Das würde ich auch gerne wissen. Ist es also doch so wie ich geahnt habe? Alina ist überzeugt davon."

Völlig verwirrt und verängstigt ab meinem Ton löste sich das Kind aus meiner Umarmung. Als sie mein erstarrtes Gesicht erblickte, stürmte sie verängstigt auf Marius zu, ihren Beschützer und vermeintlichen Bruder. Der nahm sie in den Arm, drückte sie liebevoll an sich und streichelte ihren Kopf.

„Keine Sorge kleine Prinzessin. Die beiden sind etwas verwirrt von den Aufregungen des gestrigen Tages. Yel hat einen sehr schweren Tag hinter sich."

Zum Glück kam uns Alina zu Hilfe. Sie stand mit ihrem Baby im Arm in der Tür.

„Komm Aryanna Schätzchen. Wir machen einen Spaziergang zum Ponyhof hier in der Nähe."

Das Mädchen schüttelte zunächst stur den Kopf, klammerte sich noch fester an ihren Bruder.

„Ich kaufe dir auch Süssigkeiten Liebes. Ganz viele."

Mir kam Nathaniels Warnung in den Sinn.

„Alina, nimm Begleitung mit und sei vorsichtig, ja?"

Erstaunt blickte sie mich an. Unsere Blicke trafen sich. Sie schien zu verstehen.

„Unser Nachbar ist ebenfalls ehemaliger Soldat. Er wird uns sicherlich mit seinem Töchterchen begleiten, danke Yelena."

Aryanna schien noch immer zu zögern. Erst auf eine Ermutigung von Marius hin, liess sie sich von der jungen Frau an der Hand nehmen und verschwand nach draussen, ihre Augen weit vor Schreck. Trotz meiner Wut kam ich nicht umhin, die junge Frau zu bewundern. Bestimmt war sie selbst neugierig, war aber immer bereit einzuspringen und dabei selbst zurückzustecken, ohne dies je vorzuwerfen und vor allem ohne, dass Lucien es von ihr verlangt hätte. Ich musste ihr unbedingt sagen, was für eine wundervolle Frau sie war.

Ich erhob mich, ging auf und ab, stand dann mit verschränkten Armen im Raum, das Frühstück lag vergessen auf dem Tisch.

„Und?"

„Ich weiss nicht, wovon du redest."

Ich starrte ihn böse an. Nun war auch mein Geduldsfaden gerissen. Zum ersten Mal, seit ich ihn kannte, schrie ich ihn an.

„Von Aryanna! Sie ist Nathaniels tot geglaubte Tochter, nicht wahr? Darum wolltest du mir nichts von ihrer Herkunft erzählen!"

Er hob abwehrend die Hände in die Höhe.

„Ich… es…"

Lucien hatte sich in den Türrahmen gelehnt. Seine Stimme blieb ruhig und überlegt.

„Die Ähnlichkeit ist nicht zu übersehen. Ich habe mir schon lange gedacht, dass sie wie meine verstorbene Schwester aussieht, als diese so jung war. Ich hielt es aber für unmöglich. Alina… Sie hat es schon lange gespürt. Mehrfach hat sie es mir gesagt, sie hat wohl wirklich ein unglaubliches Gespür… Also wollt ihr mir etwa sagen, dass sie in Wirklichkeit nicht Marius leibliche Schwester ist?"

Ich schüttelte den Kopf.

„Nein. Er hat sie bei sich aufgenommen, als sie noch ein Baby war."

Lucien nickte während Marius mich wütend anstarrte.

„Die Kleine hat Liannas Augen. Meine Schwester hatte genauso einen Blick wie das kleine Mädchen. Aber das Gesicht ist durch und durch das meines besten Freundes. Ich kenne ihn und kannte meine Schwester beide sehr gut... Ich wollte es nicht glauben... Aber ganz ablegen konnte ich den Gedanken nie."

Ich zitterte so stark, dass meine Beine beinahe unter mir nachgaben. Fast wünschte ich mir, dass wir uns beide irrten. Marius sank zu Boden, legte beide Arme um die Knie.

„Ich... wusste nicht, wie ich es dir sagen soll. Nicht, nachdem ich erfahren habe, dass du dein Herz an ihn verloren hast..."

„Also ist es wahr?"

Es war mehr ein Flüstern. Ich wollte es aus seinem Mund hören.

„Es ist wahr. Nathaniel ist der leibliche Vater von Aryanna..."

Selbst für Lucien war das zu viel. Er liess sich schwer auf der Treppe nieder.

„Himmel. Das Kind meiner Schwester lebt!"

„Warum Marius? Was hast du getan?!"

Marius Augen füllten sich mit Tränen. Was für eine Bilanz, wenn man zwei Männer innert weniger Stunden zum Weinen brachte.

„Ich wollte das alles nicht Yel... Ich hätte mir nie gedacht, dass alles so kommt. Warum musst du ausgerechnet ihn lieben? Warum?!"

Ich blieb kalt wie Eis, zu schockiert über die Neuigkeiten. Er schlug mit der Faust auf den Boden.

„Es war ein Zufall, nichts weiter. Ich war in der Gegend, als das Haus in Brand gesteckt wurde. Ich war selbst noch ein Knabe, nur elf Jahre alt, immer auf der Flucht. Ich wusste zu dem Zeitpunkt, dass ich unbedingt aus der Hauptstadt verschwinden musste. Die maskierten Täter standen vor dem brennenden Haus, ein

Baby neben ihren Pferden auf dem Boden liegend. Es war so nah bei den Flammen, dass das Tuch, in welches es gewickelt war, schon beinahe Feuer gefangen hatte. Ich dachte man wolle das Kind für Lösegeld einfordern, ich wusste ja noch nicht, dass es einzig darum ging zu vernichten. Ich wusste auch nicht, wem das Haus gehörte. Nur, dass es ein Ranghoher Soldat sein musste. So rettete… oder entführte ich das Kind mit der Absicht es gegen dringend benötigtes Geld auszutauschen. Damals war ich beinahe am Verhungern. Es war leicht, die Männer waren abgelenkt vom Feuer, achteten gar nicht auf das Neugeborene. Sie… Sie hatten die Mutter des Kindes eben getötet, ich habe von weitem gesehen, dass jede Hilfe zu spät kam… Ich konnte nichts mehr für sie tun… Ich packte das Baby, das Tuch liess ich im Feuer verbrennen, wickelte die Kleine stattdessen in einen zerschlissenen Umhang von mir."

Er machte eine lange Pause. Auch Lucien wusste nicht was sagen. „Dann habe ich erfahren, *wessen* Kind es ist. Und dass mehrere Soldatenfamilien in dieser Nacht ermordet worden sind. Samt deren Kinder. Mir wurde klar, dass auch dieses Baby zum Tod verurteilt gewesen wäre. Dass man es nur aus dem brennenden Haus gerettet hatte, um es anschliessend zu ermorden, vielleicht sogar zur Schau stellen. Ich wusste nicht was tun. Rebellen hatten angeblich königliche Hauptmänner angegriffen, deren Familien ausgerottet. Aber waren es mir freundlich gesinnte? Ich wusste nicht, woher sie kommen, wer sie waren…

So entschloss ich mich, das Kind zu behalten und sie Aryanna zu nennen, wie meine verstorbene kleine Schwester, von der kaum jemand weiss… Meine echte Schwester starb kurz nach der Geburt an einem Herzfehler als ich selbst erst vier Jahre alt war."

Er blieb am Boden. Lucien und ich starrten uns ungläubig an. Was für ein Schicksal hatte den Tod des Babys verhindert und nun wieder zurückgebracht? Nur dass es kein Baby mehr war und Aryanna den Hauptmann Nathaniel hasste, nicht wissend, dass er eigentlich ihr leiblicher Vater war.

Ich schlug mit der Faust verzweifelt gegen die Wand.

„Warum hast du sie nicht Nathaniel zurückgegeben? Du hast gewusst, dass es sein Kind ist! Er ist beinahe daran zerbrochen!"

Nun erhob er sich, wischte sich die Tränen von den Augen. Er machte ein paar zögernde Schritte auf mich zu, packte mich bei den Schultern, doch ich schüttelte ihn ab, machte einen Schritt zurück.

„Er war mein Feind Yelena! Ein Vertrauter des Königs, damals schon. Ich… ich bin zur Beerdigung seiner Frau und vermeintlich des Kindes gegangen, habe ihn von weitem beobachtet. Yel… Er hat keine Gefühle gezeigt. Stand da, als rührte ihn den Tod der beiden überhaupt nicht. Wie hätte ich dieses kleine, verletzliche Baby in die Obhut dieses Gefühlskalten Menschen geben können?"

„Er gab sich gefühlskalt, weil er den Feinden keine Schwäche zeigen wollte."

Selbst die Stimme des sanftmütigen Lucien war eisig geworden.

„Der Tod seiner Frau hatte ihn vollkommen aus der Bahn geworfen. Er schwor sich vor ihrem leblosen Körper, nie wieder Gefühle zu zeigen. Niemand sollte mehr seinetwegen leiden. Er wusste nicht, ob Attentäter mit ihm am Grab standen, wollte keine Blösse zeigen…"

Marius versuchte sich zu verteidigen.

„Ich dachte, wenn er alles verliert, wird er den König womöglich verlassen, sich zurückziehen. Leider war das Gegenteil der Fall.

Und ich dachte ein Baby kann bei einem Soldaten kein gutes Leben führen. Und es war doch keine Mutter mehr da, um auf den Säugling aufzupassen. Wer hätte sich denn um sie gekümmert, das kleine Engelchen, wenn er in der Schlacht war? Ich kannte zu dem Zeitpunkt eine stillende Mutter, die sich dem Baby sofort angenommen hatte. Die Frau starb leider viel zu früh, sonst wäre sie Aryanna vielleicht eine Ersatzmama geworden."

Noch einmal versuche er, nach mir zu greifen. Wieder schlug ich seine Hände weg.

„Wie konntest du ihm das nur antun? Er hat damals alles verloren, *alles*. Wie konntest du mit diesem Wissen leben und Aryanna nur schlechtes erzählen? Wie konntest du sie dazu bringen ihren eigenen Vater zu hassen? Wer ist hier nun der Tyrann? Der König, Nathaniel… oder du Marius?"

„Ich… Habe das nicht gewollt, ich schwöre es dir. Damals… Es war eine schwere Zeit für mich, ich war Blind vor Hass. Ein kleiner, verängstigter Junge mit einem unglaublichen Hass im Herzen. Erst das Mädchen hat mich wieder zu einem Menschen werden lassen. Innert Tagen habe ich sie in mein Herz geschlossen. Ich wollte sie nie wieder hergeben. Ich liebe das Mädchen. Aryanna ist im Herzen meine wirkliche Schwester geworden. Ich glaub ohne sie, wäre mein Herz vereinsamt und womöglich wäre ich heute genauso schlimm wie mein Bruder. Verstehst du nicht Yel, die Kleine hat meine Seele gerettet, ich verdanke ihr alles."

„Warum die Hasstiraden gegen Nath?"

Luciens Stimme war nach wie vor gefasst. Wie schaffte er es bloss solche Ruhe zu bewahren?

„Ich… Ich hatte Angst sie würde sich von mir abwenden. Mich verlassen, wenn sie es erfuhr… Ich… Ich wollte nicht… Ich habe ihr nur gesagt, was ich von dem Mann halte, ohne viel nachzudenken. Dann wurde Kaspar getötet und Aryanna erfuhr, wer das Schwert geschwungen hat und daher, daher hat sie solche Angst vor ihm. Beim Himmel ich weiss, wie falsch das alles von mir war."

Und du willst König werden? Bist du besser als der jetzige? Was du getan hast, war grausam.

Weil Lucien im Raum stand, konnte ich ihm das nicht ins Gesicht schleudern. Aber die aufgestauten Emotionen waren zu viel. Ich drohte an ihnen zu ersticken. Ich hob meine Hand und knallte ihm eine schallende Ohrfeige.

„Das ist für Nathaniel."

Wieder hob ich die Hand, die zweite Ohrfeige traf die andere Wangenseite. Er versuchte gar nicht erst, sich zu wehren.

„Und das für Aryanna."

Meine Sicht war getrübt von Tränen.

„Du hättest sie wenigstens nicht aufhetzen sollen gegen den eigenen Vater. Wenigstens diesen Anstand hättest du wahren sollen. Du bist das Letzte!"

Dann hielt ich es nicht mehr aus. Ich packte Luciens langen Kapuzenumhang, der an der Wand hing und stürzte mich aller Warnungen zum Trotz aus der Tür und ins Freie.

16. Stunde der Wahrheit

Ich lief planlos umher. Mir war schlecht vor Ungläubigkeit, begriff nicht was geschehen war. Hin und hergerissen zwischen Freude über die Neuigkeit und Entsetzten. Aryanna hasste ihren Vater, wie sollte solch ein Vertrauen jemals hergestellt werden? Wie konnte man dem armen Kind erklären, dass der Mann, vor dem sie sich instinktiv fürchtete in Wahrheit derjenige war, der ihr das Leben geschenkt hatte? Und wie sollte ich Nathaniel erklären, dass seine Tochter lebte? Sollte ich es ihm überhaupt sagen? *Du schuldest ihm die Wahrheit.*

Aber würde die Wahrheit nicht mehr eine Belastung als Erlösung sein? Hatte er nicht seinen Frieden damit geschlossen, dass sein Kind verloren war? Sollte ich ihm diesen Frieden wegnehmen? Nun fürchtete ich mich beinahe vor dem Treffen, konnte mich nicht mehr unbeschwert auf ihn freuen. Sollte ich es ihm verheimlichen? Unwissenheit war manchmal eine Gnade.

Beinahe hätte ich mir gewünschte es niemals erfahren zu haben. Zudem hatte ich den potenziellen künftigen König von Lootan geohrfeigt, schon wieder. Ich machte mich wohl im Königshaus von allen Seiten beliebt.

Ich habe nur noch wage Erinnerungen, wie ich den Tag herumgebracht hatte. Stundenlang hatte ich wohl in Gedanken versunken am Fluss gesessen, ohne Hunger zu verspüren. Später als die Sonne höher stand, waren Frauen mit Waschkörben zum Fluss gekommen, zusammen mit ihren Kindern. Die Frauen waren zumeist verwahrlost. Die Kinder hatten zerzauste Haare mit zerrissenen Kleidern, waren allesamt unterernährt. Ich hatte immer geglaubt, den Menschen in Lootan ginge es besser als uns in den Dörfern. Das Gegenteil schien der Fall zu sein. Heute sah ich nur das Graue und trostlose der Stadt. Die Weisenkinder waren traurig genug. Das aber auch Familien mit Eltern so verwahrlost und hungrig waren, konnte ich nicht verstehen. Wie konnte es den erwachsenen an Essen fehlen?

Mehrere Male kamen Soldaten vorbei, wollten prüfen, ob die Waschfrauen keine Rebellen waren. Ich wurde zum Glück nicht behelligt, zumindest hier schien man nicht nach mir zu suchen. Im Dorf hatten wir etwas Abstand zu den Soldaten gehabt und waren kaum mit ihnen konfrontiert worden, ausser für die Steuerabgabe. Würde Marius ein besserer König sein? Hatte er nicht bewiesen wieviel Grausamkeit selbst in ihm steckte? Andererseits, Aryanna wäre getötet worden, hätte er sie nicht entführt... Er war immer gut zu ihr gewesen, hatte ihr Leben mit Liebe gefüllt. Am Nachmittag kamen andere Gruppen Frauen zum Fluss, wuschen im nicht ganz kühlen dafür aber saubereren Wasser ihre Babys und Kleinkindern.

Ich gesellte mich zu ihnen, weil mir die fiebrige Haut einer Frau auffiel. Ich erklärte, was für Kräuter gegen Fieber halfen, welche zu einem Brei für die Kinder zermalmt werden und wie sie einige der Pflanzen zu Tees verarbeiten konnten. Meine Ratschläge wurden mit grosser Dankbarkeit entgegengenommen.

Später hatte ich den kleine Sam und seine Truppe aufgesucht und gefunden, oder eher, sie hatten mich gefunden. Ich verarztete die Wunden, erzählte ihnen Geschichten. Die Kinder hatten wissen wollen, ob ich meinen General gefunden hatte und hörten gebannt zu, während ich erzählte, wie ich ihn gerettet hatte.

Schliesslich begann die Sonne sich rot zu Färben, der Tag neigte sich seinem Ende entgegen, ohne dass ich irgendetwas gegessen hatte. Es wurde Zeit Nathaniel zu treffen und noch immer wusste ich nicht, was ich ihm erzählen sollte. Sollte er am besten zuerst seine Geschichte erzählen.

Den Umhang tief ins Gesicht geschoben, schlenderte ich langsam auf den verlassenen Friedhof. Wann war hier das letzte Mal jemand begraben worden? Alle anderen Gräber schienen verlassen und verwahrlost. Warum hatte Nathaniel seine Frau ausgerechnet hier bestatten lassen? Vielleicht gerade, weil er so abgeschieden war?

Er stand bereits dort, sein Umhang im Wind flatternd, sein Blick auf den Grabstein seines Kindes gerichtet. Ein Grabstein der gar nie von Nöten war.

Mein Herz pochte bis zum Hals, Gewissensbisse überkamen mich. Was sollte ich bloss tun?

Ich stellte mich neben ihn. Eine Weile schwiegen wir beide, standen schweigend nebeneinander. Dann berührte ich Liannas Grab.

„Vermisst du sie sehr?"

„Nicht mehr. Lianna wird immer Teil meines Lebens sein, aber ich habe meinen Frieden mit den beiden geschlossen. Was geschah kann ich nicht ändern. Nun da mein Herz wieder liebt, hoffe ich, dass Lianna uns ihren Segen gibt. Sie war eine gute Seele. Sie hätte dich gemocht."

Ich streichelte sanft seinen Arm.

„Sie hätte gewollt, dass du glücklich wirst."

„Mag sein. Es tut mir leid, dass wir uns hier treffen. Mir kam kein sicherer Ort in den Sinn."

Ich schüttelte den Kopf.

„Entschuldige dich nicht deswegen. Sie gehört zu deiner Vergangenheit, machte dich zu dem Mann der du warst, als wir uns zum ersten Mal begegnet sind."

Ich seufzte tief, wagte den Sprung ins kalte Wasser. Ich wollte es nicht länger hinaus zögern.

„Erzähl mir von den letzten Jahren Nathaniel. Was ist passiert?

Wer bist du geworden?"

Er sah um sich, als wollte er sich vergewissern, dass wirklich niemand in der Nähe war, der uns belauschen konnte.

Die Abenddämmerung war bereits einer schwarzen, fast sternenlosen Nacht gewichen. Endlich hatten sich Wolken am Himmel gebildet. Vielleicht würde der lang herbei gesehnte Regen bald fallen. Es wurde finster und irgendwie unheimlich, so mitten auf einem Friedhof. Ich ergriff seine Hand. Ermutigt sprach er mit leiser, schwerer Stimme, den Blick weit in die Ferne gerichtet.

„Der König war es, der meine Frau ermorden lassen hat."

„Wie bitte?"

Der Schock traf mich unerwartet. Nun machte gar nichts mehr Sinn. Wieder starrte ich auf das Grab, als ob ich ihren Geist daraus hervor beschwören konnte.

„Jahre lang habe ich nach den Mördern meiner Frau und meines Kindes suchen lassen. Wir sind davon ausgegangen, dass es sich um Feinde des Königs handelte, die uns schwächen wollten. Alle Spuren haben in diese Richtung gedeutet. Heute weiss ich, dass wir absichtlich getäuscht wurden. Die Wahrheit ist eine andere... Ich habe es selbst belauscht. Eines nachts, als ich nicht schlafen konnte und auf Beweissuche war. Einige Zeit, nachdem wir uns kennengelernt und dann wieder getrennt hatten und ich wieder zurück in der Hauptstadt war. Ich wanderte ziellos durch die Nacht, wollte meine Alpträume verscheuchen, versuchte, nicht an dich zu denken... Ich fühlte, wenn ich je wieder eine Frau an meiner Seite haben wollte, musste ich herausfinden, was hinter Liannas Ermordung steckte."

Ich hielt den Atem an. Seine Worte stimmten mich traurig und glücklich zugleich. Er hatte also über eine gemeinsame Zukunft nachgedacht.

„In einer Schenke habe ich Männer flüstern gehört. Ich erkannte sie als Männer, welche ich seit langem verdächtigt hatte. Beim vorbei gehen hörte ich einen Satz, der mich aufhorchen liess, sie nannten meinen Namen. Gebannt blieb ich hinter der Ecke stehen und lauschte. Die Männer gehörten nicht zur königlichen Garde, später fand ich heraus, dass es angeheuerte Meuchelmörder waren… Der eine erzählte den anderen, der König habe befohlen die Ehefrauen von weiteren Hauptmänner, Generälen aber auch einfacheren Soldaten zu töten, er hat Namen genannt, welche mir allesamt bekannt waren. Freunde und Bekannte von mir. Die Schuld sollte auf Rebellen geschoben werden"

„Aber warum? Warum sollte er das tun?"

„Um uns an ihn zu binden."

Ich verstand nicht. Was hatte der König davon? Mir wurde kalt und ich zog schützend die Arme um meinen Leib.

„Familie lässt uns unsere Pflichten vernachlässigen. Einige wollten gar den Dienst quittieren, um den Kindern ein sicheres Leben zu bieten. Viele sind ursprünglich Soldaten geworden, um die Eltern und Geschwister zu ernähren. Doch wenn die Liebe und Kinder ins Spiel kamen, überlegten sich einige, ein sichereres Leben in kleinen Dörfern zu führen… Wie dir Lucien damals richtig erzählt hat, hatte auch ich eine kurze Zeit darüber nachgedacht, mein Soldatenleben aufzugeben. Hätte ich nicht Angst gehabt, meine Familie nicht ernähren zu können, wer weiss, vielleicht hätte ich es getan.

Unsere Familien zu ermorden und es so aussehen lassen, als ob es sich um Feinde des Königs gehandelt habe…Was für ein genialer Schachzug. Viele von uns, ich eingeschlossen schworen Rache, glaubten König Ilois sei der einzig richtige König, der mit eiserner Hand solche Verbrecher verurteilte. Er war sogar so weit gegangen einige der Attentäter auffliegen zu lassen, damit wir ein Erfolgserlebnis hatten. Natürlich unter dem Vorwand, er sei von Rebellen angeheuert worden. Er schwor uns, dass er die Menschen bestrafen würde, welche uns das angetan hatten, dass es nötig war, mit strenger Hand zu herrschen. Nach dem Vorfall waren wir ihm treu ergeben. Ich entsinne mich, wie ich Blind vor Wut geschworen hatte, der beste Befehlshaber des Landes zu werden, um die Mörder ausfindig zu machen... Ich wollte Rache, glaubte, dass der König sie mir geben würde. Hätte ich Lucien nicht gehabt, ich hätte mich wohl in meinem Hass verloren."

Mir war schlecht geworden. Der Mann dem Nathaniel vertraut hatte, der König unseres Reiches hatte so etwas Grausamens getan, um die Männer an sich zu binden? Um Kampfmaschinen aus ihnen zu machen? Es schien, als hätte er bei vielen das Ziel erreicht.

„Aber warum bist du ihm dann so treu ergeben? Du bist sein engster Vertrauter geworden!"

Eine Weile schwieg er. Die Stille um uns war vollkommen. Es hätte mich nicht überrascht, wenn Geister aus ihren Gräbern geschwebt kämen, um seiner Geschichte zu lauschen.

Dann wandte er sein Gesicht zu mir. Das Licht der Sterne war so schwach, dass ich ihn nur schattenhaft erkennen konnte. Seine Augen wirkten fast durchsichtig.

„Yelena... Nachdem ich die Wahrheit erfahren habe, war es mein Ziel an die Spitze zu gelangen. Der engste Vertraute des Königs zu werden. Nur in seiner Nähe, so wusste ich, würde es mir möglich sein einen Weg zu finden... Ihn zu töten."

Meine Kinnlade viel herunter. Ich musste mich am Grabstein abstützen, um nicht einzuknicken.

„Du… willst den König gar nicht schützen?"

Meine Gedanken überschlugen sich, machten Purzelbäume.

„Nein. Ich will ihn vernichtet sehen. Ich habe viel erfahren in den vergangenen Jahren. Einige der Meuchelmörder konnte ich ausfindig machen und gefangen nehmen. Viele schweigen, doch einige haben mir von den Gräueltaten des Königs erzählt. Die Männer die mich gestern attackiert hatten? Auch eine Schar von Attentätern. Ich habe zu viele von ihnen erledigt. Sie wollen mich loswerden. Der König denkt, ich sei weiterhin nur Rebellen auf der Spur. Ahnt nicht, dass ich die Wahrheit kenne. Er denkt er hätte bei mir sein Ziel erreicht."

„Aber dann… Dann bist du gar nicht grausam! Das ist alles nur gespielt!"

Ich ergriff wieder seine Hände, drückte sie fest. Mein Herz klopft wild. Es konnte alles gut werden, es gab eine Chance für uns. Seine Hände waren eiskalt.

„Mein Sonnenschein… Du verstehst nicht. Um an die Spitze zu kommen, musste ich viel grausames tun. Um das Vertrauen des Königs zu gewinnen, habe ich viele Menschen entführt, gefoltert und getötet. Familien auseinander gerissen… Im Namen des Königs wurden Kindern ihren Eltern weggenommen, Rebellen aufgespürt und getötet, und ich habe den Befehl ausgeführt."

„Aber das geschah eines höheren Zwecks willen."

„Würdest du das auch sagen, wenn ich dein Kind von deiner Brust gerissen hätte oder deinem Ehemann ein Schwert ins Herz gesteckt hätte? So viel Blut klebt an meinen Händen Yelena, das Blut von unschuldigen! Wie könntest du das vergessen?"

Er entriss mir seine Hände abrupt, drehte sich von mir ab, fuhr sich mit den Händen durchs Haar.

„Ich war so glücklich dich zu sehen, dass ich darüber hinaus alles vergass. Aber die Wahrheit ist, dass wir nicht zusammen sein können. Ich habe zu viel Grausames getan. Selbst wenn es für etwas Höheres war, wie könnten mir all die Opfer verzeihen? Und du, die du dich dem Heilen verschrieben hast. Mit mir an deiner Seite würdest du nur ein Leben voller Hass und Misstrauen leben. Dein Leben wäre niemals sicher. Die Königsfeinde hassen mich. Die Königstreuen werden mich ebenfalls bald hassen…"

Ich stellte mich dicht hinter ihn, wagte aber nicht, ihn zu berühren.

„Darum hast du Lucien aus deinem Leben verbannen wollen."

Ein trauriges Lachen entrang ihm.

„Der alte sture Esel. Er kennt die Wahrheit, hat alles getan, um mir zu helfen. Weisst du, was das Beste ist? Alina gehört seit Jahren zu den Rebellen. Ihr Vater war ein sehr hohes Tier unter ihnen."

„Nein! Nicht die sanfte und unschuldig aussehende Alina?"

„Oh doch. Als ich völlig fassungslos ab dem Erfahrenen bei ihnen angeklopft und alles erzählt hatte, hat sie uns beiden gestanden, dass sie seit vielen Jahren weiss, dass es nicht die Rebellen waren, weil sie dazu gehörte. Sie hatten schon lange den Verdacht, dass der König dahinersteckte, hatten aber nie beweise gehabt."

Ich war sprachlos. Die liebenswerte, zierliche Alina eine Rebellin? Unglaublich.

„Aber die beiden haben jetzt ein Kind. Ich wollte ihn nicht mit hineinziehen. Darum habe ich ihn gegen seinen Willen entlassen. Er sollte ein ruhiges Leben führen. Ich sorge dafür, dass es ihm finanziell an nichts fehlt."

„Moment mal, er weiss über alles Bescheid? Ich wusste doch, dass er mehr weiss, als er zugab."

Hab ich es doch gewusst du Schelm. Du hast mir die ganze Zeit etwas vorgespielt.

„Ja, er weiss Bescheid und hilft mir ab und an, heimlich natürlich. Ich habe ihn gebeten es niemandem zu erzählen, besonders dir nicht, solltest du wieder erwartet auftauchen. Er musste mir schwören, dir nichts zu sagen, die Geschichte meiner Grausamkeit sollte er unterstützen. Er konnte dieses Versprechen nicht brechen."

Lucien… Darum hast du mich vor ihm gewarnt? Glaubst du denn, er bedeutet mir weniger als dir? Glaubtest du ich würde ihn verlassen? Oder hast du dir in Wahrheit sorgen um mein Wohlbefinden gemacht? Oh guter alter Freund…

„Er half mir auch manchmal dabei, geächtete aus der Stadt zu schaffen. Wahrlich einige musste ich töten. Doch anderen konnte ich helfen zu verschwinden. Bauern, welche die Steuern nicht mehr bezahlen konnte, oder junge Menschen die als Spione angesehen wurden. Wusste ich früh genug Bescheid, half mir Lucien dabei, sie in Sicherheit zu bringen. Offiziell sind diese Leute einfach verschwunden und dem König berichte ich jeweils, dass sie im Verlies am Verrotten seien."

All die Gerüchte der verschwundenen Menschen. Er hatte sie gar nicht alle getötet, sondern versucht, so vielen wie möglich zu helfen. Das klang schon viel mehr nach meinem Nathaniel, den ich liebte.

„Und die Kinder deines Vorgesetzten? Die Fahrenden Händler hatten erzählt du hättest deinen Vorgesetzten getötet und seine ganze Familie inklusive des Neugeborenen."

„Hauptmann Ronald, ja. Er war ein Verräter. Er hatte das ganze Attentat auf unsere Familien mit dem König abgesprochen, gehörte zum inneren Kreis der Intrige, das hatte ich zu diesem

Zeitpunkt bereits herausgefunden. Durch eine List konnte ich den Spiess umdrehen, dem König glauben machen, Ronald habe ihn hintergangen und irgendwelche Gräueltaten ausplaudern wollen. Ich würde lügen, wenn ich behaupten würde, dass es keine Befriedigung war, ihn loszuwerden. Seine Frau und Kind habe ich mit Luciens Hilfe ausser Land schaffen lassen. Seine Majestät denkt, sie wären alle durch meine Hand gestorben."

Dem Himmel sei Dank.

Die Erleichterung war so gross, ich hätte weinen mögen.

„Noch etwas… Ich habe herausgefunden, wer das Schwert geführt hat, dass meine Frau niedergestreckt hat."

„Wer?!"

Er sah mich an, unsere Blicke trafen sich. Verständnis dämmerte in mir. So war ich es die den Namen aussprach.

„Hauptmann Frank."

„Genau der."

Was für eine Welt. Hauptmann Frank hatte nicht nur das Blut meines Vaters, sondern auch das von Lianna auf sich.

„Aber waren nicht Meuchelmörder angeheuert worden für die Gräueltaten?"

„In der Grosszahl ja. Bei einigen Familien waren aber auch eingeweihte, hochrangige königliche Soldaten mit dabei. Diejenigen von denen der König sicher war, dass sie für solche Abscheulichkeiten zu haben waren."

„Was für ein Dreckskerl."

„Oh ja. Aber er wird dafür bezahlen. Und auch Frank, das schwöre ich. Noch konnte ich ihm nichts anhängen. Mir fehlt der letzte Beweis. Ein Attentäter, der dabei war, in meinem Haus, hat ihn mir beschrieben. Die Beschreibung passt auf den Hundesohn… Aber ich brauche einen eindeutigen Beweis, ich möchte keinen unschuldigen niederstrecken. Im Herzen aber bin ich überzeugt, dass er es war."

„Wieso hat der König ihn denn degradiert? Er muss gefährlich für ihn sein, mit diesem Wissen, nicht?"

Nathaniel zuckte mit den Schultern.

„Der König hat nicht vor, ihn dauerhaft zu entlassen und Frank weiss das. Es soll nur eine Strafe sein, um ihn zu erinnern, was der Preis für Verrat ist. Im Grunde stellt er damit nur sicher, dass er immer schweigen wird."

„Was hast du jetzt vor? Wie möchtest du diesen Verrückten stürzen?"

„Durch einen geheimen Bund. Gemeinsam suchen wir seit Jahren nach dem verschwundenen, jüngeren Bruder des Königs. Er allein kann uns retten, die Herrschaft an sich reissen und dem Leiden ein Ende bereiten."

Ich sog scharf die Luft ein. Was für eine Wendung.

„Oh… Und habt ihr ihn gefunden?"

„Wir glauben ja. Viele Jahre haben Verbündete nach ihm gesucht, überall im Königreich. Es gab immer wieder Spuren von ihm. Viele Leute mussten ihm über all die Jahre geholfen haben. Vor einigen Monat haben wir die Nachricht erhalten, dass unsere Verbündete ihn gefunden und ihm eine Nachricht überbracht haben. Es hiess, dass er auf dem Weg hier her ist. Er ist eben volljährig geworden und kann somit endlich Anspruch auf den Thron erheben. Ich weiss nicht, ob die Information richtig ist und der junge Mann wirkliche auf dem Weg ist, wir können nur hoffen. Und die Zeit eilt, denn der Geburtstag von König Ilois ist in wenigen Tagen, es wäre eine perfekte Gelegenheit ihn zu stellen. Diese wird so schnell nicht mehr kommen. Denn dann werden viele Ranghohe Leute im Thronsaal vereint sein. Wenn wir vor ihnen allen den neunen König präsentieren könnten, haben wir gute Chancen, dass der junge Bruder akzeptiert wird."

Plötzlich kam mir ein Gedanke, so verwegen und doch so naheliegend, dass mein Herz wieder wie wild zu klopfen begann.

„Nathaniel… Die Gruppe des wahren Königs, bist du der geheimnisvolle Drahtzieher dahinter?"

Erschrocken sah er mich an. Sein Gesicht wurde vom schwachen Licht des Mondes erleuchtet, so dass ich den Schock darin sehen konnte, die Ungläubigkeit.

„Woher hast du von der Gruppe gehört?!"

Oje, das war alles so kompliziert. Ich hatte Marius versprochen, nichts zu erzählen. Vor allem Nathaniel nicht. Aber jetzt, wo sich die ganze Situation geändert hatte…

„Ich… werde dir das später erklären lassen, bitte vertrau mir. Ich möchte nur wissen, ob du der Drahtzieher bist?"

„Lange war es Alinas Vater gewesen. Er wurde auf einer Mission enttarnt und ermordet. Seitdem… bin ich es, ja."

Ich schloss die Augen, fühlte mich plötzlich unglaublich schwach. Nathaniel war es gewesen, der nach Marius hatte suchen lassen. Er hatte dafür gesorgt, dass sich Marius auf den Weg ins Königreich gemacht hatte, dass wir uns begegnet waren. Marius, der Nathaniel von Herzen hasste und keine Ahnung hatte, dass er ihn gerufen hatte.

Es war zu viel. Meine Beine gaben nach, für den Bruchteil einer Sekunde schien mir, ich würde zu Boden fallen. Dann lag ich bereits in Nathaniels sicheren Armen.

Er war auf die Knie gegangen und hatte meinen Kopf auf seinen Schoss gebettet, die Arme hielt er schützend um mich.

„Verzeih mir. Das war alles zu viel."

Viel zu viel… Und ich bin die Einzige, welche die gesamte Wahrheit

kennt. Ich bin die Verknüpfung zwischen den beiden so unterschiedli-
chen Männern.

Er wiegte mich in seinen Armen wie ein kleines Kind, murmelte immer wieder die Worte

„Verzeih mir…"

Ich versuchte mich zusammen zu reissen.

„Es gibt nichts zu verzeihen. Ich bin so froh, dass du in Wahrheit gar nicht für den König bist. Ich bin glücklich über die Wahrheit Liebster. Du weisst gar nicht wie sehr. Du hast gedacht ich würde mich von dir abwenden, wenn du mir die Wahrheit erzählst? Im Gegenteil. Ich bin so unendlich erleichtert."

„Dann… liebst du mich noch immer? Trotz allem?"

„Und wie. Von ganzem Herzen."

Er beugte sich über mich, um mich zu küssen. Seine warmen Lippen schienen mir kraft zu verleihen, ich schlang die Arme um seinen Hals.

Der Kuss dauerte lange, gab uns beiden die nötige Energie. Je länger er andauerte, desto besser fühlte ich mich, fühlte wie mein Blut sich beruhigte, wie die Wärme zurück in meinen Körper glitt, die Kälte wich. Mein Kopf wurde klar, endlich konnte ich einen Entschluss fassen.

Ich löste mich sanft von seinen Lippen, sah ihm fest in die Augen.

„Liebster, komm mit mir zu Lucien."

„Du weisst, dass das nicht geht mein Sonnenschein. Ich kann ihn nicht in noch grössere Gefahr bringen."

„Vertrau mir bitte. Es gibt Dinge, die du noch nicht weisst. Die du von jemand anderem erfahren musst. Ich habe ein Versprechen gegeben zu schweigen, doch es gibt jemanden, der dir weiterhelfen kann auf deiner Suche nach dem König. Und Lucien hat ebenfalls ein Recht darauf, es zu erfahren. Bitte komm mit mir."

„Ich... kann nicht. Luciens Leben wäre nicht mehr sicher, sollte man uns dort entdecken."

„Es ist wichtig. Wir werden vorsichtig sein, niemand wird uns sehen. Bitte vertraue mir. Ich muss dich unbedingt jemandem vorstellen. Es kann nicht länger warten. Du hast selbst gesagt, dass die Zeit drängt."

„Diesem Marius?"

Ich nickte, wollte aber Marius selber erzählen lassen. Nur so würde ich mein Versprechen ihm gegenüber halten können.

„Er gehört zu den Anhängern des wahren Königs, nur so viel kann ich dir verraten. Er ist wichtig Nathaniel. Du musst ihn unbedingt treffen."

„Ich verstehe nicht. Aber ich vertraue dir. Wenn es so wichtig ist wie du sagst und es sogar Wert ist Luciens Sicherheit zu riskieren, werde ich mit dir kommen."

Erleichterung durchströmte meinen Körper. Ich erhob mich, wischte mir den Schmutz von meinem Kleid. Ich wollte Lucien nicht mit hineinziehen, wusste aber, dass er es mir niemals verzeihen würde, wenn ich es ihm verheimlichte. Seine Frau war immerhin ein wichtiges Mitglied der Rebellen. Sie beide hatten ein Recht darauf selber zu entscheiden, ob sie helfen wollte. Nathaniel stand ebenfalls auf, stand mir gegenüber.

Nun hatte ich noch ein Thema anzuschneiden. Bevor er das Haus betrat und es selbst sah, lag es wohl an mir, die grausame und zugleich wundervolle Wahrheit zu erzählen. Es blieb mir nun keine Wahl mehr. Er sollte nicht vor einem Fremden, der ihn hasste, die Fassung verlieren müssen.

Ich wäre am liebsten im Erdboden versunken.

„Es... gibt noch etwas, dass du wissen solltest, bevor du das Haus betrittst."

„Oh?"

Trotz der Dunkelheit musste er mein Gesicht erblickt haben, denn seine Haltung versteifte sich. Er schien in mir zu lesen, dass es um etwas persönliches ging. Ich wollte sprechen, doch meine Kehle war staubtrocken, kein Wort entrang mir. Ich musste mehrfach Anlauf holen, erkannte wie sich Nathaniels Gesicht immer mehr verdüsterte als er merkte, wie ich mit mir rang. Endlich brach ich meinen Mut zusammen.

„Es geht um Marius Schwester, von der ich dir erzählt habe. Das kleine Mädchen... Sie ist nicht seine leibliche Schwester."

Er runzelte verwirrt die Stirn.

„Und?"

Himmel gib mir Kraft.

„Ich habe es erst heute erfahren..."

Nun mach schon Yelena. Sag es ihm, dann ist es draussen.

«Yelena?»

«Er hat sie als Baby gefunden und aufgenommen und... ach ich hatte keine Ahnung ich schwöre es dir.»

Sei kein Feigling. Bring es hinter dich.

„Sie... Sie ist deine Tochter."

Ich hielt den Atem an.

Sein Gesicht blieb unergründlich, veränderte sich kaum. Er starrte mich ganz einfach an, ohne jegliche Regung, den Mund halb offenen als wollte er etwas sagen, ohne zu wissen, was.

Ich versuchte die Stille zu überbrücken. Meine Stimme war flehend.

„Ich habe es nicht gewusst... Es ist mir erst gestern aufgefallen, die Ähnlichkeit... Marius hat es mir erzählt, er hat das Baby an sich genommen, als man dein Haus in Flammen gesetzt hat. Man hätte sie getötet, aber er hat sie gerettet und mit sich genommen.

Hat sie wie seine Schwester grossgezogen. Sie weiss nichts davon Nathaniel, sie weiss nicht, wer du bist!"

Er schwieg noch immer, rührte sich nicht, wie wenn er zur Salzsäure erstarrt wäre.

Ich wurde nervös, begann zu zittern.

„So sag doch etwas Liebster. Es tut mir leid ich wollte nicht... Ich dachte... Ich..."

Er beugte sich über das kleine Grab, fuhr sanft dem Stein nach, noch immer schweigend. Als er endlich sprach, war seine Stimme schwer, beinahe tonlos.

„Bist du sicher?"

Ich kniete mich neben ihn. Legte die Hand auf die Seine, welche auf dem Grabstein ruhte.

„Ich bin sicher. Sie sieht dir so ähnlich. Aber sie hat Liannas Augen. Lucien hat es auch erkannt, dachte aber bis gestern, dass Aryanna Marius leibliche Schwester sei und es deshalb unmöglich ist. Marius hat es mir gestanden als ich ihn darauf angesprochen habe. Aber Liebster... Sie weiss nicht, wer du bist, und fürchtet sich vor dir. Marius hat nicht viel Gutes von dir erzählt... Es tut mir so unendlich leid."

Was für verschwendete Worte. Wie wenn ein es tut mir leid die Tat ungeschehen machen und die verlorenen Jahre zurückbringen konnte.

„Warum?"

„Er hat das Baby gerettet, ohne zu wissen, dass es die Deine ist. Als er es erfuhr, hat er sich entschlossen das Baby zu behalten. Er hat sie sofort liebgewonnen und sie nach seiner verstorbenen Schwester benannt. Er hatte Angst sie würde sich von ihm abwenden, wenn sie die Wahrheit erfuhr. Er... hasst dich Nathaniel. Auf einer Mission, die Mission, bei der wir uns begegnet sind, hast du seinen besten Freund getötet, Kaspar. Diesen Hass und die damit verbundene Angst hat er unbewusst auf die Kleine übertragen. Das Rechtfertigt das Ganze nicht, ich weiss… Aber Nathaniel, er liebt sie sehr und kümmert sich rührend um das Mädchen. Das ist das Einzige, was ich zu seiner Verteidigung sagen kann."

Noch immer wirkte er teilnahmslos. Was in seinem Inneren vorgehen mochte, konnte ich nur erahnen. Welchen Kampf, welche Emotionen focht er mit sich selber aus?

„Also… ich habe also eine Tochter?"

Mein Herz machte einen Satz der Liebe.

„Ja Nathaniel. Dein Mädchen lebt und sie ist ein wundervoller kleiner Mensch. Ich habe sie sehr liebgewonnen."

„Er… Dieser Marius, hat sie vor dem sicheren Tod gerettet, nicht wahr?"

„Ja."

Ein trauriges Lächeln umspielte seine Lippen.

„Selbst mein eigenes Kind hasst mich also. Wieso willst du mich dorthin bringen Yelena? Wie soll ich diesem Mann gegenübertreten?"

Ich griff nach seiner freien Hand, umklammerte sie mit aller Kraft.

„Verzeih mir. Marius ist kein schlechter Mensch. Er ist wichtig für euer Vorhaben, für das Königsreich. Wenn es einen anderen Weg gäbe, hätte ich dir das niemals angetan, würde niemals von dir verlangen, den Menschen zu treffen der deine eigene Tochter… Es gibt keinen anderen Weg wenn wir den König stürzen wollen, Geliebter. Marius ist ein guter Mensch mit Fehlern, genau wie du."

Er erhob sich schwerfällig, unsere Hände blieben fest ineinander verschlossen.

„Gut. Dann lass uns zu dem Haus gehen. Ich brauche etwas Zeit, um meine Gedanken zu ordnen. Ich möchte die ganze Wahrheit wissen, vorher werde ich wohl in dieser Nacht ohnehin nicht zur Ruhe kommen."

17. Der andere König

Wir schlenderten schweigend nebeneinanderher. Ich umklammerte fest seine Hand, versuchte, ihm etwas von meiner Kraft zu geben.

Nathaniel war tief in seine Gedanken versunken. Wir hatten beide keine Eile, fürchteten uns vor dem bevorstehenden. An dem Zittern seiner Hände erkannte ich, wie aufgewühlt er war. Und wer konnte es ihm verübeln? Acht Jahre hatte er an einem leeren Grab gestanden. Jetzt plötzlich zu erfahren, dass dieses Kind am Leben war, wen hätte das nicht aus der Bahn geworfen? Ich fühlte, dass er sich nicht zu viel Hoffnung machen wollte, bevor er sie mit eigenen Augen gesehen hatte.

Wir beobachteten das Haus mit einiger Entfernung lange. Es schienen keine Wachen dort zu sein. Anscheinend rechnete man damit, dass ich mich in der Zwischenzeit irgendwo anders versteckt hatte. Trotzdem harrten wir über 10 Minuten aus, um sicher zu gehen, dass niemand um das Gebäude herumschlich. Erst dann begaben wir uns in das Innere der hohen Mauern, suchten in ihrem Schatten Schutz. Bevor wir auf die Türe zuschritten, hielt mich Nathaniel mit einem Händedruck zurück.

„Ich habe Angst Yelena."

Flüsterte er in die Nacht. Um ihn zu beruhigen, lächelte ich tapfer.

„Ich weiss Liebster. Es wird keine einfache Begegnung werden, mit keinem in dem Haus. Aber was immer auch geschieht, ich bin bei dir."

„Ich verstehe nicht, wie du zu mir halten kannst, immer noch."

Ich legte meine Arme um ihn.

„Ich werde immer zu dir halten. Ich gehöre zu dir und werde dich nie wieder gehen lassen."

„Du bist so viel stärker geworden mein Sonnenschein."

„Ich habe einiges erlebt. Ich weiss, wie es ist, ohne dich zu leben und möchte es nicht mehr. Nie mehr. Komme, was wolle."

Eine Weile hielten wir uns stumm umschlungen, wollten den Moment hinauszögern, das Haus nicht betreten, einfach nur zu zweit sein. Doch dann löste ich mich entschlossen von ihm.

„Komm, bringen wir es hinter uns."

Ich gab das Klopfzeichen. Auch dieses Mal dauerte es nicht lange bis die Tür geöffnet wurde. Alina stand dahinter.

„Meine Güte Yelena…"

Dann erblickte sie den Mann, der hinter mir im Halbdunkeln stand. Sie wurde bleich.

„Nath…"

Sie sah um sich, als wollte sie sichergehen, dass niemand hinter uns stand. Nathaniel versuchte sie zu beruhigen.

„Wir haben aufgepasst. Es ist uns niemand gefolgt Alina."

Sie nickte, öffnete dann die Tür. Es war seltsam in das plötzlich helle Kerzenlicht zu treten, ich wurde kurz geblendet. Hinter Alina stand Lucien, einen Dolch in der Hand. Als er uns beide erblickte, liess er ihn erleichtert fallen. Er umarmte zuerst mich, dann seinen Freund.

„Beim Himmel Nathaniel, es tut gut dich zu sehen."

Er klopfte ihm auf die Schultern.

„Luc… Es ist eine Weile her."

„Was soll das bedeuten?"

Die Stimme hinter Lucien war eisig.

Marius stand dort, zur Salzsäure erstarrt blickte er auf den vermeintlichen Feind. Den Blick, welchen er mir zuwarf, sprach von schweren Vorwürfen, verletztem Vertrauen. Er hatte sein Schwert gezückt, hob es drohend erhoben. Ich hob abwehrend die Hände.

„Mach dir keine Sorgen Marius, es ist alles in Ordnung. Hab

vertrauen."

„Vertrauen? Du weisst, wer er ist, und bringst ihn dennoch hier her? Und ich dachte Lucien sei nicht mehr sein Freund. Doch kaum taucht der hier auf, fallen sie sich in die Arme? Was für ein Spiel wird hier gespielt Yelena? Hast du mich verraten?"

Ich schüttelte den Kopf.

„Das würde ich nie tun Marius, trotz allem nicht. Die Umstände haben sich geändert, deshalb bin ich hier."

Drohend richtete er sein Schwert auf Nathaniel, obwohl mehrere Meter die beiden Feinde voneinander trennten.

„Der hier ist nicht willkommen. Er soll verschwinden. Du hast versprochen, ihn nicht in meine Nähe zu bringen. Jetzt muss er den Preis zahlen."

Nathaniel betrachtete den jungen Mann von Kopf bis Fuss. Sein Blick verriet nichts, doch seine freie Hand ruhte auf dem Knauf seines Schwertes.

„Glaubt mir, ich wäre liebend gerne überall anders nur nicht in Eurer Nähe. Aber ich vertraue Yelena. Sie hat gesagt, es sei wichtig herzukommen."

Marius bewegte sich mit erhobenem Schwert auf Nathaniel zu, ich stellte mich schützend vor ihn, die Hände weit ausgestreckt. Marius blieb stehen, starrte mich an.

„Beruhig dich Marius. Ich habe dir doch gesagt, dass ich mich zwischen euch stellen werde. Du weisst, dass du zuerst mich töten musst, bevor du an ihn herankommst. "

Marius schnaubte verächtlich.

„Ihr habt sie verführt und hörig gemacht. Natürlich würde sie alles für Euch tun, selbst ihr Leben geben. Was seid ihr für ein Feigling, dass ihr diese Frau vor euch stellen lasst. Sie hat mich verraten, nicht wahr? Mein Geheimnis preisgegeben und Ihr seid hier,

um mich zu töten."
Verwirrung trat in sein Gesicht. Schützend blieb ich vor Nathaniel stehen.

„Er weiss gar nichts Marius! Ich habe nichts verraten. Aber ich bin hier, um einige Missverständnisse aufzuklären. Du kennst mich Marius, ich würde dich niemals verraten."
Wenn nur Aryanna nicht auftauchte. Noch einen zusätzlichen Zündstoff konnte das Fass zum Überlaufen bringen.
Wie wenn sie den Gedanken gelesen hätte, tapste das kleine Mädchen schüchtern die Treppe hinunter und stand vom Licht des Kaminfeuers hell erleuchtet im Wohnzimmer. Marius und Nathaniel schnappten gleichzeitig nach Luft.
„Bist du zurück Yel? Bist du immer noch böse auf mich?"
Ich wollte sie in den Arm nehmen, um sie zu beruhigen, wagte es jedoch nicht mich zu rühren. Ich spürte Nathaniels nervösen Atem im Rücken. Ich konnte spüren, wie er versuchte, seine Fassung zu wahren. Ich musste die Situation schnellstens unter Kontrolle bringen oder es würde doch noch Blut fliessen.
„Ich war dir nie böse meine Kleine. Es waren nur ein verwirrender Tag."
Sie wollte auf mich zu rennen, doch ihr Bruder hielt sie an den Schultern zurück.
„Nicht kleine Prinzessin."
Verwundert richtete sie den Blick von Marius zu mir und dann endlich auf den Mann hinter ihr.
„Wer ist das Bruder Marius?"
Marius erkannte in meinen Augen die Wahrheit, wusste, dass der ihm verhasste Mann wusste, wer das Mädchen war. Für einmal war es mir egal, dass man meine Gedanken wie ein offenes Buch lesen konnte, er sollte es ruhig wissen.

„Das ist General Nathaniel Lootalian kleines Schwesterchen."
Das Gesicht des Mädchens wurde aschfahl, sie versteckte sich hinter ihrem Bruder, umklammerte seine Beine, während sie zu zittern begann.

Ich blickte seitlich zu Nathaniel, registrierte wie sich sein Gesicht versteinerte, jegliche Emotionen verlor, wie vor einem Trainingskampf und wahrscheinlich auch dann, wenn er einen Befehl ausführen musste, welcher ihm nicht gefiel. Das Gesicht eines Generals, der keinerlei Gefühle preisgab. Er wollte den anderen gegenüber nichts preisgeben. Ich drückte ermutigend seine Hand, was mir wiederum einen erbosten Blick von Marius entgegenbrachte. Ich näherte mich dem Mädchen.

„Aryanna liebes. Wir haben uns in ihm geirrt. Er ist nicht so böse wie dein Bruder gedacht hat."

Die Worte schienen sie nicht zu überzeugen, sie wich sogar von mir zurück. Schützend nahm Marius sie auf die Arme.

„Keine Angst Aryanna, ich beschütze dich."

Zum ersten Mal erhob Nathaniel seine Stimme. Sie klang kalt, gar nicht so, wie ich ihn kannte.

„Und vor wem wollt Ihr Sie schützen? Vor euren eigenen Lügen?"
Er stellte das Mädchen wieder ab, stand vor sie.

„Vor Menschen wie euch, die Mordend durch das Land reiten und unschuldige entführen. Bestien die dem König wie Marionetten dienen."

„Ach, mit Kindesentführung kennt ihr euch ja bestens aus."
Marius Temperament brach durch. Mit erhobenem Schwert wollte er sich auf seinen Feind stürzen. Zum Glück war Lucien darauf vorberiet und trat geistesgegenwärtig dazwischen. Mit einem einzigen sicheren Griff, entledigte er den jungen Mann seines Schwertes und rammte ihm das Knie in den Magen, gerade so

fest, dass er stöhnend auf die Knie fiel.

Wahrlich wenn Marius nicht lernte dieses Temperament zu zügeln, würde es ihn umbringen, und zwar bald. Aryanna umarmte ihren Bruder, Tränen traten in ihre Augen. Wie musste das alles auf das kleine Mädchen wirken?

Ich sah in Luciens Blick wie leid es ihm tat, Aryanna so aufzuwühlen. Marius Schwert kickte er mit dem Fuss in eine Ecke.

„Beruhigt euch, alle. Das Zanken hilft niemandem weiter. Am allerwenigsten unserer kleinen Aryanna. Ich bin sicher, dass Yelena gute Gründe dafür hatte, Nath hier her zu bringen. Sie ist ein vernünftiger, besonnener Mensch. Einigen wir uns doch darauf, dass wir alle ihr vertrauen. Ich möchte endlich Licht im Dunkeln und die ganze Wahrheit wissen. Aber dazu müsst ihr euch alle beruhigen."

Aryanna begann laut zu schluchzen. Alina wollte sich dem Mädchen nähern, doch Lucien hielt sie zurück.

„Es ist zu gefährlich jetzt hinauszugehen Geliebte. Bitte geh mit dem Mädchen und unserem Sohn in den oberen Stock und kümmere dich um die beiden."

Alina biss sich auf die Lippen. Ich wusste, dass sie gerne dabei sein und alles hören wollte. Gleichzeitig verstand sie, dass die Kinder ausser Hörweite gebracht werden sollten und dass es für ihren Mann noch viel wichtiger war, alles zu erfahren. Ich erkannte es als unglaublichen Akt der Stärke, dass sie einmal mehr bereit war sich mit den Kindern zurückzuziehen und sich in aller Ruhe und Liebe um sie zu kümmern, vor Neugierde beinahe platzend. Ich glaube, ich hätte das nicht ausgehalten.

Marius erhob sich schwerfällig.

„Ich werde meine Schwester nicht allein mit irgendjemanden lassen, bis ich weiss was hier gespielt wird!"

Alina trat auf meinen Freund zu, legte ihm sanft die Hand auf die Schultern. Er liess sie gewähren.

„Marius. Ich kann mir vorstellen, wie du dich fühlst. Aber das arme Kind hat wirklich schon genug mitgemacht. Muss sie sich das alles anhören? Redet miteinander und dann geh zu ihr, um sie zu beruhigen. Im Moment bist du zu aufgeregt, um für sie da zu sein. Lass mich das übernehmen, ich bin ja nur im oberen Stock. Und wenn alles klar ist, musst du für sie da sein, dass ist deine Aufgabe als ihre engste Vertrauensperson."

Ihre Stimme, obschon ruhig, war voller Autorität. Er zögerte zunächst kurz, willigte dann mit einem Kopfnicken ein. Die gute, treuherzige Frau umfasste sanft Aryannas Hand.

„Komm kleine Prinzessin. Die Erwachsenen sind heute seltsam drauf. Lass sie erwachsenen Gespräche führen, während wir etwas lustiges spielen."

Sie war so verwirrt, dass sie sich wortlos wegführen liess. Tränen glitten leise ihre Wangen herunter. Es tat mir im Herzen weh, sie nicht beruhigen zu können. Alina schnappte sich noch das Baby und verschwand dann im oberen Stockwerk. Sie war wahrlich eine tapfere Frau. Lucien würde ihr sicherlich alles im Detail erzählen.

Ich beobachtete, wie Nathaniel dem Mädchen mit traurigem Blick nachsah. In seinen Augen erkannte ich einen unendlich tiefen Schmerz. Trotzdem schenkte er seinem besten Freund ein dankbares Lächeln.

„Sie ist eine gute Frau Luc."

„Danke Nath. Das ist sie. Ich bin so dankbar, dass ich sie haben darf. Wollen wir uns nicht alle setzten?"

Lucien liess sich auf einem Stuhl bei dem grossen Holztisch nieder. Ich setzte mich ihm gegenüber, doch die anderen beiden

Männer blieben stehen. Nathaniel neben der Haustür, Marius bei der Treppe. Die beiden fixierten sich. Marius hatte das Schwert wieder geholt und in die Hand genommen, erhob es aber nicht mehr. Stattdessen betrachtete er es nachdenklich. Hoffentlich blieb er vernünftig. Ich wusste, wie schnell Nathaniel seine Waffe gezückt haben würde, wenn er Gefahr roch.

Lucien sah mich mit einem resignierten Lächeln an.

„Nun kommt schon ihr beide. Ich habe das Gefühl Yel kennte zusammenhänge, die uns anderen noch verborgen sind."

Ich nickte.

„Bitte Nathaniel. Erzähl Marius die Wahrheit."

Seine Arme waren verschränkt, seine Mundwinkel zuckten verärgert.

„Bist du sicher, dass wir ihm trauen können mein Sonnenschein? Kaum ein Mensch weiss davon… Dir ist bewusst, dass ich alles riskiere in dem ich diesem Mann so ein grosses Geheimnis anvertraue? Weisst du, was du von mir verlangst?"

„Als ob mich deine Geheimnisse interessieren würden."

Ich schoss Marius einen bösen Blick zu, welchen ihn zum Schweigen brachte. Nathaniel war der vernünftigere der Beiden, er musste zuerst seinen Teil erzählen.

„Ja, ich bin mir sicher und ja, ich bin mir all dem Bewusst. Und ich bitte dich darum, mir zu vertrauen mein Liebster. Es wird alles einen Sinn ergeben, ich verspreche es. Sei weniger stur als Marius dort hinten und mach den ersten Schritt, für mich."

Er lächelte mir resigniert zu. Ich sah, wie sich Marius verkrampfte. Auch er hatte die Arme verschränkt, das Schwert immer noch in der Hand haltend. In ihrer gegenseitigen Abneigung vereint sahen die beiden sich gar nicht so unähnlich.

„Also gut. Ich nehme an deinem jungen Freund ist der Bund des wahren Königs vertraut?»

Marius nickte, ohne eine Miene zu verziehen. Nathaniel holte tief Luft und sah Marius dann direkt in die Augen.

„Nun… ich bin deren Anführer."

Mit was Marius auch immer gerechnet hatte, das war es sicherlich nicht gewesen. Seine Augen wurden gross, er starrte den General des Königs ungläubig an, schüttelte immer wieder den Kopf.

„Das kann nicht sein. Das ist eine Lüge! Und so etwas glaubst du ihm Yelena? Wie naiv bist du eigentlich?"

Lucien seufzte.

„Es ist keine Lüge, ich kann es bestätigen. Ich war die ganze Zeit eingeweiht. Ich habe nur so getan, wie wenn Nath und ich uns zerstritten hätten. In Wahrheit suchen wir seit langem nach dem jungen Thronfolger… Alinas Papa war früher der Anführer, leider ist er vor einigen Jahren verstorben und hat Nathaniel die Aufgabe anvertraut."

„N… Nein. Er ist dem König loyal zu Diensten. Warum sollte ein Mann mit einer solchen Macht den König stürzten wollen?"

Da Nathaniel schwieg, sprach ich die Worte aus.

„Weil der König seine Frau hat er morden lassen. Und viele andere Familien auch."

Unglaube zeichnete sich auf das Gesicht des Mannes, immer wieder schüttelte er den Kopf, während ich ihm in kurzen Worten die Geschichte wiederholte, welche Nathaniel mir vor wenigen Stunden anvertraut hatte.

Als ich geendet hatte, herrschte langes Schweigen. Marius schien sichtlich mit sich zu kämpfen.

„Dann wart Ihr der Drahtzieher… Der Mann der nach dem Bruder des Königs hat suchen lassen? Ihr seid der grosse Unbekannte?"

„So ist es. Niemand wünscht sich mehr als ich, dass der Tyrann gestürzt wird. Seit Jahren versuche ich, andere Befehlshaber vor einem ähnlichen Schicksal zu schützen. Der König ist einmal damit durchgekommen, er hat Blut geleckt… Ich werde niemals zulassen, dass immer und immer wieder Menschen nur deshalb Leiden müssen, damit der König mehr und mehr Macht erhält. Aber ihn zu töten, ohne einen Nachkommen, wäre irrsinnig. Das Königreich würde dem Wahnsinn verfallen. Es gibt genug hoch rangierte, ferne Verwandte die sich den Thron liebend gerne unter den Nagel reissen würden. Alle die ich kenne, sind nicht weniger tyrannisch als seine Majestät. Es könnte gar in einem Krieg enden. Nur der Bruder des Königs, kann den Platz einnehmen, ohne dass unser Reich auseinanderfällt. Ich habe mich über ihn erkundigt und bis jetzt nur Gutes gehört. Er soll gerecht und fürsorglich sein und doch bei Weisen Männern gelernt haben, ein Reich zu leiten. Darum hoffe ich darauf, dass er der beste und geeignetste ist. Ich setzte meine ganze Hoffnung in ihn. Darum frage ich euch: Wisst Ihr, wo er sich aufhält?"

Marius starrte mich hilfesuchend an. Er wusste, was ich erwartete. Wusste, dass es an ihm war, preiszugeben, wer er war. Ich hatte versprochen zu schweigen.

Ich verstand, wie schwer ihm das fallen musste. All die Jahre hatte er den General gehasst, auf Leben und Tot. Er hatte seine Tochter aufgezogen und ihr alle Liebe der Welt gegeben, wollte den Vater jedoch niemals selbst zu Gesicht bekommen. Und nun sollte er sich ausgerechnet diesem Mann anvertrauen, sein Leben in seine Hand geben.

„Warum nur Yelena? Warum er?"

Das hatte er mich kürzlich schon einmal gefragt. Ich erhob mich und trat auf meinen jungen Freund zu. Langsam legte ich beide

Arme auf seine Schultern.

„Der Kreis scheint sich zu schliessen und wir alle mussten erfahren, dass Gut und Böse manchmal nahe beieinanderliegen. Wenn du... Das werden willst, was ich hoffe, dass du es wirst, musst du vertrauen schöpfen. Es liegt alles an dir, doch dazu musst du dein Herz öffnen, auch wenn es dir schwerfällt. Nathaniel ist vielleicht deine einzige Chance, ob dir das gefällt oder nicht."

„Du vertraust ihm voll und ganz?"

Ich nickte. Resigniert liess er die Schultern sinken, dann ergriff er meine Hände.

„Nun verstehe ich, warum wir uns begegnet sind. Ohne dich wäre es niemals möglich gewesen, diesem Menschen zu vertrauen. Nur durch dich haben wir vielleicht eine echte Chance. Danke Yelena."

Er richtete sich zu seiner vollen Grösse auf. Er war kein grosser Mann, doch wenn er sich aufrichtete, gerade dastand, konnte man das königliche in ihm erkennen, fühlen wer er sein konnte. Mit ein wenig Geduld und Vertrauen. In diesem Moment war ich unglaublich stolz auf ihn.

Er hielt meine rechte Hand fest, presste sie, während er die Worte endlich aussprach, mit Autorität in der Stimme.

„Dann höret mein Geheimnis. Ihr habt den Bruder des Königs gefunden. Ich bin Prinz Maurillio von Lootan und bin hier um mein Recht auf den Thron geltend zu machen."

Die Reaktion war ein einmaliges Erlebnis. Lucien fiel die Kinnlade herunter, er fiel buchstäblich von seinem Stuhl bis er auf den Knien sass, den Kopf auf den Boden liegend.

Nathaniels erster Blick galt mir, las die Bestätigung darin die er suchte. Dann fiel auch er in einen tiefen Knicks, verbeugte sich vor dem potenziellen König. Und ich stand kerzengerade daneben wie eine Königin, ohne zu wissen wie mir eigentlich geschah. Der junge hätte gern König rieb sich verlegen die Hand über das zerzauste Haar, eine Reaktion, welche mich so sehr an Nathaniel erinnerte, dass ich beinahe aufgelacht hätte.

„Schon gut, schon gut, erhebt euch um Himmels willen. Noch bin ich nichts weiter als ein Flüchtling."

Nathaniels Augen musterten ihn mit neuem Interesse. Ein grimmiges Lachen umspielte seinen Mund währen er sich wieder aufrichtete.

„Welch eine Ironie."

„Jep, das kann man wohl sagen. Wir hätten wohl beide nicht mit dem anderen gerechnet."

Lucien war völlig aus der Fassung geraten.

„König Maurillio, ich bitte um Verzeihung über die bescheidene Unterkunft, ich konnte ja nicht wissen…"

„Marius bitte. Und die Unterkunft ist perfekt. Ich bin noch kein König, ich weiss nicht einmal, ob ich jemals einer sein werde. Und selbst wenn, benötige ich diese Förmlichkeiten nicht."

Müde fuhr sich Nathaniel mit der Hand über das Gesicht. Das war wohl eindeutig zu viel für einen Tag gewesen.

„Zeigt uns das Mal, bitte."

Verwundert sah ich die beiden an. Lucie erklärte es mir.

„Die königlichen Kinder haben beide ein Mal oberhalb der linken Brust, seit ihrer Geburt. Alle Königskinder haben es, sagt man. Es gleicht einem Halbmond."

Marius hatte sich bereits das Hemd ausgezogen. Er liess es achtlos zu Boden gleiten. Oberhalb seiner linken Brust war es. Ein Muttermal in Form eines Halbmondes, für uns alle gut sichtbar. Ich hatte es bereits mehrfach gesehen, wenn er sich auf unserer Reise umgezogen hatte, ohne zu wissen, was es bedeutete.

Nathaniel nickte.

„Danke. In dem Fall werden wir euch selbstverständlich zur Verfügung stehen und alles in unserer Macht Stehende unternehmen, damit Ihr den Thron besteigen könnte."

„Das freut euch wohl gar nicht, was?"

Marius zog sich das Hemd wieder über den Kopf. Ich stand noch immer neben ihm, wusste nicht recht zu wem gehen, oder was tun. Es schien, als ob beide Männer mich brauchen würden.

„Erfreut? Solange Ihr gerecht seid und besser als König Illois könnte von mir aus auch ein fünf Jähriger den Thron besteigen, es kümmert mich nicht. Yelena vertraut Euch, meine… *Tochter* scheint Euch zu vergöttern. So ein schlechter Mensch könnt Ihr demnach wohl nicht sein."

Marius zuckte zusammen bei dem Wort *Tochter*.

„Ahm… Was das betrifft… Ich…"

„Ich will keine Ausreden hören, auch von einem König nicht. Yelena hat es mir erzählt, mehr brauche ich im Moment nicht zu wissen."

„Ich werde sie nicht hergeben!"

Schoss es aus Marius hervor. Seine Stimme wurde emotional, er ballte die Hände zu Fäusten.

„Was ich getan habe, war unrecht, das gebe ich zu. Aber sie ist bei mir aufgewachsen, sie wäre tot, wenn ich nicht gewesen wäre. Und ich liebe sie wie eine leibliche Schwester. Ich kann ihr ein besseres Leben bieten. Es lässt sich nicht mehr rückgängig machen."

Alle drei starrten wir ihn an. Eins musste man Nathaniel lassen, trotz Müdigkeit und einer Hiobsbotschaft nach der anderen, blieb er gelassen, hob nicht einmal die Stimme, als er sprach.

„Wir werden sehen junger König. Ich glaube kaum, dass das der
Zeitpunkt ist, um darüber zu diskutieren. Ich kann Euch kaum er-
schlagen noch bevor ihr den Thron ersteigt."
Lucien ging dazwischen, bevor die beiden wieder anfangen,
konnten sich zu zanken.
„Es war ein ereignisreicher Tag und es ist spät. Ich würde sagen,
wir schlafen alle darüber und halten Morgen Kriegsrat. Wir sind
alle Müde und gereizt. Ausserdem sind im oberen Stock zwei
Frauen, welche auf uns warten. Eine, auf Erklärungen und die
andre auf Trost."
Nur ich, die ich Nathaniel so gut kannte, bemerkte die Emotionen,
welche sich hinter den fast durchsichtig wirkenden Augen ab-
spielten. Ich wusste, dass er Aryanna am liebsten aufgesucht und
ihr die Wahrheit erzählt hätte. Wusste, dass er sie so gerne in die
Arme genommen hätte. Es musste ihn alle Kraft der Welt kosten
diesen Impuls zu unterdrücken.
„Einverstanden Luc. Das Mädchen braucht Euch Marius, also
schaut zu, dass Ihr sie trösten könnt. Ich gehe bevor man mich
hier entdeckt."
„Nein warte!"
Entfuhr es mir. Ich rannte zu ihm, hielt seinen Arm fest.
„Bleib hier. Es ist viel auffälliger hin und her zu huschen als hier
zu bleiben. Niemand hat uns hereinkommen sehen, niemand
weiss, wo du bist. Bitte bleib."
„Ich würde gerne bei dir bleiben mein Sonnenschein. Aber der
König wird meine Abwesenheit spätestens Morgen bemerken, ich
muss zurück."
„Wann wirst du von ihm erwartet?"
„Gegen Mittag."
„Dann bleib, wenigstens ein paar Stunden. Gleich in der Früh,

wenn wir alle ein wenig geschlafen haben, können wir uns beraten, die nächsten Schritte planen. Danach kehrst du zurück und
bist rechtzeitig im Palast."

Meine Stimme wurde flehend, ich wollte ihn nicht schon wieder
gehen lassen. Er lächelte mich zärtlich an, strich mit der Hand
über mein Gesicht. Dann glitt sein Blick zu Lucien. Dieser nickte,
ebenfalls lächelnd.

„Du kennst die Gefahr Luc."

Er zuckte mit den Schultern.

„Klar, schliesslich bin ich dein persönlicher Pfeilableiter. Aber mit
Yelena so nah, haben wir alle nichts zu befürchten. Du weisst ja,
wie hervorragend sie Leute zusammenflicken kann."

Das Lachen, dass aus all unseren Kehlen kam, war befreiend. Für
einige Sekunden schien es, dass alles gut werden konnte. Nathaniel nickte mir zu.

„Einverstanden. Ich bleibe heute hier."

Ich drückte ihn an mich.

Ohne grosse Kommentare, kam Nathaniel mit in mein Zimmer.
Sowohl Lucien als auch Marius wussten über uns Bescheid. Wenn
es auch fern jegliches Anstandes war, wir wussten nicht wie viel
Zeit uns zusammenbleiben würde. Ob wir beide überleben würden. So wollten wir zusammen sein, solange wir konnten, auch
ohne den Segen einer Ehe.

Kaum hatte sich die Tür hinter uns geschlossen, versanken wir in
den Armen des anderen, liebten uns dann, so zärtlich wie noch
nie. Der Tag war emotional hart gewesen für beide von uns. Hatte
so vieles ans Licht gebracht, gutes und trauriges.

All die Emotionen kamen jetzt zum Vorschein, drückte sich in der
Art aus, in der wir uns aneinanderschmiegten, einander

brauchten. Trotz der totalen Erschöpfung dauerte der Akt lange, war intensiver als jemals zuvor.

Erst danach, als ich glücklich in seinen Armen lag, sprach Nathaniel wieder.

„Er liebt dich, hast du das bemerkt?"

Ich hatte die Augen geschlossen, kuschelte mich an seinen warmen Körper. Er streichelte sanft meinen Rücken.

„Wer?"

„Der junge, zukünftige König."

Überrascht sah ich hoch.

„Marius? Aber nein. Wir sind nur gute Freunde."

„Wenn du meinst…"

Er liess es im Raum stehen. Ich drückte ihn an mich, schlang die Beine um ihn.

„Ich liebe *dich*. Nur dich."

Seine Lippen waren salzig, als er mich nun sanft küsste.

„Mein Herz gehört dir Yelena, egal was passiert."

Ich war zu müde, um über seine Worte nachzudenken. Ich wollte nicht noch mehr Probleme oder mögliche Hindernisse hören, mich einfach nur in seinen Armen vergessen und zum ersten Mal im Leben an seiner Seite einschlafen. So kuschelte ich mich an ihn, bis mich seine Wärme vollumfänglich umfing. Vollkommen glücklich, schlief ich innert Sekunden ein.

18. Für das Königreich

Nathaniel erwachte schweissgebadet, mitten in der Nacht. Einmal mehr hatte ihn ein Alptraum aus dem Schlaf gerissen. An seiner Seite schlief Yelena noch friedlich an ihn gekuschelt.

Sein Herz schlug höher. Nie hätte er gedacht, sie wieder zu sehen, mit ihr noch einmal vereint zu sein. Es schien ihm wie ein Wunder.

Er sah sie lange an, betrachtete ihr Gesicht, wachte über ihren friedlichen schlaf. Dann erhob er sich widerwillig, wohl wissend, dass er vorläufig keinen Schlaf mehr finden würde. Er schlief seit Jahren nur noch wenige Stunden pro Nacht. Die getöteten und entführten liessen ihn nicht zur Ruhe kommen, schlichen sich in seine Träume. Er war froh, dass er nicht aufgeschrien und Yelena dabei geweckt hatte.

Er zog sich die Hose und sein Hemd über.

Dann gab er Yelena einen Kuss auf die Stirn. Sie lächelte, erwachte allerdings nicht, sondern schlummerte friedlich weiter. Er tastete sich aus dem Raum, die Treppe herunter und ins Freie, innerhalb der sicheren Mauern des Hauses.

Irgendwie überraschte es ihn nicht, Marius draussen zu sehen. Der junge Mann stand den Kopf an die Wand gelehnt, die Faust gegen die Mauer gedrückt. Nathaniel überlegte, ob er umkehren sollte, entschied sich aber dagegen. Als Marius die Schritte hörte, drehte er sich um. Beim Anblick des jahrelangen Feindes lachte er bitter auf.

„Das war ja klar, dass Ihr es sein würdet."

Nathaniel verschränkte die Arme.

„Und was hält euch um diese Zeit wach?"

„Verantwortung... Ungewissheit... Reue... Und andere Dinge welche Euch nichts angehen."

Nathaniel machte ein paar Schritte auf den jungen Prinzen zu.

„Es muss eine schwere Bürde sein."

Marius drehte sich wütend zu ihm um.

„Was wisst Ihr davon? Ein Leben lang war ich auf der Flucht, habe heimlich trainiert. War kurz vor dem Hungertot. Immer wissend, dass das wohl des Landes irgendwann auf meinen Schultern ruhen könnte. Vom eignen Bruder verhasst und beinahe getötet. Der Bruder den ich als kleines Kind bewundert habe. Auch mich hat er verraten. Er hat mir alles genommen, Familie, Heimat… Alles. Ich war auf mich allein gestellt. Hatte Verbündete aber bis vor kurzem, kaum Freunde. Es gab nur mich und… die Kleine. Was stellt Ihr euch vor, was das für ein Leben ist?"

„Ein hartes."

Für einmal schienen sich die beiden zu verstehen. Hatten sie doch beide bittere Erfahrungen gemacht.

„Ihr! Ihr seid Mitschuld, dass ich einen guten, einer meiner einzigen Freunde verloren habe. Ihr tragt Mitschuld an meiner Einsamkeit. Erinnert ihr euch an den Hinterhalt vor vier Jahren? Ihr wolltet nach mir suche und mich töten, mein Freund hat bei dem Versuch mich zu retten sein Leben verloren."

Marius war rot vor Zorn. Nathaniel hingegen, schien erheitert.

„Dann wart Ihr es, den wir suchen und töten sollten. Wir wussten es nicht. Aber wisst Ihr, dass ich ungewollt euer Leben erdenklich leichter gemacht habe? Ich habe es sogar bewusst verschont, ohne euch zu kennen."

Marius runzelte verwundert die Stirn. Es war kühl geworden und der junge Mann begann zu frieren.

„Ich verstehe nicht."

„Zweimal hätte ich euer Leben vernichten können vor vier Jahren. Lucien war verletzt und bei Yelena im Dorf in Behandlung, während wir dort einige Tage verbrachten. Eines Abends, ich konnte nicht schlafen, ritt ich von Yelenas Dorf aus, durch die Wildnis, ohne Ziel. Und wisst Ihr, wo ich landete? Im Nachbarsdorf, dort, wo Ihr euch damals

aufgehalten habt. Von weitem hatte ich einige der Männer, die uns über-
fallen hatten, erkannt. Doch ich entschied mich, umzukehren. Ich hatte
keine Lust, euch ganz allein zu stellen und Lucien allein zu lassen sollte
etwas schief gehen. Ich entschloss mich auch dagegen, einer meiner Män-
ner zu wecken und auf Euch zu hetzten.
Nachdem Lucien geheilt war, hätten wir weiter nach euch suchen sollen
und ich hätte eure Spur gehabt und euch finden können. Doch ich wollte
den Befehl nicht ausführen. Nicht mehr. So sind wir unverrichteter
Dinge wieder zurückgekehrt. Nicht wissend, wen ich hätte töten sollen,
habe ich vor dem König behauptet, wir hätten den Spion gefunden und
umgebracht. Damals schon habe ich für Euch gelogen. Jetzt erst wird
mir klar, warum der König so glücklich ab der Nachricht war. Über
Jahre war er überzeugt, dass sein Bruder tot ist. Darum habt Ihr merk-
lich weniger Schwierigkeiten in der Vergangenheit gehabt."
„Ich... Und jetzt soll ich Euch wohl auch noch dankbar sein?!"
Nathaniel wurde des Streites Müde, so versuchte er, etwas Ruhe in das
Gespräch zu bringen.
„Wie auch immer. Es tut mir leid um euren verstorbenen Freund, wirk-
lich. Ich hätte den meinen auch beinahe verloren in jener Nacht. Wenn
ich ihn nicht rechtzeitig zu einer Heilerin hätte bringen können"
„Yelena."
Nathaniel nickte, sah wie es in Marius Inneren arbeitete, ihm die Ver-
knüpfungen immer mehr klar wurden.
„Durch mich habt Ihr sie also überhaupt erst kennengelernt. Und ich
hatte Zeit verloren, weil Aryanna krank war. Sonst wäre ich schon frü-
her verschwunden und Kaspar hätte sich nicht opfern müssen..."
Marius seufzte, wechselte dann abrupt das Thema.
„Schläft Yelena?"
„Ja, wie ein Baby."
Marius lächelte.

„Sie schläft immer so unglaublich schnell ein, nicht wahr?"

„Ich weiss es nicht Marius. Ich bin das erste Mal an Ihrer Seite eingeschlafen."

Marius schüttelte lächelnd den Kopf, all seinen Zorn vergessen.

„Oft, wenn wir alle zusammen um ein kleines Feuer eingeschlafen sind, war sie die erste, die in den Schlaf fiel. Noch vor Aryanna. Als ob keine Unsicherheit der Welt sie berühren könnte. Sie hat so ein reines Gewissen. Sieht in jedem immer das Gute. Was tun wir ihr bloss an?"

Nathaniels graublaue Augen musterten den Mann. Yelena irrte sich, der junge Prinz hatte nicht nur freundschaftliche Gefühle für sie.

„Ich wollte damals nicht, dass sie mit mir kommt, aus genau diesem Grund. Ich wollte sie vor Schmerzen, Tod und Verwüstung bewahren. Sie sollte ein sicheres Leben fernab der Intrigen der Stadt leben. Nun scheint sie doch davon eingeholt worden zu sein."

„Ja…"

Marius schlug erneut die Faust gegen die Wand. Was für ein wankelmütiges Temperament.

„Wenn Ihr Yelena weh tut, werde ich euch töten, ich schwöre es!"

Zu seiner Verwunderung wurde sein gegenüber nicht wütend, begann im Gegenteil zu schmunzeln.

„Also doch. Ihr seid in sie verliebt."

Die beiden Männer musterten sich.

„Ich… Was geht Euch das an?!"

Er stritt es noch nicht einmal ab.

„Vielleicht… wäre sie wirklich besser bei Euch aufgehoben."

Verwundert blickte Marius auf seinen Feind und Rivalen. Warum? War es genau das, was Yelena an ihm liebte? Seine besonnene, schlichte Art? Er, Marius, war so ungestüm und eifersüchtig. Doch dieser Mann, den er ein Leben lang gehasst hatte, war besonnen und ruhig, hatte eine Ausstrahlung, welche Worte unnötig machte.

War es nicht das, was Yelena ihm immer und immer wieder gesagt hatte? Das, er, besonnener werden musste?

„Warum sagt Ihr das? Wollt Ihr sie nicht für euch?"

Der Mann lächelte ihn wieder an. Wie konnte er in solch einer Situation lächeln? Wo er sonst so ernst war.

„Natürlich möchte ich sie. Ich liebe sie mehr als irgendjemanden sonst auf dieser Welt. Aber ich bin vernünftig genug, um zu wissen, dass ich diese Sache hier kaum überleben werde. Ich habe es ihr bereits gesagt, doch sie will es nicht wahrhaben. Ich habe Feinde auf beiden Seiten. Mit mir, wird auch ihr Leben in Gefahr sein. Ihr aber... seid ein Prinz, hoffentlich bald ein König. Ihr könntet ihr so viel mehr bieten."

Das nahm ihm den Wind aus den Segeln. Wenn der General laut geworden wäre, ihn angeschrien hätte, Yelena gehöre ihm, dann hätte er ihm genau das vorwerfen können. Wie viel besser Yelena es doch bei ihm, einem König hatte. Wie viel mehr er ihr bieten konnte.

„Yel... will nur dich. Sie wird auf niemanden hören, sie ist ein Sturkopf."

„Ja das ist sie... Aber sie lebt wohl nur noch dank dieser Sturheit. Marius..."

Er hielt inne, holte hörbar nach Luft.

„Ich gehe davon aus, dass du dich um sie kümmern wirst, sollte mir etwas passieren?"

Was für ein Mann ist das bloss? Er will mir das Liebste anvertrauen, das er hat? Mir, jemanden den in hasst?

Er verstand es nicht. Es war vorher so viel einfacher gewesen ihn zu hassen. Warum konnte er nicht der Idiot sein, für den er ihn gehalten hatte. Warum war er nicht so tyrannisch wie es immer geschienen hatte?

Für einmal schluckte er seinen Frust hinunter und gab eine Antwort, welche von Herzen kam.

„Darauf kannst du dich verlassen. Ich würde sie niemals allein lassen.

Ihr soll es niemals an etwas fehlen. Aber... schau besser, dass du über-
lebst. Ich möchte nicht derjenige sein, der ihr sagt, dass sie dich noch ein-
mal verloren hat. Es würde ihr Herz in tausend Stücke brechen.“
Er konnte es sich nicht verkneifen weiterzusprechen, ein wenig Frust
musste er doch noch loswerden.

„Aber was ist mit Aryanna? Du hast sie noch gar nicht erwähnt. Bedeu-
tet sie dir nichts?“

Sein Gegenüber seufzte, hob den Kopf zum Himmel. Lange blieb er
stumm. Als er schliesslich sprach, war seine Stimme so ruhig und be-
herrscht wie immer.

„Natürlich bedeutet sie mir etwas. Jahrelang habe ich vor ihrem ver-
meintlichen Grab gesessen und um das Kind getrauert, dass ich niemals
hatte. Dann hat Yelena mir gesagt, dass sie lebt, und es hat mich getrof-
fen wie ein Blitz. Ich wollte das Mädchen unbedingt sehen, wollte meine
Tochter in die Arme schliessen. Aber... Was würde ich dem Mädchen
antun? Was könnte ich ihr bieten? Selbst wenn sie die Wahrheit wüsste
und keine Furcht vor mir hätte... Dann was Marius? Sie in den Palast
mitnehmen? Dem König sagen, dass das Kind lebt, damit er sie ermor-
den lassen kann? Sie verstecken? Sie in dieses Leben von Tod und Ver-
wüstung auch noch mit hineinziehen? Nein junger Prinz. Für den Mo-
ment ist sie bei dir besser aufgehoben. Wenn der Preis für ihr Leben und
ihr Glück der ist, dass ich sie niemals in die Arme schliessen darf, dann
zahle ich ihn gerne. Meine Tochter ist vielleicht in dem Feuer zusammen
mit meiner Frau gestorben. Das Grab auf dem Friedhof ist ihr Ruhe-
platz. Dieses Mädchen ist deine Schwester. Sie wird vielleicht niemals
die Meine sein, niemals wissen, dass ich ihr das Leben geschenkt habe.
Aber... Zu wissen, dass ein Teil von Lianna weiterlebt, dass sie nicht in
Vergessenheit geraten wird, das allein genügt... Auch wenn es mein
Herz vor Sehnsucht zerreisst, wenn ich die Kleine anschaue. Ich glaube
das ist ein geringer Preis für das Wunder ihres Lebens.“

Tausend Gedanken schossen durch Marius Kopf. Sollte er es dem Mädchen sagen? Oder würde sie das nur leiden lassen, wie es der General voraussagte? War sie die Tochter des Generals des Königs oder die Schwester des Prinzen?

„Du wirst also nicht versuchen, sie mir wegzunehmen?"

Auch Nathaniels Kopf war voller Gedanken. Er hätte seinem Gegenüber liebend gerne den Kopf eingeschlagen, für alles, was er ihm genommen hatte, dafür, dass er ihm nun auch versuchte die Frau, die er liebte zu nehmen. Zugleich sagte ihm sein Verstand, dass wohl beide ihm das Leben verdankte, dass er dank ihm beide Frauen noch in dieser Welt haben durfte.

Und wahrlich, Aryanna war bei ihm besser aufgehoben. Vielleicht sollte er sie wirklich aufgeben, auch wenn sein Herz damit nicht einverstanden schien. Und wenn er es ihr sagte und bald darauf starb beim Versuch den König zu stürzten? Das hätte das arme Kind nicht verdient.

„Für den Moment nicht. Wir werden sehen, wie sich alles entwickelt. Wir haben zuerst ein Königreich zu stürzten und neu zu gründen. Persönliche Angelegenheiten können warten. Und wie gesagt erwarte ich nicht, Lebend aus der Geschichte herauszukommen. Soll sie von mir erfahren, um mich gleich wieder zu verlieren? Wie grausam."

Er hatte hinauskommen wollen, um Frieden zu finden, nicht für mehr Streitigkeiten. Er kehrte dem Prinzen den Rücken, wollte nicht mehr darüber reden. Als er beinahe die Haustür erreicht hatte, rief ihm der Mann nach.

„Nathaniel. Es war einfacher dich zu hassen, bevor ich dich kennengelernt hatte."

Er lachte auf.

„Junger Prinz... Lass dir das die erste Lektion sein, wenn du auf dem Thron bist. Die Dinge sind nicht immer, wie sie scheinen. Überzeuge dich zuerst selbst von einem Menschen, bevor du ihn oder sie verurteilst.

Dann wirst du ein gerechter König werden."

Er öffnete die Tür und schloss sie leise wieder hinter sich wieder.

Das Gespräch hatte ihn noch mehr aufgewühlt, statt ihn zu beruhigen.

Er wollte weder Yelena noch Aryanna verlieren. Wollte nicht alle beide an diesen Mann abgeben, König hin oder her. Er schlich sich leise wieder ins Schlafzimmer.

Yelena sass aufrecht im Bett, die Augen mit Tränen gefüllt.

„Ich bin erwacht und du warst weg."

Rief sie unglücklich.

„Ich dachte dir sei etwas passiert. Im Traum habe ich deinen Namen gerufen, doch du bist nicht gekommen. Du warst verschwunden und ich konnte dich nicht mehr finden. Dann bin ich erwacht und du warst weg!"

Sie begann zu schluchzen. Schnell liess er sich vor ihr nieder, schloss sie dann fest in seine Arme.

„Verzeih mir mein Sonnenschein. Ich konnte nicht mehr schlafen, ich bin nur frische Luft schnappen gegangen."

Sie drückte ihn an sich, Tränen flossen ihr Gesicht herunter, landeten kühl auf seiner Brust.

„Geh nicht weg Nathaniel. Niemals mehr. Bleib bei mir."

„Scht Liebling, ich bin ja hier. Ich gehe nirgends hin."

„Versprich es mir!"

Er wiegte sie wie ein Kind fühlte wie sie sich beruhigte.

„Ich verspreche es. Ich werde immer an deiner Seite sein."

Ob körperlich oder nur im Geiste, vollendete er den Satz in seinen Gedanken.

„Ich liebe dich Nathaniel. Ich will nicht mehr ohne dich sein."

Während er sie in seinen Armen wiegte, versank sie wieder in den Schlaf, murmelte dabei immer wieder seinen Namen, als wollte sie ihn festhalten.

Sie, die sonst so stark war, zeigte im Dunkeln der Nacht ihre Verletzlich-
keit und Ängste.
Er zog sich das Hemd vom Kopf und legte sich dann neben sie, strei-
chelte sanft ihren nackten Rücken, durchfuhr das lange Haar.
Ich möchte nur dein Glück, Licht meines Lebens. Wenn das an der Seite
eines andern sein sollte, dann sei es so. Du hast Sicherheit verdient. Ein
gutes Leben. Ich werde alles dafür tun, damit du es erhältst.
Leise flüsterte er ihr ins Ohr.
„Ich liebe dich so sehr Licht meines Lebens. Ich werde dich immer Lieben,
in alle Ewigkeit."

Nathaniel und ich waren als erstes auf am nächsten Morgen und
bereiteten das Essen vor. Er erwiess sich als geschickter Haus-
mann.

„Du kannst Brot backen?"

„Ja klar, ich habe lange genug alleine gelebt, um es zu lernen und
es macht mir sogar Spass."

Ein Mann, der backen konnte, das war bei uns wirklich eine Sel-
tenheit.

„Ich entdecke immer wieder neue Seiten an dir."

„Stell dir vor, Kuchen backen kann ich auch."

„Wow. Da würde ich dich glatt auf der Stelle heiraten, hier und
jetzt."

Ich hatte es im lustigen gesagt, doch noch bevor ich den Satz beendet hatte, merkte ich wie ich rot anlief. Wir hatten noch nie über
dieses Thema gesprochen.

Nathaniel sah mich belustigt an.

„Hier und jetzt, in der Küche von Luciens Haus?"

„Ja, aber nur wenn das frisch gebackene Brot als Zeuge dienen
darf."

Ich versuchte meine Nervosität mit einem Witz zu kaschieren.

Nathaniel trat vor mich und gab mir einen Kuss auf die Stirn.

„Nein."

Ich war etwas überrascht und wurde nervös. Wollte er mich denn überhaupt jemals heiraten? Wir hatten uns keinerlei Versprechungen gegeben. Eine Frau die so offensichtlich Intimitäten mit einem Mann austauschte, konnte geächtet oder gar gehängt werden.

„Nein…?"

Fragte ich, etwas verunsichert.

Er schüttelte den Kopf.

„Definitiv nein."

Dann zog er mein Kinn sanft zu sich heran. Unsere Stirn berührte sich und er umschloss mich sanft.

„Du verdienst die schönste Hochzeit auf der Welt. Mit all unseren Freunden auf einer blühenden Feenwiese. Und ich werde dort stehen, der glücklichste Mann auf der ganzen Welt. Und während dem Fest wird wahrscheinlich jemand umkippen und du wirst losrennen um ihn zu verarzten und dabei dein wunderschönes Kleid ruinieren. Und ich werde dort stehen und dich dafür noch viel mehr lieben."

Wir küssten uns hingebungsvoll. Wie sehr ich diesen Tag herbeisehnte.

„In aller Öffentlichkeit, echt jetzt?»

Wir hatten Marius nicht kommen hören. Er sah uns halb genervt, halb belustigt an.

Nathaniel zuckte mit den Schultern.

„Es war ein privater Platz, bis du gekommen bist. "

Ich schmiss lachend einen Waschlappen nach meinem königlichen Freund.

„Und wer hat dir überhaupt erlaubt, uns zu beobachten. "

Marius fing ihn auf. Seine Mundwinkel zuckten. Er nahm es zum Glück auch mit Humor. Überhaupt schien er mir heute Morgen entspannter, was mich hoffnungsvoll stimmte.

Das poltern von Schritten liess uns aufschauen. Lucien kam die Treppe herunter und streckte sich.

„Guten Morgen allerseits. Ich sterbe von Hunger und rieche Brot. Ich hoffe, Nath hat es gebacken."

Ich räusperte mich. Ich war nicht für meine Backkünste bekannt, erste einige Tage zuvor, hatte ich das kostbare Brot verkohlen lassen, weil ich mit einem kleinen Patienten abgelenkt war.

Natürlich musste auch Marius seinen Kommentar abgeben.

„Der Himmel steh mir bei. Brot von der verträumten, nicht sehr häuslich begabten Yelena oder das Risiko vom Herrn General vergiftet zu werden."

Ich sah einen zweiten Lappen, nahm ihn, warf, und er traf seine königliche möchte gern Hoheit Mitten im Gesicht.

„Ihr seid mir ja eine dankbare Mannschaft."

Das allgemeine Gelächter erhellte den Raum. Vielleicht wurden ja doch noch alle hier drinnen Freunde.

Kurze Zeit später hatten wir uns alle um den kleinen Tisch versammelt. Auch Ariyanna war in der Zwischenzeit auf und fit genug, um mit uns zu essen. Nathaniel warf dem Mädchen immer wieder verstohlene Blicke zu, sah das kleine Wesen, das seine Tochter war, zum ersten Mal im Licht des Tages. Er sprach sie aber nicht an, um ihre Zeit zu geben, sich an ihn zu gewöhnen. Sie schien sich dauernd instinktiv hinter ihrem Bruder zu verstecken, getraute sich noch nicht einmal zu mir. Zugleich musterte sie den für sie noch fremden Nathaniel immer wieder aus den Augenwinkeln.

Alina wirkte müde, es war wohl eine lange Nacht gewesen mit dem schreienden Baby. Jetzt schlief klein Damien endlich friedlich und so hatten wir alle gemeinsam einen ruhigen Moment beim Frühstück.

Alina hatte offensichtlich in der Nacht noch mit ihrem Mann gesprochen, denn sie wollte sich vor Marius verneigen. Der schüttelte nur den Kopf und beteuerte, dass er absolut kein Interesse an Förmlichkeiten hatte. Alina war wohl diejenige, die schon am längsten von seiner Existenz gewusst hatte. Ich vermutete sogar, dass sie bereits geahnt hatte, wer Marius in Wirklichkeit war.

Wir begannen schweigend zu essen. Nathaniel und Marius warfen sich immer wieder Blicke zu. Immerhin, sie rissen sich zusammen.

Schliesslich hatte Aryanna ihren Mut gesammlt und brach das Schweigen.

„Ist General Nathaniel jetzt auf unserer Seite? Wird er uns nicht weh tun?"

Gespannt legten alle gleichzeitig das Essen zur Seite. Alle Blicke galten Marius. Der räusperte sich verlegen.

„Die Situation hat sich geändert kleine Prinzessin. Erinnerst du dich an die Geschichte mit dem Bettler, der in Wahrheit ein Edelmann war und nur gebettelt hat um die Leute kennen zu lernen?"

Aryanna nickte aus grossen Augen.

„General Nathaniel ist so ähnlich. Er hat ein Spiel gespielt, um den König kennen zu lernen. In Wahrheit ist er auf unserer Seite."

Sie neigte den Kopf schräg.

„Aber du hast gesagt, er hat viel Böses getan?"

„Ahm… Das hat zum Spiel gehört. Ich habe es auch nicht gewusst Liebes. Aber er gehört zu uns. Er gehört zu den guten."

Sie schien nicht ganz überzeugt. Ich reichte ihr meine Hand über den Tisch.

„Schau Aryanna, ich vertraue ihm auch und du weisst, dass ich ein guter Mensch bin. Lucien vertraut ihm auch und Alina ebenfalls. Du darfst ihm auch vertrauen."

Zögernd ergriff sie meine Hand. Ihre kleinen Fingerchen schlossen sich darum.

Zum ersten Mal sprach Nathaniel seine Tochter direkt an, seine Stimme klang heisser, seine Augen wirkten heute blauer denn je, voller Emotionen.

„Es tut mir leid, dass du Angst vor mir hast Kleines. Und dass wir dich gestern Abend verängstigt haben. Wir hätten uns alle nicht streiten dürfen."

Sie nahm all ihren Mut zusammen, um ihn anzusehen. Ihre grünen Augen durchbohrten ihn und ich wusste instinktiv, dass er seine verstorbene Frau vor sich sah, als er das Mädchen anblickte.

„Das macht nichts. Bruder Marius ist immer so aufbrausend. Aber er ist auch ein ganz lieber Mensch, er hat nur ein zu starkes Temperament. Yelena versucht schon lange ihn etwas ruhiger zu machen, aber er braucht halt manchmal etwas länger. Ich bin seine Launen gewohnt."

Ich musste schmunzeln, hielt diskret die Hand vor meinen Mund, nur um festzustellen, dass Lucien ungehemmt los prustete.

„Das Mädchen hat den Nagel auf den Kopf getroffen Marius! Du bist ein langsamer Lerner."

Vor Vergnügen vergass er, förmlich zu sprechen, worüber Marius definitiv froh war. Weniger amüsiert war er über den ungewollten Witz auf seine Kosten. Nur Nathaniels Gesicht blieb unbeweglich.

„Er ist ein guter Bruder, nicht wahr? Du hast Glück Liebes."

Das zauberte ein Lächeln auf ihr bleiches Gesicht.

„Ja, der Beste. Und er wird der beste König aller Zeiten werden."
erstaunt blickten wir sie an.

„Marius hat mir erzählt, dass ihr nun alle Bescheid wisst und er aufhören kann, sich zu verstellen. Marius will mich immer vor allem Schützen, dabei bin ich schon gross und kann auf mich selber aufpassen. Ich möchte auch mitreden."

Wir alle sassen mit offenem Mund da.

Nathaniel versuchte das Gespräch zu lenken.

„Du bist ein sehr tapferes Mädchen. Und bald eine richtige, bezaubernde Prinzessin."

„Eine richtige Prinzessin? Heisst das, dass du bald König wirst Bruder Marius? "

„Nun… Ja, ich hoffe es kleine Schwester. Es braucht nur noch ein wenig Geduld und Glück."

Unsere Kleine wandte sich ihrem, ihr unbekannten Vater zu

„Ja, aber was wird aus dir? Du bist doch General des alten Königs? Alle haben Angst vor dir. Die Soldaten und sogar dieser Räuber Rah.. Rah… wie auch immer, der uns überfallen wollte. Alle fürchten sich."

„Das hat… mit dem Spiel zu tun. Ich dufte niemandem sagen, wer ich wirklich bin. Bald wird das Spiel vorbei sein und die Leute die Wahrheit wissen. Aber sprichst du von Rahul liebes?"

Ich sog scharf die Luft ein.

„Du kennst ihn?"

Nathaniel nickte.

„Aber natürlich, er gehört zu unseren Freunden."

Marius zog die Augenbrauchen hoch, die Erinnerung an den Tag schoss ihm immer noch die Schamesröte ins Gesicht. Ich begann zu begreifen. Nicht aus Furcht hatte er mich gehen lassen, sondern weil er auf der gleichen Seite wie wir stand. Wir hatten gar nichts zu befürchten gehabt. Wie viele mehr unterstützen ihn heimlich?

„Dann ist er ein heimlicher Anhänger von Marius alias Prinz Maurillio?"

„So ist es. Er hat uns schon tatenkräftig dabei unterstützt die Königsanhänger auszurauben."

Aryanna schien das zu gefallen.

„Dann bist du ein Freiheitskämpfer? Du unterstützt wirklich meinen Bruder?"

„Das ist richtig."

„Das ist gut. Dann kann ich dich mögen."

Ich merkte, wie er zusammenzuckte. Wie sehr ihn die Worte schmerzen und glücklich zugleich machen mussten.

„Danke liebes. Ich mag dich auch."

Lucien biss in ein Stück Bort, versuchte, das Thema wieder auf die Räuber zu Lenken.

„Somit haben wir also eine Räuberbande auf unserer Seite, sowie etliche Soldaten, welche jedoch nicht wissen, dass Nathaniel der Drahtzieher ist."

Ich fuhr aufgeregt hoch.

„Wir haben auch einige Strassenkinder auf unserer Seite! Sam, der mich gerettet hat. Sie kennen jeden Winkel der Stadt. Sie könnten uns ebenfalls nützlich werden."

Nathaniel nickte

„Das kling vorteilhaft. Es scheint mir, als ob wir bald bereit für den Angriff seien."

Mein Herz wurde schwer.

Angriff? Das klingt gefährlich. Liebe Freunde, ich will keinen von euch verlieren.

„Gibt es keinen einfacheren Weg? Kannst du den König nicht

einfach töten, wenn du neben ihm stehst?"

Nathaniel lachte auf.

„Als ob das so einfach wäre. Wir müssen alle unsere Waffen vor dem Thronsaal ablegen. Nur seine Leibwache sind bewaffnet. Alle werden durchsucht, wenn sie den Thronsaal betreten. Die Leibwache steht immer in nächster Nähe, um ihn blitzschnell verteidigen zu können. Zudem müssen wir dafür sorgen, dass Marius zu dem Zeitpunkt im Palast ist und sich zu erkennen geben kann. Man muss sein Mahl sehen, sicher sein, dass er wirklich der Bruder von König Ilois ist. Nur dann kann er als Nachfolger bestimmt werden bevor auch nur jemand auf den Gedanken kommt, die Macht für sich selbst zu beanspruchen. Nein, wir müssen den König in unsere Gewalt bringen, die treusten Verbündeten zuvor unschädlich machen, bevor sie Marius erreichen und ihm etwas anhaben können."

„Aber wie nur Nathaniel? Es gibt so viele Wachen, so viele Königstreue."

„Ich kenne sie alle Liebste. Ich habe Jahre damit verbracht, sie auszufiltern. Königstreue, Königshasser und neutrale… Ich bete, dass ich sie alle richtig eingeschätzt habe."

Marius räusperte sich.

„Bist du dir sicher, dass ich mich auf all diese Leute verlassen kann? Ein Verräter reicht und alles ist umsonst. Räuber, Strassenjungen… ich bin mir hier nicht so sicher."

Irrte ich mich oder hatte sich der Blick zwischen den beiden geändert? Marius Zorn schien gewichen. Was war zwischen den Beiden vorgefallen? Und überhaupt, seit wann duzen sich die beiden Rivalen? Da hatte ich wohl irgendetwas verpasst.

Nathaniel blieb wie immer ruhig.

„Ich habe Jahre damit verbracht, genau dies herauszufinden. Eine

Garantie haben wir erst dann, wenn es los geht... Aber sollen wir noch weitere Jahre warten aus Angst vor Spionen? Irgendwann müssen wir es wagen mein Prinz. Zudem ist sich der König am Überlegen, seine Frau, die ihm bis jetzt nur eine Tochter geschenkt hat, verbannen zu lassen. Wenn das geschieht, wird er umgehend eine andere heiraten. Und sobald er einen legitimen Sohn hat, ist alle Aussicht für uns vorbei, es sei dann irgendwer hier drinnen ist bereit einen Kindsmord zu begehen. Ich bin es definitiv nicht. Die Zeit rennt uns langsam, aber sicher davon. Darum haben wir auch entschlossen, den Bruder des Königs rufen zu lassen, wir wussten, dass die Zeit drängt. Und du bist dem Ruf gefolgt Marius."

„Du hast das alles seit Jahren vorbereitet. Ich fürchte ich muss mich auf dich verlassen. Also gut, wie lautet der Plan?"

Ich sah wie sich Nathaniel und Lucien musterten. Die beiden waren das ganze sicher schon tausende Male durchgegangen.

„Das jährliche Fest zu Ehren des Geburtstages des Königs. Fünf Tage von heute. An diesem Tag kommt es immer wieder zu Ausschreitungen und Portesten. Die Wachen und Generäle sind die ganze Nacht in der Stadt beschäftigt. Es ist wohl der Tag mit den wenigstens Königstreuen im Palast. Wir müssen das nutzen. Plus, wie erwähnt, alle Ranghohen Tiere, die anwesend sein werden, und Marius Existenz bezeugen können. Wir müssen diese Gelegenheit nutzen."

Alina wurde ganz aufgeregt.

„Die Strassenjungen und einige der Räuber könnten für viel Radau sorgen. Die Soldaten von ihren eigentlichen Pflichten ablenken"

Lucien tätschelte ihr zärtlich die Hand. Nathaniel schenkte ihr ein warmes Lächeln.

„Das ist eine sehr gute Idee. Wenn jemand den Wachen entkommen kann, dann die Strassenbande. Unsere erfahrenen Räuber mit Rahul an der Spitze können für Verwirrungen um den Palast herum sorgen. Als ob sie die Nationalschätze stehlen wollten. Dies wird die Anhänger des Königs gründlich verärgern. Dann haben wir meine treuen Soldaten und Generäle, welche sich um die verbliebenen Wachen innerhalb des Palastest kümmern werden. All diese Verwirrungen kann Prinz Maurillio nutzen, um sich in den Palast zu schleichen. Du musst unbedingt den Thronsaal erreichen. Am Geburtstag des Königs sind dort die mächtigsten Berater versammelt, um Jahr für Jahr seine Herrschaft zu bestätigen und absegnen zu lassen. Wenn du den König dort vor allen Mächtigen des Landes herausforderst, kann er nicht anders, als anzunehmen. Dann liegt es einzig bei dir. Lucien wird dich begleiten und dir den Rücken freihalten."

Seine Worte erschraken mich. Ein Zweikampf zwischen Marius und dem König? Hatte er die geringste Chance? Was, wenn er es nicht schaffen würde? Das Risiko war zu hoch. Doch ehe ich Einwände erheben konnte, hatte Alina nach der Hand ihres Ehemannes gegriffen.

„Du wirst also mit in den Palast gehen?"

„Ich muss Liebste. Ich kann Nathaniel und den künftigen König nicht bei dieser schweren Mission alleine lassen. Unser aller Zukunft hängt davon ab."

„Und wenn du nicht zurückkehrst?"

„Dann hoffe ich, dass unser Sohn stolz auf seinen Vater sein wird."

Sie senkte den Kopf. Ich spürte, wie sie mit der Fassung rang. Dann zwang sie sich zu einem Lächeln.

„Ich bin auf jeden Fall stolz auf dich. Du bist der mutigste Mann, den ich kenne. Und ich weiss, dass ihr alle triumphieren werdet und du dann siegreich zu mir zurückkehrst."

Er küsste sie voller Hingabe. Marius folgte derweil anderen Gedankenwege.

„Und du Nathaniel? Wo wirst du stehen?"

Nathaniel zuckte die Schultern.

„Mein Platz ist an der Seite des Königs. Er wird erwarten, dass ich dich unschädlich mache, bevor du ihm zu nahekommt. Ich werde dafür sorgen, dass ich in der Nähe des Königs stehe, wenn du ihm gegenübertrittst... Um dich zu unterstützen.»

„Ja aber... Wenn er zu früh bemerkt, dass du gar nicht auf seiner Seite bist...?"

„Dann wird er mich töten."

Ich fuhr auf.

„Nein!"

Nathaniel ergriff meine Hand, um sie fest zu drücken.

„Es ist für uns alle ein Risiko Liebste. Es ist unsere einzige Chance."

Aryanna schien meine Sorgen zu teilen.

„Aber Bruder... Der König ist so stark. Wenn er gewinnt? Wenn er dich... wenn er dir weh tut?"

Ich stimmte ihr zu.

„Genau. Zudem begibt sich auch Lucien in Gefahr. Ist es das wert? Ihr alle drei? Es ist zu gefährlich, es muss einen anderen Weg geben."

Sonnenstrahlen schienen durch das Fenster, erhellten Marius Gesicht. In diesem Moment wirkte er wirklich königlich. Er sass ruhig da, die Augen aufmerksam in die Runde gerichtet.

„Danke für deine Sorge. Aber wir müssen es riskieren. Wir haben immer gewusst, dass es nicht gefahrlos funktionieren wird. Wir alle sind bereit dazu. Sollte ich den Kampf verlieren und Nathaniel ist bis dann noch nicht aufgeflogen, wird er es für mich zu Ende bringen."

Die beiden jungen Männer nickten sich verstehen zu.

Alina wirkte bleich und nervös. Dennoch schenkte sie mir ein Lächeln.

„Die drei haben Recht Yelena. Ich bin mit einem Soldaten verheiratet, ich habe immer gewusst was das heisst. Mein Papa war Rebellenführer, das war nicht einfacher... Du musst dir dem auch bewusst sein. Wenn du mit Nathaniel zusammen sein möchtest, wir die Gefahr ein Teil deines Lebens sein und bleiben. Du musst lernen damit zu leben."

Das Baby drehte sich schläfrig in ihren Armen. Ich betrachtete das Kleinkind, dann aus den Augenwinkeln Aryanna.

Der Himmel steh mir bei. Wie soll ich Tag für Tag mit dieser Bürde leben? Ich kann keinen von den dreien verlieren, ohne dass mein Herz daran zerbricht.

Auch wusste ich, dass Nathaniel mir etwas vormachte. Selbst wenn der König so einfach zu stürzten war, so gab es etliche andere Treue Wachen, die sich rächen wollten. Nathaniels Leben wäre mit dem Tod des alten Königs noch lange nicht sicher.

„Ich... kann nicht. Ich ertrage es nicht einen von euch zu verlieren!"

Ich war nicht so weit gereist mit Marius nur um ihn oder einer der anderen sterben zu sehen.

Marius, temperamentvoll wie immer, erhob sich mit einem einzigen Satz, umrundete den Tisch, um mich an sich zu drücken.

„Ach du liebe, gute Yel. Du bist zu gut für uns alle. Aber habe vertrauen in uns. Oder möchtest du so weiterleben wie bis her? Arme Menschen werden immer ärmer, Dörfer werden ausgeraubt… Noch mehr Familien getrennt… Denk an deinen armen Vater. Hat er es verdient zu sterben?"

„Nein… Aber ich…"

Er streichelte fast väterlich meinen Kopf.

„Na siehst du. Glaub an uns liebe Freundin. Wir brauchen deine Zuversicht und dein Lächeln. Du gibst uns den nötigen Mut, um die Sache durchzuziehen. Wir alle brauchen deinen Glauben."

„Und deine geschickten Zusammenknüpf-Hände."

Trotz der ernsten Situation entglitt mir ein Lächeln ab Luciens Einwurf.

Marius streckte die freie Hand nach Aryanna aus. Das Mädchen kuschelte sich sogleich an ihn und er umschlang uns alle beide.

„Ihr beide… zusammen mit Alina und Damien. Wir tun das alles für euch. Weil es sich für euch vier zu kämpfen lohnt. Ihr seit Grund genug, unser aller Leben zu riskieren. Um euch allen eine bessere Zukunft zu sichern."

Meine Augen wurden feucht, als ich die Wahrheit dahinter erkannte. Vor allem Aryanna, die Schwester des Königs, Kind des Generals und Nichte von Lucien. Sie bedeutete allen drei die Welt.

Und ich? Ich war wohl auch ein Teil des Ganzen.

Lucius bestätigte dies.

„Da hat er Recht liebe Freundin, sei nicht traurig. Ihr drei Frauen hier drinnen, ihr seid zu unterschiedlichen Teilen unsere Welt. Euch wollen wir beschützen."

Dann lächelte er zärtlich seine Frau an.

„Du bist meine Welt und ich möchte, dass klein Damien in eine glücklichere Zukunft hineinwächst."

Seine Frau küsste ihn erneut zärtlich.

„Ja. Für Damien. Für die Zukunft"

Ich bewunderte sie alle. Ich musste auch stärker werden, musste für sie da sein. Doch dann bemerkte ich, dass ich mit keinem Wort in dem Plan erwähnt worden war.

„Moment mal. Was ist mit mir? Was wird meine Rolle sein?"

Vier verwunderte Augenpaare musterten mich. In ihnen allen erkannte ich die Wahrheit.

„Oh nein! Ich werde nicht ruhig hier sitzen und auf euch warten! Ich will ein Teil des Ganzen sein."

„Nein"

Nathaniel und Marius hatten gleichzeitig gesprochen. Nathaniel fügte hinzu:

„Liebling, du bist unsere Heilerin. Wenn jemand von uns verletz wird, kannst nur du helfen."

„Gerade deswegen muss ich dabei sein! Wenn jemand verletzt wird, können Sekunden über Leben und Tod entscheiden."

„Nein"

Wiederholte er.

„Du musst in Sicherheit sein. Du musst dich um allfällige verwundete kümmern können. Was passiert mit ihnen, wenn du selbst verletzt oder getötet wirst? Zudem… Musst du bei Aryanna sein, falls alles schiefläuft. Wenn alles anders kommt, als wir es uns wünschen, musst du dich um die Kleine kümmern."

Marius nickte.

„Genau. Und um Alina und Damien. Nur du kannst sie dann retten und in Sicherheit bringen. Du und Alina müsst gemeinsam mit den Kindern fliehen, wenn es zum Schlimmsten kommt."

Ich hasste es jetzt schon, wenn die beiden sich einig waren. Leider gab es kaum etwas dagegen einzuwenden, denn ich wusste das sie recht hatten, erkannte die Wahrheit in den Worten.

Ich nickte resigniert. Alles, was ich tun konnte, war ihren Seelen-
frieden zu wahren, während sie ihr Leben riskierten.

„Ihr habt Recht, ich werde für euch stark sein."

Nathaniel erhob sich.

„Gut. Dann wäre der grobe Plan besprochen. Ich muss unbedingt
in den Plast zurück, bevor der König meine Abwesenheit bemerkt. Marius, Lucien, wir treffen uns in zwei Tagen bei Nacht-
einbruch auf dem Friedhof, um die Details zu besprechen. Lucien,
nimm mit Rahul Kontakt auf, er soll sich Angriffsbereit machen.
Er sollte rechtzeitig hier sein, wenn wir ihn sofort informieren. Ich
spreche in der Zwischenzeit mit den verbündeten Soldaten."

Dann traf sein Blick mich. Sogleich wurden seine Züge weicher,
der ernste Ausdruck wich unendlicher Zärtlichkeit.

„Liebling, kannst du mit dem Strassenjungen Sam Kontakt aufnehmen und ihm den Plan erklären und fragen, ob er uns zur
Seite steht? Wenn möglich solle er auch zum Treffpunkt kommen
in zwei Tagen."

Ich stand ebenfalls auf, sah ihm in die Augen.

„Du kannst dich auf mich verlassen Liebster."

der junge Prinz trat neben Nathaniel, so dass die beiden ehemaligen Feinde sich in die Augen schauen konnten.

„Und was soll ich in der Zwischenzeit tun?"

Der General legte ihm die Hand auf die Schultern.

„Bleib am Leben."

„Na das ist mal eine Kunst."

Da siehst du wie es ist, im Plan nicht inbegriffen zu sein Lieber Freund.
Geschieht dir recht.

Lucien lachte.

„In dieser Stadt bestimmt. Du kannst Freundschaften schliessen,
dein Gesicht bekannt machen, damit es nicht mehr so fremd

wirkt, wenn du die Krone übernimmst. Aber sei dabei vorsichtig, keine unüberlegten Aktionen. Und übrigens siehst du deinem Bruder gar nicht so ähnlich, man sollte dich also nicht gleich erkennen."

„Oh? Tue ich nicht?"

Die beiden Soldaten betrachteten Marius eingehend. Lucien schüttelte den Kopf.

„Na ja... Die Haare des Königs haben ein helleres Braun und lockiger. Er ist wohlgenährter als du und wirkt daher, verzeih mir die Aussage, kräftiger. Durch den Vollbart wirkt sein Gesicht zusätzlich runder. Ja... Wenn du einen Bart hättest, wäre es viel auffälliger denke ich. Ausserdem sind die Augen des Königs viel dunkler... leerer. Nein, wenn ihr nicht direkt nebeneinandersteht, wird es nicht auffallen denke ich. «

Nathaniel schüttelte den Kopf.

«Nein. Ich verbringe viel Zeit in der Gegenwart deines Bruders. Und selbst ich hätte es nicht sofort bemerkt."

Nathaniel näherte sich der Ausgangstür, drehte sich dann noch einmal zu mir.

„Sonnenschein?"

„Hmm?"

„Pass auf dich auf. Du bist meinetwegen in grösserer Gefahr, als dir bewusst ist."

„Oh.... Ich werde schon auf mich aufpassen. Du aber auch."

Es tat weh, wieder von ihm getrennt zu sein, vor allem, nachdem wir alle nicht wussten, ob wir in einer Woche noch am Leben sein würden. Entsetzt erkannte ich, dass ich beim Treffen nicht dabei sein würde, ihn vor dem grossen Tag nicht wiedersehen würde. Das dies womöglich unsere letzten Minuten sein konnten.

Nein, daran durfte ich nicht denken oder ich würde

zusammenklappen. Es würde ein danach geben, es würde eine Zukunft geben. Ich musste daran festhalten, um nicht zusammen zu brechen.

Ehe er die Haustür öffnete, küsste er mich drängend, atmete den Duft meiner Haut ein. Ich klammerte mich an ihn, wollte ihn nie wieder loslassen. Seine Lippen sagten alles, was er nicht ausspre- chen konnte.

Dann liess er widerstrebend von mir ab und verschwand in den Tag. Lange noch konnte ich seine Wärme auf meinem Körper spü- ren.

18. Das Verhör

Die Tage vergingen, ohne dass ich Nathaniel wieder sah. Er musste seine Rolle vor dem König spielen, während wir uns vorbereiteten. Marius war in der Stadt unterwegs, traf verbündete, während Lucien ein Treffen mit Rahul vorbereitete hatte. Der Räuberführer war nun in der Stadt, gut versteckt, bereit für den Angriff. Ich hätte ihn gerne wiedergetroffen. Leider hielt man mich aus allen gefahren raus. Marius lehnte es strikt ab, dass ich öfters als nötig in die Stadt ging. Hauptmann Frank suchte noch immer nach mir.

Immerhin war es mir gelungen, mit dem kleinen Sam zu sprechen und er erklärte sich ohne zu zögern einverstanden, zu helfen und sich mit den Männern zu treffen. Der mutige kleine Bursche.

Ich und Alina kümmerten uns hauptsächlich zu Hause um die Kinder. Es fiel mir unendlich schwer, hinter verschlossenen Türen untätig zu warten. Immerhin, vereinzelt besuchte mich Sam mit einigen Strassenkindern. Ich pflegte diese mit Freuden. Der kleine Junge war eine unterhaltsame Gesellschaft. Obschon er niemals eine Schule besucht hatte, war er intelligent und aufgeweckt. Ich hätte ihm so gern ein besseres Leben geboten, doch er hatte mir klar gemacht, dass er sich um all die anderen Kinder kümmern musste und nicht zu einer Familie ziehen würde, solange auch nur noch ein Kind auf der Strasse lebte. Wenigstens konnte ich ihm einige gute Mahlzeiten kochen, so dass er schon viel besser genährt war als noch vor einigen Tagen.

Zu allem Unglück hatte Aryanna einen weiteren Fieberanfall. So blieb mir schlussendlich nicht viel Zeit, mir Gedanken zu machen. Der Anfall war zum Glück nicht so heftig wie die vorhergehenden, dennoch blieb das Mädchen bettlägerig. Ihre kleine Freundin von der Strasse besuchte sie oft und gemeinsam kicherten die

329

Mädchen um die Wette.

Sam versicherte mir bei einem Besuch erneut seine Unterstützung, es würde der grösste Radau seit eh und je werden. Er freute sich kindisch darauf, den Soldaten Streiche zu spielen. Ich hatte ihn zur Vorsicht gemahnt, vermutete aber, dass er mir gar nicht richtig zuhörte.

«Das wird ein riesen Spass, die Kinder freuen sich bereits darauf. Fangen spielen mit den Soldaten.»

Marius plante, sie alle fürstlich zu belohnen, sobald er den Thron erobert hatte.

Ich war unruhig, konnte die Anspannung kaum noch ertragen. Wenn Aryanna schlief, hatte ich des Abends nichts zu tun, und das brachte mich fast um den Verstand. Ich war es gewohnt zu handeln. Abwarten bekam mir nicht.

Und dann wollte man mich noch nicht einmal mitnehmen, wenn es los ging?

Ich sah es ja ein. Aber zu wisse, dass drei mir wichtige Menschen in Lebensgefahr waren und nichts tun können?

Morgen würde es so weit sein. Der Geburtstag seiner Majestät, der Tag, auf welchen wir alle gewartet hatten.

Jetzt gerade trafen sich die drei Männer erneut, um die letzten Details zu besprechen. Bei diesem Treffen würden auch Sam und Rahul dabei sein.

Ich war an diesem Morgen mit fürchterlichen Kopfschmerzen erwacht. Mein Herz war eng, eine drohende Vorahnung erfüllte mich.

Nicht schon wieder. Es darf heute nichts Schlimmes geschehen. Morgen ist doch der grosse Tag. Aber was kann ich tun? Wie kann ich dieser Vorahnung entgegenwirken?

Alina schien meine Unruhe zu bemerken. Die Kranke Aryanna

schlief und auch Baby Damien war friedlich am Schlummern, wir Frauen waren allein. Ich half Alina dabei die Betten frisch anzuziehen.

„Geht es dir nicht gut Yelena?"

„Ich habe Kopfschmerzen. Und fühle mich irgendwie elend. Das letzte Mal, als ich mich so fühlte, wurde am selben Abend unser Dorf verwüstet und mein Vater getötet.»

Ich hatte Angst, dass mich Alina nicht ernst nehmen würde. Sie betrachtete mich aus ruhigen, ernsten Augen, den Zeigefinger vor den Mund haltend.

„Hm, ja ich verstehe. Wir Frauen sollten solchen Intuitionen trauen liebe Freundin. In diesem Fall wissen wir, dass uns bald schreckliches widerfahren könnte… Unsere Männer werden bald tödlichen Gefahren ausgesetzt sein… Oder denkst du, da steckt mehr dahinter?"

Ich rieb meinen Kopf, versuchte in mich hineinzuhorchen.

„Ich weiss es nicht. Aber selbst wenn, was kann ich schon dagegen tun?"

„Nun vielleicht geht es gar nicht darum, zu verhindern, dass etwas passiert, sondern dich darauf vorzubereiten. Vielleicht solltest du einfach bereit sein für was auch immer kommt und ihm mutig entgegentreten?»

Ich überlegte. Sie hatte recht. Aber auf was vorbereiten? Überhaupt machte mir dies Untätigkeit zu schaffen.

„Wie hältst du das Warten nur aus Alina? Hast du denn gar keine Angst um Lucien?"

Sie lächelte mir traurig zu. Wir waren dabei die Betten wieder anzuziehen, nachdem sie ausgelüftet worden waren. Draussen hatten sich Wolken gebildet, es sah ganz danach aus, als ob der lang ersehnte Regen bald kommen würde.

„Würde ich mich von der Angst leiten lassen, hätte ich Lucien niemals geheiratet. Weisst du, mein Vater war ja schon immer ein Rebellenführer, ich bin damit gross geworden. Er war so oft unterwegs und in grossen gefahren. Bevor Lucien endlich um meine Hand angehalten hat, suchte er nach allen Gründen, warum er nicht gut genug für mich war. Er zählte alles auf, was gegen unsere Verbindung sprach. Doch für mich, zählt nur das hier und jetzt. Ob wir nun durch Hunger, Naturkatastrophen oder Feinde umkommen, was spielt es für eine Rolle? Nur das, was heute ist, ist wichtig. Ich bin dankbar für jeden Tag, den ich mit meinem Mann verbringen darf. Er zumindest, nimmt sein Schicksal in die Hand und wartet nicht ab, bis die Katastrophe da ist. Natürlich hoffe ich, dass wir viele, viele Jahre erleben dürfen. Ich war es übrigens, welche Nathaniel die ersten Kontakte zu den Rebellen geben konnte."

Ich hielt in meiner Arbeit inne. Stimmt, davon hatte er erzählt.

„Er hat es erwähnt. Wie kommt es eigentlich, dass er innert so wenig Zeit zum Anführer wurde? Nachdem dein Vater sich Jahrelang mit allem auseinandergesetzt hatte? Warum nicht du? Weil du eine Frau bist?"

„Ah, Nathaniel hat ein natürliches Charisma. Und was er tut, das macht er mit vollem Herzen. Er kam damals bei uns an, am Boden zerstört, sein Weltbild ruiniert, als er erfuhr, dass es in Wahrheit der König war, der hinter allem steckte. Ich habe ihn niemals zuvor so aufgewühlt gesehen. Da habe ich alles erzählt und ein Treffen mit meinem Vater arrangiert. Mein Vater kannte ihn natürlich bereits, er war ja auch unser Trauzeuge und die beiden waren immer gut zusammen ausgekommen. Nathaniel konnte ihn überzeugen, dass er sich den Rebellen anschliessen und alles tun würde, um den König zu stürzen. So wurde er aufgenommen.

Als mein Papa einige Jahre später bei einem Auftrag ums Leben kam, war Nathaniel bereits so involviert und so ein wichtiges Mitglied geworden, dass mein Papa wollte, dass er die Führung übernimmt. Ich hatte schon lange davor mit meinem Papa geredet und mich aus freien Stücken entschlossen, die Führung nicht zu übernehmen. Das war mein freier Entscheid. Mir ist das Leben mit meiner Familie und mit Lucien wichtiger, die Verantwortung wäre mir ganz ehrlich zu gross gewesen."

Ich fand, dass auch das Stärke war. Sich einzugestehen, dass etwas eine Nummer zu gross ist und die Verantwortung dorthin zu geben, wo sie angenommen wurde. Ich bewunderte diese Frau immer mehr und sagte ihr das auch.

Sie wurde rot ab dem Kompliment.

„Ach was, ich tue nur meinen Teil. Mein Vater hatte übrigens mitgeholfen, den jungen Prinzen aus dem Land schaffen zu lassen. Er war es, der Kontakt zu dem Stallmeister hatte, welcher wiederum den Prinzen mit sich nahm. Schon damals war der herrschende König, Marius Vater, unbeliebt gewesen und Widerstand war dabei sich zu formen. Ich bin als Sympathisantin des wahren Königs aufgewachsen."

„Hat Lucien das gewusst?"

„Nein, nicht bevor uns Nathaniel von der Schandtat des regierenden Königs erzählt hatte. Es ist nicht so, dass ich meinem Mann nicht vertraut hätte. Ich wollte ihn nur nicht in diesen Gewissenskonflikt bringen, etwas von seinem besten Freund und seinen Männern verheimlichen zu müssen. Er hat nicht schlecht gestaunt, als ich ihm meine Kontakte offengelegt habe."

Sie lachte glücklich. Da hatte ich mich in der so sanft wirkenden Alina geirrt. Wir Frauen schienen die Drahtzieher für so einiges zu sein.

„War er nicht wütend?"

„Ach nein. Lucien kann gar nicht wütend auf mich sein. Und an diesem Abend war es eine solche Erleichterung zu wissen, dass die Jungs nicht bei null bei der Suche nach den wahren Tätern anfangen mussten, dass sie mir im Gegenteil unendlich dankbar waren. Lucien war nie ein grosser Freund des amtierenden Königs." In gedankenversunken grinste sie vor sich hin. Einmal mehr wurde mir bewusst, wie sehr der schein trüben konnte. Ich hatte Alina für eine ruhige, stille Frau gehalten, doch sie war so viel mehr.

„An jenem Abend hatte ich mir wirklich Sorgen um Nathaniel gemacht. Er hatte eben erfahren, dass der Mann, dem er diente, hinter all dem Grauen steckte. Er schien bereit, in den Palast zu stürmen und den König mit eigenen Händen zu ermorden. Da wusste ich, dass die Zeit gekommen war, ihm eine Alternative aufzuzeigen und er hat sie ohne zu zögern ergriffen. Schon damals, liebe Freundin, habe ich gefühlt, dass der Hauptgrund nicht die Vergangenheit, nicht seine verstorbene Frau war, sondern die Gegenwart und die Aussicht auf eine Zukunft."

Ihre intelligenten Augen richteten sich auf mich.

„Deinetwegen Yelena. Er wählte diesen Weg wegen des kleinen Fünkchens an Hoffnung, dich eines Tages wieder zu sehen."

Wir sahen uns einige Sekunden in die Augen. Mir wurde warm ums Herz ab ihren Worten und der Gewissheit, dass Nathaniel seit all den Jahren auch für uns beide kämpfte.

Alina klatschte sich plötzlich in die Hände.

„Oh und übrigens, ich wollte dir schon lange etwas geben. Es passt hervorragend zum Thema vorbereitet sein, wenn das schlimmste eintrifft."

Damit zog sie eine lange, spitzen, Türkis schimmernde verzierte

Spange aus ihrer Rocktasche hervor. Die Spange war vorne sehr dünn und lang, hinten hatte sie die Form eines Schmetterlings. Es war ein wunderschöner Haarschmuck. Alina drückte auf den Bauch des Schmetterlings, zog dann am langen Teil der Klammer und zum Vorschein kam eine kleine, spitze Nadel.

„Die hier, ist mit einem tödlichen Gift versetzt. Stich einmal richtig zu und der Angreifer wird qualvoll ersticken. Das Gift lähmt die Atemwege. Je näher am Hals, desto schneller und sicherer ist der Tod. Ich möchte, dass du sie trägst. Ich trage selbst immer eine."

Sie wies auf Ihr Haar und tatsächlich zierte dort ein ähnliches Schmuckstück ihre Frisur. Dann steckte sie die Todbringende, unscheinbare Waffe wieder in die Hülle und reichte sie mir.

„Ich… Ich danke dir. Aber ich bin eine Heilerin. Ich kann niemanden töten."

Sie umschloss meine Hand mit der Ihren und drückte sanft.

„Aber wenn es hart auf hart kommt, wirst du es können Yelena. Das weiss ich. Du bist eine Frau, die handelt, wenn ihre Liebsten in Gefahr sind. Bewahre sie in deinem Haar auf, sie wirkt unscheinbar und ist doch griffbereit, sollte es so weit kommen."

Ich zweifelte ehrlich daran, erwiderte jedoch nichts mehr, drückte nur gerührt und dankbar ihre Hand.

Dann steckte ich die vermeintliche Klammer in mein langes, dichtes Haar. Sie hielt perfekt.

„Alina Loah, eine gefährliche Rebellin. Wer hätte das gedacht. Und trotzdem begnügst du dich damit, Morgen hier auf sie zu warten?"

Sie liess sich auf das frisch gemachte Bett fallen. Noch immer lächelte sie, doch nun konnte ich das Zucken um ihre Mundwinkel deutlich erkennen.

„Ach Yelena… Lassen wir das Blutvergiessen den Männern. Natürlich wäre ich lieber dabei. Aber wenn Lucien sich auch noch um mich sorgen machen müsste, wäre er nicht so konzentriert. Und Nathaniel und auch Marius würde es ebenso gehen, wenn du vor Ort wärest. Ich glaube wir beide haben unseren Teil mehr als nur ein wenige beigetragen."

Plötzlich rollten dicke Tränen über ihre Augen.

„Himmel, bitte lass sie alle heil daraus kommen! Ich habe solche Angst um ihn. Ich will doch, dass mein Sohn mit einem Papa aufwachsen kann! Ich brauche ihn doch."

Sie verbarg das Gesicht in den Händen und schluchzte. Ich setzte mich neben sie, selbst den Tränen nahe. Dann nahm ich sie in den Arm. Sie drückte sich an mich. Der Damm brach, auch meine Augen wurden feucht. Wir hielten uns lange weinend fest, spendeten und forderten zu gleich Trost.

Nach einer gefühlten Ewigkeit erhob ich mich. Auch Alina wischte die Tränen weg und tat es mir gleich.

„Ich… Ich werde uns Tee zubereiten."

Damit verschwand sie aus der Tür und ich hörte schwere Schritte die Stufen hinunter schlurfen. Sie hatte einen kleinen Kräutergarten hinter dem Haus. Dort wollte sie die Blätter für den Tee holen. Ich hörte, wie sie die Türe öffnete. Gleich darauf folgte ein gellender Aufschrei.

Halb rannte, halb fiel ich die Treppe herunter.

In der Eingangstür standen zwei mit Schwertern bewaffnete Männer. Alina war rücklings zurück in den Eingangsbereich gestolpert. Ein Mann setzte seinen Fuss zwischen die Tür, damit Alina sie nicht zustossen konnte, dann näherte sich mehrere Männer mit erhobenen Waffen. Das Eingangstor war aufgebrochen worden. Sie sahen wie Rebellen aus. Leider nur die verkleideten und vom

König angeheuerten und nicht unsere Freunde. Man wollte erneut Gräueltaten verüben und dann die Rebellen beschuldigen.

Der eine, ein kleiner Mann, mit zerzaustem Bart und einer Augenklappe erblickte mich.

„Nach dir suchen wir. Wussten wir es doch, dass du hierhin zurückkehren würdest. Du hast uns das letzte Mal ausgetrickst, komm mit uns, oder wir setzten das Haus in Flammen."

Mit Entsetzen sah ich hinter dem Türrahmen einen weiteren Mann, mit einer Fackel bewaffnet.

Die Wände des Hauses waren aus Stein, doch das Dach wurde von Holzbalken und Stroh geschützt und würde Lichterloh brennen. Wenn Sie uns in der Hütte einsperrten und Türen und Fenster verriegelten, hatten wir keine Chance.

Es gab nicht viel zu überlegen.

„Tut Alina nichts. Ich werde mit euch kommen."

„Yelena, nein!"

Meine liebste kleine Aryanna schlief oben, ebenso Baby Damien. Weigerte ich mich, würden sie uns alle vor Ort töten.

Mir war bewusst, dass auf mich Folter und vielleicht schlimmeres wartete. Nur Hauptmann Frank konnte hinter der Sache stecken. Niemals würde ich meine Freunde sterben lassen.

Ich ignorierte Alina's Einwand.

„Versprecht mir, dass das Haus verschont bleibt und ich werde euch widerstandslos folgen."

Als der grössere der Beiden sprach, merkte ich, wer er war. Der gleiche Mann, welcher mich schon einmal gefasst hatte und zu Frank hatte bringen wollen. Timeo war sein Name.

„Glaub der Schlange nicht. Sie ist schon einmal geflohen."

Ich witterte meine Chance.

„Wenn ihr mir versprecht Alina und dieses Haus zu verschonen, werde ich mich nicht wehren, ich schwöre es."

Inständig hoffte ich, dass sie nichts von den schlafenden Kindern wussten.

„Nein Yelena. Kaum bist du weg, werden sie mich sowieso umbringen."

Ich sah sie beschwörend an. Wenn ich mitging, waren mindestens zwei der drei Männer weg. Mit einem hatte sie eine weitaus bessere Chance als mit dreien. Mein Blick bohrte sich in den Ihren. Sie schien meine Gedanken zu lesen.

Für die Kinder.

Der Kleinere der Soldaten winkte mich zu sich.

„Abgemacht. Du kommst jetzt mit, läufst brav mit uns. Unser Freund Tom hier"

er wies auf den Mann mit der Fackel

„Wird hier warten. Und solltest du fliehen, dann beim Himmel werden wir das Haus niederbrennen und deine Freundin töten."

Mit sicheren Schritten lief ich an der zitternden Alina vorbei auf die Wachen zu. Ich wurde grob an den Schultern gepackt und abgeführt.

Ich war noch nicht einmal durch den Torbogen draussen, als ich den Mann mit der Fackel grinsen sah.

„Ich habe kein dämliches Versprechen gegeben. "

Damit gab er Alina einen Stoss, so dass sie ins Innere des Hauses stürzte, schloss die Tür, stemmte einen schweren Holzmasten dagegen und hielt dann die Fackel gegen das Strohdach.

„Neeeeein!"

Entfuhr es mir, dann fühlte ich einen Schlag am Kopf und um mich herum wurde es dunkel.

Als ich erwachte, brummte mein Schädel unerträglich.

Meine Hände waren über meinem Kopf an einem Balken ange-
bunden.

Mit verschwommenen Blick sah ich mich um. Ich befand mich in
einer Gefängniszelle.

Hatte man mich in den Palast gebracht? Meine Arme schmerzten
von den viel zu engen Fesseln.

„Endlich erwacht Schätzchen?"

Mein Kopf schnellte nach links. In einer Ecke, auf einem Schemel
hockend sass ein Mann, dessen Gesicht ich im Leben niemals vergessen hätte. Dunkelhaarig, mit langem Schnauzbart und dem un-
barmherzigsten Blick, den ich jemals gesehen hatte.

„Hauptmann Frank."

„Ah, du kennst mich noch, was für eine Ehre. Endlich habe ich
Nathaniel's Flittchen in meiner Gewalt."

Ich zwang mich ruhig zu bleiben, meine rasenden Gedanken zu
ordnen.

„Oh, mein Trick mit dem Hauptmann. Der hatte wunderbar funktioniert, wie mir scheint."

Der Mann erhob sich und verpasste mir eine schallende Ohrfeige.

„Versuch es erst gar nicht. Der König mag diese Lüge geglaubt
haben, aber ich nicht. Ich nicht Flittchen! Ich hatte gleich gewusst,
dass du irgendwann hier auftauchen würdest, um den Sohn einer
Schlange zu suchen. Du bist der Schlüssel zu Nathaniels Vernich-
tung. Doch zuerst werde ich all seine schmutzigen Geheimnisse
aus dir herausquetschen."

Ich wollte schreien, als er mich grob am Hals packte, doch kein
Laut kam hervor, es erschlug mir den Atem. Er roch widerlich.

„Und jetzt sag mir, was er plant. Ich lasse ihn schon lange beobachten. Er ist schlau, doch ich weiss, dass er in Kontakt mit

zwielichtigen Gestalten ist. Was ist sein Plan, verrate es mir Schätzchen. Nathaniel hat mir meinen Platz als engster Vertrauter des Königs gestohlen, ich, der so viel für ihn getan habe. Ich möchte wissen, wieso der Sohn einer Schlange meinen Platz genommen hat, es passt nicht zu ihm."

„Ich werde euch gar nichts erzählen! Niemals."

„Nein? Nun dann werden wir lange, vergnügliche Stunden hier drinnen verbringen. Du bist in einem speziellen Bereich des Gefängnisses. Nicht einmal dein liebster General hat hier zutritt. Die Mauern sind dick, niemand wird dich schreien hören."

„Ich dachte, Ihr wärt aus dem Palast vertrieben worden?"

Zorn blitze in seinen Augen auf.

„Wegen den Lügen deines Generals! Aber auf den heutigen speziellen Tag hin wollte der König seine Vertrauten nahe wissen, ich bin heute für die Sicherheit im Palast zuständig Schätzchen. Aber bald werde ich wieder der Liebling von König Ilois sein."

Die Hoffnungslosigkeit meiner Lage wurde mir bewusst. Niemand würde mich hören, da hatte er Recht. Sollte ich auf Zeit spielen, in der Hoffnung, dass mich meine Freunde fanden?

Sie mussten ihren Plan Morgen unbedingt durchführen. Alles war vorbereitet. Sie durften nicht meinet Wegen alles aufs Spiel setzten.

Lieber mich weigern und auf einen schnellen tot hoffen? Gerade jetzt, wo mir mein Leben so teuer war?

„Was ist aus meiner Freundin Alina geschehen?"

Die Frage schien ihn zu amüsieren. Er streichelte mir fast zärtlich über die Wange. Alles in mir versteifte sich.

„Es war ein wunderbares, grosses Feuer."

„Nein!! Man hat mir geschworen, dass ihr nichts passieren würde!"

„Schätzchen, du musst noch viel lernen."

„Mörder!"

Ich biss ihm mit aller Kraft und Zorn in den Finger.

Sein Schmerzensschrei hallte durch die Gefängniszelle. Seine Schläge waren hart und trafen mich immer wieder im Gesicht, ich fühlte, wie meine Stirn aufplatzte und Blut hervorquoll.

Die Schmerzen waren schlimm, aber nichts im Vergleich zu der Qual in meinem Herzen.

Alina! Aryanna! Damien! Seid ihr alle…?

Ich ertrug den Gedanken nicht.

Einer seiner Schläge trafen mich hart am Kopf und ich verlor erneut das Bewusstsein, fast dankbar, für die mich konsumierende Leere.

19. Lang lebe der König

Das Gefühl von Hunger liess mich zurück in die Gegenwart kommen. Es war dunkel in der Zelle. Eine Fackel war die einzige Lichtquelle, so hatte ich keine Ahnung wie späte es war. War der grosse Tag schon angebrochen? Oder war es sogar schon vorbei? Ich konnte meine Hände kaum noch spüren. Durst hatte ich ebenfalls.

Nackte Angst erfüllte mich. Wie würde ich hier jemals wieder herauskommen?

Die nächsten Stunden, vergingen ereignislos in der düsteren Dunkelheit. Nur das Quicken von Ratten durchbrach die Stille.

Meine Beine schmerzten, mein Kopf brummte.

Ich begann um Wasser zu betteln, niemand kam.

Irgendwann versank ich vor lauter Erschöpfung wieder im Nichts.

Das nächste Erwachen erfolgte durch einen Schwall eisigen Wassers der mich mitten ins Gesicht traf.

Mein Herz machte einen erschrockenen Satz.

„Hast du mich vermisst, Schätzchen."

Nein… Nicht diese Stimme schon wieder. Bitte bitte, lass mich in Ruhe.

Hauptmann Frank hielt drohend ein glühendes Stück Eisen vor meine Nase.

„Vielleicht bist du jetzt gesprächiger."

Ich biss mir auf die Lippen. Mein Mund zitterte verräterisch.

„Dann geniesse einen kleinen Vorgeschmack"

Damit hielt er das Eisen gegen meinen Oberarm.

Ich schrie auf vor Schmerz, die Haut verbrannte und ein grauenhafter Gestank entstand. Beinahe hätte ich wieder das Bewusstsein verloren, doch der Hauptmann hob meinen Kopf.

„Tststs, immer schön hierbleiben. Das Bewusstsein verlieren, oder sterben kannst du später. Erst erzählst du mir alles über deinen Geliebten. Danach kann ich in Ruhe an die Geburtstagsfeier."

„Du musst mich wohl töten. Ich werde nichts sagen."

„Schätzchen, wäre es nicht Schade um den Armen Nathaniel? Glaubst du, er würde einen weiteren Verlust verkraften?"

Zorn bäumte sich in mir auf. Dieser Mann war unmenschlich. Schmerz und Qual schienen ihm so viel Vergnügen zu bereiten, wie mir das Heilen.

Er liess es nicht bei diesen Worten.

„Lianna war ein schlechteres Opfer. Sie hat mich um ihr Leben angefleht und gewimmert, als ich sie mir vorgenommen habe."

„Was?!!"

Sein Lachen hallte durch das Gefängnis, fast geisterhaft.

War er es wirklich gewesen, welcher Nathaniel all dieses Leid verursacht hatte? Er, der auch mitgeholfen hatte, bei der Zerstörung unseres Dorfes? Der meinem Vater und fast Ehemann auf dem Gewissen hatte? Hatte Nathaniel mit seiner Vermutung also Recht gehabt?

„Ganz richtig. Damit du weisst, dass ich es ernst meine erzähle ich es dir: Ich persönlich habe das Haus deines Geliebten niedergebrannt und seine Frau getötet. Zu schade, dass der Balg verbrannt ist, während ich weggeschaut habe, sonst hätte ich ihn aufknüpfen können. Das wäre doch ein schöner Anblick für deinen Liebhaber gewesen."

„Warum nur?!"

Solange er sprach, würde er mich nicht quälen. Dass er mich schlussendlich töten würde, war nun klar. Sonst hätte er dieses grosse Geheimnis nie Preis gegeben. Es war also nur eine Frage der Zeit.

Nathaniel, ich hätte dich so gerne noch einmal wieder gesehen. War diese Zeit wirklich alles, was uns vergönnt war?

„Ich, Hauptman Frank, ich war einst der Favorit des Königs. Mir hat er seine düstersten Aufgaben erteilt. Ja der König selbst Yelena. Damit hättest du wohl niemals gerechnet.»

Er lachte schallend und herzlos, genoss die Erinnerung an all das Grauen.

„Ich sollte die Familien seiner besten und vielversprechendsten Anhänger töten lassen, damit sie in ihrem Bestreben, den König zu schützen und seine Macht auszubreiten nicht länger abgelenkt wurden. Liebe, päh…"

Er spuckte auf den Boden.

„Ich hatte Nathaniel immer gehasst. Diesen ach so guten Befehlshaber der von allen so geliebt wurde. Zeit, ihm eine Abreibung zu erteilen. Leider hat er sich danach bis an die Spitze hochgearbeitet, die Schlange. Hat meinen Platz als Loyalster Vertrauter des Königs eingenommen. Niemals wissend, dass ich es war, der ihm alles genommen hatte und ich jede Sekunde davon genoss."

Mir war schlecht. Alles, was Nathaniel herausgefunden hatte, war wahr. Sein schlimmster verdacht hatte sich bestätigt.

Liebster, bitte, erfüllt euren Plan. Hilf Marius auf den Thron. Solch ein Tyrann darf nicht länger über unser schönes Königreich herrschen. Und wenn du dabei bist, vernichte dieses unmenschliche Wesen vor mir.

„Und nach all dieser Zeit, dachte ich, mich Rächen zu können. Doch statt Nathaniel zu bestrafen, wurde ich aus den Augen des Königs verbannt, ich, General Frank! Ich liess die Stadttore beobachten. Pflanzte meine Verbündeten davor, um mich vor jedem Ankömmling in Kenntnis zu setzen. Und siehe an, da kamst du. Bist mir direkt in die Falle getappt. Ich habe dich beobachten lassen, wollte herausfinden, was du vorhattest. Und dabei habe ich erstaunliches erfahren. Der junge Mann, der mit dir gekommen ist, scheint ein Anhänger von diesen Rebellen für den toten Bruder des Königs zu sein. Zumindest hat er sich mit Anhängern getroffen, ich habe alles erfahren. Ein Mitglied dieser Rebellen, was für ein Fang. Danke Yelena, durch dich werde ich bald wieder der zweit mächtigste Mann im Königreich sein. Ich hoffe, dass er ein Ranghohes Mitglied ist, vielleicht sogar der Rebellen Anführer. Dieser anonyme Tunichtgut.»

Kalter Angstschweiss lief mir den Rücken herunter. Marius hatte mir vertraut und ich hatte ihn in Gefahr gebracht, kaum hatte ich die Stadt betreten. Schlimmer noch, ich hatte Lucien und seine Familie mit hineingezogen. Wäre ich doch nur niemals in die Stadt gereist. Wäre ich doch nur in dem Dorf geblieben, dann hätte ich all das verhindern können. Aber ich musste nach einem besseren Leben trachten. Wie naiv von mir.

Die drei Männer mussten unbedingt sofort handeln, bevor es für immer zu spät war.

„Ihr widert mich an. Doch zumindest weiss ich jetzt, dass es keinen Unterschied macht ob ich spreche oder nicht, Ihr werdet mich sowieso töten."

„Wohl wahr. Aber es gibt verschiedene Arten zu sterben. Schnelle und schmerzhafte… Die Wahl liegt bei dir. Und ich rate dir…"

„Hauptmann Frank!"

Ein junger Soldat öffnete die schwere Zelle.

„Was zum Teufel ist los? Ich wollte doch nicht gestört werden!"

„Aber Hauptmann, der König schickt nach Euch."

„Der König? Der wollte mich doch nicht mehr… Wie auch immer, er hat seinen Fehler wohl eingesehen."

An mich gewandt fuhr er fort

„Seine Majestät hat heute nämlich Geburtstag. Die wichtigsten

Berater des Landes sind im Palast. Vielleicht werde ich vor ihnen allen geehrt und doch noch zum General ernannt, oder noch besser zur rechten Hand unseres guten Königs. Jetzt wo ich dich habe, müssen wir nur noch den jungen Burschen in die Finger kriegen. Du musst wohl noch etwas warten Schätzchen."

Er legte die Folterinstrumente auf einen Steinbalken in meinem Sichtfeld.

Bevor er ging, kam er noch einmal auf mich zu und packte mich grob am Kinn.

„Wenn ich wieder komme, wirst du dir wünschen, niemals geboren zu sein."

Wie schon damals, drückte er mir einen harten Kuss auf die Lippen. Ich übergab mich beinahe vor Eckel.

Er fuhr mir mit seiner groben Hand übers Gesicht.

„Ich freue mich darauf"

Drohend fuhr er mit einer Hand über mein Kleid, verharrte mit seiner schmutzigen Hand auf meiner Brust. Der Eckel drohte mich zu übermannen.

Er drückte meine Brust grob, dann machte er auf dem Absatz kehrt und verschwand.

Ich sackte in meinen Fesseln zusammen und schloss panisch die Augen. Wie sollte ich das nur aushalten, wie nur?

„Yelena!"

Beinahe hätte ich vor Schreck wieder geschrien. Ruckartig öffnete ich die Augen.

„Lucien!"

„Dem Himmel sei Dank, wusste ich doch, dass du das Ziel seiner Folter bist."

Ohne weitere Worte zu verlieren, schnitt Lucien mit einem Messer meine Fesseln durch. Ich sackte zu Boden und übergab mich.

Er kniete sich neben mich und hielt mir das Haar aus dem Gesicht.

Als ich mich einigermassen beruhigt hatte, sah ich ihn an.

„Wie hast du mich…?"

„Nicht jetzt Yelena. Er wird jeden Moment merken, dass es ein Trick war. Ich habe Tom, den jungen Soldaten, der eben kam, vorgeschickt mit der List, dass der König ihn suchen würde. Tom ist ein guter junger Mann und ein Freund von uns. Wir haben nicht viel Zeit, komm schnell."

„Ich weiss nicht, ob ich gehen kann…"

Kurzentschlossen lud er mich auf seinen Rücken. Ich klammerte mich mit aller Kraft an ihn, während wir die langen, endlos wirkenden Gefängniszellen durchquerten. Es war gespenstig still.

„Lucien, oh guter Freund. Was ist mit deiner Frau und deinem Sohn… Sind sie…"

Ich konnte nicht zu Ende sprechen.

Meine Stimme war nicht viel mehr als ein Flüstern gewesen.

„Mach dir keine Sorgen es geht ihnen gut."

Ein Gefühl unglaublicher Erleichterung durchströmte mich.

„Aber… Man hat mir gesagt, dass euer Haus angezündet wurde."

„Ja, das wurde es. Alina hat geistesgegenwärtig die Zeit genutzt, als sie eingesperrt wurde, um die beiden Kinder zu packen und sich in unserem geheimen Keller zu verstecken. Du musst wissen, unser Haus wurde mit einer geheimen Falltür gebaut, aus Steinen, verborgen unter einem Teppich. Dort hin hat sie sich versteckt mit den Kindern.

Dem Himmel sei Dank hat das Versteck eine separate Luftzufuhr. So konnte sie ausharren, bis wir sie alle befreien konnten. Es geht allen gut."

„Oh Danke Himmel!"

„Das kannst du laut sagen. Da reden wir von der Gefahr, in welche wir Männer uns begeben und gleichzeitig werdet ihr Frauen angegriffen… Wir sind alle drei beinahe wahnsinnig geworden vor Angst um euch."

„Und was ist mit den anderen, mit dem Plan, mit…"

„Pssst"

Warnte mich mein Freund. Er stellte mich vorsichtig ab und flüstere leise

„Wir haben das Ende des Gefängnisses gleich erreicht. Niemand darf uns hören, ich erkläre dir alles, wenn wir hier raus sind. Kannst du wieder gehen?"

Ich merkte, dass meine Beine noch wackelig waren, aber es ging langsam wieder, daher nickte ich entschlossen. Lucien erzählte weiter.

„Da vorne sind Gefängniswächter, ich erzähle ihnen, du würdest zum König zum Verhör geschickt, sie kennen mich und werden mich durchlassen. Tue so, als ob ich der Feind wäre und…"

„Na sieh mal einer an, Ex Soldat Lucien. Du weisst, dass auf Gefangenbefreiung die Todesstrafe steht?"

Hauptmann Frank hatte uns aufgelauert.

„Dachtet ihr wirklich, ich falle auf diesen Trick herein? Ich wusste gleich, dass etwas faul ist an der Sache. Männer, ergreift die beiden."

„Lauf Yel!"

Schrie Lucien, während er sein Schwert zog.

„Tötet ihn!»

Rief Frank, dann eilte er mir nach.

Ich rannte um mein Leben, alle Schmerzen vergessend. Schliesslich kam ich an einem langen Korridor mit rotem Teppich an. Meine geschundenen Beine brannten wie Feuer.

Ich war nicht schnell genug. Die Kraft reichte nicht aus. In grossen Schritten holte Frank auf, griff mich bei den Haaren und brach mich zu Fall.

Wir rangelten eine Weile, ich versuchte ihn zu kratzen, zu beissen, strampelte wie wild, doch dann gewann er die Oberhand, drückte mich Flach auf den Boden.

„Was für eine Wildkatze. Das Spiel ist aus Schätzchen."

Ich fühlte seinen fauligen Atem auf meinem Gesicht.

„Ich würde gerne weiter mit dir spielen, aber ich habe eine noch bessere Idee. Ich bringe dich gleich jetzt zum König, als Geburtstagsgeschenk, damit er mit eigenen Augen sieht, dass ihn sein General hintergangen und belogen hat. Vielleicht kann er dich zum Reden bringen. Und wenn dann rauskommt, dass du Rebellen mit in die Stadt genommen hast, wird Nathaniel endlich vernichtet sein. Ich danke dir jetzt schon Flittchen."

Er schob mich grob vor sich her, zwang mich durch die grossen Hallen des Palastes.

Dienstboten sahen uns nach, doch niemand wage, etwas zu sagen. Sie konnten mit mir tun, was sie wollten, ich hatte beschlossen, zu schweigen. Vielleicht würde mich der König schneller töten.

Das Leben aller, die mir teuer waren, hing von meinem Schweigen ab. Ich war bereit, alle Qualen der Welt über mich ergehen zu lassen. Leider wusste ich als Heilerin, wie vielen Qualen ein Körper ausgesetzt werden konnte.

Vor einer mächtigen Holztür, mit Edelsteinen verziert, blieb er stehen und klopfte entschlossen.

„Wer stört?!"

„Hauptmann Frank eure Majestät, ich bringe Ihnen eine Verräterin."

Die grosse Tür wurde aufgeschwungen.

Vor mir erhob sich ein riesiger Thronsaal, reichlich verziert mit Edelsteinen. Damit hätte man bestimmt ganze Dörfer für Jahre ernähren können.

Die Türwächter beäugten uns misstrauisch. Frank trug kein Schwert bei sich.

Ich hatte nur Augen für einen Mann. Vor mir, nicht weite entfernt auf einem Thron sitzen, erblickte ich zum ersten Mal seine Majestät König Ilois von Lootan.

Er sah seinem Bruder Marius tatsächlich nicht ähnlich. Und dann wiederum doch irgendwie.

Beide hatten sie ähnliche Gesichter. Aber wo Marius Augen wie Saphire leuchteten, waren die dunklen, blutunterlaufenen Augen des Königs emotionslos, kalt. Der König trug zudem einen Vollbart und war mindestens einen Kopf grösser als mein ungekrönter Freund. Auch war der König breitschultriger gebaut, wirkte einschüchternd. Dahinter waren ähnlich geschwungene Augenbrauen, ähnliche Gesichtszüge. Ja, wenn man die beiden nebeneinanderstellte, würde man die Ähnlichkeit nicht auf den ersten Blick erkennen, doch wer Marius gut kannte, würde es auf den zweiten Blick erkennen.

Neben ihm standen zwei bewaffnete Leibwächter. Die einzigen, welche in der Gegenwart des Königs Waffen mit sich führen durften. Mit einigem Abstand zum König standen edel Gekleidete Männer mit Schriftrollen in den Händen. Das mussten die mächtigen Berater und andere Ranghohe Männer sein, welche die Regentschaft des Königs Jahr für Jahr aufs Neue absegneten. Die Zeugen, welche Marius um sich wollte um seinen Anspruch geltend zu machen. Aber statt ihm, stand ich nun vor ihnen.

„Ex Hauptman Frank. Was habt ihr hier verloren?"

Er warf mich unsanft vor dem König zu Boden.

„Das, Majestät, ist Nathaniel Lootalians Flittchen. Euer General hat euch hintergangen. Ich dachte, dass möchtet Ihr sofort erfahren. Und ich ehre Euch natürlich zu Eurem Geburtstag, lang lebe der König."

Die Stimme des Königs bebte vor Zorn

„Und wegen einem Flittchen störst du unser Treffen?!"

Na die ungestüme Art lag wohl in der Familie.

„Verzeiht Majestät. Aber ich glaube, hier schmiedet sich ein Komplott zusammen. Der angeblich nicht mehr im Dienst stehende ehemalige Soldat Lucien wollte ihr bei der Flucht helfen. Und die Frau ist in Begleitung in die Stadt gekommen. Ich konnte es noch nicht aus ihr herauspressen, aber ich bin sicher, hier ist eine Verschwörung im Gange, der Begleiter hat sich als Rebell herausgestellt und General Nathaniel ist knietief darin verwickelt. Er hat Euch die ganze Zeit hintergangen und Ihr solltet sofort handeln und sie alle verhaften lassen. Vielleicht ist noch heute ein Anschlag auf euch geplant, an eurem ehrenwerten Geburtstag."

„Und wieder einmal seid Ihr auf dem Holzweg, *Ex*-Hauptmann Frank."

Mein Herz machte einen Sprung ab der vertrauten Stimme. Ich hob und drehte den Kopf zur Tür und… erstarrte.

Nathaniel trat herein, hoch erhobenen Hauptes, mit sich, mit einem Seil an den Händen zusammengebunden, schleifte er Marius mit sich. Marius Wange war angeschwollen, sein Mantel war zerrissen, sein Blick hass erfüllt.

Der König erhob sich von seinem Thron und näherte sich der Mitte des Raumes. Er blieb ganz in meiner Nähe stehen, seine Leibwächter folgten ihm auf Schritt und Tritt. Ein Wächter durchsuchte Nathaniel nach Waffen, als er keine fand schritt er zufrieden zum Tor zurück.

„Was geht hier vor sich Nathaniel. Erklärt Euch!"

„Hauptmann Frank hatte Recht. Yelena ist mir in die Stadt gefolgt. Wir hatten… ein kleines Techtelmechtel vor vielen Jahren. Dabei hat sie mir meinen Ring gestohlen. Das alles ist aber unwichtig. Entscheidend ist nur dieser Mann hier."

Mit diesen Worten ergriff er Marius grob und zwang ihn vor mir auf die Knie. Mein junger Freund sah mich nicht an, sein Blick war ruhig auf den König gerichtet.

„Hallo… Grosser Bruder."

Aus dem Gesicht des Herrschers wich alle Farbe, seine Augen verengten sich zu Schlitzen.

Nathaniel lachte

„Darf ich präsentieren, Maurillio Lootan, der nicht ganz so tote junge Bruder seiner Majestät. "

Der König war fassungslos.

„Maurillio! Du lebst?!"

„Überraschung! Ich wollte deine Party doch nicht verpassen Bruderherz."

Was ging vor sich? Der Plan hatte doch ganz anders ausgesehen. Es war doch eine List? Oder?! Hatte Nathaniel die ganze Zeit ein doppeltes Spiel gespielt? Wenn dem so war, hatte ich Marius Todesurteil unterschrieben. Mein Herz klopfte bis zum Hals vor Angst.

Warum war Marius gefesselt? So sollte das alles nicht sein.

„Majestät, das Mädchen hat mir alles erzählt. Eure jüngerer Bruder Prinz Maurillio ist zurück in die Hauptstadt gekehrt, um Euch zu entthronen. Heute wollten sie Ihr Vorhaben in die Tat umsetzen. Anscheinend glaubt er, dass er der bessere und gerechtere König wäre."

Ein Raunen ging durch die Menge.

„Nathaniel?"

Flüsterte ich aus trockener Kehle.

„Tut mir Leid Yelena. Ich habe dich nur benutzt, um an die Informationen heranzukommen."

Ich bekam keine Luft mehr. Wenn es wahr war, wollte ich lieber sterben. Der König näherte sich seinem tot geglaubten Bruder und Rivalen.

„Maurillio, Maurillio. Hast du wirklich geglaubt du könntest mich vom Thron stossen? Schon als Knabe habe ich gewusst, dass du zu nichts taugst."

Einer der Berater hob zögernd die Hand.

„Wollt ihr damit bestätigen, dass dies in der Tat der totgeglaubte Prinz Maurillio von Lootan ist?"

Für den Bruchteil einer Sekunde schien das Gesicht des Königs zu zucken. Sicherlich wäre es ihm lieber gewesen, seinen Bruder ohne Zeugen anzutreffen. Der König versetzte seinem Bruder einen Stoss mit dem Fuss in die Magengegend. Marius stöhnte auf.

„Ja, ohne jeden Zweifel, dass ist mein verweichlichter Bruder. Ihr habt es gehört, er wollte mich ermorden lassen, darauf steht die Todesstrafe."

Dem wütenden Blick des Königs nach zu schliessen, hatten sich die Ereignisse zu schnell überschlagen. Er hatte sicherlich nicht gewollt, dass die ganze Halle erfuhr, dass es sich bei dem Gefangen tatsächlich um seinen echten Bruder handelte.

Mir wurde bewusst, dass Hauptmann Frank seinen Dolch noch immer unter dem Mantel trug. Er hatte die Waffe versteckt gehalten und war in der Aufregung nicht richtig durchsucht worden. Wenn ich nur an die Waffe herankommen konnte.

Einer der Berater, ein älterer Mann mit langem Bart mischte sich ein.

„Aber eure Majestät, er ist euer Bruder. Ist das nicht ein Grund zur Freude? Sicherlich wollt ihr nicht euren eigenen Bruder ermorden lassen?"

Der Regent ging auf und ab. Nathaniels Augen waren noch immer ausdruckslos auf den Herrscher gerichtet.

War er mächtig genug, Marius vor aller Augen ermorden zu lassen? Seinen eigenen Bruder?

Der König blieb vor seinem Bruder stehen. Mich ignorierte er komplett.

„Ich bin der mächtigste Mann des Reiches, ich kann tun und lassen, was ich will. Mein Bruder hat Verrat begangen, er verdient den Tod. Und zwar jetzt gleich, bevor…"

Bevor noch mehr zeugen kommen. Beende den Satz doch du Tyrann.

„Ilois, Bruder, ich habe dir nichts getan. Um unser beider Mutter Willen, verschone mich und lass uns wieder Brüder werden."

Die Puzzleteile setzten sich in meinem Kopf zusammen und plötzlich war mir alles ganz klar. Es war ein Spiel. Nathaniel und Marius wollten hier, vor versammelter Menge zeigen, wie grausam der König war. Nathaniel war hereingekommen und der König hatte umgehend bestätigt, dass Marius der wahre Bruder war. Was sie nun taten, war das grausame Herz des Herrschers zur Schau zu stellen.

Aber was dann? Nathaniel war unbewaffnet, wie wollte er sich wehren? Was war das grosse Ziel der beiden? Erleichterung durchströmte mich gleichzeitig mit der Erkenntnis, dass Nathaniel uns nicht verraten hatte, mischte sich sogleich mit einer unbändigen Angst. Zwei bewaffnete Leibwächter standen neben dem ebenfalls bewaffneten König. Frank hatte einen Dolch. Am Toreingang standen noch zwei bewaffnete. Wir waren in der Unterzahl, eindeutig.

Marius speilte derweil weiterhin den verängstigten kleinen Bruder.

„Bitte Ilois Ich möchte doch nur mit meinem grossen Bruder reden. Wir können doch gemeinsam über dieses grosse Reich herrschen, Seite an Seite."

Zornesröte stieg dem Herrscher ins Gesicht. Er zückte sein Schwert, holte es aus der Scheide.

„Es kann nur einen Herrscher geben. Nur mich!"

Mit diesen Worten stürzte er auf Marius, ohne dass die Ranghonen anwesend auch nur ansatzweise die Zeit gehabt hätten, zu reagieren.

Dann geschah alles ganz schnell und so vieles gleichzeitig. Marius, welcher gar nie richtig gefesselt gewesen war, löste sich mit einem Ruck von den Seilen. Unter seinem Shirt zuckte er zwei Dolche, warf einen davon Nathaniel zu, während er sich gleichzeitig geschickt aus der Todbringenden Bahn des Schwerthiebes seines Bruders hechtete.

Nathaniel fing den Dolch geistesgegenwärtig auf, und rammte ihn König Ilois, dem Herrscher unseres Landes, ohne zu zögern tief ins Herz.

Geschockt ab der ungeahnten Wendung starrte dieser seinen vermeintlich treusten General an, während er auf die Knie sank.

„Für meine und alle anderen ermordeten Familien. Lang lebe der König!"

Die Leibwächter brauchten nur wenige Sekunden, um sich vor dem Schock zu erholen, einer stürzte sich auf Marius, der andere auf Nathaniel.

Ich wollte mich aufrappeln, doch Frank stand mir brutal auf mein linkes Bein. Ich schrie vor Schmerz. Gleichzeitig griff er nach seinem Dolch, welcher offensichtlich nicht für mich bestimmt war.

„Nathaniel, pass auf!"

Nathaniel hatte soeben den ersten Leibwächter mit wenigen, geschickten Schwerthieben überwältigt, als Frank auf ihn zustürmte und zustach.

Der Dolch traf Nathaniel in der Seite, unterhalb der linken Rippe, Blut schoss umgehend in grossen Mengen aus der Wunde.

Noch während Frank auf Nathaniel zugestürmt war, hatten sich meine Gedanken überschlagen. Nur eines drängte sich in den Vordergrund: Ich würde nicht zulassen, dass er mir noch einen geliebten Menschen stahl.

Ich griff mir ins Haar, und ergriff die Haarklammer, welche mir Alina geschenkt hatte. Ich zog die Hülle auf, sah das aufblitzen der todbringenden Nadel, zog mich fast gleichzeitig vom Boden hoch und mit einem mächtigen Satz, welcher mein verletztes Bein fast explodieren liess vor Schmerz, sprang ich auf Frank zu gerade als dieser den Dolch von Nathaniels klaffender Wunde zog und noch einmal zustechen wollte.

Die Nadel traf Frank im Hals, versenkte sich tief in seinem Inneren.

Aus den Augenwinkel erkannte ich noch, wie Marius den zweiten Leibwachen entwaffnet hatte und sich ihm die Torwächter näherten, bevor ich hart auf dem Boden aufprallte.

Allen schmerzen trotzend kroch ich zu Nathaniel und drückte mit meiner Hand auf die klaffende Wunde, versuchte den Blutverlust einzudämmen, oder er würde innert kurzer Zeit verbluten. Mit der anderen Hand und meinem Mund riss ich mir einen Stofffetzen von meinem Rock um einen provisorischen Verband zu erstellen.

Neben mir krümmte sich der sterbende Ex Hauptmann Frank, röchelte nach der Luft, welche er nicht mehr bekam. Sein Gesicht begann sich schnell blau zu färben.

Beim Himmel, weitere Soldaten stürzten herein.

Wir waren verloren. Dachte ich zumindest, bis der letzte hereintrat. Es war Lucien.

„Soldaten, ergreift die Leibwachen und Türsteher des Königs."

Noch bevor die Torwächter Marius erreicht hatten, wurden sie von Luciens treuen Soldaten überwältigt.

Die Berater und ranghohen Mitglieder, hatten sich in einer Ecke dicht an dicht zusammengedrängt.

Ich hatte nur noch Augen für meinen Verletzen Geliebten.

„Lucien! Hilf mir!"

Seine Augen weiteten sich ab der tiefen Wunde. Dann eilte er, ohne zu zögern auf mich zu und half mir mit den Stoffen die Wunde zuzuhalten.

„Ich muss die Wunde sofort nähen, sonst hat er keine Chance! Bitte helft doch."

Marius hatte den Ernst der Lage begriffen, Er griff nach einem von Luciens Soldaten.

„Du! Trage General Nathaniel ins nächste freie Zimmer und holt umgehend einen Arzt. Ab besten den Leibarzt meines Bruders, er soll sehr gut sein. Yelena hier wird sich um ihn kümmern, sie wird Unterstützung benötigen. Lucien wird die beiden begleiten. Ihr guten Berater, ich bin gleich bei euch, macht euch keine Sorgen, wir regen das alles. Ich kümmere mich nur zuerst um das Chaos hier."

Seine letzten Worte galten mir. Unsere Blicke trafen sich. Endlich hatte er gelernt ruhig zu bleiben. Gerade noch rechtzeitig.

Wir nickten uns zu. Er würde die Berater überzeugen, bestimmt.

Meine ganze Konzentration galt nun Nathaniel.

20. Der König von Lootan

In den nächsten Stunden kämpfte Nathaniel den grössten aller Kämpfe, den um sein eigenes Leben, mit mir an seiner Seite. Mein eigenes Gesicht war geschwollen und hätte eigentlich schmerzen sollen. Mein Bein wollte ich schon gar nicht anschauen. Ich spürte nichts von all dem, war ganz fokussiert auf meine Arbeit. Der Leibarzt des Königs erwies sich zum Glück als geschickter und fähiger Mann. Nachdem ich Nathaniels Wunde genäht hatte, tat ich alles in meiner Macht Stehende, um das Fieber zu senken. Sass an seiner Seite, hielt seine Hand, Wusch sein Gesicht.

Meine eigenen Wunden begannen erst höllisch zu brennen, als Nathaniel versorgt und in einen unruhigen Schlaf gefallen war. Karion, der Fremde Arzt schiente dann mein Bein und kümmerte sich auch um die kleineren Wunden, ich war unendlich dankbar. Er meinte, mein Gesicht würde wieder vollständig heilen und auch das Bein würde keine bleibenden Schäden davontragen.

Er bot auch an, über den Verletzen zu wachen, damit ich etwas Schlaf bekam.

Ich lehnte dankend ab.

Auch Lucien war bei der Behandlung dabei gewesen, assistierte ruhig und sprach ebenfalls auf seinen Freund ein. Er war danach allerdings zu seiner Familie zurückgekehrt, welche sicher schon krank vor Sorge war.

Ich hoffte Aryanna ging es gut, sie musste ihren Bruder vermissen, der hier irgendwo in diesem riesigen Palast steckte. Aber aktuell brauchte Nathaniel mich dringender als seine Tochter.

Ich musste wohl doch eingenickt sein, auf einem Holzstuhl sitzend, meinen Kopf auf Nathaniels Schulter gebettet. Jemand hatte mir eine Decke über die Schultern gelegt. Ich hörte, wie regen an das Fenster trommelte. Endlich, die Dürre war vorbei.

Als ich die Augen aufschlug, schien durch eine Lücke in den Wolken kleine Sonnenstrahlen in das Krankenzimmer. Es erhellte nicht nur Nathaniels Gesicht, sondern viel auch auf den Besuch, der sich zur anderen Seite des Patienten niedergesetzt hatte.

Marius sah erschöpft aus. Er schien über Nacht um Jahre gealtert zu sein. Fast konnte man die neue Last auf seinen Schultern sehen.

Erstaunt stellte ich fest, dass er Nathaniels rechte Hand hielt.

Als er bemerkte, dass ich wach war, schenkte er mir ein müdes Lächeln. Dann wendete er den Blick wieder auf den bwusstlosen Verletzten.

„Weisst du eigentlich, was für ein Glück du hast? Mit einer so wunderbaren Frau an deiner Seite und einer liebreizenden, gutherzigen Tochter.

Du hast natürlich Recht, ich bin in Yelena verliebt. Aber weisst du was? Sie hat es noch nicht einmal gemerkt, denn ihr ganzes Herz gehört nur dir allein. Darum musst du auch wieder aufwachen du Trottel! Sie wartet auf dich. Und deine Tochter möchte dich auch besser kennen lernen. Als sorgst du besser dafür, dass du überlebst."

Ich sah ihn an, eine Träne rollte meine Wange herunter.

„Marius…"

„Nein sag nichts. Sonst verlier ich die Fassung. Es ist in Ordnung wie es ist. Bitte, ich möchte jetzt nicht über Gefühle reden."

Ich verstand ihn. Seufzend strich ich Nathaniels Haare aus der Stirn.

„Was ist genau geschehen nach meiner Gefangennahme? Und muss ich dich jetzt Maurillio nennen?"

Die Sonne stieg höher, erhellte das Gesicht des jungen Prinzen.

Ich erkannte die Spur eines Lächelns.

„Auf keinen Fall, oder ich künde dir die Freundschaft. Für dich und euch alle bleibe ich Marius.

Was das geschehene betrifft: Wir waren auf dem Rückweg von unserem Treffen, wollten uns eben vor den Friedhofstoren trennen, als wir den Rauch bemerkten und wie vom Teufel gehetzt losrannte. Du hättest Lucien erleben müssen, die Panik und Furcht auf seinem Gesicht. Meines und Nathaniels war nicht besser… Lucien schrie verzweifelt nach seiner Frau und Damien.

Wir schafften es, das Feuer unter Kontrolle zu bringen, es hatte sich zum Glück noch nicht auf das ganze Haus ausgeweitet, wir kamen gerade noch rechtzeitig.

Dann, Gott sei Dank, sah Lucien im Geheimversteck nach und fand die drei unversehrt.

Er hat geweint vor Erleichterung…

Dann erzählte Alina, dass du mitgenommen wurdest. Darauf verloren Nathaniel und ich vollkommen den Kopf."

Ich zog die Augenbraue hoch.

„Noch eine Gemeinsamkeit bei euch zweien?"

Er grinste schief

„Ja, ja, lach nur. Jedenfalls wollten wir umgehend losrennen, alle Soldaten niederschlagend, wenn es sein musste, alles, um dich zu finden, wir hatten beide schon auf dem Absatz kehrt gemacht, als Alina uns beide Packte und unsere Köpfe gegeneinanderschlug!"

„Das hat sie nicht getan?!"

„Oooooh doch. Und es war bitter nötig! Sie und Lucien haben uns dann beruhigt und Aryanna hat mit uns geschimpft, dass wir dich so niemals retten würden und sie höchstpersönlich nach dir suchen würde."

Ich musste lachen. Es tat so gut, Freunde wie sie alle zu haben.

„Wir beschlossen, uns aufzuteilen. Wir waren überzeugt, du wärst irgendwo in einem der Armenviertel versteckt, weil ja Frank dort Unterschlupf gesucht hatte. Also eilten wir dort hin. Lucien brachte seine Frau und die Kinder zu einer Nachbarin in Sicherheit, dann half er ebenfalls mit. Den ganzen Tag haben wir verzweifelt nach dir gesucht… Sam und seine Bande war informiert, sogar Rahul hat sich daran beteiligt.

Erst in den frühen Morgenstunden, kam Sam auf uns zugeeilt. Er hatte endlich zwei Soldaten belauschen können, welche über dich sprachen. Sam erfuhr, dass du in den Palastkerker gebracht wurdest, genau unter der Nase von Nathaniel.

Nun mussten wir beraten, wie weiter. Den vorbereiteten Plan aufgeben oder weitermachen? So oder so, du warst im Palast, wir mussten irgendwie rein.

Wenn wir dich sofort befreiten, würde der König mit ziemlicher Sicherheit alarmiert werden und wir könnten ihn nicht mehr erreichen. Griffen wir den König an, waren wir sicher, dass Frank dich töten würde.

Unsere einzige Chance, so dachten wir, bestand darin, beides gleichzeitig zu machen.

So entschlossen wir, den Plan insofern durchzuführen, dass die Ablenkungen stattfinden sollten und die Wachen so herausgelockt wurden, so viele wie möglich.

Wie besprochen sorgten sowohl Sams als auch Rahuls Gruppen für einen Riesenradau. Sie waren unglaublich Yelena!

Nathaniel kam schliesslich auf die Idee mit der Gefangennahme. Zum einen war es einfacher und schneller, mich so hereinzubringen. Ganz öffentlich hat er mich durch die Tore schleppen können. Zum anderen kamen ihm auch Zweifel, ob man mich unterstützen würde, wenn ich kaltblütig meinen Bruder auf ein Duell auf Leben und Tot herausforderte. Und ganz ehrlich, ich hatte selbst Skrupel. In meinem Herzen war der schwache Funken Hoffnung, dass doch noch gutes in ihm war... Na ja... Ich weiss nicht, ob ich es hätte tun können Yelena, trotz allem nicht."

Und so hatte Nathaniel also angeboten, den Lockvogel zu spielen und den König selber zu töten. Wohl wissend, dass ihn der fast sichere tot erwarten würde.

Marius schien meine Gedanken zu erahnen.

„Ich wollte ihn davon abbringen, ich schwöre es. Ich wollte es ablehnen! Aber er wollte nichts davon hören und meinte wir hätten keine Zeit für Streitereien, wenn wir dich lebend wiedersehen wollten. Er meinte, du wärest für ihn das Einzige was zählte, wenn es hart auf hart kam... Er ist ein sturer Esel."

„Das ist er. Und keine Macht der Welt hätte ihn umgestimmt... Ihr habt das richtige getan."

Traurig lächelte er mich an, dankbar, dass ich nicht wütend war.

„Lucien ist kurz vor uns in den Palast gegangen, um nach dir zu suchen. Als wir nachkamen, sahen wir gerade noch, wie Frank dabei war dich in den Thronsaal zu schleppen. Liebste Freundin, es hat all meine Beherrschung benötigt, nicht auf ihn loszustürzen. Aber ich habe es endlich geschafft Yel! Ich habe mich beherrscht, abgewartet, den Plan befolgt, so getan, wie wenn ich ein hilfloser Gefangener wäre."

Der Stolz schwang in seiner Stimme mit. Ich schenkte ihm ein dankbares Lächeln.

„Ich wusste, dass du es schaffst. Ich bin so stolz auf dich."

Ich betrachtete ihn genauer. Er war frisch eingekleidet und gebadet. Seine Kleidung war aus feinster Seide, mit einem blauweissen Umhang, die Wappenfarben des Königreiches. Zusammengehalten wurde der Umhang von der königlichen Brosche.

Ich wies auf die Kleider

„Dann wurdest du akzeptiert? Bist du… der neue König?"

„Jap. Die offizielle Krönung ist in einigen Wochen. Es schien die Berater waren gar nicht so unglücklich über den Tod meines Bruders… Der König ist tot, lang lebe der König…"

Ich verstand seine Traurigkeit. Auch Marius war ohne Familie aufgewachsen, sein Bruder der einzig lebende, richtige Verwandte. So sehr er seinen Bruder verachtet hatte, er hatte eben ein Herz und gehofft, dass es doch noch anders kommen würde.

Auch wenn des Königs Blut nun auf Nathaniels Händen klebte, kam ich nicht darum herum, froh darüber zu sein, dass er Marius diese Bürde abgenommen hatte.

Ich erhob mich. Dabei merkte ich, wie sehr mich mein Bein noch schmerzte. Ich würde wohl auch noch eine Weile Heilung brauchen.

Den Schmerz ignorierend umrundete ich das Bett, bis ich vor dem jungen König stand. Er sah mich aus grossen, müden Augen an. Ich drückte ihm einen Kuss auf die Stirn.

„Du wirst ein gerechter König. Und wenn du die Ratschläge von deinen Beratern annimmst und nach deinem Herzen entscheidest, wirst du sehr viel gutes Bewirken, für alle Leute in diesem wunderschönen Land. Ich bin stolz auf dich."

Ich las die Dankbarkeit in seinen Augen, wusste, wieviel ihm diese Worte bedeuteten.

„Danke. Von Herzen. Aber ich habe noch viel zu lernen."

Ich nickte, wissend, dass er keine Ausreden hören wollte.

„Ja. Aber dazu hast du Gelehrte und Berater, die dir helfen können. Das Herz auf dem richtigen Fleck hast du, jetzt musst du es nur noch umsetzen und lernen. Deine Ungestühmtheit hast du ja bereits besser im Griff, aber wir werden weiterhin daran arbeiten."

Er umklammerte mit beiden Händen die Meine und drückte sie fest.

„Danke Yelena. Für alles. Dann wirst du in der Stadt bleiben? Wirst du für mich da sein, wenn ich ungeduldig werde und alles hinschmeissen will?"

„Natürlich werde ich das. Was auch immer mit… mit Nathaniel geschieht. Ich mache mir hier in Lootan ein neues zu Hause. Heiler können hier dringend gebraucht werden."

Ich spürte seine Erleichterung und sein Glück. Es tat mir leid für ihn, dass ich seine Liebe nicht erwidern konnte. Doch ich wusste, sie würde unserer tiefen Freundschaft nicht im Wege stehen und Marius würde irgendwann die Richtige an seiner Seite finden.

Da gab es eigentlich nur noch eine Frage. Marius kam meinen Gedanken zu vor.

„Wegen Aryanna… Ich werde ihr von ihrem Vater erzählen."

Mein Herz machte einen Satz.

„Aber du wolltest doch…"

Er schüttelte den Kopf.

„Ich kann mit diesem Geheimnis nicht weiterleben. Bevor ich den Thron besteige, möchte ich reinen Tisch machen und meiner kleinen, geliebten Prinzessin die Wahrheit erzählen. Es wird ein Schock für sie sein und ich weiss nicht, wie übel sie es mir nehmen wird… Aber sie hat ein Recht darauf zu wissen, dass sie einen Vater hat. Sie hat es immer vor mir verbergen wollen, aber ich weiss, wie sehr sie sich immer Eltern gewünscht hat. Was sie tun möchte, nachdem sie es erfahren hat, überlasse ich ihr. Und mit dir an Nathaniels Seite wird sie endlich auch eine Mutter haben, eine die zugleich Schwester und Freundin ist, was will man mehr."

Er war wahrlich im wahrsten Sinne des Wortes über Nacht erwachsen geworden.

„Soll sie denn nicht im Palast leben?"

Er zuckte hilflos mit den Schultern.

„Früher, als wir auf Wanderschaft waren, war es mein Traum für sie. Ein richtiges zu Hause, ein Palast gar! Aber... ich frage mich, ob es wirklich das richtige für dieses freiheitliebende Mädchen ist? Wäre sie nicht viel besser in der Stadt aufgehoben, wo sie mit anderen Kindern spielen kann... Bei einem Vater und vielleicht so etwas wie einer Mama?"

Ich lief rot an, wohl wissend, dass er mich meinte. Gleich zweimal innert kurzer Zeit hatte er mich als Mutter bezeichnet.

„Marius, lass uns ihr erst die Wahrheit erzählen und schauen, was sie daraus macht, bevor wir Pläne für sie schmieden. Sie soll danach entscheiden. Aber du sollst wissen, so oder so werde ich immer für sie da sein. Ich habe sie so liebgewonnen, unser aller kleines Mädchen."

Wir lächelten uns an. Dankbar, am Leben zu sein. Dankbar für das erreichte.

Der Regen draussen wurde stärker, würde neues Leben in das Land bringen, die Trockenheit und den Hunger vertreiben. Die Hoffnung auf eine gute Zukunft war zurück.

Wach auf Nathaniel. Ein neues Leben wartet auf uns alle. Es wird alles Gut werden, ich verspreche es.

Sobald du aufwachst, können wir die Zukunft planen.

Wohin führt einem der Lebensweg, wenn man in einem kleinen, unscheinbaren Dorf lebt?

Die meisten Menschen in meinem Land nicht einmal bis zur Nachbarssiedlung. Heranwachsen, arbeiten, selbst eine Familie gründen und damit ist alles erreicht.

Wie anders doch mein Weg verlaufen ist.

Schon als junges Mädchen war ich nicht damit zufrieden gewesen, nur zu stricken und kochen. Ich wollte etwas bewirken, anderen helfen. Heilen. Damit hätte ich gerne meine Tage im Dorf verbracht.

Doch in meine Leben verlief nichts, wie erwartet. In der Kindheit nicht und schon gar nicht, als ich die Schwelle zum Erwachsenenalter erreichte.

Allem Voran, die Begegnung mit dir.

Damals als ich dich traf, an einem ebenso verregneten Tag wie heute.

Nach unserer Begegnung traf ich auf Tod, Hinterhalt und Verwüstung, Leid und Gewalt.

Dennoch…

Dieses Leben hat mich hierhin geführt. Trotz all dem Leid werde ich es niemals bereuen, würde es nicht anders haben wollen.

Ich würde den gleichen Weg noch einmal gehen, auch wenn ich nicht weiss, ob du jemals wieder die Augen öffnen und mich anlächeln wirst.

Der Tag, an dem ich dich kennenlernte, war genauso verregnet und trostlos wie der heutige. Damals, an dem Tag, an dem sich mein Lebensweg verändern sollte, auch wenn mir dies erst sehr viel später bewusst wurde…

Epilog

Die Krönung des jungen König Maurillio war ein feierlicher Anlass. Der König, unser Marius, hatte zum ersten Mal in der jüngeren Geschichte des Königreiches, die Thore für das bürgerliche Volk geöffnet. Vor den Palastmauern fanden Gaukelspiele und Marktverkäufe statt. Musiker spielten fröhliche Lieder. Das Volk war im Freudentaumel, Marius der Hoffnungsträger für eine bessere Zukunft.

Ich strahlte Nathaniel an, welcher neben mir stand, einen Arm um mich gelegt. Er war kurz nach meinem Gespräch mit Marius erwacht, hatte mich angelächelt und ich hatte mich wie neu geboren gefühlt.

Aryanna stand auf meiner anderen Seite, eine Hand, in die Meine vergraben. Noch fühlte sie sich bei mir wohler als bei ihrem Papa. Marius hatte Wort gehalten und ihr die Wahrheit erzählt, mit mir an der Seite.

Das Mädchen war geschockt gewesen. Doch irgendwie hatte sie die Wahrheit wohl schon erahnt oder einfach die Ähnlichkeit festgestellt, denn sie fasste sich unglaublich schnell. Sie war ein kluges, aufmerksames Mädchen und ihr inneres hatte wohl schon gespürt, dass sie mit dem Befehlshaber mehr Verband, als ihr Bruder zuvor hatte zugeben wollen. Sie gestand ein, dass sie ein wenig Angst hatte, aber ihren Papa besser kennenlernen wolle.

Noch am gleichen Tag, war sie in seinem Krankenzimmer erschienen. Noch immer stiegen mir Freudentränen in die Augen bei der Erinnerung.

„Nathaniel… ist es wahr, dass du mein Papa bist?"

Nathaniel, welcher nichts von Marius Plan gewusst hatte, hatte wie vom Donner getroffen dagelegen und sein Mädchen angestarrt.

„Ja liebes. Das stimmt."

Sie hatte sich ihm vorsichtig genähert und sich auf das Bett gesetzt, ganz am Fussende.

„Aber du hast nicht gewusst, dass ich noch lebe, nicht wahr?"

„Nein liebes. Bis zu dem Tag, an dem ich dich das erste Mal sah, habe ich es nicht gewusst."

„Ist… war… Meine Mama ist gestorben, richtig?"

Er hatte sein Kind traurig angelächelt.

„Ja liebes. Aber du sollst wissen, dass sie dich sehr geliebt hat. Sie hat sich so wahnsinnig auf dich gefreut. Lili hättest du heissen sollen, das hat sie sich immer als Mädchenname gewünscht. Aber ich glaube, Aryanna passt besser zu dir. Das Haus, in dem du geboren wurdest ist verbannt, aber ich habe vor Jahren schon in den Ruinen ein intaktes Schmuckstück von deiner Mama gefunden. Eine Halskette. Sobald es mir besser geht, hole ich sie dir, dann gehört sie dir, als Andenken."

Aryanna traten die Tränen in die Augen. Das Mädchen hatte fast das ganze Leben auf der Flucht verbracht. Hatte ausser dem Bruder keine Familie gehabt. Zu erfahren, dass sie geliebt worden war, dass es verwandte in ihrem Leben gab, mussten ein unglaubliches Glück für sie sein.

Sie kroch ein wenig näher an Nathaniel heran, so dass er ihre Hand ergreifen konnte.

„Deine Mama beobachtet dich vom Himmel aus liebes und wäre jetzt sehr glücklich und stolz auf dich. Und… Marius ist der beste Bruder, den du hättest erhalten können. Er hat dich als Baby gerettet. Ich bin ihm so dankbar dafür, dass er dein Leben mit Liebe gefüllt hat."

Sie schien zu zögern.

„Obwohl er mich angelogen hat?"

„Ja liebes. Das Wichtigste ist doch, dass du lebst und dass er dich ehrlich und aufrichtig liebt. Er wollte dich beschützen. Die Methode war vielleicht nicht ganz richtig, doch du bist hier und lebst und bist ein glückliches kleines Mädchen."

„So klein bin ich gar nicht mehr! Die letzten Tage musste ich sehr erwachsen sein."

Ich konnte mir ein Lachen nicht verkneifen. Auch auf dem Gesicht meines Geliebten zuckten die Mundwinkel.

„Da hast du Recht. Viel zu erwachsen. Aber jetzt hast du ganz viele Menschen, die sich um dich kümmern werden. Deinen Bruder, Yelena, Onkel Lucien und Alina mit deinem Cousin Damien. Und ich… wenn du möchtest."

Sie zögerte noch, aber ich konnte sehen, wie sehr sie ihn umarmen wollte.

„Kennst du gutenacht Geschichten?"

„Nun, da wird uns schon etwas einfallen. Vielleicht muss mir Yelena zu Beginn ein wenige helfen."

Die beiden sahen sich lange in die Augen, dann machte Aryanna einen Satz und landete in den offenen Armen ihres Vaters.

„Das wäre schön… Papa."

Ich schniefte. Mir war bewusst, dass es ein langer Weg war, dass es Zeit und Geduld brauchen würde, war zugleich überzeugt, dass wir zusammen alles erreichen konnten. Nathaniel hatte sein kleines Mädchen fest an sich gedrückt. Auch in seinen Augen hatten sich Tränen des Glücks gebildet.

Jetzt lachte mich Aryanna aus vollem Herzen an. Die Halskette ihrer Mutter trug sie um den Hals. Es war eine schimmernde, weisse Perle, mit einer goldigen Ummantelung in Form einer Muschel.

„Schau wie Bruder Marius auf dem Podest steht! Wie wenn er

dafür geboren wäre. Ich freue mich ihn als König zu erleben. Hoffentlich steigt es ihm nicht zu Kopf."

Lucien und Alina standen ebenfalls neben uns, Baby Damien im Arm.

Lucien würde wieder in Dienst treten. Doch von nun an, als Berater und Leibwächter des neuen Königs. Nicht mehr weit weg auf weit entfernte Schlachtfelder, sondern zu Hause, bei seiner Familie. Bis sie ein neues Haus fanden, durften sie alle im Palast wohnen.

Auch Nathaniel würde künftig an der rechten Seite des Königs sein und diesem zur Seite stehen, dieses Mal aus voller Überzeugung.

Marius hatte dazu nur schulterzuckend gemeint:

„Solange wir nicht beste Freunde werden müssen, bin ich durchaus zufrieden mit einem so erfahrenen General."

Ich spürte, dass sich ein Band des Vertrauens sich zwischen den beiden so unterschiedlichen Männern gebildet hatte.

Aryanna sprang lachend um uns herum, machte einen Satz auf ihren Vater zu. Nathaniels Verletzung schmerzte ihn noch immer, was er sich jedoch nicht anmerken liess.

„Papa, lass uns Marius gratulieren gehen!"

Aryanna würde künftig bei uns wohnen, zumindest teilweise. Wir alle entschlossen, dass sie sich nicht entscheiden musste, zwischen Bruder und Vater.

Leben würde sie bei uns, nur schon, damit ich für sie da sein konnte, wenn die Krankheit wieder ausbrach. Und natürlich, um ihr Nacht für Nacht ein Schlaflied vorsingen zu können. Einige Tage in der Woche würde sie, zusammen mit der Tochter des ehemaligen Königs bei Gelehrten Unterricht erhalten, lesen und schreiben lernen. Diese würden im Palast abgehalten werden, damit sie somit auch genügend Zeit mit ihrem Bruder verbringen konnte. Ich hatte ihr auch erklärt, dass sie gut lesen lernen musste, um künftig alle Heilbücher studieren zu können. Die restliche Zeit war sie bei uns. Sie wollte die Heilkünste erlernen und ich würde sie mit Freuden mitnehmen und unterrichten. Sobald sie älter war, konnte sie frei entscheiden, ob sie im Palast leben und ein privilegiertes Leben dort führen wollte, oder doch lieber ein einfaches, aber freies Leben ohne Etikette verbringen wollte. So oder so würden wir alle immer ein Teil von ihr sein.

Nathaniel wandte sich seiner Tochter zu.

„Geh schon mal mit Onkel Lucien vor, wir beide kommen gleich nach."

Freudig zog sie ihren Onkel mit sich mit. Alina folgte mit dem Baby. Auch Lucien und Alina hatten Aryanna seid langem in ihr Herz geschlossen.

Ich sah, wie sie dem kleinen Sam im Vorbeirennen zuwinkte. Ja, auch die Strassenkinder waren heute willkommen. Marius wollte als eine der ersten Handlungen, ein Kinderheim errichten lassen. Dort sollten die Kinder auch Unterricht bekommen. Ihm war bewusst, dass er sparsam mit den Finanzen umgehen musste, aber diese Priorität wollte er sich nicht nehmen lassen und ich war dankbar dafür.

Sam bestand nach wie vor darauf, auf der Strasse zu bleiben. Bereits jetzt ging er aber, zusammen mit Anna im Palast ein und aus, um mich zu besuchen. Wer weiss, vielleicht adoptierten wir ihn ja doch noch eines Tages, wenn er es wollte. Aber zunächst mussten wir unser eigenes Leben planen.

Nathaniel zog mich etwas abseits, in den Schatten eines mächtigen Baumes. Die Luft war kühler geworden, es hatte Tage durchgeregnet und erst heute, gerade richtig für die Krönung, hatte sich die Sonne wieder von ihrer strahlenden Seite gezeigt.

„Alles in Ordnung Liebster? Du solltest dich eigentlich noch ausruhen."

Er fuhr mir sanft mit der Hand über das Gesicht, schenkte mir ein strahlendes Lächeln.

„Es geht mir gut mein Sonnenschein. Es ging mir nie besser."

Dann wurde seine Mine ernster.

„Bist du dir ganz sicher mit allem? Ich bin nach wie vor ein General, mein Leben wird nie sicher sein. Es könnte Menschen geben, welche Rache nehmen wollen…"

Ich legte sanft, aber bestimmt eine Hand auf seinen Mund.

„Sollen sie kommen, ich bin bereit. Liebester, ich möchte nie wieder ohne dich sein, komme was wolle. Und fang jetzt nicht wie Lucien an und erzähle mir alle Gründe, warum es eine schlechte Idee ist, mit dir zusammen zu sein. Es ist die beste Idee aller Zeiten. Ich bin glücklich an deiner Seite. Versuch es gar nicht erst, mich wirst du nicht mehr los."

Er sah mir tief in die Augen. Ich konnte all seine Liebe, all sein verlangen darin lesen. Seine Mundwinkel begannen zu zucken und er räusperte sich.

„Na dann…"

Ich runzelte die Stirn. Warum war er plötzlich so nervös. Sogar seine Hände begannen leicht zu zittern. Er fuhr sich mit den Fingern durchs Haar.

„Nathaniel? Alles in Ordnung?"

Sein Verhalten alarmierte mich. Was hatte ihn so aus der Fassung gebracht?

Dann ging er vor mir auf die Knie und mein Herz klopfte mindestens bis zum Hals, als ich zu begreifen begann.

Er Griff nach meiner Hand, welche nun ebenfalls zitterte.

„Yelena, Licht meines Lebens, Sonnenschien meines Herzens, möchtest du mir die Ehre erweisen, meine Frau zu werden?"
Mein ganzes Gesicht erhellte sich, meine Lippen formten laut und deutlich die Worte
„Natürlich!"
Dann lagen wir uns in den Armen. Er drückte mich mit aller Kraft der Welt an sich, ich spürte seine Wärme, seine Nähe, sein wild schlagendes Herz.
Er löste sich ein wenig von mir, hob meinen Kopf zu sich und küsste mich mit aller Liebe und Leidenschaft, die er besass. Ich erwiderte den Kuss mit der gleichen Hingabe, verschmolz mit ihm.
Es spielte keine Rolle, was im Leben noch für Herausforderungen warteten. Alles was zählte war, dass wir zusammengehörten und gemeinsam durch dieses Leben gehen würden. Bis ans Ende aller Tage.
Sein Kuss wurde leidenschaftlicher, meine Knie ganz weich.
„Ich liebe dich so sehr."
„Und ich liebe dich."
Als ich zum Himmel blickte, schien die Sonne gross und hell auf uns herab, schien uns mit ihren Strahlen zu erleuchten.
Ich blickte zum Podest hinüber, wo Aryanna gerade ihrem Bruder um den Hals fiel. Die königliche Krone kam ihm gut. Ich sah, wie sich sein ganzes Gesicht erhellte, als er seine kleine Schwester hochhob und war froh, zu sehen, dass er ab dem ganzen neuen Druck, seine Fröhlichkeit nicht verloren hatte.
Ich widmete meine Aufmerksamkeit wieder Nathaniel, meinem baldigen Ehemann. Während er mich innig küsste, fuhr ich mit meiner Hand unauffällig über meinen noch flachen Bauch, wohl wissend, um das kleine neue Leben, dass sich darin befand. Ja, ich kannte meinen Körper und konnte die Zeichen lesen. In einigen

Monaten würde Aryanna ihr Geschwisterchen bekommen.

Noch behielt ich das süsse kleine Geheimnis für mich. Ich freute mich jetzt schon auf den Moment, wenn Nathaniel es erfahren würde. Freute mich unendlich auf die Liebe und das Glück in seinen Augen.

Der Weg in ein wundervolles Leben, war bereit.

The End

Danke

Ein herzliches Dankeschön geht an mein Mami. Schon als ich ein kleines Kind war, hast du mir die ersten Gutenachtgeschichten vorgelesen und mich somit der Welt der Bücher vorgestellt.

Ein weiteres, grosses merci beaucoup an meinen Sprachlehrer in der Sekundarschule, welcher mit strenger Hand daran gearbeitet hat, dass sich mein Schreibstyl verbessern durfte.
Zu Schulzeiten habe ich das nicht immer so geschätzt, heute bin ich froh und dankbar darüber. (Das Schönschreiben habe ich immer noch nicht im Griff, aber dazu gibt es ja den Computer.)

Danke an mein viel zu früh von uns gegangenes Gotti dafür, dass du immer an mich geglaubt hast.

Ein von ganzem Herzen kommendes Dankeschön an meinen Mann für dein Verständnis und, dass du mir die Zeit gibst, mich in meine Welt zurückzuziehen und manchmal bis in die frühen Morgenstunden darin zu verweilen. I love you.
Merci an unser Kätzchen (Das verwöhnteste Büsi der Welt) dafür, dass du da bist und unser Leben bereicherst.
Du wirst in künftigen Geschichten in irgendeiner Form eine Rolle erhalten, versprochen.

Und last but not least ein Riesendankeschön an dich, lieber Leser, dass du Geschichte mitgelebt hast. Ich hoffe, du hattest viel Freude an der Story. Wenn ich dir einige spannende und unterhaltsame Stunden gewähren konnte, bin ich superglücklich.